類
Louis

朝井まかて

集英社

類

目次

類

1　花ざかりの庭

白い上着の半袖から突き出した両腕を泳ぐように動かして、庭の中を歩いている。まだ明けやらぬ未明のことで、冷たいほどの静けさだ。

形の良い小さな頭は、細い、心細いほどの首に支えられており、その下は水兵襟《セーラーカラー》だ。大きな四角い襟には胸から背にかけて細紐が縫いつけられてあり、生《お》い繁った夏草の合間でそれが見え隠れする。

辺り一面を支配しているのは薄暗い朝靄《あさもや》で、空と庭、家の輪郭をも訣《わか》ちがたく溶かしている。瓦《かわら》をのせた土塀ぎわの植込みにはまだ夜が潜んでいるけれど、少年はそこで何が枝を伸ばし、葉を繁らせているかを知っている。それらの名を一つひとつ、彼は唱えてゆく。

泰山木《たいさんぼく》に躑躅《つつじ》、山吹に木芙蓉《もくふよう》、額紫陽花《がくあじさい》と山萩、葉っぱが団扇《うちわ》ほどに大きなあの木は無花果《いちじく》で、枇杷《びわ》は実をもいで甘い蜜煮をたくさん作っておく。

植込みの手前に広がっているのが、家の者が「花畑」と呼び慣《なら》わすこの草花の庭だ。四十坪ほどの中央には水遣りや手入れのための小径《こみち》がしつらえられてあり、なだらかな曲線を描いてうねるさまは波打ちぎわのごとくだ。

実際、少年の目には、ここはいつも花の海に見えた。

濃淡の緑の中で山百合や貝母《ばいも》百合が揺れ、矢車草《やぐるまそう》や仙翁《せんのう》、石竹《せきちく》も咲いている。同じ色の花はない。それぞれが思い思いに咲き、その合間から紅葉葵《もみじあおい》や銭葵《ぜにあおい》、向日葵《ひまわり》、ダアリアたちが我こそはと自己主張をする。群れに控えめに寄り添っているのは、鶏頭《けいとう》や虎ノ尾、花魁草《おいらんそう》だ。

けれど今朝は左右から伸びきった草が押しては返し、少年の肩や胸を阻《はば》む。雑な色形の草が旺盛に伸びて花の海を圧倒し、その葉影で可憐な花々が息を潜めている。咲き終わったものはしおれて茶灰色《ちゃかいしょく》に変じ、草の葉にひっかかっている。

あるじを失った庭は瞬《また》く間に、美しい調和を失っていた。

少年が草の波をかき分けるたび、葉裏の銀毛が手の甲や骨ばった肘《ひじ》を刺す。細い指先で手や肘を掻《か》きながら、それでも歩を進める。土をおおう草はまだ朝露を含んでいて、素足に冷たい。五本の指に力をこめ、足の裏すべてで下駄《げた》を摑《つか》むようにして歩く。少し奇妙な、まるで広小路《ひろこうじ》の道化師のような歩き方だ。

ふざけて真似ているのではない。数え十二歳の少年の足にはこの下駄は大き過ぎる。それは当人にもわかっている。勝手口の木戸を抜け出た時に少し躓《つまず》いて、指の股に黒い鼻緒がたちまち喰い込んだ。けれど、勝手口に引き返して自分のものに替えようとは思わなかった。桐のこれには微かに色を変じた、柔らかな形がついている。その足の痕《あと》に己《おのれ》の土踏まずを合わせるようにして歩いている。

草の波を通り抜けると、目の覚めるような白と青に出会った。やけに姿勢よく直立している立《たち》葵《あおい》、その足許には露草《つゆくさ》の群れだ。ここだけはまだ雑な緑に制されることなく、かつての景色を守っている。少年は少しうつむいて自分の襟を引っ張ってみる。この上着と同じ配色だ。

白地に、海軍青《かいぐんブルウ》。

二年前、彼の父と母は仏蘭西《フランス》から雛形帳《ひながたちよう》を取り寄せた。息子に上着を誂《あつら》えるために。

あの頃は首回りも袖もだぶついていた。少年は蚊蜻蛉《かとんぼ》のように手脚が細いから。けれど背丈は草のように伸び、今は上着も躰《からだ》にぴたりとしている。

少年は精一杯のように胸を張り、そしてすうと息を吐いた。いつも何かに驚いて瞠《みは》っているような目を、きつく閉じる。閉じたまま爪先を動かし、通ってきた小径に身を向けた。下駄の下で土が動く。再び強く瞑《つむ》り直した。

僕、いい子になります。

胸の中でいつもよりはっきりと、断固たる口調を使った。

これからは毎朝、ちゃんと牛乳を飲みます。みんなの役に立つ子になって、この花畑の水遣りや草引き、花殻《はながら》摘みもお手伝いします。もう、自転車を買ってほしいと駄々をこねません。動物園に連れて行ってくれなくてもいい。

そこに少し本音が、むろんこれまでのものもすべて本音であるのだけれども、それをさらに上回る正直がひょいと囁《ささや》くようにつけ加わる。

僕は、上野《うえの》の象も獅子も見飽きました。僕たちが入園すると偉い人が官舎から何人もゾロゾロと出てきて、芝居の口上のように同じ説明を繰り返す。あれをじっと大切そうに聞くのは、骨が折れます。僕がもっと連れて行ってもらいたいのは、小石川の植物園です。そう、あすこの芝生の上で寝転んだり、駈け回ったりするのが好きなんだ。春には白詰草《しろつめくさ》も摘む。

そして時々、振り返って、樹下のパッパに手を振る。すると必ず気づいて、開いた書物の上に落としていた頤《おとがい》を上げてくれる。深い光と翳《かげ》を宿す瞳がたちまち晴れ、満面に柔らかな笑《え》みが広がる。逞《たくま》しい、揺るぎのない微笑だ。ハヴァナの匂いがする。そのかたわらには白い日傘を畳んだお母ちゃんがいて、すっきりと高い鼻梁《びりよう》を夫に向けている。その横顔はとても綺麗だ。

少年は胸の中の風景にしばし見惚《みと》れ、そして我に返った。ええと。唇を半分開きかけ、ためらった。はなはだ自信のないことを、たとえ胸の中であっても言挙《ことあ》げしてよいものかと迷う。けれどこれが両親の最大の屈託であったことは、厭《いや》になるほど知っている。己を励ますようにして、決意を言葉にした。

これからは一文字でも多く憶えて、九九《くく》も間違わぬ子になります。数式をすらすらと解けるようになって、先生を驚かせてみせます。ちゃんと毎日のお復習《さら》いをして、家庭教師の先生の言いつけも守ります。中学の競争試験に通って、お母ちゃんをきっと安堵させます。今年のクリスマスのプレゼントは、サフランの苗をください。僕、ちゃんと育ててみせるから。

そこで彼は子供らしからぬ慎重さで、眉間をきゅっと寄せた。呑んだ息が湿った音を立て、咽喉《のど》の奥を流れて落ちる。両の手を胸の前で強く合わせて、振り絞るように念じた。

だからお願いです。パッパ、かえってきて。

最も大事な言葉を声にした途端、震えが背筋を走った。畏《おそ》れとも、恐れともつかぬ震えだ。目の端が滲《にじ》みそうになるのを、彼は懸命にこらえる。

そして首をすくめ、ゆっくりと瞼《まぶた》を持ち上げた。目を開けば、そこに立っているはずなのだ。夏庭の朝の清冽《せいれつ》な冷たさの中で、褐色の大島の袖が動いて手招きをしてくれる。

おいで。今年も、書斎の前で沙羅《シャラ》ノ木が花を咲かせたぞ。

草叢《くさむら》と化した花畑の向こうには雨戸を巡らせた平屋がしんと静まり返っていて、左に目を上げれば二階の観潮楼《かんちょうろう》まで延々と伸びる板壁が朝陽を浴びて白んでいる。あれほどの偉容を誇っていた建物が何の変哲もない、古びた家に見える。

少年は幾度も辺りを見回す。何もかもが素っ気ないほど静かで、誰もいない。望む姿は、どこにもない。

やがて郁子《むべ》を絡ませた四ツ目垣の上に朝陽が降り、空気が次々と黄金色《きんいろ》に変じ始めた。牛乳配達が瓶の音をさせながら行き過ぎ、犬が鳴く。女中部屋の雨戸がゴトゴトと鈍い音を立てて仕舞われ、一階の台所で鍋釜の触れ合う音がする。背後の団子坂通りの家々も同様だ。

「類《るい》、どこにいるの。類」

お母ちゃんの声が聞こえる。

「寝巻を脱ぎ捨てたまま、どこに行ったんだろう」

いくつかの足音が行き交い、やがて木戸の外の空地で下駄の音がした。

「坊ちゃま、お母様が探しておいでですよ。坊ちゃま」

卒然として、夏の朝の日常だけが戻っていた。それがひどく理不尽なことのように思えて、類は夏庭の中でだらりと腕を下ろす。

馴染みのある蟬《せみ》の声が一つ、二つと、頭の上に降ってきた。

2　ボンチコ

もう六歳であるのに、類はしじゅう泣いている。

「ご飯を口から零《こぼ》す」と母に一睨《ひとにら》みされただけで泣き、「またそうやって、すぐ泣く」と叱られては泣く。外出から帰ってきた母が着替えをする四畳半で、類はまた叱られる。

「お母ちゃん」

「そんな、ベタベタの手で触らないでおくれ。まったく、三分でいいから待てないものか。この着物はね、汚れたからといって簡単に洗うわけにはいかないものなの」

差し出した手を邪険《じゃけん》に振り払われて、ウゥと口の端を下げる。

子供は顔じゅうを口にして総身を波打たせて泣くものだが、類は紺絣《こんがすり》の裾《すそ》の両端を摑み上げ、はみ出した白い布の先に齧《かじ》りつく。腰巻をつけているのだ。雪隠《せっちん》でしっこをする際にしじゅう滴《しずく》をひっかけてしまうので、洗い替えしやすいようにとの母親の思案だ。泣けば叱られるから声を抑えているつもりなのか、それとも布になりとも縋《すが》りたいのか。それは新派の女優が愁嘆場《しゅうたんば》を演じるのにハンケチを用いるさまに似ているらしく、若い時分から歌舞伎芝居に親しんできた母親の眉をまた顰《ひそ》めさせることになる。ゆえに腰巻の端は乾く暇がない。

腰巻の下では、か細い脚が剝《む》き出しだ。靴下はいつも黒と決まっている。そして冬ともなれば、玉子色の毛糸の帽子を頭にかぶせられる。ちくちくするので、時折、帽子と額の間に指を突っ込んで掻かねばならない。

明治四十四年二月十一日、森林太郎《もりりんたろう》と志《し》げ夫妻の間に類は生まれた。日本人らしからぬ響きを持つ名だ。もっとも、上の子供たちも同様である。

類は黒目勝ちの大きな目を瞠《みは》り、丸い頰を膨らませてよく笑う赤ん坊だった。母親や女中が家の事に忙しい日は柳行李《やなぎごうり》の中に入れられて、庭に面した廊下にぽんと置かれていた。

父親は休日であってもほとんどの時間を庭に面した書斎で費やすか、もしくは家の北側にある「花畑」の手入れをしている。軍服であろうと普段着の褐色の大島であろうと、彼の所作《しょさ》は陸軍軍医総監《そうかん》、陸軍省医務局長という地位にふさわしい端厳《たんげん》たるものであるが、ふとした拍子にしゃがみ込む癖があった。神田神保町《かんだじんぼうちょう》の本屋で気になる書物に出会った時、道すがらで菫《すみれ》の蕾《つぼみ》を見つけた時、そして廊下の陽溜まりの中で我が子を目にした時だ。

廊下にしゃがむと唯一の好物といえる葉巻を左手に持ち替え、赤ん坊の頰を右手の人差し指でつついては目尻を緩める。洋間の応接室に客を待たせているのは承知しているのだが、それはいっかな気にならぬ性質《たち》で、我が子の顔をゆったりと眺める。

彼は掌中《しょうちゅう》の小さきものを、いつも静かに愛する。まして美術品のごとき妻の造作《ぞうさく》を余すところなく引き継いだ顔立ちは、見飽きることがない。引き締まった背中に、ちらちらと木漏れ陽が落ちる。

しかし類の頰は長ずるにつれて細くなり、鼻筋だけが際立つようになった。大きな瞳から溢《あふ》れて流れる水は、子供らしからぬ蒼白《あおじろ》い頰を伝って顎を濡らす。

「ああ、ああ、坊ちゃま」

台所から出てきた女中が膝をつき、そのふくよかな胸に抱き寄せる。

「放っておおき。いったん口に入れた飴は出しちゃいけないと言い聞かせてあるのに、また同じことをするのだから」

類はしゃぶっていた飴を取り出して、それがどんな色形に変ずるかを確かめずにはいられない。廊下の硝子戸《ガラスど》越しに透かしてみれば、透明の中にも白い筋や青い粒々が光る。それをためつすがめつしてから口の中に戻すので、指先はいつも甘く粘ついている。

「んもう、誰が飴なんてものを発明したんだろう」

解いた帯をシュッと叩きつけるようにして、母親の声が尖《とが》った。女中の腕の中で類はびくりと身を震わせ、泣き声を高める。やがてピイ、ピイと雛鳥のごとくだ。大人の神経を逆撫《さかな》でするのに絶好の音域を行き来する。

「飴は口から出さぬ方がいいが、子供はそういうことをするものだ」

隣の書斎から声がする。この四畳半と書斎の六畳は隣り合っているので、廊下伝いに騒動が筒抜けになる。

「子供には怒らずに、優しく言い聞かせてやるがいい。だいいち、飴を発明した者も悪気があってのことではない。怒っても無駄だ」

妻の言を面白がってか、語尾が笑みを含んでいる。類はもがいて女中の腕から離れ、廊下にたっと出た。そして書斎に飛び込む。

「パッパ」

この家の子供たちは父親を「パッパ」と呼び、母親は「お母ちゃん」だ。

「よしよし。今のはお母ちゃんが悪いな。だが、坊ちゃんも泣くな」

膝の上に抱き上げられ、指先で濡れそぼった目尻や頰を拭ってもらうと、不思議なことに胸中を暗く蔽《おお》っていた靄がたちまち晴れ、叱られた悲しみが鎮まってくる。しかしなぜだろう、もう安堵しているのに、鼻の奥でウ、ウッとこみ上げるものが止まらない。

「ボンチコは水っぽい奴だな。どこからこうも涙が出てくる。来年はもう小学校に上がるのだぞ」

父は我が子を時に「坊ちゃん」、そして周囲に人目がない時は「ボンチコ」と呼ぶ。大阪で坊ちゃんを「ぼんち」と呼ぶのに興を引かれ、そこに愛称らしく「こ」を付けたものらしい。少しふざけている。笑うべきことを見つけるのが上手な人なのだ。古い漢籍を引き、数多《あまた》の史料を繙《ひもと》いて思索を深めている最中でも、子供らの気配がすればたちまち頰が緩み、瞳の鋭さが退く。彼が小さき者、弱き者に向ける眼差《まなざ》しは、けなげなほどの温もりに満ちている。

「学校になんか、行きたくない」

ずっとこの膝の上にいる。

「人間は新しいことを学ぶものだ。学んで、それを実践する」

類はもうその先の言葉を聞いていない。口髭《くちひげ》に額をすり寄せ、懐《ふところ》に頰を埋める。ハヴァナの匂いのする父の躰は、類の世界を保証していた。この腕の中が居場所だ。

ゆえに父が出勤して家にいない間じゅう、類は常に心細かった。

類には、兄と姉たちがいる。すぐ上の杏奴《あんぬ》は二つ違いで、先月から仏英和の付属小学校に通っている。上の姉の茉莉《まり》がそこの女学校にいるからだ。

長兄は於菟《おと》という名で、なぜか類らとは別に、家の北側の離屋《はなれ》に独りで暮らしている。部屋は六間あり、玄関はむろん台所も湯殿もついている。たぶん、もう大人だからなのだろう。お嫁さんのような人がしばらくいたが、いつのまにかまた独りで暮らしている。ともかく歳が二十一も上なので兄さんだという感じがせず、遊んでもらった記憶もほとんどない。

茉莉も八つ歳嵩《としかさ》で、洋間の応接室にピアノの先生が来た時は長椅子の上に坐ってその様子を眺めるけれど、一緒に遊んだりはしない。遊び相手はいつも杏奴で、類は杏奴とならばどこまでも駈け、飛べるような気がする。杏奴は遊びを考え出す天才なのだ。

けれど小学校に上がってしまったので、類は退屈である。女中と遊ぶことは禁じられているので、二階に上がる階段の途中で坐り込んでお客を待っているのだけれど誰もやってこない。客が訪れてベルを鳴らした時、女中よりも先に玄関に出て取り次ぐのを得意としているのに。相手はたいてい名刺を差し出すので黙ってそれを受け取って書斎に走り、それを見せるのだ。

ボンチコ、ご苦労。

父はそう言って頭を撫でてくれ、相手によっては自身が玄関まで出て用を済ませるが、時に女中に命じて「お上がりください」と招じ入れることがある。類は聞き耳を立てておき、二階や洋間の応接室に案内役を買って出る。座布団もちゃんと出す。父は後でそれを母に話したらしく、「座布団ですか」と目を丸くして溜息《ためいき》を吐《つ》いた。

類は女の子に生まれたら良かった。

褒められているのかどうかはわからないが、少なくとも叱られはしなかった。それで日がな来客を待つのだけれど、今日は誰も訪れない。しかも今日は日曜日だというのにパッパは「お仕事」で留守、お母ちゃんも姉さんたちをつれて三越《みつこし》だ。しかたなく階段から腰を上げ、薄暗い廊下を突っ切った。

台所に顔を出せば、女中らが豆を剝きながら在所訛《ざいしょなま》りで盛んに喋っている。口の中に時々、ビスケットの欠片《かけら》を放り込んでいる。昨日、来客の際に紅茶と共に出した菓子だ。

一人が類の姿を認めると慌てて、猿のように赤く頰を膨らませて「坊ちゃま」と呼んだ。

「おやつ、何か召し上がりますか。それともシトロン？」

何も欲しくない時に限って、おやつや飲物を勧められるのはなぜなんだろう。黙って頭《かぶり》を振り、女中らの膝の間を通り過ぎる。女中の唇の横に、黄色い粉がこびりついている。

三和土《たたき》で下駄に足を入れて、外に出た。ジャリと音のする砂地を踏んで木戸を押すと、そこはがらんとした平庭だ。敷地の中で最も北側にあたり、東に下りれば団子坂、西は本郷肴町《ほんごうさかなまち》に通ずる道に面している。二頭の馬がいる厩《うまや》と別当《べっとう》部屋、そして物置の建物が並んで通りからの視線を塞いでおり、向かい合って坐れるブランコと物干し場、犬小屋もある。類も杏奴も、そして父も犬が大好きだけれども今はいない。やけに立派な小屋があるだけだ。

類はブランコの鎖に手を触れてから、物置とは逆の、西側へと足を向けた。瓦をのせた塀が巡り、その足許に細長い葉を勢いよく伸ばした群れがある。今はまだ五月であるので蕾すら結んでいないけれど、鳳仙花《ほうせんか》という名であることは知っている。

祖母、峰子《みねこ》が手ずから種を蒔いた花のはずだ。父は家族が「花畑」と呼んでいる北庭にはいろんな種を蒔き、苗を植える。けれど平庭に種を蒔いたりはせず、空地のままにしてある。表玄関に連

なる表庭もそうだ。家の顔である主庭であるので草花を咲かせたりはしない。白木蓮《はくもくれん》や乙女椿とい
った花木がもともと植わっているので、夏は木々の根締めの擬宝珠《ぎぼうし》が薄紫の花をつけるくらいだ。
そして母は、花を活けることはしても庭いじりはしない。土臭いもの、江戸風でないもの、つま
り粋でないものは嫌いなのだ。離屋と母屋の間にも小さな中庭があって、母は「薔薇《ばら》を植えましょ
う」と提案したことがあったらしいが、父はうんとは言わなかった。

杏奴と類が、あすこでよく砂遊びをしている。そのままにしておいてやれ。

おかげで姉弟《きょうだい》は砂の城や動物をたくさん作って、井戸の水を汲んでは撒いたりして遊んだが、少
し長じてみると、父が西洋の薔薇をあまり好んでいないことが知れた。

鳳仙花の向こうには真っ直ぐに伸びた石畳の径がある。団子坂通りに面して構えた裏門と、離屋
の玄関をつなぐ径だ。その径の西側に花畑があり、境には四ツ目垣が組んである。

いい匂いがする。

四ツ目垣に絡ませた郁子《むべ》がちょうど花の時季で、片栗の花のように切れ込みが深い花弁を開く。
外側は白く内側は薄い紫を帯び、秋に生《な》る実の皮と同じ色であることに類は気づいている。実は
木通《あけび》にそっくりだけれども裂けはせず、猿のように上手《うま》く食べるのはなかなか難しいのだと、お祖《ば》
母様《あさま》が女中に話すのを聞いたことがある。

むべなるかな、むべなるかな。

祖母はそんな言葉を口にしながら女中らを指図して、この実をよく落としていたのだ。あの呪文
のような「むべなるかな」はどういう意味だったのか、もう訊《たず》ねることはできない。

祖母は今年、大正五年の三月末に七十一歳で亡くなった。

だが、まだ生きていたとしても、今年の秋も訊かなかったかもしれない。類はあまり祖母に懐かない孫だった。母の機嫌を損ねるのが恐ろしくて、手招きをされても母の膝の後ろに隠れたりした。理由は知らないけれども、母は祖母を前にするとふっと躰を強張《こわば》らせる。

それでも、叱られて泣いている時は父のように庇《かば》ってくれたことは憶えている。お志げさん。年寄りに免じて、そのくらいにしておやりよ。

けれど祖母の取り成しは、いつも逆の効果をもたらした。母の眉間にくっきりと、ただならぬ皺《しわ》が刻まれるのだ。

皆して私を悪者にして。私が叱らなきゃ、この子はぐずついた、濡れ綿みたいに頼りない人間になってしまうのに。

そんな独り言は草が突如、実を開いて弾いた種のように四方に散り、類の耳に入った。ひ弱な躰の中に落ちたそれは、夜、寝床に入ってもイガイガした。

鳳仙花から離れ、類は爪先を右へ向けた。厩の前を行く。砂の上に、一筋の明るさが伸びている。厩と物置の間に人がひとり通れるほどの木戸と細い通路が設けてあり、そこから通りの陽射しが入ってくるのだ。

類はしばしばその通路に身を入れ、木戸の前に佇《たたず》んで通りの様子を眺める。「はいッ、はいッ」と威勢よく本郷へ向かう人力車や零れ落ちんばかりに堆《うずたか》く青物を積んだ荷車、肥桶《こえたご》を積んだ車を引く馬の跫《あしおと》にも耳を澄ませる。

すべてが生き生きと躍動して、家の中とはまるで異なる騒々しさがそこにはあった。類にはそれが何やら、頼もしく感じられる。通りの向かいの店屋では腰の曲がったお婆さんが家の前に洗ったばかりの高下駄を干し、番傘を広げているさまも珍しい。類の家では、他人様《ひとさま》の目に触れる所に何かを出したりはしない。

類が何よりも見飽きないのは、近所の子供らだ。路地から幾人もの男の子や、中には女の子も入り交じって飛び出してくる。空に届くかのような声を躰全体から発して、辺りを走り回る。いつも先頭を切っているのは、畳屋の子だ。今よりもっと幼い頃、その子たちとどうしても一緒に過ごしたくて、おずおずと通りに出てみたことがある。そして呼びかけた。

「坊ちゃま、遊びましょう」

するとその子は、両の足を踏ん張って怒った。

「おいら、坊ちゃまじゃないやい。何でぃッ」

端午《たんご》の節句に床の間に飾られる鍾馗《しょうき》のごとき形相で、大人みたいな巻き舌を使った。首まで真赤だ。類はたちまち周りを取り囲まれて、たいそう囃《はや》された。

「坊ちゃま、坊ちゃま」

泣きながら家に逃げ帰って母に訴えて、ようやく教えられた。それまで男の子は皆、等しくそう呼ばれるものだと思い込んでいた。

「一人で外に出るんじゃありませんと言ったでしょう。屋敷内にいくらだって遊ぶ場があるのに」

でも、子供はいない。

日を置いて、家から西洋の玩具をこっそりと持ち出してみた。珍しがられたのは束の間で、皆はすぐに拾った枯れ枝を刀剣に見立て、雨上がりの泥濘《ぬかるみ》の中に突撃する。泥でこねた弾丸を投擲《とうてき》し合っても、この子たちはお母ちゃんに叱られないらしい。しかも、誰もが道端で好きな所に放尿した。

男の子はさっと前をめくり、腰をくいと突き出すだけだ。女の子はしゃがんで裾を捲《まく》り上げ、お灸の痕がある尻を剝き出す。その日は冬だったので脚の間や股の間から白い湯気が立ち、下駄の足に土が跳ねた。それでも、皆はいっかな平気だ。まして類のように腰巻をつけている子など一人もいない。

結局、誰も相手にしてくれなかった。

坊ちゃまは話す言葉も、遊ぶ道具も着物も違う。すぐに、べそをかく。

外の景色にも飽いて踵《きびす》を返し、敷地の東へと向かった。父の蔵書のための土蔵がある。その前を抜け、南側へと回り込んだ。そこは藪下道《やぶしたみち》に面した塀沿いの東庭で、夾竹桃《きょうちくとう》や茱萸《ぐみ》、柚子《ゆず》の木がある。いくつかの睡蓮鉢《すいれんばち》のそばを通り過ぎると、右手には二階の観潮楼にまで大きく枝を伸ばした紅梅の木だ。この屋敷の敷地の一部はもとは梅林だったそうで、そのうちの何本かを残したものらしい。左手には洞《うろ》のできた槐《えんじゅ》と百日紅《さるすべり》も青々と丸葉を繁らせている。

小さな木戸を押し開け、類は石を畳んだ小径を横切る。屋根付きの中門があり、その左手に行けば瓦葺《ぶ》きの門と駒寄《こまよせ》、右手に折れれば表玄関だ。小径を横切ると、木戸がまた現れる。これは滅多《めった》と開けられることがなく、庭の側から錠が落とされている。けれど木塀の板の一枚に破れがあるのを類は知っていて、そこに指先を入れ、そうっと板ごと外す。するりと身を入れ、また板を元に戻しておく。抜き足差し足で行なうこの動作に、類は胸を高鳴らせる。

僕だって、禁じられていることを誰にも知られずにしておおせる。

塀の中に身を入れると、梢《こずえ》が見えぬほど大きな銀杏《いちょう》がある。蒼みがかった緑が空の半分ほどを占め、風に揺れている。秋には黄色の小片を音もなく降らし続ける。その根許には茶ノ木が植わっていて、秋から冬にかけて椿に似た白花をつける。雄蕊《ゆうずい》が長く、花粉の黄色も際立っている花だ。そして緑葉は、木下闇《このしたやみ》にあっても深い艶を帯びている。

けれどこの葉には、用心しなくちゃならない。端が鋸《のこぎり》のようにギザギザして、以前、杏奴とのままごと遊びでうっかり手を出して、指を傷つけたことがあるのだ。血が出るようで出ない、けれど確かに皮膚は切れていて、ひりつくように痛かった。

茶ノ木と距離を取って迂回《うかい》する。ここさえうまくやり過ごせば、最も大きな表庭が広がっている。

この庭は眺めるためのものであって、遊ぶ庭じゃないのだ。

子供に何かを禁ずることのなかった父に、そう言いつけられていた。けれど類はここで遊ぶ。居間と書斎の前の廊下はこの表庭に面しているが、平日の日中は父がいないし、母に見咎《みとが》められることも滅多になかった。

父の書斎の前には大きな沙羅ノ木があり、夏になれば椿よりも繊細な白い花弁を開いて土や踏み石の上に散りしだく。その背後には梧桐《あおぎり》と楓《かえで》、馬酔木《あしび》や白木蓮の葉が群れをなし、青い陽射しで家の中までが照り返る。

ゆえに廊下を行く時に誰かがふと庭に向かって眼差しを投げたとしても、類の姿は木々の葉隠れになる。

大きな庭石を馬に見立てて、その上によじ登ってみた。

「どう、どう」

父が馬に乗る姿を見上げるのが、途方もなく好きだった。父は朝餉《あさげ》を済ませてから着替えに奥に入り、緑色を帯びた羅紗《らしゃ》の軍服姿になって出てくる。胸には銀色の釦《ボタン》が光っている。冬は同色のマントをその上に羽織り、手には白い手袋だ。真鍮《しんちゆう》の鐶《かん》が二つ付いているエナメル塗りの黒革と赤い羅紗を縫い合わせたサアベルの紐が軍服の上着の裾から下り、軍靴《ぐんか》の拍車は鈍い金色だ。玄関に出た父は、別当が手綱《たづな》を引く黒馬に向かう。拍車のついた長靴《ちようか》の左足を鐙《あぶみ》にかけたかと思うと弾みをかけ、もう馬に跨《また》がっているのだった。

類はやがて近所の子供たちがするように両手両足を存分に、蛙のように伸ばして、「どう、どう」と歌うように声を出す。陽射しを吸った石の肌が、頬や腹に温かい。

「やあ、ここが鷗外《おうがい》の家か」

「観潮楼だ」

無遠慮な若い声がして、顔だけを上げた。塀の外で朴下駄《ほおげた》の音がする。

「さすがに、陸軍省のお偉方の屋敷は違うな。駒寄がある」

中を覗き込んでいるのか、声が少し近くなった。

「君、知らんのか。鷗外はもはや総監でも医務局長でもないぞ。先月に退いて予備役《よびえき》に編入されたはずだ。今、盛んに新聞小説を書いているだろう」

「ああ。東京日日新聞の『澁江抽斎《しぶえちゆうさい》』か。読むには読むが、俺は中央公論に出した『高瀬舟』の方が好きだったな。いや、やはり『雁《がん》』、『青年』か」

「俺も、史伝物はどうも黴臭《かびくそ》うて苦手だ。延々と史料を引いてあるので、読むのに閉口する。東京日日も朝日の向こうを張るなら、もっと新味のある作家を選んだ方が良かったんじゃないか」

「同感だね。そういえば、漱石《そうせき》、ついに始めたな」

「ん。『明暗』だろう」

声がだんだん遠ざかり、やがて聞こえなくなった。類は目瞬《まばた》きを一つして、庭石から滑り降りた。若い声のやりとりのほとんどは意味を解せなかったが、父、森林太郎が持つもう一つの名と、リクグンショウやシンブン、そしてソーセキなる言葉の響きにも憶えがある。父は類が客前に姿を現すのを咎めたことがなく、談話の最中に客との間をうろうろと横切っても、自身が首や半身を左右に倒して話を続けるのだ。むろん類が手を差し出せば、膝の上に抱き上げてくれる。ゆえに会話の端々が、それは飴玉の中の白や青のように小さいものではあったけれども、記憶に残っている。

初夏の鳥が囀《さえず》って、澄んだ声を庭に響かせる。

類は逃げるように駈けた。若者らの声音《こわね》が何とはなしに胸に迫って、下駄を放り出すようにして沓脱石《くつぬぎいし》の上に素足を置き、硝子戸を開け放した廊下に上がる。

鷗外はもはや総監でも医務局長でもないぞ。

パッパは毎朝、いつものように出かけてるじゃないか。今もリクグンショウに出勤しているのだと思っていた。そういえば近頃、軍服を着なくなった。動物園や博覧会に連れていってくれる時の、帽子と背広の姿だ。

やけに胸が騒ぐ。書斎の障子を引いて中を窺《うかが》うと、前屈みの背中が見えた。驚いて、口許に手をあてた。

パッパがもう家にいる。

裏の玄関に帰ってきて、入れ違いになった。そうと気づいて、黙したままそっと目を凝らした。褐色の、いつもの大島だ。見慣れた書斎の景色だ。壁一面が書棚で、和漢の書物がびっしりと、しかも一糸も乱れず並んでいる。類は父の身の回りが乱れていることなど、一度も見たことがない。

小机の上の硯箱《すずりばこ》に書類入れ、葉巻の箱に至るまでいつも決まった位置にあり、座布団のかたわらには朱塗りの脇机と、もう一方には草稿を分類して仮置きしておく小ぶりの書棚、辞書も必ず決まった位置にあって動かない。

筆を走らせる様子も、いつもの通りだ。思考する時は少し手を止めて葉巻を燻《くゆ》らせ、そしてまた少し右肩を下げて肘を動かす。

毎日、この父の姿だけを待ち望んで日を過ごしているというのに、何か切ないものを見たような気がした。庭の緑の光を受けた背中がいつもと違う。薄くて、このまま透き通ってしまいそうだ。

類はそっと、息を詰めて戸を閉める。

自分が書斎に踏み込めば、さっきの若者らの言葉の持つ、得体の知れない厭なざらつきを父の許に運んでしまうような気がした。

大正六年も十二月二十五日を迎え、ピアノのある洋間に皆が集まった。

何日か前に植木屋が例年通り、小振りな樅《もみ》ノ木をビヰルの空き箱に植えたものを運んできて据えてある。天井や壁、窓は洋風の造りだけれども床は畳敷きのままであるので、皆、そこに坐して、父の手許を見つめている。

父がおもむろに燐寸《マッチ》を取り出し、小さな洋蠟燭《ようろうそく》に火を灯してゆく。火を扱う手つきはいつものごとく鮮やかだ。水も同じだ。父は風呂に入る習慣を持たず、毎日、廊下に水桶を出して躰をキュッ、キュッと音がするほど丹念に拭き上げる。水の一滴も零すことをせず、所作は旧《ふる》い時代のさむらいを思わせた。

屋敷内は冷えが深く、廊下など首や背筋が凍るような冷たさだ。けれど洋間では瓦斯《ガス》ストウブが赤々と焚《た》かれ、たくさんの蠟燭の灯が揺れている。暖かい。

「類」

呼ばれて前に進み出た。両腕をぴたりと躰に張りつけて、「はい」と返事をする。

「元気がよいな。よしよし」

リボンをかけた四角く大きな箱包みをもらって、座布団の上に坐り直した。類は男子であるので、姉らよりも先にプレゼントをもらう。

「お茉莉」「アンヌコ」

姉たちの手にも箱包みが渡されて、「パッパ、有難うございます」と礼を言い、嬉しそうに母を見上げている。類は礼を述べるのを忘れていたことに気づき、包みを持ったまま父の懐を目がけて立った。豊かな膝の上に迎え入れられ、葉巻の匂いのする囁きが耳朶《じだ》をくすぐる。

「開けてごらん」

ハトロン紙の包みを畳の上に置き、リボンの先を引いた。

姉たちはもう歓声を上げている。上の茉莉は何の獣かは知らぬが毛皮のストウルを巻き、着物の袂《たもと》を翻《ひるがえ》していた。

「茉莉ちゃん、よく似合ってるよ」

自分たちの見立てがうまくいったことに母は満足げに微笑み、父に顔を向けた。

「やっぱり、向こうのものは違いますねえ。茉莉ちゃんは顔が丸いから首が埋まりやしないかと心配しましたけれど、よく映えること」

「ん。上等、上等」

類から見れば、この姉の面差しは父に最も似ている。目許や少し小鼻の張っているところ、唇の形もだ。けれど振舞いは父にも、そして母にも似ていない。

「え、焦げ臭いわよ」と気づいたのは、杏奴だ。「焦げてる、焦げてる」

それでも茉莉は悠然と舞うように身を動かしていて、母が「茉莉ちゃん」とそばに寄って、ようやく大きな瞳をしばたたかせた。杏奴も袖に取りついて、「ああ」と溜息を吐く。

「ストウルは無事。でも友禅が焦げちゃった」

母は細い指を額に置いてうなだれるが、茉莉は「なら、良かった」とばかりにこっちに笑顔を振り向けた。

「お茉莉め。仕方のない奴だ」

父も娘のしくじりを歓迎するような口ぶりで苦笑し、皆も一様に声を上げた。類はまるで、聖夜の不思議な奇跡を見る思いだ。失敗しても皆を笑わせるなんて、茉莉姉さんはどんな魔法を使っているのだろう。

「類ちゃん、あなたのはなあに」

杏奴が腕の中の白いドレスを持ち上げて、訊いてきた。繊細なレエスを施《ほどこ》したそれは冬になっても陽に灼《や》けたままの杏奴には少し似つかわしくないように思えたが、関心を向けてくれたことが嬉しくて類は洟《はな》を啜《すす》った。

「水兵さん」

鉄砲を担いだ外国の水兵の玩具で、青い軍服を着て二列縦隊になっている。彼らを引率しているのは、たくましい軍馬に跨った将校だ。

「杏奴ちゃんは着てみないのかい」

母が促したが、悧巧《りこう》な目を輝かせて杏奴は首を横にした。

「焦げたら困るもの」

父が今度は懐を前後に揺らすようにして笑ったので、水兵さんを持った類の手も揺れる。父の葉巻を摘《つ》まんだ左手も同時に揺れている。

晩餉《ばんしょう》はいつもは台所に連なった奥の六畳の茶の間なのだが、クリスマスは二階の観潮楼に上がるのが一家の慣いだ。大人でも急な螺旋状《らせんじょう》の階段を上ると、十二畳の座敷にも燭台《しょくだい》がいくつも並べられ、女中らが膳の上を整えていた。

今夜のメニュウは、鍋島《なべしま》の色皿に盛られたキャベツ巻に、独逸《ドイツ》の白磁鉢に流し込まれた白菜のクリイム煮、そして青磁の皿には皇帝風サラドだ。ロメインレタスや法蓮草《ほうれんそう》、二十日大根、蕪《かぶ》などの野菜のすべてにさっと火を通してあり、そこに祖母が考案したというクリイム状のソオスがかかっている。酢と油、醬油を泡立て器で混ぜ、そこに刻んだ茹で卵を和《あ》えるらしい。

父はふだんは和食で、飾りけのない、野菜をあっさりと煮たようなものを好む。ただ、贅沢《ぜいたく》をする時は一流のものを愛した。洋食は上野の精養軒《せいようけん》、鰻は山下の伊豆榮《いずえい》と決まっている。

昔、この観潮楼でよく歌会を開いていた時分は独逸のレクラム社の料理本を繙《ひもと》いて、独逸料理を作らせて客人をもてなしたそうだ。母は洋食を好まず自身では食べないのだが、女中らを指図して鯉魚《りぎょ》の膾《なます》やレバア団子入りのスウプを作った。類が好きなのは、このキャベツ巻だ。柔らかくなるまで蒸した半切りキャベツの隙間に、塩胡椒した挽肉をぎっしりと詰めて蒸し煮にしてある。コンソメで味を調《ととの》えたスウプの中にそれは置かれていて、蠟燭の灯で艶光りしている。

父が手を合わせてからシルバアを手に取った。皆も「いただきます」と唱和して、なごやかで静かな食事が始まった。食事中の会話は憚《はばか》られるのだけれど、茉莉と杏奴は小声で何かを言い合い、くすくすと笑っている。茉莉は毛皮のストウルがよほど気に入ったのか、それを巻いたままだ。

「類、キャベツ巻を切ってやろうか」

父が上座から訊ねてくれた。精養軒でも父はナイフとフォウクをそれは洗練された手つきで用い、類らにビフロースを食べやすく切り分けてくれる。

「ううん、大丈夫」

「そうか。もう、小学生だものな」

類は四月に、誠之《せいし》尋常小学校に入学した。といっても校舎を改築中で、駒本《こまもと》小学校の仮教室に通っている。ただ、登校はもはや苦痛だ。腕白な、下駄箱の前でもいきなり腰を突き飛ばすような元気さに気圧《けお》され、物言いすらもどうしたらよいのかわからない。近所の子供たち以上に、その輪の中に入ることが困難だ。そこで、時々、杏奴の通う仏英和におもむく。

チャンチャン。

類は姉をそう呼ぶ。幼い頃、舌が回らず「小さい姉さん」が「チャーネエチャン」となり、それが縮まった。

まあ、森さんの弟なの。可愛い。

姉の同級生に囲まれて、音楽室でヴァイオリンの音に耳を澄ませたりして過ごす。後で事情を知った母には随分と叱られたが、どうしても蕪雑《ぶざつ》な子供たちの教室には足が向かないのだった。

父はいつかの若者らが口にしていた通り陸軍省から退き、臨時宮内省御用掛《ごようがかり》なる任務に就いていた。むろん仕事の内容はわからない。ただ、出勤の際に父は白山上《はくさんうえ》まで同道してくれ、煉瓦《れんが》の門前で類を見送ってから勤め先に向かう。それは杏奴が小学校に行くのも同様であったらしく、それを知った時は少々物足りない思いがしたものだ。父の優しさは姉弟に等しく注がれ、決して独り占めできないのである。

食事が済んで、女中らが硝子鉢に盛られた杏子煮《あんずに》を運んできた。この家では衛生学の学者でもある父の主義で生ものを食さず、果物も必ず煮てから食す。桃や梨、枇杷も柿もだ。父は細菌の感染を予防するためと言っているが、じつは父の好みなのではないかと類は疑っている。甘く柔らかい煮桃に、さらに砂糖をたっぷりと振りかけて食べるのだ。饅頭《まんじゆう》茶漬けも、父のお膳の上にだけのぼる。

「皆、お聞き」

母が声を改めたので、茉莉と杏奴は銀の匙《さじ》を持つ手を止めて顔を向けた。類も口の中の杏子を飲み下す。

「パッパは今日、宮内省の帝室博物館の総長に就任なさいました。図書頭《ずしよのかみ》も兼ねられて、高等官一等です」

誇らしさを隠しもしない母の披露目に茉莉と杏奴が目を瞠り、きゃっと黄色いような声を上げた。母はこういう時、じつに歯切れのよい物言いをする。時折、父にも「パッパ、それは違います」と切口上《きりこうじよう》にものを言うほどだ。

どうやら慶事らしいと察し、類も嬉しくなる。父は口の端を上げ、葉巻に火をつけた。茉莉と杏奴が上座に進んで、父は黒い筒のようなものから細く丸めた紙を出している。類も腰を上げ、二人の姉の間に入って頭だけを突き出した。

「これが任命状ね」

杏奴が両手を畳の上について、感心したような声を出した。類は黒々と立派な文字の並ぶ書状を絵を見るような目で、およそ不規則に目玉を左右上下に動かした後、やっと読める字を見つけた。

「僕、わかった」

すると父は「ほう」と、目尻を下げる。

「もう漢字が読めるか」

「うん。トショアタマになったんだ」

その途端、父が破顔した。

「そうか、おれは頭か。なるほど、他人より頭の鉢が少しばかり大きいからな」

両の眉を下げ、クックッと咽喉を鳴らす。父は頭が大きくて、帽子を選ぶのに困るらしい。

「類ちゃん。これはね、ずしょのかみ、と読むのよ」

杏奴に訂正されて、類は己の頭を掻いた。

膳がすっかりと引かれた後、茉莉が廊下へと出た。硝子窓をも引いたので、冬の夜風がたちまち吹き込んでくる。けれど誰もそれを咎めることはなく、類も杏奴と共に夜の景色の前に立った。

日中、晴れた日には海まで見えることがあるのだけれど、今は上野の森も何もかもが闇に沈み、家々に灯る明かりが星を撒いたように広がっている。背後に父の匂いがある。その胸の辺りに後頭部を少し凭《もた》れるようにしてくっつけ、腕を後ろに回して掌《てのひら》をまさぐった。すぐに大きな温もりが、類の手を握り返してくれる。

頬に受ける風の冷たささえ心地良く、何やら厳《おごそ》かな気持ちになって星々を見つめた。


三年生になっても、授業についていけない。

黒板の横に掛軸のようなめくり物が掛けてあり、先生はそれを竹の棒で指して教える。一年生の頃は知っていることばかりで、まだ楽しかった。ことに花の名前は絵を見ればすぐに見当がつく。けれど学年が進むにつれ、机の前で俯《うつむ》くことが増えた。時々、ふいに名を呼ばれて、「これは何と読むか」といきなり問われる。それに答えられないと、先生は鼻から大息を吐く。

君の父上はあれほど偉いのに、こんなこともわからんのか。

帰り道は腕っぷしの強い同級生に道を阻まれ、悪口雑言《あっこうぞうごん》を投げつけられる。そしてよその学校の子らにも、難癖をつけられる。誠之尋常小学校は貴族院議員や学者など名士の子弟が多く通っていることで有名で、ある日も「坊ちゃん学校だ」と肩を怒らせて近寄ってきた。

すると背後を友達らと歩いていた杏奴がすばやく前に出て、乱暴者らを睨《ね》めつけた。

「うちの弟をどうする気よ」

杏奴は去年、仏英和から誠之尋常小学校の四年に転入してきた。理由は知らないけれども、どうやら類の登校の付添いをするためのようだ。明るく活発で運動もよくできる杏奴は、たちまち新しい友達を作って賑やかだ。

「え。どうするの？」

杏奴はその中で最も強そうな男の子にぐいと迫り、板塀に押しつける。腕は細いけれども、気の強さで鳴らしている。やがて相手はもがいて、競《せ》り負けた。

その様子を見ていたらしい同級生がいて、翌日、教室で賞賛を浴びた。

「森の姉ちゃん、すげえなあ」

そんなことがたびたびあって、類は胸がすく思いだ。帰り道にまたいじめっ子を追い払った杏奴に、類は「みんな、存外に弱いね」と笑った。

「弱いのは、あんたでしょ。ちょっとからかわれたくらいで怯《ひる》んで、どうすんの。最初に見くびられたら、ずっと見下げられたままよ。ずっと負けるよ」

怒ったように言い捨て、杏奴は友達を引き連れてずんずんと歩き出す。

「待って」

類は急に心細くなって、後を追う。

日によっては二人で父のいる博物館を訪ね、そこで教科書を広げた。父は月、水、金曜は上野の博物館、火、木、土曜は虎ノ門の図書寮に出勤している。杏奴が父に勉強を見てもらっているので、類も同様にした。担任の先生の言葉は皆目わからないのに、父の教えは不思議と腑《ふ》に落ちる。成績については一言も口にしない。ただ、毎日、その日に習ったことを一緒に復習《さら》ってくれ、次の日に習いそうなことを教えてくれる。算術がひときわ苦手なことが知れてしまったが、決して叱らなかった。そして散歩に出ると、杏奴と共にお小遣いをもらってお菓子を買い、寒い季節にはホットチヨコレエトを飲ませてもらう。

四年生になっても、学業は低迷したままだ。

今のままだと五年生に上がれんぞ。落第だ。

先生の宣告はたちまち教室じゅうに広がって、皆は類の額に「落第」の二文字が貼られているかのように横目でチラチラと盗み見するようになった。やがて担任でない先生らも類を見れば目配せを交わし合い、母が学校に呼び出された。

父の帰りを待って、母はいつもより剣呑《けんのん》な裾捌《すそさば》きで四畳半に従《つ》いて入る。帽子と白麻の背広を受け取ってブラシをかけながら、溜息を吐き通しだ。類は廊下の隅で膝を抱えていて、表庭を見つめる。梅雨空がどんよりと暗い色を垂れ込め、蒸し暑さだけがつのる。

「もともと頭に病のある子は別にして、病気でもないのにこんなに勉強ができない子は類さんだけですとおっしゃるんですよ」

父は黙って洋袴《ズボン》を畳の上に落とし、母は背後から着物をはおらせる。

「お父上が可愛がり過ぎるんじゃありませんかって。低学年の頃、パッパが毎朝、送って行ってくださったでしょう。その様子を憶えておいでで。ほら、入学してまもなくの頃、パッパにも挨拶なさったという先生です」

父は着物に袖を通し、腹の下に帯を回しながら「馬鹿な」と珍しく声を荒らげた。

「小学校の教師に何がわかる。成績がふるわんのは類が怠けているからであって、おれが可愛がることとはまったく別の話だ」

類が怠けるから。

その言葉が胸を突き刺した。自分に関して、父が苦々しい物言いをするのを初めて耳にした。

どうしよう。そう思った途端、躰が冷たくなる。

パッパに見捨てられたら、僕は。

「私、病院で診《み》てもらおうかと思うんです」

「何をだ」

「類の、頭」

「必要ない。努力する精神だ。物事を整理して、考えを発展させる力だ。それさえ身につけさせれば、案ずることはない」

「でももし落第でもしたら、あの子の将来はどうなるんです。いずれ、中学校の受験だってありますのに」

「どうもならん。将来なんぞ当人次第だ」

「また、そんなことをおっしゃって。非難されるのは私なんですよ」

母が誰に非難されると気にしているのか、知りようもない。ただ、こんな切羽《せっぱ》詰まった声を出すのは、決まって類の長兄、於菟の存在が絡んでいることは何となく察していた。

ひどく歳上の兄は、父の前妻の息子だということも。

何年か前、学生の時に結婚して花畑に面した離屋《はなれ》に住んでいたがまもなく破鏡《はきょう》し、二年前の大正七年、秋田の医師の娘と再婚した。

上の姉の茉莉も、昨冬、十七で嫁いだ。相手は山田珠樹《たまき》という学者で、杏奴に言わせれば「大変な美男」だそうだ。類も結婚式と披露宴に出たけれどあまりに大勢の客や親戚がいて、顔を確かめる暇がなかった。

父方の叔母の嫁ぎ先、小金井《こがねい》家も医者や学者が多く、兄の於菟も医学生だ。

母としては、自分が産んだ子供の出来がすなわち己の出来であるかのように神経が尖り、居ても立ってもおられぬ心地になるようだった。子供に関する評価の逐一を、それが好ましいものであってもそうでなくても己の中に招じ入れてしまう。窓の硝子のように、ほんの少しの屈折を伴って。

「ボンチコ」

膝の上に伏せた顔を上げると、父が立っていた。

「パッパ」と、もう泣き声になる。

「どうした、こんな廊下に坐り込んで。おいで、散歩に行こう」

その広い胸に飛び込み、腰に腕を回してかじりついた。

あの牢獄のような教室から、どうかして解き放って欲しい。何一つ面白いことのない、侮蔑《ぶべつ》と苦痛ばかりが澱《よど》む場に僕を行かせないで欲しい。

雨が降りそうで降らない散歩の間も、類はずっとしゃくり上げていた。かたわらを見上げれば父は黙って、何かに怒っているような厳しい顔をしている。

しかし類の視線に気づくと、いつに変わらぬ笑みを泛《うか》べた。


類は母に連れられて病院を回った。

医者は告げた。

「脳に病気があるわけではありません。ご安心ください」

「本当にございますか」と、母は訝《いぶか》しげに訊き返す。

「何か、ご不審の点でも」

医者は少し気分を害した様子で、咳払いをした。数日の後、別の病院へ連れて行かれた。

「お悪いところはありません。坊ちゃん、良かったな」

診立《みた》ては同じで、幼子のように頭を撫でられた。けれど母の落胆ぶりには凄まじいものがあった。まるで、類の頭に病気があることを願っているかのようだ。

森鷗外の息子がこんなに勉強ができないわけは、可哀想に、病気が因《いん》だった。そしたら、どんなに肩身が広いことだろう。

帰りの電車の中で母は蒼褪《あおざ》め、何度も溜息を落とした。類は申し訳ないような気持ちになって、母の膝の上を見ていた。横長の鞄《かばん》は洋装にも合いそうな凝った革細工がほどこしてあり、口金は濃い紫の硝子だ。それを細い指先で触れながら、母が呟いた。

「死なないかしら」

失望の声だ。

「苦しまずに死なないかしら」

電車の揺れにまかせて、類はじっと坐っている。


門前から団子坂の上に向けてぐるぐると、銀色の三輪車を乗り回す。

何年か前のクリスマスプレゼントで、こうして高学年になっても充分乗れるほど頑丈なものだ。本当は大人が乗るような自転車が欲しくて、先だっても父に掛け合ったばかりだ。

「パッパ、ねえ、自転車。買ってよう、自転車を買って」

母もそばにいて値段を父に告げると、さすがに渋い顔をした。

「世間には、それだけの金子《きんす》で一家五人がひと月を暮らしている家がいくらもあるんだぞ」

それでも類は引かなかった。

「自転車が欲しい」

「三輪車がある。まだ乗れるだろう」

「二輪車がいい。どうしても乗りたい」

父は苦虫を嚙み潰したような面持ちで口許を引き結んでいたが、「ええい、くそ。勝手にしろ」と、珍しく捨て鉢な物言いをした。財布を取り出し、机の上に紙幣を並べていく。

そのさまを見るうち、恐しくなってきた。母が肩の上に手を置いた。

「類、やっぱり、そんな高価な物はよそう。このお金は買ったつもりで、お母ちゃんが預かっておいてあげます」

それで今も、この三輪車で遊んでいる。

「やあ、坊ちゃん。素晴らしい三輪車だね」

男が脚を広げて立っている。きびきびとした物言いだ。

「森先生はご在宅かな」

得意の取次《とりつぎ》が久しぶりにできる。類は三輪車のペダルから足を離し、藪下道の土の上に立った。

「お名刺」

手を差し出すと、「おっと、これは失礼」と言って懐から紙片を差し出した。それを手にして、門の中にたっと入った。

「坊ちゃん。花畑を拝見したいと、お父上に伝えてくれたまえ」

「花畑を拝見」と口の中で鸚鵡返《おうむがえ》しにしながら、薄暗い玄関から式台へと上がった。左に折れて廊下を走り、書斎の戸を引く。

「パッパ、お客様。花畑を拝見だって」

いつものように机に向かっている父が頭を動かし、筆をかたわらに置いた。名刺を渡すと「雑誌の記者か」と呟き、類を見上げる。

「花畑を見たいと言ったのか」

首肯《しゅこう》するとしばし首を傾《かし》げるようにして考え、「わかった」と文机に手を置いた。

近頃の父は、立ち上がる時に机に手をついたりする。以前には決してしなかった所作で、散歩の歩調も緩くなったような気がする。

「ボンチコ、お客を裏門から案内しろ。花畑で集合だ」

久しぶりに勇壮な命を出された下士官のごとく、胸の鼓動が高くなる。そのまま門前まで取って返すと、その男が銀杏を外から見上げていた。

「僕が案内します」「そうですか。そいつぁ有難い」

父は最近、親しい間柄の友人知人は別にして、約束のない訪問は受けつけなくなっている。断られるのも覚悟をしていたようで、男は門に向かって大きく足を踏み出した。

「こっち」

類が団子坂通りを指で示すと、ともかく後を従《つ》いてくる。歩きながら、男が訊いてきた。

「何年生？　六年生かな」

「五年生」

何とか、落第は免《まぬか》れている。

「そうか。背が高いな。本当は中学生かと思ったが、さすがに三輪車で遊ぶ中学生はいないからな。少し値引きをしたんだ」

屈託のない声で、カラカラと笑う。見た目よりも若い声だと思った。歳の頃は、類には見当もつかない。

よく晴れた、春の空が頭上に広がっている。裏門から石畳の径を踏み、四ツ目垣の木戸から男を案内した。父はもう花畑の前に立っていて、懐手《ふところで》をしていた。少し背中が丸いが、客に向かって「やあ」とでも言うように目許をやわらげた。

「やはり、君か」

「閣下、ご無沙汰しております」

男は踵《かかと》を音を立てて合わせ、父に敬礼をした。父は鷹揚《おうよう》にうなずいて返す。二人のやりとりから して、いつの時代かは知れないが、訪問者はかつての部下であるらしかった。

「佐野《さの》君、雑誌の記者になったとは驚かされるね」

「流転の人生です」

そう言いながら、男は朗らかに笑う。

「それにしても、噂に違《たが》わぬ、見事な庭です」

佐野という男は、一歩前に進んで花畑を見渡した。

「なあに、ほんの手遊《てすさ》びだ。誰かに見せるためのものじゃない」

四月の半ばを過ぎたこの北庭では塀沿いの植込みの木々がさまざまな緑を芽吹かせ、白い石楠花《しゃくなげ》と海棠《かいどう》の薄紅、山吹の花が盛りだ。花畑でもいろんな草花が土を裂いて葉を出し、紫と白のヒュアシントはそろそろ見頃を終え、貝母百合が淡い黄緑色の花を見せている。菜花《なばな》には紋黄蝶が訪れ、揚羽《あげは》も高く低く花々を巡る。

　類はこの春の匂いが好きだ。土が温もり、やわらかな匂いを吐く。

「それにしても、凄い種類だ。何種類くらい植えておられるのです」

　佐野が手庇《てびさし》をかざして感嘆している。

「どうだかな。数えたことはない。ただ、自然らしく造っているだけだ」

「自然らしく」

「ありのままの自然ではないということだ。草花の中にも熾烈《しれつ》な生存競争があってな、ことに夏草などを放置すれば暴力的なまでの支配力を発揮する。その景色は優美ではない。ゆえにおれは、多種多様な花畑にしている。雑で強過ぎる草を抜き、野蛮なものの侵略を阻む、その手助けを少ししてやる」

「そういえば『田楽豆腐』にも、そのようなことを書いておられましたね。大正元年でしたか、あの作品は」

「君、小説を読むのか。あの頃は何も言わんかったじゃないか」

　佐野は「は」と頭を下げ、「じつは」と言った。

「小説が好きで好きで、私自身、小説家を志したことがあるのです」

　自嘲めいた声音だ。

「それで、雑誌の記者か。しかし名刺では、経済系の雑誌のような社名だったが」

「そこしか雇ってくれませんでした」

佐野は目を丸くして、父と顔を見合わせた。父は笑いながら小径を掌で示す。佐野が小径に入ってきた。

「ほら、ここ、花隠元《はないんげん》」

類は話を聞くのに飽いて、中央に通っている小径に足を踏み出した。

「書いては捨て、己の才のなさに絶望する毎日です」

「今、書いているのか」

「葉っぱが出てるだけじゃないか。坊ちゃん、よくわかるなあ。そうか、君が父上と一緒に手入れをしているのか」

「そうじゃないけど」

庭仕事をしているのは父だけだ。勤めと執筆の合間を縫い、種を蒔いている。苗を植え替え、こぼれ種を拾い、花殻を摘む。

「本当は花隠元ではなく、スヰイトピイだがね」

「洋花《しゆびようや》ですか」

「種苗屋に花隠元を注文したら、スヰイトピイをよこしやがった。毎年、西洋花が増えるばかりだ。石竹を植えたいと思えど、種苗屋の親爺は今はカアネエションしかないと言う」

父は散歩に出た道すがら、種苗屋の店先で必ず足を止める。そして種袋の裏を読み流して、残念そうな表情になる。何か、失せ物をしたような顔つきだ。

「種苗屋が間違えているわけではないんですか」と、佐野が真面目な声で訊いた。

「玄人《くろうと》は間違えんよ。西洋化が進み過ぎて、日本の草花の種苗が商いの市場に出回らんようになっておるのだ。このまま進めば、日本の風景はまるで変わってしまうことだろう。自然だけは、おいそれと取り返しがつくものではないというに」

類はそれをまた、じいと聞いていた。言っていることの半分もわからないけれど、父が何かを案じている気配は察せられる。

「パッパは、外国が嫌いになったの」

気がつけば、そう投げかけていた。

「嫌いじゃない。もう一度、欧羅巴《ヨーロッパ》を訪ねてみたいほどだ」

「パッパは独逸に留学して、翻訳もたくさんしているでしょう。なのに、西洋花はなぜ嫌いなの」

留学や翻訳だけでなく、類の身の回りには西洋の物がたくさんある。菓子に飲物、玩具、絵本、そしてあの三輪車もだ。洋服も特別な物は仏蘭西や独逸から雛形帳を取り寄せ、父と母が吟味して注文する。

「西洋花を嫌っているわけでもない。サフランやヒュアシントには風情《ふぜい》を感じるし、書斎にも鉢を置いているだろう。そうではなくて、物事が一辺倒であるのが良くないとおれは言っているのだ。毬《まり》のような花をつける天竺牡丹《てんじくぼたん》を買おうと思っても、草花市では平たい花のダアリアしか扱っていない。日本人の、そういう流行ばかりを追う性質を案じている」

「そういえば、『サフラン』という作品も書いておられますね」と、佐野が手帳を取り出した。

「あれは花期が短い。ほんの一、二週間だ。しかも夜明けに咲いて、たちまち枯れ始める。手入れもなかなかに難しいが、しかし土の間から鮮やかな花を覗かせている姿を見つけると、何やら神妙な心持ちになる。けなげで、懸命だ」

佐野は鉛筆を走らせている。その横顔を父は黙って見つめている。

「書きたまえ」

佐野が手を止め、父を見返した。

「おれはとうとう、役人と文学、二つの道を歩き続けた」

そこで父は疲れたように息を吐き、懐から懐紙《かいし》を取り出した。口許にあてて頬を動かしている。

唾か何かを音もなくそこに吐いたようで、咳のような音が微かに聞こえた。しかし懐紙を綺麗に折り畳み、すばやく懐に仕舞う。

「君も往《ゆ》きたまえ。艱難《かんなん》の道を」

佐野は手帳と鉛筆を持ったまま、しばらく何も言わなかった。

山鳩が鳴いている。

佐野は父に向かって、深々と頭を下げた。


大正十一年三月の半ば、茉莉が旅立った。

夫の珠樹が仏蘭西に留学中で、「茉莉も呼びたい」との意向があり、嫁ぎ先の山田家は難色を示したが、父が「行かせてやって欲しい」と幾度も足を運んで頼んだらしい。そして長兄の於菟が独逸に留学することになったのを機に、茉莉も一緒に出立したのである。

東京駅に見送りに行った父に、類だけが従いていった。駅は大変な混雑で、改札口の手前で父と子は人波に揉《も》まれた。父が姉に何と言って見送ったのか、類は承知していない。ただ、見慣れた灰色の外套《がいとう》がその日はやけに重そうに見えた。

そして父も四月の末から、奈良に「出張」だ。英国の皇太子が来朝中で、奈良の正倉院《しょうそういん》もお目にかけるため、その準備があるらしい。

父がいない家の中は、気が抜けたサイダアのようだ。母は物憂《ものう》げで、時々、ぼんやりと廊下に佇んで表庭を眺めている。けれど木々を見ているわけではないことは類にもわかった。杏奴も母の様子を鏡のように映して、どことなく元気がない。杏奴は誠之尋常小学校を卒業し、仏英和の高等女学校に通っている。仏蘭西語を習うのに熱心で、今はあまり遊び相手になってくれない。そんな杏奴がにわかに元気を取り戻す時間帯があって、郵便配達夫が訪れる時分だ。郵便受けの前で待ち構えていて、封書と葉書を持って茶の間に駈け込んでくる。

——奈良の官舎の庭に、躑躅が美しく咲いている。睡蓮の鉢が三つある。内のも日あたりの好《よ》い所へ出してください。

声に出して読んだが早いか、風を切るような速さで勝手口から外へ出ていく。類もその後を追う。土蔵の前を通り過ぎ、家の陰にある鉢の前に長い脚を折り畳むようにして杏奴は屈み込んだ。力ずくで鉢をひきずるようにして、塀ぎわに動かしている。水も一緒に動いてスカアトが濡れた。手伝おうと思って類がもう一つの鉢に手を伸ばすと、「いい」と止められた。

「これは、私がパッパから頼まれたことなの。あんたは勉強しなさい」

「してるよ、僕」

「あんなやり方じゃ、してるとは言えない。掛算、二桁になるともうお手上げでしょう」

類は目をそらした。学科の中で、算術がどうしても苦しい。

「ほら、そうやってすぐ拗《す》ねる。お母さんがどれだけ気を揉んでるか、わかんないの？　中学の競争試験、今のままだったら受けることができるかどうか。パッパだって心配してらっしゃるのよ。あんた、悩みの種よ」

あまりにきつい言いようだったので、むっときた。

「パッパは奈良じゃないか。そんなこと、どうしてわかるんだよ」

「お母さんに手紙がきてるのよ。私たちに毎日のように葉書がきてるでしょう。お母さんにもきてるの」

鉢に手を置いたまま類を見返っている杏奴の目の下が、うっすらと赤く膨らんでいる。怒っているのか泣きそうなのか、判然としない顔つきだ。けれど傷つくには充分な言葉だ。確かに毎日のように葉書はきているけれど、宛名はほとんどが「森杏奴様」となっていて、類への言葉は末尾に一行、時には何も記されていない日もある。

五月七日は母宛ての封書が届いて、その中に挟まれていた紙片を類と杏奴にも見せてくれた。

——アンヌにとらせたい

正倉院の中の

ゲンゲ

日付は五月五日になっていて、蓮華草《れんげそう》の押し花が二本貼ってあった。それを茶の間で母は見せた。杏奴が笑顔をこしらえた。

「これ、色がまだ綺麗ね。おととい、私宛てに来た葉書に書いてあったでしょう。正倉院の敷地にはゲンゲがいっぱい咲いていて、子供たちにとらせたいと思ったって。あの日、パッパは摘んだのね、ご自分で」

「雨の中を散策して珍しい草花を収集したと、私への手紙にも書いてあったよ。濡れて躰を冷やしたら、良くないのに」

母の表情は仄暗《ほのぐら》い。杏奴が「お母さん」と励ますような声を出す。

「あともう少しよ。もう少しで、帰っていらっしゃるわ」

類はうつ伏せに寝転んで教科書を開く。けれど数字はいつものごとく、無意味な文字の連なりにしか見えない。

奈良から帰ってきた父は、頬がげっそりと薄くなっていた。


梅雨が訪れて、家の中に両親の姿が見えないことに気づいた。雨の音だけがする。

書斎の隣の四畳半を何気なく覗くと、そこで二人は向き合って坐っていた。父の膝の前には膳が置かれていて、母は後ろ姿だ。団扇で風を送っている。ふだんはその部屋で食事を摂《と》ったりしないので、何か変な気がした。

父は象牙《ぞうげ》の箸を持ったままゆっくりと顔を上げ、類に弱々しい笑みを投げかけた。「どうしたの」と問うたのだが、母が振り返りもせずに答えた。

「パッパは病気なの。あっちに行ってなさい。障子を閉めて」

取りつく島もなく、類は外へ出た。傘も差さずに団子坂通りを歩いていると近所の人に「あれ、どうしたの」と声をかけられ、慌てて引き返した。

森の坊ちゃまが妙だと噂になったら、また母の目尻が吊り上がる。

幾日か後、父の姿が見えないので杏奴に訴えた。

「きっと洋室だわ」

二人で覗いてみると、やはりそこにいた。けれど、いつもの姿ではない。正面の壁際に仰臥《ぎょうが》している。近づいてもまるで気づかぬふうで、手にした団扇だけがハタ、ハタと緩慢に動いている。蒲《ふ》団《とん》の裾には母ではなく看護婦が坐っている。

「パッパ」

呼びかけても父はぼんやりとした顔つきで、少ししてから目玉だけを動かした。

誰が、どこから呼んでいる。

そんな不思議そうな目の動き方で、色も違って見えた。黒い、強い光を帯びていたはずの瞳は淡く濁り、灰色に近い。やがて大きく目を瞠って、ようやく杏奴と類に眼差しを合わせた。

「パッパ」

もう一度、笑いかけた。けれど微笑は返ってこない。何かを言いたげにじっとこっちを見上げているけれど、乾いた唇からは何の言葉も発せられなかった。

七月に入って、杏奴と類は俥《くるま》に乗せられた。

「しばらく、田中先生の所でご厄介《やっかい》になっていなさい。万事、お願いしてあるから」

母は口早に言い、すぐに家の中に入ってしまった。田中先生は茉莉の家庭教師だった女の先生で、大塚駅前の丘に家があった。類は生まれて初めて銭湯というものに入った。他人の裸に囲まれて、躰の洗い方を忘れた。

五日ぐらい経って俥屋が迎えにきた。杏奴は新聞の見出しを見ていたらしく、叫ぶように言った。

「きっと、パッパの悪いところが過ぎたのよ」

今暁《こんぎょう》が危機かと、大きな見出しが書いてあったらしい。

「コンギョウって、いつ」

「夜明け方よ。もう六時だもの。危機を脱したんだわ」

そう言いつつ、杏奴は俥の中でじっと前を睨んでいた。類も口をきかなかった。何か言えば、不安がもっと押し寄せてくる。やっと家に入れば、いつもと変わった様子がない。

「坊ちゃま、朝餉をお召し上がりになってください」

五日しか離れていなかった女中の声がやけに親身で、背中を押すようにして膳の前に坐らされた。

「チャンチャンは？」

すると女中は目瞬きをして、「はばかりに行かれたようですよ」と答えた。

ご飯を食べていると、茶の間の入口に人影が立った。

「類ちゃん」

そう呼んでいるけれど、知らない大人だ。手招きをされ、女中の顔を見た。

「行ってらっしゃいまし」

女中の鼻の頭が、途端に赤くなった。類は黙って箸を置き、立ち上がる。大人に肩を抱かれるようにして廊下を進み、洋室へと入った。

そこには、白一色の父が横たわっていた。顔にも白布が掛かっている。

母のかたわらには杏奴が坐っていて、顔を真赤にしてしゃくり上げている。母の瞼も腫れ上がり、半分ほどしか開いていない。

「類、いらっしゃい」

機械仕掛けの玩具のように、ぎくしゃくと枕元に近づいた。震えがきて歯の根が合わない。白布を母が取った。

「お別れを言いなさい」

そこには、瞼と頬の窪んだ父の顔があった。白い布で顎を吊られ、それでもうっすらと口を開いている。

躰の中から凄まじい塊がこみ上げてきた。声が変わる最中のことで、奇態な、獣のような音が出る。でも、泣いた。悲しくて恐ろしくて、どうしようもない。

「もういい」

母が背中をさすってくれ、何度も「もう、いい」と言った。

やがて部屋の外に連れ出されて、類はまた身を揉んだ。

パッパ、僕を置いていかないで。

たくさんの足音と小声が忙《せわ》しなく行き交う中で、独りぼっちだった。

3 相続

玄関の三和土《たたき》で黒靴を脱ぎ、学生帽と重いズックの鞄を畳の上に放り出して奥に入る。茶の間に母の姿がないので、二階だろうか。食器棚を覗けば、蔓草《つるくさ》模様の西洋皿にジャミパンらしきものがいくつか寄り添うように並べてある。

類は硝子戸を引いて皿を取り出した。階上の気配がしないので、母は留守のようだ。姉の杏奴はまだ女学校から帰る時間ではない。台所で洗い物の音がするので、女中はいるのだろう。

ここは渋谷の屋敷町の一角を二町ばかり歩いた崖の上で、二戸の棟割《むねわり》長屋が二棟、東と南に向かって建っている。そのうちの南向の一戸に母と杏奴と類は移り住んだ。母の口ぶりでは店子《たなこ》ではなく家主のようで、住人は類らだけだ。長屋の前には母方の伯父一家の家があるので、この一帯は母の生家である荒木《あらき》家の地所なのだろうと杏奴が話していたことがある。

母の志げは明治十三年、東京は明舟町《あけふねちょう》に生まれた。祖父は大審院《だいしんいん》判事を務めていた法律家で、母は十五歳まで華族女学校に通った。今は女子学習院と呼ばれている学校だ。十八歳で銀行家の子息に嫁いだが、二十日に満たず破鏡したという。その理由は知らない。ただ、姉たちがこの茶の間で芝居や役者の話をしていて「誰が本当の美男といえるか」と論じ合った午後がある。

茉莉が「そういえば」と、大きな目をすがめた。

「お母さんの最初のお相手、羽左衛門《うざえもん》かと謳《うた》われるほどの美男だったらしいわよ」

「じゃあ、大変な夫婦ね。お母さんは今でも綺麗だけど、若い頃の写真を見れば凄いほどだもの」

そして二人は不二家《ふじや》のケエキに夢中になっている類に目を落とし、つまらなそうに頬杖をつく。

「目鼻立ちはお母さんに一番似てるのに、何だかねえ。鳥みたい」

杏奴が非難めいた口調を遣う。茉莉はフフンと笑う。

「何さ、生意気に面皰《にきび》なんか作っちゃって」

「お母さんがね、類の顔は本当の美男子を知らない女が好く顔だって言ってたわ」

「通俗美男子」

何を言われても類は薄笑いを泛べ、ケエキのクリイムに熱中する。レモンの味がするので、濃厚でありながら風味は爽やかだ。面皰には実際、閉口しているけれども、からかわれようが非難されようが、姉たちが自分に注目してくれることが嬉しい。なぜか元気が出てくる。けれどその後、母が茉莉の息子を連れて帰ってきたので、話題は母が買ってやったばかりの玩具に転じてしまった。

類が「紅茶」と声を張り上げると、女中が前垂れで手を拭きながら顔を覗かせた。

「坊ちゃま、お帰りになってたんですか」

こんな住居は生まれて初めてであるけれども、手狭なのも案外と便利だと思うことがある。一階には六畳と茶の間があるきりで、その六畳を類が使い、茶の間で女中が寝起きをしている。二階の二間は、母と杏奴だ。ゆえに誰がいるのかいないのか、すぐに知れる。本郷千駄木《せんだぎ》の家ではこうはいかない。母が手を打てば女中らは飛んでくるが、類が何かを頼みたい場合はわざわざ長い廊下を伝って台所まで足を運ばねばならない。

「うん。リプトン」

台所では紅茶をたくさん淹《い》れて冷やしてあり、類の家庭教師や杏奴が習っている踊りの師匠に菓子を添えて出すのが習慣になっている。

「はい、ただいま」と女中は言いつつ、「そのパン」と卓の上に目を落とした。

「すべて召し上がってしまわないでくださいましよ。お嬢様のもございますんですから」

「わかってるよ。早く、紅茶」

このところ、類は猛烈に食べる。中学校に入ったばかりの頃は食が細くなって母を心配させたものだが、食べたら食べたで「食べる」と非難される。

昨年、大正十二年に誠之尋常小学校を卒業し、中学校の競争試験に失敗した。それでいったん高等師範学校附属小学校高等科一年にやられ、今年、ようやく國士館《こくしかん》の中等部に入学を許されたのである。学舎は世田谷で、千駄木から通うには朝の六時に家を出なければならなかった。往復に時間を取られ、家庭教師が来ている時間も欠伸《あくび》ばかりしてしまう。居眠りや欠伸は珍しいことではないがやがて食が細り、脚に痺《しび》れと浮腫《むくみ》が出た。医者にかかると、脚気《かっけ》と診断された。

「脚気でございますか」母はそう言ったきり絶句したけれど、診察室で類は少しばかり期待した。この際、無理をして通学させるより養生させるが先決だと、休学を考えてくれるのではないか。

けれど母は、中学校に近いこの家への引き移りを決行した。むろん千駄木の家はそのままで、留守番がわりの女中を置いてある。

「相続」なるものについては、兄の於菟が留学先の独逸から帰ってのことになるようだ。兄は父の葬儀に帰ってこず、それは「参列せずともよい、学業を優先せよ」との親戚の総意で電報を打った

から で、洋行中の茉莉にも同じ連絡をしたようだった。

それで数え十二歳の小学生であった類が喪主を務めた。大人に指図されるまま人形のように動いただけで、万事は親戚や父の友人、知人の支配下で取り回された。類は気分が悪くなった。誰かが額に手を当て、「人に中《あた》ったのだろう」と言った。葬儀への参列者は千人を超えたのだ。あまりにもたくさん泣いた後に、あまりにも多くの弔意と慰撫《いぶ》、そして無遠慮な視線に晒《さら》された。

母と杏奴と類の三人を遠くから見て、何やら囁き合う弔問客がいたのだ。

森先生のユイゴン、イゴン。

そんな言葉が聞こえた。今から思えば、母はその時からすでに埒外《らちがい》に置かれていたのだろう。

まもなく、事の次第を杏奴から教えられた。

男子である兄と類が何かを分け合うらしいこと、そしてそのユイゴンによる相続が母を苦しめていること。杏奴は大人の事情を類よりも遥かに理解している様子で、父がこの世にもういないことを嘆いて泣き暮らしているかと思えば決然と顔を上げる。

お母さん、これからは私がしっかりします。

母はもうそれだけで唇を震わせ、「うん」「うん」とうなずく。明るくて闊達《かったつ》で友達の多い杏奴は、頼もしい娘でもあった。向島《むこうじま》へ墓参りに行く時も、隅田川のポンポン蒸気の上で杏奴は母の背中にしっかりと手を回し、前を向いている。川風がいかほど冷たかろうと暑い盛りであろうと、何かに挑むような目をして母を支えている。そして類は船の臭いに酔い、岸に上がるなり嘔吐した。

そうこうしているうちにまた勉強に追い立てられ、この長屋への家移《やうつ》りだ。

千駄木の卓や鏡台、衣装簞笥《だんす》はこの住居には大きく、そして古びがついて立派に過ぎるので、小振りなものを三越から持ってこさせた。むろん間に合わせの選び方ではない。母は父と同様、本物に対する目は揺るぎなく、美しいもの、そうでないものを瞬時に選《え》り分けた。高価であっても下品な色柄は忌《い》み、千代紙一枚、便箋一枚でも日本橋の榛原《はいばら》で吟味する。

類は女中が運んできた紅茶を口に含み、ジャミパンに食らいついた。とろりとした甘みと皮の香ばしさを咀嚼《そしやく》しながら畳の上の新聞を取り上げ、卓の上に広げる。新聞は何紙か取っているけれど、類は連載小説が気に入りだ。母も「面白いねえ」と読み、その点では意見が合う。

母は映画や芝居でも、英雄や偉人ではなく悪党を好む。歌舞伎では、ことに六代目の牢破りが気に入りだ。六代目といえば尾上菊五郎《おのえきくごろう》と相場は決まっていて、父が執筆した戯曲『曾我兄弟《そがきようだい》』で主演を務めたこともある。

たちまちパンの二個を平らげ、けれどまったく腹がくちくならないので食器棚から白磁に薔薇を描いた砂糖壺を取り出した。角砂糖を齧りながら紅茶を飲み、小説を読む。読み終えたが、まだ物足りない。台所に入って、クリイム色の陶器のバタ容れとナイフを持って茶の間に戻った。蓋を開けてナイフでバタを掬《すく》い取り、それを舐める。舌の上にねっとりと油脂を含んだ滋味が広がって、やめられなくなる。

そんなにバタを塗ったら、面皰が治らないわよ。

杏奴の諫《いさ》め口がふと過《よぎ》ったが、なに、かまうものか。またナイフで掬い、舐める。時々、額や顎の面皰を触る。プツリと、指先に厭な感触がある。西洋の薬を塗っているのに、まったく治らない。いまいましい。

類はようやくナイフを手から放し、仰向けに寝転んだ。天井を見つめ、首の下で両手を組む。宿題をしないとと思うのだが、思うそばから憂鬱になる。

中学校でもやはり、例の名札はついて回っている。類が黙っていても、教師らは「森」と名簿から目を上げるたび確認するのだ。

「ほう、君かね」

——鷗外の息子
教壇から突きつけられるその大きな名札に、類は赤面してひれ伏すしかない。学業を立派に成し遂げればいい。ならば俯かなくても済むのはわかっているが、その頑張りようがわからない。数字も英字も記号も、目の前を胡乱《うろん》に通り過ぎてゆくばかりだ。動物や植物についての授業は面白いと思うことがあるけれども、ジャングルや草原、花々の匂いを思い泛べている間に遺伝の法則とやらに移っている。

教師はなぜ、世界をわざわざ難しくするのだろう。

活発な子らは休み時間に机を動かして相撲を取ったり、外に出て駈けたりボウルで遊んだりする。そんな遊びには誰も誘ってくれないし、乱暴な遊びは嫌いだ。教室に残って本を読んだり窓辺に立って話をする二、三人もあるが、たまに声をかけられても会話が続かない。

先月だったか、眼鏡をかけた子と雀斑《そばかす》の目立つ子の二人組と、たまさか窓辺で一緒になった。

「七月で、円太郎《えんたろう》が廃止だってね」

円太郎は、今年の一月から運行されるようになった市営バスのことだ。震災後の交通を補うためである。

昨大正十二年の九月一日、関東で大地震が起きた。家が庭ごと持ち上がって、ちょうど昼餉《ひるげ》を摂っていた類は茶碗と箸を持ったまま畳の上を転がった。肝《きも》を潰す暇もなく、ただ己の躰を抱いてうずくまっていた。母と杏奴は無事であったけれども、茉莉が八月に欧州から帰国したばかりで、上総《かずさ》にある婚家の別荘から帰京の途中に地震に遭った。列車がちょうど隅田川縁に差しかかった時であったらしく、すんでのところで命拾いをしたようだ。茉莉はそれを活動弁士のごとく大袈裟《おおげさ》に、臨場感を籠《こ》めて語り、母や杏奴を震え上がらせた。

眼鏡と雀斑はそのまま乗物の話を続け、類は聞くともなしに聞く。

「市電がずいぶん復旧したからね」

「でもお父さんが言ってたけど、高級車に仕立て替えて運行を続けるらしいよ。高級円太郎だって」

類は自転車は好きであるけれども、バスや電車には興味を引かれない。そして震災のことも、あまり耳にしたくはない。咽喉の奥が冷たくなるのだ。息苦しくなる。

あの日、観潮楼から見下ろした帝都の風景は今も眼に焼きついている。それはこの二人、眼鏡と雀斑も同じだろう。市域の四割が焦土と化し、黒と深紅がせめぎ合っていた。上野公園に避難者が五十万人、宮城《きゆうじよう》前広場には三十万人、そして類が大好きな小石川植物園にも八万人が押し寄せたと出入りの植木職人が母に話し、学校が再開されてから先生もそんなことを告げた。

けれど類にとってもっと恐ろしい事件が起きたのは、その二週間ほど後のことだ。大杉栄《おおすぎさかえ》というアナキストが震災後の混乱に乗じて憲兵隊に連行され、殺害されたのである。遺体は古井戸に投げ込まれていた。拷問を受けたらしかった。

茶の間で新聞の号外を見ていた母が、「どうしよう」と低い声で呟いた。類はその時、同じ部屋にいた。何をしていたのかは忘れたけれど、クッキイを齧っていたような気がする。それとも、光に目を凝らしていたのだったか。そうだ。地震で壁に隙間ができて、時折、そこから秋の陽射しが差し込んでくるのを眺めていた。

杏奴も女学校が休校となっていて、同じ部屋にいた。地震で学校がないのを幸いにしてぼんやりしていたのだ。は茉莉に手紙を書いていたかもしれない。杏奴は父が亡くなってから、仏蘭西語のノオトを開いていたか、もしくりするようになっていた。父が出張先の奈良から毎日のように葉書をよこした、その代わりのように書く。

「お母さん、真《ま》っ蒼《さお》じゃない。どうしたの」と、杏奴が顔を上げている。

「杏奴ちゃん、これから一人で歩いては駄目。女学校が再開したら、誰かに付添ってもらうことにするよ。でも、誰に頼んだらいいんだろう」

母は深い溜息を吐き、眉間や蟀谷《こめかみ》の辺りに細い指を広げた。杏奴は鉛筆を置いて坐り直した。黙って母を見て、穏やかな声で先を促す。

「付添いって、物騒になっているからなの？」

震災後の東京は大混乱を来たし、九月二日には戒厳令が敷かれた。盗みや放火、詐欺、婦女の誘拐などが盛んに報じられ、朝鮮人が暴動を起こすのではとの噂も駆け巡った。それで町の各戸から人を出し、交代で警備を行なうことが決められた。しかし森家では兄の於菟が留学中で、男手がない。そこで母は植木職人に頼み、警備に出てもらったことがある。

「パッパが、研究に着手なさってたんだよ」

母はもともと口数の多い方ではなく、そのぶん口に出した時は唐突《とうとつ》になる。

「パッパの研究？」

杏奴の手が動き、胸の前で重ね合わせた。「パッパ」という言葉を耳にするたび、胸が裂けて何かがドクドクと溢れそうになる。それを抑えでもするかのような所作を、杏奴はたびたびした。

母はまたしばし黙し、そして思い余ったように打ち明けた。

「新しい思想をね。ただ弾圧してはいけないって。よく勉強してみなければならないって」

「新しい思想って、社会主義のこと？」

「露西亜《ロシア》で革命が起こっただろう。あの後に、そんなことをおっしゃってた」

「お母さん、あの革命からもう六年も経っているわ。それと大杉氏の事件と、どうかかわりがあるの」

「類の家庭教師の先生に訊ねたことがあるんだよ。日本にも同じようなことが起きますでしょうかって」

それは類も憶えている。先生の顔に、さっと朱が散ったのだ。

必ず、起きます。

断言した。その直後、机が鳴った。先生が激しい貧乏揺すりをしたからだ。勉強中、先生は信ずる思想について語ることがあり、やがて激するとその癖が出る。

「お母さん。パッパが革命の研究をしていたからといって、社会主義者であったと断罪されるわけはないわ。パッパは帝室博物館の総長だったのよ。従二位《じゅにい》に叙《じょ》された人よ。亡くなった時、勅使が来てくださったことを忘れたの？　閑院宮《かんいんのみや》殿下や宮家からの代参もあった。私が酷い目に遭わされるってことには、決してならない」

「そうは言ったって。革命が起きたら、相手の見境なんぞつかないだろう。ああ、どうしたものか。珠樹さんに相談してみようか」

父の死後、母はもっぱら茉莉の夫である山田珠樹を頼るようになっている。珠樹の父は商家の小僧から一代で成り上がった富裕家だが、本人は東京帝国大学文学部を金時計で出た秀才で、仏蘭西に留学した際も文部省の在外研究員という身分であった。

父の蔵書の処分についても、母は娘婿に相談した。潮が引くように、周囲から人がいなくなったからだ。三回忌の法要でも母と杏奴と類はぽつりと坐っていて、母に声をかける人といえば実家の荒木家の係累《けいるい》だけだった。法要を済ませて千駄木の家に戻ると、父の書斎の前の沙羅ノ木が駄目になっていた。ほのかな白花を咲かせることもなく、立ち枯れていた。

「他人《ひと》に話さない方がいいわ。だいいち、パッパの生前の研究が憲兵隊に咎められるなんて、あり得ないことよ」

「でも、愛人や子供まで首を絞められたんだよ」

事件で殺されたのは一人ではなかった。愛人といわれる女と、その時、偶然、「東京の焼跡を見たい」と言って訪れていた大杉の幼い甥ももろとも連行されて殺害されたのだ。遺体はやはり古井戸から発見され、女と子供も丸裸で菰《こも》に包まれていたという。

「そうだ。お前、外出をする時は男装をおし」

「取越し苦労よ。大丈夫よ」

杏奴は自身にも言い聞かせるように繰り返した。母はようやく口を閉じたけれども、類は咽喉に手をやった。

子供まで首を絞められる。そして古井戸に投げ込まれる。その言葉が胸苦しくさせた。裸に剝かれて拷問され、咽喉を絞め上げられ、そして投げ込まれる。深く暗い、井戸の底。もはや息絶えているはずなのに、類はその底から泣き叫ぶ。助けて。誰か、助けて。

しばしば、そんな夢を見た。冷たいケロイドのように咽喉が痛んだ。大杉事件の主犯者として憲兵隊の甘粕《あまかす》という大尉が軍法会議に掛けられたのは、あの年の冬だ。

類は咽喉仏をそっと撫で、クラスメイトに向かって口を開いた。

「三越がね、下駄履きで入ってもよくなりそうだよ」

市電やバスの代わりに、三越を持ち出していた。これまで客は草履《ぞうり》や靴を脱いで売り場に上がっていたのを土足のまま歩ける方式に変え、復興後の開店を遂げようとしているらしい。

「へえ。森君、三越に行くの」

「隅から隅まで知ってるよ。市村座《いちむらざ》と千疋屋《せんびきや》も」

類が知っている世界は、母と杏奴と三人で一緒に出かける場だ。そこに茉莉が加われば、浅草の仲見世《なかみせ》にも繰り出す。すると雀斑が眉をひそめ、眼鏡が笑った。

「女学生みたいだ」

類も一緒に乾いた笑声《しょうせい》を立てた。それからはまた誰も声をかけてこぬようになり、今日も休み時間は机に突っ伏して寝ていた。眠いわけではない。そうする以外、無聊《ぶりょう》を慰めるすべを持っていないだけのことだ。

つまらない。どうして学校は、こうもつまらないのだろう。

大の字に手脚を広げ、天井を見返す。節の多い、赤の勝った杉板が目透《めす》かしで張ってあるだけで、竿縁《さおぶち》もない。普請したばかりの建物のことで、梅雨の夜には生壁が藁《わら》の臭いを放った。

起き上がってズボンを脱ぎ、黒靴下も脱ぎ捨てた。下駄をつっかけて玄関から出ると、右手に明るい草地が開けている。雑で暴力的な支配者はまだ現れていない。そのうち、誰も植えたはずのない背高泡立草《せいたかあわだちそう》が辺りを席巻し始めると、単純な風景に様変わりしてしまうだろう。今はまだ瑞々しい草の緑を踏み、野花に目を留めながら歩く。姫紫苑《ひめじおん》に赤詰草《あかつめぐさ》、そしてこれは捩花《ねじばな》だ。なおも気儘《きまま》に歩き、そして足を止めた。

これは何だろう。半身を屈め、目を近づけてみる。

毎日のように類をつれて散歩をした父は、「いろいろなものに目を向けるがいい」と言った。何でもない景色を楽しめる、そんな大人になれ。

淡い紫色の小さな花で、花畑の庭でも小石川でも見かけたことがない。姿は春の桜草に似ているけれど葉が違う。クロウバアに近い形だ。首を傾げ、類はまた面皰を掻いた。風が吹いて空を仰ぐ。

でもパッパ。パッパがいないと、花の名を教えてくれる人が僕にはいません。

純白に光る雲が、すうと流れてゆく。


大正十五年、一月も末の土曜日、日本橋に買物に出た。

母は白茶色の蚊絣《かがすり》を織り上げた薩摩絣に黒地絞りの半襟を合わせ、長羽織は千歳緑《ちとせみどり》、首には艶光りのする漆黒の毛皮のストウルを巻いている。その姿は冴え冴えとして人目を引き、振り返る人も少なくない。類はそれが誇らしくて、辺りを見回す。

杏奴と類は外出時はほとんど洋装で、今日の杏奴は露西亜風の刺繍《ししゅう》をほどこした青いコオトドレスに同布で仕立てた帽子をつけ、類はバタ色のスウェエタアに細い格子柄のジャケッツ、ズボンは薄い灰色だ。

「このまま、駒込《こまごめ》に行こう」

突然、母が茉莉の家に行くと言い出した。茉莉は昨年の六月に次男を産み、今は生後七カ月だ。そして駒込の新興住宅地である大和村に家を新築し、引越しを済ませたばかりである。

杏奴は「いいの？」と訊く。

「今日は千駄木の家に寄るつもりだったでしょう」

「いいよ。こんなに風が冷たいのに、人気《ひとけ》のないあの家に入ったら風邪をひいてしまう」

兄の於菟は一昨年に帰国し、留学前に引き続いて東京帝国大学医学部の助教授を務めている。妻と子供三人と共に東側の母屋に住まい、類ら一家は西側の平屋が住居と定められた。

森家の屋敷は建て増しを繰り返して構造が複雑だ。於菟が相続した母屋は「賓和閣《ひんわかく》」とパッパが名づけた建物で、二階が「観潮楼」、明治の頃は多くの文人が出入りして歌会も盛んに催された日本間だ。その西側に建て増した平屋があり、東西は鉤形《かぎがた》の広い廊下でつながっている。だが父の「遺言」によって相続が執行された後、廊下の突き当たりに板壁が張られ、完全に別棟となった。ゆえに藪下道に面した表門に兄の表札、団子坂通りに面した裏門に「森類」との表札を掲げてある。

「お兄様のところにも、帽子とソックスを編んだのでしょう」

母は編物を習い、白木の棒を器用に動かして孫たちのものを編んでいた。兄夫婦とはほとんど口をきかず顔を合わせるのも避けているふうだが、孫らが庭伝いに遊びにくると目を細めて呼び寄せるし、茉莉の子供と一緒に銀座に出かけて甘いものを食べさせることもある。そして孫らもお祖母様が大好きだ。類が幼い頃にはただ厳しくて怖いばかりの母であったが、祖母としては春陽《はるひ》のごとくで、パッパの分まで可愛がっているかのようにも思える。

「いいよ。あの子らにはまた今度、渡す。茉莉ちゃんとこのも持って出てるから、今日は駒込に行こう。類、さっさと円タクをお止め」

類は買ったばかりのシュウ・ア・ラ・クレエムの箱を脇に抱え直し、首を伸ばしてフォードのタクシーを探した。しばらく時を費やしてようやく車のシートに落ち着くと、母は「ふう」と息を吐いた。父のいない千駄木の家は、気ぶっせいであるようだった。生《な》さぬ仲である兄一家との交際に気を揉んでか、あるいは父の遺言を思い出すからなのかもしれない。

於菟の帰国後、父の親友である「賀古《かこ》のおじさん」が訪れた。鶴所《つるど》という変わった名の歌人で、有名な耳鼻科医だ。洋間の応接室に杏奴と共に呼ばれ、おじさんはガラガラ声を張り上げた。

一、有価証券並びに預金現金は、小金井喜美《きみ》、森潤三郎《じゅんざぶろう》に与うる各千円、計二千円を控除し残余を二分し、半は於菟に与え、半はさらに三分して茉莉、杏奴、類に平等に与う。
二、本郷の地所家屋は、東半部強を於菟に、西半部弱を類に与う。
三、日在《ひあり》の夷隅川《いすみがわ》岸の地所家屋は、志げに与う。
四、日在の御門停車場脇の地所は、於菟に与う。
五、家財（伝家の物品、恩賜《おんし》の物品及び一切の書籍を除く）は荒木博臣《ひろおみ》遺物、並びに新年賀式用器具一揃を志げに与え、残余中より於菟をして志げ、喜美、潤三郎と協議し、親戚故旧に贈るべき遺物を選定せしめ、其の残余は於菟、類をして適宜に之を分たしむ。
六、遺著より生ずる収入は、於菟、茉莉、杏奴、類に平等に分ち与う。於菟は志げ、喜美と協議し、其の取扱方法を定むべし。
七、系譜記録類、伝家の物品、恩賜の物品及び一切の書籍の事は、別に之を定む。
八、遺言の執行には、賀古鶴所の立会を求む。

父が亡くなる四年前、大正七年三月十三日付で記されたものであるらしく、父の二つめの遺言だと説明された。一つめは明治三十七年、日露戦争に従軍する前に作成し、その後、家族に生没があって事情も変わったのでさらに遺言する。冒頭にはそう記してあるのだと、賀古のおじさんは説明した。

小金井喜美とは父の妹、森潤三郎は分家を立てた父の弟のことだ。それはわかる。けれどその他は何が何だか皆目わからず、膝頭を手で摑んでいた。ソファに並んで坐っている杏奴は顔を上げもせず、対面している母も硬い面持ちで押し黙っている。類はその気配を躰に映し、なお俯く。

「類君、そう緊張するものじゃない。君たちは生涯、誰の世話にもならずに生きていけるだけのものを受け継いだのだ。家の西半分と、まとまった金子が遺産だ」

「西半分」

「東側の、観潮楼のある母屋が兄さん、西側が君だ」

「じゃあ、花畑に面している方なの」

「そうとも」

父が死んだからといってなぜ家をケエキのように切り分けねばならぬのだろうと不思議に思ったけれど、花畑に面した離屋《はなれ》をもらえると理解して安堵した。

「著書の印税収入も、兄姉弟《きょうだい》の間で平等に分配される」

「インゼイ」

「さよう。たとえば今後、全集が出れば、売れた分のいくらかが君たちの収入になるのだ」

するとと母が伏し目のまま、「そうはおっしゃっても」と呟いた。

「パッパは生前、おれの本はただでさえ売れない。全集なんぞもっと売れないだろうと、おっしゃっていましたわ」

賀古のおじさんは束の間、眉を顰めて口を開きかけたが、また閉じた。そして類に目を向け直す。

「お父さんがあれほど仕事をしたおかげで、君は君の財産を持てるのだ。お母さんや兄さんの世話にならず、君は暮らしを立てていける。わかるかね。お父さんは亡くなる寸前まで、己《おの》が命を削って仕事をした。その成果が、残された身内に平等に分けられるのだ。お父さん自身の遺志によってね」

ふいに母の肩が動いた。けれど何も言わない。賀古のおじさんも素知らぬふうで、類に笑顔さえ見せる。

「食うためにあくせく働かずとも、君は暮らしていける」

類は精一杯、頭を働かせて、その言葉を眺め回した。

「僕、働かなくてもいいの」

とができる」

「暮らしのために働かずともよいと言っているのだ。君は己の使命を果たすためだけに、生きるこ

母がそのかたわらで、小さく頭を左右に振った。

「賀古さん、類にそんな難しいことをおっしゃったってわかるものですか」

「また、そんなことを。お志げさん、母親が子供の面前でそう言うものじゃない。頭が悪い悪いと親が言えば、子供は努力をする方途さえ見つけぬようになるぞ。こういう子はな、褒めてやると奮闘するものだ。褒めて育ててやってくれと、林太郎も言っとっただろう」

父の親友に立つ瀬を与えられて、類は胸の裡《うち》に明るい色の布をぱっと広げられたような心地になった。

働かなくてもいい。それは一縷《いちる》の望みだった。中学をちゃんと卒業しないと世の中に出られないと、母に懇々《こんこん》と説かれてきた。だが働く必要がないほどの財産があれば、学業もさほど重要でなくなるのではないか。自由になれる。

「僕たち、働かなくていいんだね」

己の発見に昂奮《こうふん》して、かたわらの杏奴に口を近づけて囁いた。けれど杏奴は何も答えず、その口を噤《つぐ》めと言わぬばかりにツンとしている。

今から思えば、杏奴は遺言の内容が母をいかほど傷つけるかに気づいていて、目の下を強張らせていたのだ。民法に従っているとはいえ、母、志げへの遺産があまりに少ないのだと杏奴は主張した。遺言を聞かされた日ではなく、しばらく後のことだ。母は同窓会に出かけ、それも欠席しようかと随分迷っていた。着替えている最中も、「肩身が狭い」などと杏奴に零していた。

「小金井の叔母様や潤三郎叔父様には千円ずつあるのに、そこにお母さんの名前はなかったでしょう」

そう言われれば、そんな気もする。

「じゃあ、お母さんは貧乏な人になっちゃうの？」

「そうじゃない。荒木のお祖父様《じいさま》からの遺産をお持ちだから、お母さんが困ることはない。でもね、そういう問題じゃないの」

「何が問題なんだよ」

「パッパがお母さんのことをそんなふうに扱った、それが問題なの。ただでさえ、ヒステリイな奥さんで森先生もお気の毒だったとか、文豪は悪妻を持つのが宿命だとかいう談話が世間に出回ってるのよ。皆、パッパとお母さんのことを知りもしないくせして、下世話な噂ばかり」

母が何らかの批判に晒されているらしいことは、何となく知っていた。父の臨終の際、母が「パッパ、死んでは厭」と泣き叫んで縋ったこと、それを「見苦しい」と賀古のおじさんに一喝されたことも。

でも、なぜ「ヒステリイ」な「悪妻」なのだろう。

父は亡くなる前、その頃はもう声も瘦せていたけれど、「お母ちゃん」と子供らと同じ言い方で母を呼び、母はいつもの通りの風情で「何です、パッパ」と応えていた。仰臥する父のそばで、母が使う団扇が優しく動いている。

そんな、しみじみと慕わしかった二人の姿しか類の胸にはない。

「お母さんはあの遺言の内容を知っていて、書き換えてくださいって何度もパッパにお願いしていたらしいのよ。荒木の伯父様にも相談していたらしいわ」

渋谷の長屋の前に家を構えている伯父も、独逸仕込みの法律家だ。荒木の祖父から受け継いだ動産、不動産をうまく差配し、七人の子らを母いわく「立派」に育て上げているらしかった。

「でも、あちらもさるものよ。小金井の叔父様が動いて、パッパがお母さんに有利な遺言に書き換えないか、目を光らせていたんですって。おれの顔を見れば遺言の話だって、パッパもさすがに気を悪くなさっていたようだわ」

類は小金井の叔父の立派な風貌《ふうぼう》を思い泛べ、混惑した。小金井良精《よしきよ》博士は解剖学者で人類学者でもあり、帝国大学医科大学学長をも務めた人だ。母が喜美叔母とは疎遠であったので滅多と顔を合わせることはなかったが、いつも温顔で、とくに叔母と仲が良さそうなのが好もしかった。

なのに、杏奴はまるで敵対しているとでも言いたげな口ぶりだ。類の知らぬ間に、森家は二つに分断されているようだった。ケエキどころではない、何かもっと厳しい断絶がある。父の前妻の子である於菟の背後に、父の弟妹《ていまい》一家が威儀を正して立っている。正統なる王子を守るための、西洋の騎士のような甲冑《かっちゅう》姿だ。そんな様子が目に泛んだ。

僕のお母さんは嫌われているのか。

初めて、そんな疑念がふつりと泡を立てた。

もしかしたら、お母さんは於菟兄さんに意地悪を働いたのだろうか。グリムの童話のように。

しかし類は、その疑問を杏奴に差し出さなかった。「お母さんが悪いはずがない」と即座に反論するに決まっているからだ。杏奴は父が亡くなってからしっかり者になったと同時に、怒りん坊になった。

母はいつも気鬱《きうつ》げに溜息を吐き、姉はしじゅう憤慨している。類は身の置き所がない。

道が悪いところにさしかかったのか、タクシーがやけに揺れ始めた。コオトドレスの杏奴がふいに倒れてきて、シュウ・ア・ラ・クレエムの箱をあやうく潰しそうになる。

「危ないよお、チャンチャン」

杏奴はふざけて、車の揺れにまかせながら踊りの拍子を取り始めた。

「はい、チリ、チリ、チリ、チリ、トツ、ツン、ツン、おうんまえにーい」

師匠の、歯切れのよい物言いを真似ている。渋谷の長屋に通ってくる師匠は下谷三筋町《したやみすじまち》で出ている若い芸者で、母が「見惚れるね」と言うほど艶《あで》やかだ。杏奴はその師匠のつけてくれる稽古にそれは真面目に、神妙についていっている。どうやら舞踊家を目指しているらしい。

窓から冬木立が続く景色を見て、杏奴は言った。

「母上、姉上のお屋敷まであともう少しでございます」

「それは重畳《ちょうじょう》」

母までが調子を合わせておどけたので、類は思わず笑った。


鉄筋コンクリイトの家には、鉄格子の門が構えてある。裾広がりの階段を上がると分厚い扉だ。女中の案内で南向きの居間に通された。三人が中に入ると、茉莉は一人掛けのソファに坐って雑誌を開いていた。濃紺《のうこん》、濃紫《のうし》の中に山吹色を使った幾何学模様の着物で、しかも肩や袖、膝と裾には突如、コバルト青《ブルウ》と白で青海波《せいがいは》を染め抜いた柄が配してある。白地の半襟には青糸の刺繍で、やはり波模様だ。

「茉莉ちゃん」

母が声をかけると、「あら」と大きな目を瞠る。しかしそれは束の間のことで、雑誌を閉じるでもなく、何をしにきたのだと言わぬばかりの顔つきになる。理由はわからないが、いつもどことなく威張っている。母も気を兼ねてか、「子供たちに渡したいものがあってね」と言い訳がましい。

「渡したいものって？」

「編んだんだよ。帽子と靴下」

「素人の手編みを身につけさせたくないわ。珠樹が嫌がるのよ。貧乏人臭いって」

茉莉は生家の母に意思表示をする時、夫の名を持ち出す。「珠樹が歓《よろこ》ぶ」「珠樹が嫌いだ」と。西洋紙で柔らかくくるんだ包みを渋々と受け取り、ようやく母の背後にいる妹と弟に気がついたふうなさまを見せた。

「まあ、お坐りなさいよ」

物憂げに許しを下《くだ》し、また雑誌に目を落とす。そのまま類らは長椅子に並んで待つ。茉莉は中途であった記事を読み終えてか、ようやく母の包みを開いた。手編みの帽子と靴下はやはり意に染まぬようで、感想を口にしない。帽子は玉子色に黒の模様が粒々と編み込んであり、靴下は水色で、足首にはこれも黒糸で編んだ紐を仕込んで蝶結びにしてある。

類にはとてもよい彩りに見えるが、茉莉は包み紙や雑誌と一緒くたにして膝脇に置いた。しかし類がシュウ・ア・ラ・クレエムの箱を恭《うやうや》しく差し出すと、途端に声を弾ませる。

「素敵」

それは見事な手つきで、粉雪のような砂糖を膝の上に零すこともなく、一つ、二つとたちまち口

に入れてしまった。目の前に並んでいる生家の家族どころか、自身の子供らに食べさせようという
ことすら思いつかないようだ。
ハンケチで口許を拭って女中を呼び、飲物を言いつける。
「奥様やお嬢様方にも、お紅茶でよろしゅうございますか」
女中に気を回してもらい、茉莉はようやく要《い》るのとばかりにこちらに目を向ける。
「いただきます」
母と弟を代表して、杏奴がおずおずと答える。
この家を訪ねても、たいていは紅茶どころか水も出てこない。女中はいるけれど、茉莉がそれを
命じないのである。決して吝嗇《りんしょく》なわけではない。どうやら、来訪者に茶を出してもてなすという
ことに思いが至らないようなのだ。茉莉は家の事がまったく不得手《ふえて》で、嫁いで初めての正月、母が
心配をして年始に出向いたことがある。その頃は三田台町《みただいまち》にある山田家の広大な邸宅に同居をして
いて、舅《しゅうと》一家も人数が多かった。
茉莉は、お役に立っておりましょうか。
婚約してから多少は母も仕込み、料理も習わせたので、郷に入れば郷に従っているだろうとの伺
いであったけれど、茉莉は庭でその家の子供らを相手に羽根つきをして遊んでいたようだ。振袖の
赤い袂を翻して。それを母が嘆くと、父は「上等、上等」と、さも嬉しげであったらしい。
お茉莉はそういう星の下に生まれたのだ。些事《さじ》に心を奪われず、広やかに生きればよい。たとえ
襤褸《ぼろ》を纏《まと》う身になろうとも、お茉莉は上等だ。
紅茶が運ばれた後、家政婦が気をきかせてか、子供たちを二階から連れてくる。

長男は来年は学校に上がる年頃なので、「お祖母様、叔母様、叔父様」と、舌足らずながらもちゃんと挨拶をする。もっとも、それは家政婦に促されてのことで、茉莉は知らん顔だ。絨毯《じゅうたん》の上にぺしゃりと坐った長男は、画用紙帖を広げてクレオンで何かを描き始めた。次男はつかまり立ちができるようになったばかりで、杏奴が手を取って遊ばせる。

類はぽつねんと紅茶を啜る。お裾分けされたシュウ・ア・ラ・クレエムを食べると粉砂糖を落としたので、ズボンを手の甲で拭うとそこが白く汚れた。茉莉もまた食べている。それで母の分がなくなったが、おそらく気づきもしていないだろう。

話が弾まないまま、部屋の中が薄暗くなった。類は立ち上がり、辺りをうろつく。玄関に灯がともり、食堂から見える庭は夕暮れている。冬の芝庭は寒々しくて、すぐに居間に引き返した。

「茉莉ちゃん、また肥《ふと》ったんじゃないかい」

長椅子に坐り直した母が羽織の裾を払いながら言うと、茉莉は下唇の皮をむしりながら「そうかしら」とだけ返す。

「一日じゅう坐ってちゃ躰に毒だよ。散歩でもしてみたらどう」

「だって、珠樹が一日じゅう坐ってろと言うんだもの」

杏奴は子供を抱き上げながら、「お姉さん」と明るい声を出した。

「夫に坐ってろと命じられて、そのまま、はい、わかりましたと坐ってる奥さんなんていないわよ。出かけたらいいじゃないの。夕方までに帰っていれば、珠樹さんだってお怒りにならないでしょう」

「何さ。奥さんになったことないくせに」

茉莉はひとたび外に出ると時間を忘れる性質《たち》で、里帰りと称してやってきては母や類らと百貨店を巡り、そのまま腹が空けば銀座で食事をし、気が向けばさらに芝居を観ようと言い出す。母がしきりに「いいのかい」と留守宅に気を遣うが、結句、帰りが夜更《よふ》けになることもしばしばだ。その間、夫や子供のことはまるで忘れているらしかった。その時々、一つの愉悦に没入し、他の何かを気に懸けるということがない。それで義兄は「どこにも行くな、坐ってろ」と命じたようだ。

「杏奴ちゃんの縁談、茉莉ちゃんからも珠樹さんに頼んどいとくれよ」

「どうかしら」

「どうって、来年三月には女学校を卒業するんだよ」

「杏奴ちゃん、いくつ？」

「数えで十八歳だよ」

「あら、もうそんなになるの。まだ男の子みたいなのに」

埒が明かない。そのうち庭がすっかりと暗くなっていることに母が気づき、そろそろ暇《いとま》をしようと腰を上げかけると、茉莉は引き留める。

「まだいいじゃないの。そうそう、杏奴ちゃん、モウパッサン、読んでみないこと？」

宵から夜が近づくほどに、茉莉の調子は上向いてくる。

「でも、珠樹さんがもうすぐお帰りになるだろう。夕飯の支度も」と母が言えば、茉莉は「いいの、そんなこと」と返す。

「うちは、家政婦が女中に指図して用意するスタイルなのよ。私は味見をすればいいだけ」

料理はしないが、舌は驚くほど確かだ。茉莉が「セ、ボン」と評した店は実に旨いものを出したし、「ノン、メルスィ」と言った店は味が落ちた。

仏蘭西の小説から芝居、着物へと話題は広がり、茉莉は欧州に滞在中に撮った写真も持ち出して、母や杏奴を笑わせたり感心させたりする。

玄関で気配がして、義兄の珠樹が入ってきた。蒼白い長い顔についた眉根が一瞬、動くのが見えた。母も気まずそうに辞儀をする。杏奴も挨拶をすると、「やあ、仏蘭西語はどうだい」とようやく頬が動く。

「ええ、何とかやっています。でも発音が難しくて。パッパにもよく発音を直してもらったのだけれど、英語とは感覚がまるで違うんですもの」

「あの家庭教師は僕が紹介したんだから、ものにしてくれなくっちゃ僕が困るよ」

義兄は東京帝国大学の司書官も兼ね、震災後の帝大図書館の復興にも努めたようだ。そのかたわら仏文科で仏蘭西小説史を講じていると、茉莉が自慢していたことがある。

母は父の蔵書について義兄に相談し、帝大図書館に大半を引き取ってもらうことにした。想い出のあるものは手許に残し、生前からの約束で母の妹に譲る書籍もある。それらを除いた残りを図書館に寄贈するという遺志だ。ただ、それは父の口述による遺言を母が書き取ったもので、賀古のおじさんの立会いを伴っていなかった。しかも兄の於菟が帰国する前に母がそれを実行しようとしたので、義兄がそれを押しとどめたことがある。

さすがに、そのやり方はまずいんじゃありませんか。

その後、どうなったかを類は知らない。ただ、千駄木から渋谷の長屋に帰ってきた母はいつもひどく疲れて顔が黒ずみ、足をひきずっている。腎臓に疾患があるらしく、足に浮腫が出ているのだ。

父の死因も萎縮腎《いしゆくじん》だったので、杏奴はなおさら母の身を気遣う。

「まあ、アンちゃんなら心配ないけどね」

義兄の機嫌は良さそうだ。類も何か挨拶をしなければと思い、「こんにちは」と頭を下げた。すると、お前もいたのかとばかりに少し顎を上げ、「や」と短い音だけが洩れた。そのまま食堂に向かい、チョッキから黒い鎖を取って時計と共に食卓に置いている姿が見える。脱いだ上着を手にして掃き出しの窓を開け、上着を庭に突き出すようにしてブラシをかけている。そのまま姿を消し、着物の上に裾の長い丹前をひっかけ、夕刊を片手に再び居間に現れるまでの一切を、茉莉は手伝わない。ソファに坐ったままだ。

義兄はもう一つの革張りソファに腰を下ろし、脚を組んだ。旨そうにバットを吸いながら、夕刊に目を通している。

「じゃあ、茉莉ちゃん」

母はいったん下ろした腰をまた上げ、杏奴と類に「帰るよ」と小声で告げた。杏奴は子供たちに「またね。暖かくなったら、うちに遊びにいらっしゃい」と話している。

「どっちの、おうち」と、上の子が訊いた。

「渋谷でも千駄木でも、どちらでもいいわよ」

「広い方のおうち」

「それは千駄木のおうち。いいわよ。いらっしゃい」

背後でぱさりと紙の音がして、振り返れば義兄が卓の上に夕刊を放り投げ、こちらに顔を向けていた。

「まあ、お義母《かあ》さん、いいじゃありませんか。飯、喰ってったら」

「でも珠樹さん」

「飯喰ってチョンしてったら、いいじゃないですか。なあ、アンちゃん」

訪問時の、いつものなりゆきだ。姉夫妻の機嫌に左右されつつ、結局は引き留めてもらって母はほっとしている。それが、類をやるせなくさせる。愛情を恵んでもらいにきた、そんな心地にさせられる。

食事が済んで、義兄が「チョン」と呼ぶ花札で遊び、そしてトランプになる。これも苦痛だ。暗算が苦手であるので、王《キング》の髭や女王《クイン》の三白眼を眺めているうちに結着がついてしまっている。

「類の勝ちよ」

杏奴に教えられて、ようやく札を見返す。勝とうが負けようが、ちっとも面白くない。輪から抜けて、絨毯の上で子供の画用紙帖を開く。船や自動車のつもりらしい絵が何枚も続くが、色彩に乏しい。ふとクレオンを持ちたくなって辺りを見回したが、盛んにゲエムに興じている茉莉の足許に箱が見える。上の子は食堂の床に坐って玩具を弄《もてあそ》んでいたが、いつのまにか類の近くでころんと横になって親指を口に入れている。

家政婦が現れて、下の子を連れて二階に上がった。子供室で先に寝かしつけるらしい。その中断で皆の手が止まり、義兄と目が合った。その視線はすぐさまそれ、右へと動く。「近頃、学業はどうなんです」と、母に訊ねている。

「類ですか。いえね、どうもこうもないんですのよ。この頃は、もう学校をやめたいなどと言い出す始末で」

母が無神経に打ち明けた言葉に、膚《はだ》が粟立った。どうして、この人にそれを言うんだよ。

「お義母さん、この頃は中学くらい出てなくちゃ役所の小使いにもなれませんよ」

あんのじょうの冷笑だ。

「類君、学校の勉強くらい、さっさと仕上げちまったらどうだ」

金時計の秀才は、それだけで特権を持っているらしい。そして当然のことのようにその特権を行使する。できぬ人間を見下げても、罪には問われない。けれどパッパは決してこんなことを言わなかった。こんなこともできぬのかと、責めたりしなかった。

「その点、アンちゃんは安心だな。お義母さん、この子はきっと何者かになりますよ」

何者かになる。その部分を、義兄はことさら重々しく宣託した。

「お母さん、珠樹はアンちゃんを買ってるのよ。新聞記者的な頭脳を持っているって」

茉莉までが何やら高揚し始めて、口を添えた。

「新聞記者、ですか」

「観察眼が鋭いってことよ。ねえ、そうでしょう、あなた」

「ん。聡《さと》い子だね。何より知識欲、探求心が旺盛だ。仏蘭西語を教えている彼女も、アンちゃんを褒めてましてね。わからぬことをなおざりにしない態度は、さすがお父上譲りだと言ってましたよ」

杏奴の仏蘭西語の家庭教師は、陸羯南《くがかつなん》という偉い評論家の娘だそうだ。

「これからの文学には、この科学的態度が重要なんです」

杏奴にちらりと目をやれば、「そんな」と顔を紅潮させている。類は胸の裡がキヤキヤとしてきて、舌を打ちそうになる。

何だい、照れたような顔をして。踊りの師匠にしごかれて、ふうふう言ってるくせに。

「新聞記者より縁談ですよ。珠樹さん、杏奴の婿は頼みますよ」

母の願いに義兄は曖昧にうなずき、ふいに真顔になった。「おい」と、茉莉に向かって顎をしゃくる。

「寝かしつけてこいよ」

突然、類の膝前に皆の視線が集まった。長男がいつのまにか寝息を立てている。しかし茉莉の尻は重く、「うぅん」と生返事だ。いつものことだ。寝ている子をいったん起こせば手を焼く。子供の面倒を見るより、杏奴に仏蘭西や独逸の話を聞かせてやりたい。これから注文しようと思っている着物の色柄を母に相談し、パッパの想い出話もしたい。

夜はこれからだもの。

母が義兄の顔色を見て取ってか、「茉莉ちゃん」と諫め声を出した。

「せめて、お布団か毛布を掛けておやりよ」

それでも動こうとしない。丸みを帯びた頰を膨らませ、幾何学模様の袂を持ってハタハタと左右に動かしている。そうして粘っているうちに家政婦が入ってきて面倒を見る。いつもそんな顚末《てんまつ》になる。

茉莉は家政と育児の両方を、家政婦に手渡してしまっていた。子供が熱を出していても気がつかず、帰宅した義兄が驚いて薬を投じ、それで危うく大事に至らずに済んだという事件もあった。茉莉自身が世間話のようにそれを話したのだ。母は顔色を失っていたけれど、本人はけろりとしていた。

「おい、早く寝かせてこい。風邪をひかせる気か」

義兄がとうとう大きな声を出した。茉莉はゆらりと顔を動かした。

この者は何ゆえ、かくも野蛮に私に命ずるのか。

肥った女王が、僭越《せんえつ》の過ぎる大臣を一瞥《いちべつ》する。そんな目をしていた。


三月、類は國士館中学校の二年を修了して中退した。

学校をやめたいと口にするのはもう何度目かで、杏奴にも相談し、「もう、よしにしたいんです」と母に申し出た。進級試験に合格するなどとても困難に思えたのだ。家庭教師の前ではいったんわかったつもりになっても、いざ試験の用紙を前にすると頭の中が空白になる。

母は息子の将来から学歴が消え失せるのを嘆いたが、杏奴が助言してくれた。

「堪忍してあげたらどうですか。お母さんだって、もうこれから学校に呼び出されることも、成績に煩《わずら》わされることもないのよ。この先、どうするかを考えてあげたら」

「どうしても、無理かねえ。記憶力はあるのにねえ」

遺言のことを指している。母が杏奴を相手にたびたびそれを口にして不満を洩らすので、すっかり耳に残ってしまったのだ。今では、母や姉が文言を言い間違えればすぐさまそれを指摘することができる。

「些細なことを克明に憶えていて、びっくりさせられることがあるものね。何か、類にしかわからない仕組みがあるのでしょう」

遺言の文言は、類にとっては単なる音の連なりだ。それが母や姉の声音や気色《けしき》によってまだらに意味を持ち、頭の中に濃淡を成して定着した。

でもなぜなんだろう。パッパが教えてくれた木々や花の名は色と形と匂いがそのまま躰に入って、今もまるで黄金色の血液のように躰の中を巡っている。生きている。

「学校の勉強もあの要領でやれないものかねえ」

「類は学問よりも、芸術の方が向いているかもしれなくってよ」

「そうだねえ」と母は恨めしげに類を見て、「わかった」と言った。

「学校がそうも厭なら、もういいよ。三味線弾きにでも、歌舞伎の附打《つけう》ちにでもなればいいよ」

附打ちというのは役者が見得を切る時、板を打って音を響かせる裏方だ。類も幼い頃からあの音に馴染み、柝《きね》の音にも飽くことがない。その日その幕によって音が異なり、だんだん速く打つ寸前の間合いや高低を瞬時に感じ取る。胸が躍る。

「でも、なるんだったら、六代目が彼奴《きやつ》を呼びねえと言うほどの者におなり」

名人にならなければ承知しないという母の意気込みに気圧され、類はたちまち尻込みした。

「僕は客席で観るのがいいよ」

それからしばらく母は考えあぐねていた。千駄木の家にいる時は、書斎に入って父のデスマスクの前に跪《ひざまず》いた。追い詰められたような背中をして、ひしと手を合わせる。

パッパ、お願い。私たちを守ってください。

杏奴は女学校での学業をまっとうしながら週に数度の踊りの稽古をこなし、仏蘭西語を習い、茉莉とひんぱんに手紙をやりとりして勧められた本や雑誌を読んでいる。舞踊家として一廉《ひとかど》になり、一廉の教養を身につけ、一廉の人物の妻になる。そんな何者かへのありとあらゆる可能性を模索し、努力していた。ただ、「文筆だけは怖い」と言ったことがある。

「パッパの書いたものを読むと、私にはとても無理だと思ってしまうわ」

類の通学の必要がなくなった一家は、まもなく千駄木の屋敷に戻った。

それで毎日、団子坂や藪下道を散歩している。やはりこの界隈が最も好きで、気が落ち着く。しかし傍目《はため》には「森の坊ちゃまは学校へ行かず、働きもしていないらしい」、つまりブラブラと遊んでいる青年だ。母は近所の目や口にまたも難渋して、「ぐれるのだけは困るよ」と念を押した。母は「不良になる」ことを「ぐれる」と表現する。

「お前は、ぐれていないのだけが取柄《とりえ》なのだから。どうせぐれるんなら、西洋でおぐれ」

西洋になど行けるはずもないのに、時々、自棄《やけ》のように言い渡される。類は可笑《おか》しくもないのに薄笑いを泛べ、面皰を掻く。

そしてある日、「画《え》を習うのもいいかしらん」と母が言い出した。抱え俥夫の一人息子が画家になっていると耳にして、ならば類にもなれるのではないかと思いついたようだった。

そうだ、類には芸術だ。

花畑に面する部屋は母の居間にしており、一家三人は「花畑の部屋」と呼んでいる。北向きであるその部屋に、さっそくその抱え俥夫の息子を招いた。先生は小型の画架《がか》と紙、絵具を携えてやってきた。自作の静物画《せいぶつが》を手本として置き、林檎と梨を並べる。類が画用紙帖を広げて鉛筆を持つと、先生は「いいね」と言った。

「その、柔らかい持ち方でいい」

　中学校の教室では、「鉛筆の持ち方すら気合が入っていない」と叱られた。しかし先生は、この持ち方を褒めてくれる。一通り形を取ると、「じゃあ、色を塗ってみようか」と勧められた。手本を真似て水色の背景を塗り終えると、もう出来上がりだ。芸術は簡単だ。手本通りにやるのはすぐにつまらなくなり、先生が来ない日にサイダアの瓶を台所から持ち出して描いてみた。我ながら、悪くない。今度は石榴《ざくろ》の実が裂けたのを古伊万里《こいまり》に盛ってみた。これには呻吟《しんぎん》した。腕を組んで唸る。その時の心持ち、己の姿はまんざらでもない。母も背後から覗き込んで満足げに笑い、杏奴など「画伯」とからかってくる。

　ある日、カンヴァスボルドの四号に描いた。焦茶色の砂壁を背景にした林檎一つだ。ルフランの絵具で色を作り、それは真紅の、こってりとしたルビイ色になった。杏奴は「林檎に見えない」と首を傾げたけれど、母は額装を頼んでくれた。細い黄金色の額に入れられたそれは茉莉に送られ、山田家の食堂に飾られることになった。

　珠樹が、大変に歓んでいる。

　杏奴への手紙にそう付記されているのを見せられて、目尻と口の端が緩むのを抑えられなかった。義兄が急に好もしい人間に思えるほどに。

　芸術のおかげで、思いも寄らぬ速さで季節が過ぎる。小学校や中学校に通っている時とはまるで異なる時間の経ち方だ。父が書斎に籠もって執筆し、散歩をしたように、類は花畑の部屋で日がな描き、時々外へ歩きに出た。そのうち、周囲の目が何となく変わったような気がする。

　画家にも流派や筋ってもんがあるんでしょう。ひとつここいらで、ちゃんとした大家《たいか》に見ておもらいになったらいかがです。

近所の床屋の親方までが熱心になって、母は伝手《つて》を思い出した。

「長原《ながはら》さんに、類の絵を見てくださるように頼んでみるよ」

長原孝太郎《こうたろう》という東京美術学校の教授は、父が主宰していた「めさまし草」にも挿絵や風刺画を描いていた縁がある。そういうことなら本人に一度会おうと言われたようで、母に連れられて長原邸を訪ねた。

欧州の絵葉書によく描かれている山小屋風の洋館で、柱や梁《はり》は手斧《ちような》をかけただけの素朴さだ。類の目にはかえってモダンに見えた。壁も珍しいペンキ仕上げだ。応接間には青磁の皿に林檎のいくつかと、仏頭が飾ってある。

現れた長原先生は父と歳が近いと聞いていたが、どう見ても老人だった。黒木綿の兵児帯《へこおび》を巻き、髪は仕立て菊の長い花弁のように波打っている。洋画家よりも日本画家のような風情だ。頬から顎にかけても白く長い鬚《ひげ》をたくわえ、ロイド眼鏡をかけている。

「画はなかなか難しいものだが、本気でやってみるかね」

「やります」

即座に返した。先生は顔一面に穏やかな笑みを広げ、かたわらの母は安堵の息を吐いた。

それから類は仕上げた絵を大きな麻袋に入れ、月に二、三度、長原邸に通う。

「描いてきたか。どれ、見せてごらん」

先生の声はいつも柔らかい。「こんなふうでいい」とうなずくこともあれば、「天然をもっとよく見て」と言う日もある。

「天然……」

「ああ。現代では自然と言うのだったな」

先生は苦笑し、卓の上に燐寸箱を立てて見せたりした。

「影をよく見なさい。この影は樹木よりも濃くないか？　頭でわかった気になっていてはいけませんよ。よく見て描いて、実際を積み重ねなさい」

そんな日々を重ねるうち大正十五年も師走となり、クリスマスの日に天皇が崩御《ほうぎょ》した。同日、「昭和」と改元され、昭和元年は一週間足らずで年が改まって昭和二年を迎えた。

二月になって、母が杏奴と類を前にして告げた。

「茉莉ちゃん、帰ってくることになったんだよ」

「帰ってくるって。しじゅう里帰りしてるじゃないか」

そう言って杏奴を見たけれど、もう何もかも心得てか、黙っている。

前年の秋くらいから、茉莉は頻繁に顔を見せるようになっていた。母と何やら小声で相談し合っているかと思うと二人で出かけ、母が一人で帰ってくることも、茉莉が一緒に戻ってくることもあった。「珠樹さん、まだ遅いのかい」「芸者が放さないのよ」といった言葉を耳にした夜もある。

「離縁したんだよ」

呆気《あっけ》に取られていると、杏奴が口を開いた。

「珠樹さん、子供は渡さないって。お母さんは随分とお願いしたんだけど、二人ともよこしてくれないって」

「何で離縁なの」

「お姉さん、もう耐えられなかったみたい。限界だって」

まもなく茉莉が帰ってきて、嫁入道具も目録を付けて送り返されてきた。子供らとはやはり生き別れになったようだ。それはさすがにこたえたらしく、顔も声も別人のように重苦しい。うなだれている。

茉莉が帰ってきて三日目の昼下がり、類はいつものように花畑の部屋で鉛筆を動かしていた。母は同じ部屋で新聞を読んでいて、茉莉は隣の自室に引き籠もっている。

杏奴は女学校だ。来月には卒業し、その後、文化学院の大学部聴講科に通うことになっている。踊りの稽古や仏蘭西語も続けながらだ。私が「何者か」にならねば、またお母さんの肩身が狭くなる。そう思い決めているかのようだ。誰にも後ろ指を差されることのないようといつもシャンとして、きびきびと話をする。

気を取り直して、また鉛筆を動かす。今日も林檎だ。そこに時計草《とけいそう》の果実を添えてみる。父の全集を出版している本屋からの届け物で、皮が黒い。半分に切ると種や実がうじゃうじゃしている。駄目だ。こんなの難しくて描けやしない。黒い丸ごとを林檎に添えると、やっと景色になりそうだ。大きな赤に硬質な黒を二つ、銀の脚付きの皿に盛ってみた。

主庭に植木職人が入っていて、その鋏《はさみ》の音だけが響いている。

ワアハッハッ……

突如として大きな声が聞こえて、思わず母と顔を見合わせた。母が襖《ふすま》を引くと、茉莉が寝転んで雑誌を読んでおり、大笑いをしている。母はとっさに主庭を振り返った。職人が梯子《はしご》の途中で足を止め、こちらに怪訝《けげん》な面持ちを向けている。

その後、日を追うごとに茉莉の自儘《じまま》な暮らしぶりが露呈した。ともかく夜更かしがひどいのだ。

煌々《こうこう》と電気をつけて何かを読んだり書いたりするので、その灯が襖の隙間越しに洩れて家族は安眠できない。

茉莉ちゃん、もう寝ておくれよ。母が寝床から促しても、まったく意に介さない。

類は素描《そびょう》をしながら欠伸をする。母は手提げ金庫を出して何やら検分しているが、何度もだるそうに首を回している。茉莉は今日もまだ起きてこない。

「銀行に行かなくちゃ」独り言のように母が呟いた。

「印税、入ってるかしらん」

母は子供たちが父の著作から得る印税収入を銀行に預け、その利息を毎月、必要に応じて引き出して家に置いている。それは杏奴に言わせれば「大変な律義さで管理してくれている」のだそうだ。それぞれの口座から引き出した紙幣を「茉莉」「杏奴」「類」と区別して収め、それぞれの支出に用いる。洋服屋で類の上着を誂えた際は、「類」の紙幣で支払うといった具合だ。

「近頃の本屋ときたら、パッパのものを無断で使用しておいて知らんぷりを決め込むんだから、始末に負えないよ」

当節は一冊一円という額の円本《えんぽん》が大流行しており、父の全集も次々と発刊されているらしい。

「そういえば、このあいだやってきた本屋、どうするの」

鉛筆を動かしながら訊いてみた。ある日、母を訪ねてきた出版社があり、類が取り次いだ。名刺には「岩波書店　小林勇《こばやしいさむ》」と記してある。母は「本屋は信用できない」と言って女中に命じ、玄関でお引き取りを願った。すると今度は、青山の斎藤茂吉《さいとうもきち》先生の紹介状を持って再訪した。

「あの小林って男、あたしにお任せくださいって請け合ったんだよ。代理人になって各社を回って、未払いの印税を取り立ててみせましょうって」

「ふうん。親切な人だね」

類はもう、自分たちにとって印税収入がいかに大切かを知っている。

「親切なだけで動いてくれるものかね。パッパの著作を岩波文庫にもらいたいんだよ。もうすぐ創刊するらしいから、鷗外の名が看板になるんだろう」

母は横長のバッグに通帳や印鑑袋を入れ、隣室に置いてある黒漆の長持《ながもち》の中に金庫を戻した。それは母の嫁入道具で、荒木家の家紋が蒔絵《まきえ》でほどこしてある。戻ってきた母は類の名を呼んだ。顔を上げると、北向きに巡らせた障子を開け放した。

「お母さん、寒いよ」

肩をすくめたが、母は障子に細い指を掛けて外を見ている。草花文様が織り出された泥大島に横縞の細帯をゆるりと締め、指には外出時だけ嵌《は》めるダイアモンドだ。しかしそのまま動かない。

何だ、銀行に行かないのか。画架の前から立ち上がり、母に近づいた。鉛筆を持ったまま、かたわらに立つ。

久しぶりにその庭を眺めて、啞然とした。

三月も近い花畑は冬枯れたままで、見るも無残な景色に成り果てている。父が手入れをしていた頃は、そこかしこで水仙やヒュアシント、菫が咲いていたのだ。柔らかな土の間で新しい緑が次々と芽を擡《もた》げ、毎日、景色が春に近づいた。辺りには沈丁花《じんちょうげ》の香りが漂っていた。

けれど今は誰も球根を植えず、枯草を抜かない。瓦を載せた塀際で、父の大理石の胸像だけが寒々と立っている。

この景色は何度も目にしてきたはずだった。けれど何も感じていなかった。目に入れていなかった。

類は目をしばたたいた。

父を喪《うしな》った大正十一年の夏の朝、この花畑の中で何かを誓ったはずだ。

けれど思い出せない。あれから何年経つのか。今は数え十七だ。指を折り、逆算してみた。計算を間違えていなければ、四年と半年の歳月を過ごしていた。

母も茶灰色の庭を眺めている。

「於菟がね、観潮楼を出てゆくって」

「兄さんが？　どうして」

「私との同居は無理なんだろう。同居と言ったって、棟割長屋の隣家同士よりつきあいがないのに。でも世間は、私の自業自得だと言うのだろうねえ」

類は杏奴のように、母を慰める言葉を持ち合わせていない。とまどい、胸を痛めるだけだ。

末子《まつし》は中学校を中退し、長女は離婚し、そして長男一家に見限られた。

それが鷗外の未亡人、森志げの今の境遇と噂されるだろう。

「花畑に画室を建てようか」

「画室？」

「お前のアトリエだよ」

見下ろした横顔は、何かを踏み越えるような目をしている。

4　花畑のアトリエ

「画室を持っているのかあ」

駒下駄をカラリ、カラリと鳴らしながら、青年は感心したように言った。

彼はどうやら、類が師事している長原孝太郎画伯の次男であるらしい。「どうやら」と思うのは長原先生が尋常な紹介をまったくしなかったからで、今、こうして一緒に歩いている類の推測に過ぎないからだ。

今日の午後、八号の油絵を先生の動坂《どうざか》の家に持参し、いくつかの批評を受けた。その後、先生はふと思いついたように奥の女中を呼び、「玄《げん》はいるかい」と訊ねた。

しばらくして現れたのが、類よりいくつか歳嵩らしき青年だった。眉の濃い額の秀でた顔つきで、頭は黒々とした長めの髪を手でかき上げたような無雑作さだ。

「何だい」ドアから半身を出したまま、先生に気安い口をきく。

「お前、森さんの石膏《せっこう》を拝借したままだったろう」

「ああ、そうだった」

類もそういえばと、思い出した。ひと月ほど前、先生の子息が必要とのことで、ヴィナスの胸像をお貸ししたのだ。子息は二人とも美術学校の学生だと聞いていたが、自宅にデッサン用の石膏像を置いていないらしかった。そして今年、昭和二年の五月に完成したばかりの類の画室には、独逸人女性の実物大という触れ込みのトルソと、真新しいソクラテス、ヴィナス、この二体の石膏がある。

「課題はもう提出したのだろう」

「そうです」

「じゃあ、お返しがてら、類さんを送ってってあげなさい」

　玄という青年はそこで初めて類に目を向け、しかし礼や詫びめいた言葉を口にするでもなく、「先に出てて」と言い置いて姿を消した。ドアは開け放したままで、階段を上る足音が聞こえた。類は言われるまま油絵を麻袋に仕舞い、先生に挨拶をして玄関の外に出た。

「お母さんによろしく。姉さんに、また見せに来なさいと伝えておくがいいよ」

　杏奴は踊りの稽古と仏蘭西語を続けながら、文化学院の『源氏物語』や漢学の講座にも通っている。源氏は父、森鷗外と交流のあった与謝野晶子《よさのあきこ》先生が講師で、時々、親しく声をかけてもらっているようだ。そのうえ、今では絵筆もとっている。ただでさえ大車輪の奮闘であるのにと類は少しばかり心配になったが、独りで画室にいると眠くなる。杏奴も絵を描くのは好きな様子で、踊りの稽古の合間に画室を訪れ、少女の頃のような眼差しで林檎や護謨毬《ゴムまり》を見つめては手を動かしている。

　母は、せっかく画室を建てたことでもあり、類が画業を中途で投げ出さぬために姉弟揃って長原先生につけた方がよいと考えたようだ。そしてそこには、杏奴を披露したい気持ちも働いていただろう。

　類を「いい子だ」と褒めていただきましたけれども、私にはもっと上等の娘があります。

快活で物怖《ものお》じしない杏奴はどこに出しても恥ずかしくない「森家の次女」で、末子の類が中学を中途で退学し、長女の茉莉が破鏡して戻ってきた今となっては、唯一、世間体と誇りを支える存在だ。母の思惑通り、長原先生は杏奴を一目で気に入ったようだ。杏奴が質問に答えるたび、「そうでしか、そうでしか」と温顔の目尻を下げていた。先生は入れ歯なのか、それとも訛りであるのか、「す」が「し」になる。

同伴した母もその日は上機嫌で、問われもしないのに「茉莉を引き取りましてございます」と自ら打ち明け、先生は目を白黒させていた。

茉莉は相変わらず、傍《はた》迷惑な暮らしぶりだ。皆が味噌汁と玉子焼の朝餉を終える時分にのろのろと起きてきて、洗面器に張った水を叩きつけるようにして顔を洗う。それから女中にハムとフライド・エッグ、トーストを調えさせ、またも時間をかけて化粧をし、人目を惹く装いを凝らして、お散歩にお出ましになる。

茉莉の散歩は父が好んで歩いた藪下道や本郷界隈ではなく、電車で日本橋や銀座、浅草にまで繰り出す。買物に芝居、映画、寄席《よせ》見物を思いのままに楽しみ、家に帰ってくるのは皆の夕飯が済んだ後だ。どこぞで洋食や天麩羅などを食してきた夜はまだしも、女中が台所を仕舞って自室に引き取った時分に、「私の夕飯は?」とごく当然の顔をして茶の間に坐り込む。それで母は渋々、近所の蕎麦屋から玉子とじうどん一杯を茉莉のために出前させねばならない。皆が寝静まった夜更けも煌々と電気をともし、何かを読んだり書いたり、独りで笑ったりする。食べた後の丼と箸は、朝まででそのまま放置だ。

この自儘は思いの外、家族の負担となっている。母は寝不足が続いて「とんでもない大荷物」と嘆き、類も義兄だった山田珠樹に少しばかり同情を覚えるほどだ。杏奴だけはさほど苦にしたふうではなく、茉莉が気に入りの役者や仏蘭西の小説、戯曲を語るのに耳を傾けてやっている。

門前のアプロウチで待っていると、玄が家屋の裏手から現れた。頭には美術学校のものらしい制帽をかぶり、白い石膏を左腕で抱えている。先生の家の門は車とレエルが錆びついてひどく開けにくく、類はいつも難儀をしているのだが、玄は片手で難なく開けた。おまけに類の手から麻袋をひょいと取り上げ、右肩に下げる。玄がさっさと門外に出たので、ともかく肩を並べて動坂の道を歩き始めた。

「画室かあ」

玄が再び口にした。類は横へと顔を向けたが、玄はヴィナスと頬を寄せ合うような恰好で抱えているので、その後頭部に隠れて玄の鼻先しか見えない。

「長原先生のお宅にもあるでしょう」

「あるにはあるが、親父のだ。僕も兄貴も自室で描いてる」

「あなたも西洋画ですか」

「建築科だ。しかし素描も必修でね。それで、こいつを拝借した」

肩に担ぎ直すように腕を動かしたので、ヴィナスがうなずいた。白襯衣《しろシャツ》の袖は肘まで捲り上げられており、よく引き締まった腕の筋肉が健康そうに動く。

「面積は？」

たぶん画室の広さのことなのだろうと思い、「ええと」と家並《やな》みの上に目を上げた。五月も末の空は澄み渡り、風までが青く透き通っている。

「間口が三間《げん》、奥行は二間ほど、かな」

「六坪か」

坪数を口にされても、よくわからない。感覚的に、六畳の部屋を二間《ま》続けたくらいだと把握している。

「そこに四畳半の居間も付いてるから、建物としてはもっと広いのかもしれないけど」

「画室に居間も付属させてるのか」

「台所に便所、湯殿もあります」

「驚いた。住めるじゃないか」

「母もそう言ってました。長患いしたらば、ここに看護婦を置けるだろうって」

「設計は誰？」

「母です」

玄が「母上かい」とふいに立ち止まって躰を類に向けたので、玄のたくましい腕に抱かれたヴィナスのうなじが目の前にきた。

「珍しいな」

濃い眉を上げているが、類にとってはさほど珍しいことではない。観潮楼も父ではなく、祖母である峰子の思案が設計の基になったと聞いている。

「先々の使途を踏まえるとは、女性はさすが、考えることが実際的だ」

笑声を立てながら玄は動坂上の角を折れ、団子坂に出る道へと入った。細くなだらかな上りで、屋敷町の静寂が続く。古風な、あるいは洋風の屋根や塀の合間で大きな古木が年季の入った幹をせり出しているかと思えば、萌え出して間もない新緑の枝々を投げかけている木もある。

玄の駒下駄と己の革靴が土や小石を踏みしめる音を聞きながら、大きな欅《けやき》の下を歩いた。やがて真夏になれば木漏れ陽の美しい道になるが、類は今の季節も好きだ。晩春から初夏へ向かうほんの束の間、サイダアの泡のごとき光が辺りに満ちる。

玄がしばらく黙っているので、類も黙して歩く。足を運びながら不思議だと思った。少しも緊張していないのだ。幼い頃から、男子の蕪雑な物言いや荒っぽい仕種が苦手だった。けれど玄には何の圧迫も感じない。ごく素直に荷物を持ってもらい、自身は両手をブラブラとさせながら言葉を交わしている。言葉の点と点がつながって線になる。線が面になって、色を持つ。初対面だというのに。

緩い下り道になると、観潮楼が視界に入り始める。この団子坂通りに面した裏門は瓦をのせた塀を巡らせてあったが、四年前の関東大震災で崩れた後、植木屋の勧めで建仁寺垣《けんにんじがき》が結われた。

類は玄の背後に回って右手に折れ、裏門といっても格子戸を嵌めただけの簡素なそれに手をかけた。「どうぞ」と言うつもりで顔を上げると、玄は悠々と坂道を下っている。肩幅はがっしりと広いが尻は小さく、脚も長い。

「玄さん、こっち」

ごく自然に彼の名を呼んでいた。振り向いた玄は「あ」と、丈夫そうな白い歯を見せた。慌てるふうでもなく、ゆっくりと引き返してくる。

切石を畳んだアプロウチへと入り、郁子《むべ》を絡ませた四ツ目垣にしつらえた枝折戸《しおりど》を開けた。玄は花畑に足を踏み入れても、何の感想も口にしなかった。類の目には今も父が丹精していた頃の風景が残っているけれど、他人にはあれほど花に溢れていた庭を偲《しの》ぶよすががないのだろう。

　画室は四十坪ほどの花畑の北側、団子坂通りに面した位置に建てられた。建築中は花畑のそこかしこに材木やスレエト瓦が積み上げられ、けれどその足許からも春の草は芽を出した。やがてそれらが生長して、杉菜だ、蒲公英《たんぽぽ》だ、烏《からす》の豌豆《えんどう》だと名乗りを上げたけれども、父が好んだ菫や蓮華、貝母百合は姿を見せずじまいだった。やがて草という草が伸び放題に伸びて黄変し、大工や左官らの足が踏みしだいた。

　画室に玄を招じ入れた。室内には類と杏奴が使っている画架《イーゼル》と椅子が置いてあり、開け放した居間は畳の上に絨毯を敷いて籐《とう》を巻いた長椅子と小卓を置いてある。玄は三和土で駒下駄から素足を抜き、黙って類の麻袋を椅子の際《きわ》に置き、ヴィナスはソクラテスのかたわらに下ろした。質問していたわりにはまたも感想を口にすることはなく、北窓の枠に凭れるように立ち、ズボンのポケットから煙草を取り出した。口に咥《くわ》え、両の掌で顔をおおうようにして燐寸を擦る。

　北窓には四枚の四角い硝子が嵌めてあり、午後三時を過ぎた光は板間をぼんやりと照らしている。

「あなたは、いくつなの？」

「僕かい」

　問いに問いで返されて、類は黙ってうなずく。

「十八だ」

「じゃあ、杏奴姉さんより歳下じゃないか」

　またも驚いた。容姿や物腰からして、二十歳をいくつか過ぎているのだろうと思い込んでいた。

「姉さん？」

「うん。長原先生に、姉も絵を見てもらっている」

玄は「ふうん」と口から煙を吐きながら、窓を押し開けた。消し炭になった燐寸棒を外に投げ捨て、またも窓枠に凭れて長い脚を組み直す。類は思いついて三和土に下り、花畑を抜けて母の部屋を覗いた。姿は見えないが隣の三畳で気配がするので、声を張り上げた。

「お母さん、お客だよ」

ややあって、母の声が返ってきた。

「杏奴ちゃんがお稽古から帰ったばかりなんだよ。本屋なら、日を改めてお越しを願いますって言っとくれ。取り込んでいますからって」

父が亡くなってからというもの、この家を訪れる人間はひどく少なくなっている。父の著作を刊行している本屋か植木屋、郵便配達夫くらいだ。

「違うよ。長原先生の坊ちゃんが送ってきてくれたんだ」

すると襖がしゃっと開いて、怪訝な面持ちの母と杏奴が出てきた。杏奴はいつもの稽古着で、こってりとコクのある紅色の友禅だ。あまり似合っていない。丸顔だが肢体がのびやかで胸も薄い杏奴には、黄色や寒色の着物の方が映える。

「長原先生の坊ちゃま」

母はそう言いながら髪を撫でつけ、襟許を合わせている。杏奴の顔色は、今日も芳《かんば》しくない。最近、踊りの稽古から帰るといつもこうだ。頬が強張り、目の下が仄暗い時もある。

「杏奴ちゃんもご挨拶をおし。それとも、またにするかい」

母は遠慮がちに訊いている。杏奴は伏し目で溜息のようなものを吐いたが、「せっかく来てくださったんだから」とうなずいた。母が女中を呼んで履物を持ってこさせ、三人で向かうと画室のドアが開いたままだ。中を覗いたが姿が見えない。

「あれ。帰ったのかな」

「そんな、お茶もお出ししないで」と、母が背後から咎めてよこす。

「でも、煙草の匂いがまだ残ってる」

類はスンと鼻を鳴らし、アプロウチへと足を向けた。と、白い襯衣《シャツ》の後ろ姿が目に入って引き返す。

玄は思わぬところに立っていた。画室の東手にしつらえられている、父の胸像の前だ。それは父の生前からあった大理石の彫刻で、物心つく頃から目にしてきたものなので十数年は経っているだろう。軍服姿の父は真正面ではなく、斜め右手に顔を向けている。カイゼル髭の両端がピンと上向いて、唇をしかと結んでいる。

玄は腕組みをして、台座に据えられたそれをじっと眺めていた。類もまた黙して、肩を並べる。

花畑の風景はすっかり変わり、類はそれに対してなす術《すべ》もなく過ごしてきた。観潮楼は兄の計らいで植木屋が入り、緑の蔦《つた》は綺麗に取り払われた。それがかえって建物の老醜を晒すことになった。兄の表札もすでに表玄関から外され、類は己が遺産として受け継いだ西側の屋敷だけで母や姉らと暮らしている。

けれど胸像の背後では木芙蓉《もくふよう》や躑躅《つつじ》、大きな無花果の木が葉を青々と繁らせ、台座の足許では羊歯《しだ》や銭葵も見える。大理石はもはや純白ではなく碧《あお》い灰色を帯び始めているが、震災のあの揺れにも耐えて割れることはなかった。

ここにはまだ、パッパの時間が流れている。

玄は腕組みをほどき、類の顔を見て背後に気づいたかのように振り向いた。類も身を返す。母と杏奴が静かに辞儀をした。玄は制帽を摑んで脱ぎ、頭を下げる。

「長原です」

母と杏奴は、久しぶりに頰笑んでいた。


画室から茶の間に戻ってきて、電気ストウブに手をかざして温めた後、薬罐《やかん》の湯で茶を淹れた。茶簞笥には茉莉が日本橋の長門《ながと》で買ってきた切羊羹が入っている。それで一服しようと台所から黒文字を取ってきて、小机の上に竹皮包みを広げた。

「お前は、親に逆らいますか」

厳しい声がして、何事かと顔を巡らせた。隣室の五畳で気配がする。母の低い声が続いたが、内容はわからない。類は襖に目を向けたまま、羊羹に黒文字を刺した。

「ごめんなさい。私が悪うございました」

今度は杏奴の声だ。ひょっとしたらと、一切れを口に入れた。杏奴は「ごめんなさい」を繰り返している。細い、痛いような声音だ。

チャンチャン、ついに破裂しちまったか。

類はねっとりと甘い羊羹を咀嚼しながら、玄の言葉を思い返す。

昨年の初夏に出会って以来、玄はしばしば画室を訪ねてくるようになり、類と杏奴も動坂に上がった日は先生の批評が済んだ後、二階の玄の部屋で珈琲《コーヒー》をよばれる。

玄の自室は簡素な机と椅子が置かれただけの板間で、素っ気ないほどだ。しかしどこからともなく分厚い本を持ってきて、それは独逸の美学の書や建築雑誌であったりするのだけれど、それを類ではなく杏奴に披露する。

「バオハオスだ」

「モダンね」

「だろう？　僕は、究極のモダニズムだと思っている」

どこにあっても人に好かれる杏奴は、玄からも「芸術仲間」としての処遇をすぐに獲得した。二人は話がよく弾む。かといって玄は類を仲間外れにしたり、杏奴の付属物扱いにするわけではない。類にも絵画の本で面白いものがあれば、「どうだい」と差し出してくれる。

先だっては、日本の『鳥獣戯画』が特集された雑誌を貸してくれた。西洋画をやっているのは知っているはずなのにと思ったけれども、ひとたび頁を繰れば兎や猿、蛙たちの小狡《こずる》そうな表情や、駈けたりのけぞったりする姿態に夢中になった。賑やかな声が聴こえ、秋野の匂いがした。

玄に格別の意図があったわけではなさそうだ。

僕は面白いと思うが、君はどうだい。

いつも、ごくさりげない提示だ。類もさほどと思った時は素直にそれを口にし、玄もまた「ふむ」と、あっさりしている。

類は『鳥獣戯画』を眺めるうち、長原先生にいつも言われている言葉が、「巧く描こうとせんでいい」――「色に逃げるな」という教えが少し腑に落ちたような気がした。二年前、絵を始めたばかりの頃は、すぐに色を塗って仕上げてしまいたかった。それで達成した気になれたし、母も満足げな表情を泛べる。しかし、素描の拙《まず》いものはいかに色を工夫しても拙い絵になった。

今では、以前よりも腰を据えて素描を修練している。けれど、やればやるほど難しさがわかる。躰の芯までへとへとになるほど手を動かしても、描きたいものからどんどん遠ざかる。学問は幼い頃から茫洋《ぼうよう》として手の届かない世界であったけれども、「芸術」も簡単に報われることのない世界なのだと、ようやく思い知っていた。

そしてある日、また玄が画室に現れた。団子坂の落葉の匂いを引き連れて入ってきて、「やあ」と言っただけで杏奴の椅子の前後を逆にし、脚を大きく広げて坐った。類はソクラテスを素描している最中だったので、手を止めないまま「やあ」と返した。

玄は背凭れに腕をのせ、煙草を口に咥えてから居間に首を伸ばした。

「杏奴ちゃんは？」

「踊りの稽古」

「またかい」

「週二回だもの。それに、太鼓と鼓《つづみ》の稽古も始めたしね」

玄は煙草をぽろりと落とした。咄嗟《とっさ》に摑んだものの、口はまだ半開きだ。

「太鼓と鼓？」

杏奴は今年に入って、踊りの師匠を替えた。いつからか、ずっと習ってきた三筋町の師匠とはうまくいかなくなっていて、母に「振りをちゃんと教えてくださらない」と訴えていたことがある。杏奴にすれば人間関係で悩むなど初めてのことで、しかも芸事の世界で師匠を替えるというのは生《なま》半可《はんか》なことではないらしく、母娘《おやこ》は堪忍に堪忍を重ねてきたようだ。が、父の旧知のそのまた知人という劇評家の紹介で、ようやく新しい師匠につけることになった。しかもその師匠は、歌舞伎役者の市川猿之助《いちかわえんのすけ》の母堂だ。それで杏奴は今、母堂の住まう喜熨斗《きのしけ》家にタクシーで通っている。

「澤瀉屋《おもだかや》の妹さんが、太鼓の名人の夫人なんだよ。それで、太鼓と鼓も勧められたらしい」

「おもだかや？」

「猿之助さんのことだよ」

玄は「えんのすけ」と珍しく間抜けな表情で、類の説明でやっと「ああ」と笑った。

「新聞でその名を見たことはあったが、さるのすけと読んでたよ」

類は噴き出して、玄も眉を下げている。

「稀代《きたい》の名手だよ。欧米に留学もして、舞台芸術を学んできた人だ」

「梨園《りえん》にも留学する人がいるのか」「いるさ」

独逸の最新芸術に詳しい玄は『鳥獣戯画』にまでセンスを示すが、日本の伝統芸能にはまるで頓珍漢《とんちんかん》だった。玄は「それにしても」と、話を戻した。

「杏奴ちゃんは稽古が過ぎるんじゃないか。舞踊に絵画だけでも、生涯を懸ける芸術だぜ。そこに太鼓と鼓とは」

「仏蘭西語に源氏物語、漢語も勉強してるよ」

「そいつはいくら何でも、無茶だ」

杏奴は「辛い」「厭だ」などと口にしたことがなく、長原先生や玄の前では以前の通り「明るいお嬢さん」であったけれど、家族の前では笑顔を見せることが減って食も細い。母が「明日は喜熨斗さんだね」と口にするだけで、杏奴の眉のあたりが電流を流したようにピリリとひくつく。目の下には薄い隈《くま》もできている。そして時々、茶の間の端に据えた小机の前に坐り、額に手を当ててぼんやりとしていることがある。

投げ出すわけにはいかない。お母さんを落胆させるわけにはいかない。

そんなふうに思い詰めているように見える。類は誰にも口にしたことのない心配を、玄に打ち明けることにした。

「本気で舞踊家を目指しているんなら、他のことはやめた方がいいと思うんだ。絵も。でも姉さんは絵筆を手にしている時は楽しいって言うし、実際、僕にもそう見える」

玄は煙草にようやく火をつけて、小卓に置いた灰皿に燐寸棒を捨てた。

「なら、絵画だけに絞ればいい」

「そう簡単な話なら、僕も苦労がないよ」

玄は「ううん」と口の中で唸り、煙を吐き出した。

「彼女が努力家なのはわかるが、何もかも上手くやろうってのは無理だ。不自然なことだ。そのうち、破裂しちまうぞ」

灰皿に押しつけるようにして煙草を消したが、揉み方が中途半端だったのか、玄が帰った後も焦げた臭いが画室に残った。

――破裂
羊羹をもう一切れ、口の中に入れる。

「お前は、また師匠のせいにするのかえ」

母の声が尖っている。

「とんでもない。喜熨斗のお母さんは意地悪なんてしませんあなたを娘だと思って仕込みますから、厳しいとお思いだろうけど、私を母親だと思ってついてきなさいとおっしゃったわ。だから私が悪いの。指の先々にまで気を通せない私が不調法なの。本当にごめんなさい。もう二度と申しません。お母さん、ごめんね。ごめんなさい」

何をそうも詫びているのか。やはりとうとう、「辛い」と口にしてしまったのだろうか。

舌の上に広がっているはずの甘みが、味を失っていく。湯呑を持ち上げて一啜りし、そして膝を立てた。襖を引く。真っ先に目に入ったのは、母の立ち姿だった。怒りのあまりか、皮一枚の下に蒼黒いものが波打っているような形相だ。芝居の『先代萩』の局《つぼね》、八汐《やしお》のごとき憎々しさで、畳の上に突っ伏した杏奴を睨《ね》めつけている。

「お母さん」

類が呼びかけても、母は微動だにしない。胸の中でせり上がるものがあって、母の横顔にぶつけるように言った。

「チャンチャンは絵の方がいいよ。絵も難しいけど、一人で工夫してやっていける」

長年、三筋町の師匠は家に通ってきていたし、稽古を目の当たりにしていなくても、母娘の言葉の端々から何となく察していた。舞踊には動きのすべてに振りがついていて、顔や目の動かし方にも理由があるのだ。杏奴は運動神経が良いので憶えも良いのだろうと思っていたが、「違う」と叱《しっ》咤《た》され続けると間違えることが怖くなる。自信の持ちようがなくなる。それは類にとっての勉強と、同じであるような気がした。

こんなふうに、母に意見めいたことを言ったのは初めてだ。しかし母はとりあう素振りもなく、杏奴をきっと見下ろしている。

「習わせてもらえる倖《しあわ》せを考えたことはないの。真実のものを我が娘《こ》に仕込ませてやりたいと願うのが、そうも無体なことなのかい。私は踊りを習いたかったし、学問だってもっとしたかったよ。でもお父様が女子《おなご》に学問は要らないというお考えだったから、本も隠れて読んだ。なのに、森のお姑様《かあさま》は」

思わぬ名が飛び出して、類は目をすがめた。杏奴も畳に手をついたまま母を見上げている。

「私の嫁入道具を勝手に調べて、簞笥の隅から隅まで検分して、この嫁は書物の一冊も持ってきていないと嘲笑しなすった。お姑様は、私をずっと見下げていた」

幾度か耳にしたことのある祖母との確執、その発端を、母はまるで昨日起きたことのように言い立てた。こんな時の母は、ひときわ美しい。高く細い鼻梁は冷たく、愛情の一かけらも持ち合わせていない人に見える。

やがて日が暮れかかり、女中が夕食の相談に顔を見せた。母は無言で台所へ向かい、杏奴は総身から力が脱けたように足を崩し、横坐りになっている。類が画室に引き取ろうと身を返すと、「類」と呼ばれた。

「私、大丈夫だから」

うなずいて返したが、杏奴の眉がまたピリリと動いた。

五日の後の朝、類は朝食を済ませて新聞を読んでいる。

隣の五畳ではいつものように母がつきっきりで、稽古に出かける支度だ。あの一件があってからの母娘は前にも増して親密で、「お母さん」「杏奴ちゃん」の声も優しい。何日も険悪な空気にさらされるのはかなわないが、いかなる感情が働いてこうも結びつきが強まるのか、理解不能だ。

女ってのは、よくわからない。生まれて初めてそんなことを思い、また新聞の紙面に目を落とした。やにわに襖が引かれて、母が半身を突き出した。かかりつけの医者の名を口にして、「すぐにお迎えに上がって」と命じる。剣呑《けんのん》な声だ。

「どうしたの」

「気になることがあるんだよ。早く」

見れば杏奴は白羽二重《しろはぶたえ》の長襦袢《ながじゆばん》姿のまま坐っていて、きょとんと咽喉許に手を当てている。杏奴に何かあるらしいと悟ってすぐさま下駄をつっかけ、藪下道の下へと走った。気がつけば新聞を鷲摑みにしたままで、それでも走る。医者を伴って帰ると、杏奴は普段着の肉桂色《ニッキいろ》のスウェエタアに同色のカアデガン、青地に縦縞のスカアトに着替えていた。今日はさすがに稽古を休むことにしたらしい。

表の主庭に面した八畳に医者を迎え入れ、杏奴と母が入った。襖をぴしゃりと閉《た》て切った向こうで診察が行なわれ、類は茶の間で気を揉むばかりだ。立ったり坐ったり、電気ストウブに手をかざしたりして、こんな時は昔ながらの火鉢の方が安穏だなどと妙なことを思った。火鉢なら抱えるようにして坐せるが、ストウブは扱いに注意が要るので落ち着かない。

茉莉も起きてきて、台所から盆を持って類のかたわらに腰を下ろした。紅茶の茶碗とフルウツ・サラドがのっていて、林檎と梨の皮を剝いて一口大に切ったものに生クリイムが添えてある。茉莉がそれを口に入れて小気味のいい音を立てるたび、瑞々しい音が立つ。嫁いでから初めて生の果物の美味しさを知ったと、茉莉は苦笑していたことがある。

あれが最大の驚き、発見だったわ。梨なんぞクニャクニャして妙に甘くて、どこが美味しいのかと思っていたんだもの。

父が生きていた頃は何にでも必ず火を通していたので、類も桃でさえ生のまま食したことがなかった。

サク、シャキ、シャキという音を聞きながら、類は八畳の気配に集中した。やがて足音が動いて、玄関の戸を引く音がした。母が裏門まで付き添って、医者に挨拶をして見送っている声も聞こえる。

類は茉莉と連れ立って八畳を覗いた。杏奴は己の胸をかき抱くように腕を交叉させていて、こなたを見上げると弱々しく笑んだ。

「どうなの？」茉莉が訊いても、小首を傾げるばかりだ。まもなく母が戻ってきて、杏奴の前に静かに坐した。

「肺門淋巴腺《はいもんりんぱせん》らしいよ」

ひと思いに告げるような言い方だ。「そう」と、茉莉が息を吐いた。類は何も呑み込めず、母に顔を向ける。

「肺なの？」

「結核の初期症状だよ」

「初期だったら大丈夫よ」

茉莉はやけに暢気《のんき》な声で言い、当人である杏奴も「ええ」と言いながら母を見た。二人の言いように根拠があるとは思えないが、たぶん母を勇気づけようとしているのだろう。

「養生しなくちゃ」

母は己を奮い立たせるかのように顔を上げた。しかし口調とは裏腹に、顔色は古びた石膏のごとくに変じている。母はその日のうちに家政婦を雇う手筈を整え、女中に命じてふだんの食器をすべて熱湯消毒させた。むろん緘口令《かんこうれい》が敷かれた。「肺」、その一言たりとも外に洩らしたら私が承知しないという命じ方だ。

すべての稽古と勉強を「疲れ」という理由で休んで、杏奴は八畳で起き臥しした。母は片時も離れることなく、やがて朝夕の散歩に出られるようになってからも類に同伴をさせず、自身が付き添った。

ひと月も経たぬうちに杏奴は恢復《かいふく》を見せ、画室に玄が訪れていると類が告げると挨拶に出たがった。しかし母がうんと言わない。

「駄目。もう少し養生してから」

「でも、私、もうこんなに元気なのよ」

「いけません。お医者様のお許しが出てからにおし」

杏奴は肩をすくめ、類にそっと耳打ちをした。

「私、今、どうしようもなく描きたいわ」

「うん」と、類は杏奴の肩に手を置いた。やはり痩せた。

でも、この姉を喪わずに済んだ。

ようやくその恐ろしさと安堵が身に沁みて、ふと涙ぐみそうになった。

十一月も半ばの夕暮れ、長原先生の家から帰ると、母が画室の入口前の庭に屈み込んでいた。見慣れた亀甲文様《きっこうもんよう》の褞袍《どてら》に、朱色の絹のスカアフをぐるぐると首に巻いている。細い煙が立っているので、何かを焼いているようだ。

「お母さん」

背後から声をかけると、真鍮《しんちゅう》の火箸を手にしている。焼いているのは細かく折り畳んだ紙で、白地に若緑の蔓草文様が描かれている。杏奴が口を拭うのに使う懐紙だ。

「お帰り」

母は手早く焦げを寄せ、火箸で土をかぶせた。何かが胸中に過《よぎ》ったが、「今日はどうだった？」と訊かれたので、そのまま紛れてしまう。

「うん。一本一本の線をもっと大切にしなさいって」

「そう。坊ちゃんはお変わりないかい」

「課題の提出に追われてるみたいで、今日は図書館だ。会えなかった」

立ち上がった母は腰の後ろで手を組み、下駄の歯でさらに土を踏みしめている。こんな子供のような仕種を見るのは初めてで、晩秋の西陽の中では総身がやけに頼りなく見える。

お母さん、いくつになったんだろう。

類を産んだのが三十二歳の時で、僕が十八だからと勘定をしかけたが、苦手な暗算が急にできるはずもない。

「手伝おうか」「ううん。もう済んだよ」

それでもまだ何度か足を動かして、ようやく顔を上げた。

「杏奴ちゃんは、絵は好きなんだね」

「そう、みたいだけど」

母は火箸を持ったまま類をじっと見返し、それ以上はもう何も口にすることなく踵《きびす》を返した。花畑に面した部屋に向かって、ズッ、ズッと下駄をひきずりながら歩く。腎臓を病んで久しく、とくにこの頃は脚の浮腫《むくみ》がひどいようだ。

その姿を見送り、画室のドアを引いた。北窓がまだ少しは明るいので照明はつけぬまま靴を脱ぎ、麻袋を肩から外して壁に立て掛けた。椅子の背凭れを持って引き、腰を下ろす。ズボンのポケットから、朝日の箱を取り出した。秋の初めだったか、玄が分けてくれた一箱で、口の部分を歯で潰すようにしてから先端に火をつける。まだ旨いとも思わないが、脚を組んで煙をくゆらせると気持ちに区切りがつくような気がする。

家の中ではまだ吸ったことがない。父の葉巻の匂いは姉らの二人とも好きだったと言うが、この紙巻煙草の匂いはどうだろうか。たぶん眉を顰めて、臭いと嫌がるだろう。煙をまた吐き、花畑の方へと顔を動かした。画室の南に窓はしつらえられていないので、壁が目に入るだけだ。しかし類は、「そうだ」と目瞬きをした。

どこかで見た景色だと思っていたのだ。

折り畳んだ懐紙を集めて、庭で焼く。

あれはパッパだ。パッパがよく、書斎から庭に下りてそんなことをしていた。

大きな沙羅ノ木が目の中によみがえった。その足許の飛び石に父は屈んで、よく懐紙を焼いていた。今日の母のように真鍮の火箸で風に飛ばされぬよう紙を押さえ、燃え滓《かす》には土をかぶせていた。

あれは誰が使った懐紙だったのだろう。

ゆっくりと記憶を手繰《たぐ》り寄せる。また、父の仕種が泛んだ。

口の中のものを吐き出す時、パッパはほとんど音を立てなかった。素早く懐から紙を取り出して、静かに口を拭っていた。そういえば不思議だった。あれほど子供を愛してくれた父が、頬ずりだけはしなかった。こちらが顔を寄せても、微かに顎をずらす。

我が子に息がかからぬように。

亡くなる前もそうだ。膳を摂る時、類や杏奴を決して部屋に近づけなかった。母と二人きりでひっそりと向かい合っているのを、類は庭から眺めた。

類は思わず上半身を屈め、脚に肘をついて額を摑んだ。

パッパはもしかしたら、肺を病んでいたのか。

唸り声が洩れた。気がついてはいけないものに触れたような気がする。灰皿を手に取って灰を落としてから、また口に咥えた。深々と吸い込み、そして咳《せ》き込んだ。


年が変わって、昭和四年も三月を迎えた。

杏奴の病はすっかりと癒《い》え、画室で熱心に素描に取り組んでいる。踊りと太鼓、鼓の稽古は「学問に専念する」との理由でやめることになり、それは母の決心によるものだった。昨年の暮れも押し詰まった頃に母娘で喜熨斗家と劇評家の許に挨拶に行った時はさすがに気疲れしてか、夜は母の肩を揉まされた。

母はフウ、フウと息をつき、「縁談がねえ」と零した。

「年が明けたら、もう二十一だよ」

母の理屈としては、父の没後、極端に狭くなった交際範囲では良い縁談を持ち込んでもらえる可能性が少ない、それで格別の芸を身につけさせたかったらしい。舞踊家として一流であればどんな家に嫁いでも胸を張れ、重んじてもらえる。だが、今となっては十代のうちに料理や生け花を習わせておいた方がまだまし、並の家庭に片づいたかもしれなかった。

「つまり、心配性なのよ」と、茶の間にいた茉莉は身も蓋もない批評を繰り出した。

「常に心配の種を探して回っているのね。看病を終えてほっとしたら、今度は縁談が気になる。そのうち、画業を気にし始めるわ」

茉莉の予見は見事に的中し、母は日に何度も画室を訪れるようになった。ノックもせずにドアを開け、三和土から背伸びをして様子を窺うのである。類は杏奴と「また来た」とばかりに顔を見合わせ、杏奴は「お母さん」と窘《たしな》めにかかる。

「まだ描いてる途中なんだから厭よ、何か言っちゃ」

すると母はすまなそうに笑い、驚くほど素直に引き上げる。杏奴はさも可笑しそうに肩をすくめ、綺麗に粒の揃った歯を見せる。茉莉はその笑顔を「左團次《さだんじ》ばりだ」と評する。市川左團次は作家の小山内薫《おさないかおる》と共に「自由劇場」という新劇運動を行なっていた歌舞伎役者で、父の戯曲も公演に掛けていたそうだ。茉莉は若い時分にそれらの舞台をよく観ていたようで、今も芝居や演技について語る時は生き生きとして、夜更けまで杏奴を相手に語り続ける。

画室も賑やかになった。玄と三人で描くこともあれば、美術学校の学生が加わって四、五人になることもある。玄は絵筆を持つといえども専攻は建築であり、同じ西洋画を学んでいる者が身近にいた方が互いに励まし合って勉強できるだろうとの先生の配慮で、美術学校の石塚君《いしづか》という特待生に引き合わされた。

石塚君は広島の退役海軍大佐の子息で、単身で上京し、谷中《やなか》の下宿に住まっているという。午前中は学校があるので、午後になってから同級生を連れて画室に顔を見せる。

さすがに玄のように初対面から自然に話せるわけもなく、黙々と四人で素描に取り組み、石塚君が「休み」と号令するまで誰もほとんど口をきかない。そこに玄が交じると類も杏奴もほっとして、そして誰もが途端に口数が増えた。

「わしらは、この二人のお学友じゃ」

石塚君は訛りを隠しもせずに言ってのけ、皆を笑わせた。土曜日には母が早めの夕食を出してくれるので、板間に車座になって胡瓜《きゅうり》のサンドウィッチや稲荷寿司を摘まむ。

「そろそろ、モデルを素描したいもんじゃ」

数週間前の土曜日、石塚君はカレーパンを食べ終え、腰の手拭いを引き抜いて唇と指を拭ってから提案した。

「モデル」と、杏奴が真っ先に声を弾ませた。

「いいわね。私も生きている人間を描きたかったの」

類の口の中にはまだカレーパンがあったが、「でも」と返した。

「どこに頼むんだい。長原先生に紹介してもらう?」

「いや。うちの近くに紹介所があるけん、明日にでも頼んでこよう」

石塚君が言うには、谷中の宮崎というモデル紹介所は日曜ともなるとモデル志望の少女らがぞろぞろと集まり、面接を受けているそうだ。出入口の外にまで少女らが溢れているさまは、近所でもかなり目を惹くらしい。

「じゃあ、裸体も厭《いと》わぬモデルさんをお願い」

杏奴が事も無げに言ったが、類は呆気に取られて俯いた。裸体。そう思うだけで顔の色が変わっていないかが心配になり、するとかえって火がついたように熱くなってくる。

「類君、描き手が恥ずかしがったら、モデルは我に返ってしまうけんなあ」

顔を上げると、石塚君は真面目な目をしていた。なお恥じ入る破目になった。

そして今日、画室にモデルを迎える。

朝からやけに落ち着かず、新聞を開いてもほとんど文字が目に入らないありさまだ。しっかりしろ。今日は脱ぐわけじゃない。

石塚君は「ひとまず、着衣で四回来てもらいたい」と申し込んだらしく、いきなり裸体を目にするわけではないのだ。それはわかっているが、石塚君たちのように学校でモデルを描いた経験があるわけでなし、だいいち、他人の裸に慣れていない。父が病床について家庭教師の家に杏奴と預けられた時、初めて銭湯というものに足を踏み入れたが、男湯は怖かった。何もかも剝き出しであることが恐ろしくて、すくみ上がった。

杏奴と一緒に画室に入るとまもなく、石塚君と同級生が訪れた。類は灰皿を手にして、窓際で立ったまま煙草に火をつけた。杏奴の前ではもう幾度となく喫《の》んでいるし、最初こそ「おや」という顔をしたけれどもそのまま何も言わずじまいだ。何服かやるうちに、少し動悸《どうき》がおさまってくる。

石塚君たちが居間から籐の長椅子を持ち出して、「ここでいい」「いや、こっちの方が」とやっているうちに「ごめんください」とノックの音がした。類は動転して、気がつけば煙草を指に挟んだまま板間を斜めに突っ切り、ドアノブを回して扉を押し開けていた。茄子紺の井絣の単衣《ひとえ》に、撫子《なでしこ》色《いろ》の帯を締めた少女が立っていた。

「や、やあ」

躰を引いて招き入れると、少女は黙って辞儀をした。三つ編みにしたお下げの毛先が太く、箒《ほうき》のようだ。思っていたよりも地味な顔つきで、着物も野暮ったいことにがっかりした。

四月の半ばに杏奴が仕上げた着衣の少女像は、玄や石塚君を唸らせるほどの出来栄えになった。

「瞳がいいね。何を夢想しているのだろうと思わせる」

玄が煙を吐きながら言うと、石塚君も「参りました」と同調した。

「唇が少し開き加減なところも、優れてますなあ。今にも、何かを言い出しそうですけんね」

類の作は何の批評も得なかった。己でも、ひどくぎごちない絵だと思う。杏奴がこうも情感をもって彼女を描いたことに、舌を巻くばかりだ。

そしていよいよ裸体のモデルを迎えることになったのだが、もはや緊張の欠片もない。着衣であろうが脱衣であろうが、己の腕に期待できないぶん気負うこともないのだ。ノックの音がして、玄がすらりと動いた。今日は石塚君の同級生が郷里に帰っているので、玄と四人で素描することになっている。杏奴はいつものように落ち着いた様子で坐り、けれどもまた途轍《とてつ》もなく楽しいことが始まりそうだというような目でドアを見やっている。

三和土で下駄を脱いで板間に上がってきたのは、三つ編みよりも歳嵩に見える断髪の少女だった。

髪は黒々と光っているが、顔は赤く上気している。着物はいかにも爺さんの仕立て直しらしき緑灰色の単衣で、黒の細い縦縞だ。帯は逆に真新しく、しかし安手の臙脂《えんじ》である。類は内心で、またまた田舎臭い子じゃないかと落胆した。

「こんにちは」甘ったるい高い声で、語尾が鼻から抜けるような音だ。「よろしくお願いします」と杏奴がきびきびと答え、居間に案内した。

居間の襖には洋館に用いる羊歯文様の壁紙が貼られており、一尺ほど床が高い拵《こしら》えだ。畳の上には今や鏡台に文机、休憩のための夏枕まで揃っており、いつか玄が言ったように、住もうと思えば住める部屋になっている。

「春江《はるえ》さんですって」

先に板間に戻ってきた杏奴は、誰にともなく告げた。四人が画架の前に坐って待っているとまもなく襖が引かれ、居間から緑灰色の姿が下り立った。籐の長椅子の前まで出て、肩からすっと着物を落とす。そのまま手早く着物をまとめ、椅子の背後に投げ捨てた。白く豊かな乳房と、逆三角形の濃い繁みが露《あら》わになった。胴も太腿《ふともも》もたっぷりとしていて、しかし腕や脚はすらりと伸びている。

石塚君が立ち上がり、ポオズをつける。

「まず、軽く脚を揃えてくれますか。そう、そう。玄さん、どうかね」

玄は「うぅん」と首を捻《ひね》り、前につかつかと出て行った。

「それじゃあ、つまらんだろう。顔は横に、いや、そっちじゃない。窓の方に向けて。どう、杏奴ちゃん」

玄の躰が動いて、春江というモデルの姿態が披露された。杏奴は「どうかしら」と言い、椅子から立ち上がる。

「通俗的だわ。見飽きたポオズよ」

三人でモデルを囲んで、論議を始めた。類は手持ち無沙汰で、脚の合間にだらりと両手を垂らす。

「ああ、いいわね。それがいい」三人が席に戻ってくる。

「さすがはプロね。そんなポオズ、思いがけなかった」

杏奴がモデルを褒めた。どうやら、自ら取った姿態らしい。

彼女は両腕を腋毛《わきげ》も露わに持ち上げ、首の後ろで組んでいた。豊満な乳房が上向いて強調され、薄い樺色《かばいろ》を帯びた突起は左右、思い思いの方向を指している。脚は斜めに組んでいて、繁みはほぼ隠れている。北窓に向けた横顔は、着衣の時とは別人のようだ。鼻はさして高くはないが、頬のラインが若々しく張っていて、そして唇は薄く開かれている。時々目瞬きをして、睫毛も長いことに気がついた。その下に翳があるように見えるが、よくよく目を凝らせば雀斑《そばかす》が散っているのだった。

類は夢中になって、木炭を持つ手を動かした。誰もが黙して、集中しているのがわかる。


四度目に画室を訪れた春江は、もうすっかり皆に打ち解けていた。

「お姉さん、見せて」

杏奴を「お姉さん」と呼び、休憩の際は素肌に着物をまとっただけの姿でカンヴァスを背後から覗き込む。そして満足げに「へえ」と口の中で呟く。玄や石塚君のも見るが、類のカンヴァスを見る時間は最も短い。一瞥するだけで、すぐに離れてしまう。

時々、母が茶菓《さか》を持って訪れ、春江をねぎらったりもする。

「下手な人のモデルをするのは、お大変でしょう」

　すると「いいえぇ」と鼻から音を抜くような曖昧な声を出し、雀斑の頬を上気させる。

「素敵に描いてくださいますもの」

　それが杏奴を指していることは痛いほどわかって、胸の中がどっぷりと暗い色で塗り潰される。杏奴の陰に隠れてしまうことなど慣れているはずなのだ。いつも、いつだってそうだった。誰もが杏奴の目を見て話し、杏奴の笑顔を欲する。玄だけはそういう扱いをしないけれど、かといって無理に類を引き立てるわけでもない。

　僕はどうしたのだろう。どうしてこうも、耐え難いのだろう。

　休憩の時間にビスケットを摘まみながら話しかけてみようと思うのだけれど、いつも拍子が合わないのだ。せめて視線が合えばと機を窺っても、玄や石塚君のように気安く言葉を発せない。

「春江さんは、いくつになっとりますか」

　石塚君が訊ねると、「十八」と即座に答えた。

　じゃあ、僕の一つ下だ。そう言おうと口を開くと、もう杏奴が先んじている。

「じゃあ、私の三つ歳下なのね。大人っぽいから同じくらいかと思っていたわ」

　春江は黙って、ホホンと管楽器のように笑う。その後、石塚君が郷里を訊ねたが、「東京のはずれ」としか言わなかった。これまでも、己のことをほとんど語ったことがない。そのぶん、よく指名してくれるという高名な画伯についてはよく喋り、「スケッチ旅行に連れて行ってやろうと、おっしゃるんだけど」と、杏奴に相談顔を向ける。

　そんな誘いに乗っちゃ駄目だ。

憤然となったが、石塚君が同じことを先に言った。

「そうねえ。どうしようかなあ」

顔を上げると、束の間、春江と目が合い、しかしその目は何者も見ていないような色なのだった。

春江が訪れなくなっても、落胆が続いた。

油絵の具で仕上げた作品を目にするたび、己の腕の無さがたまらなくなる。杏奴の作品とは雲泥の差がついていた。春江が歓ぶのももっともで、少女と大人の女の間《あわい》にある束の間の美しさを杏奴は見事に掬《すく》い取っている。それは輝きだけではなく不安や憂鬱まで感じさせて、妬ましくなるほどだった。

やがて静物を描くようになっても、手の届かなかった春江のことばかり考えてしまう。

ある日、杏奴が妙なことを言い出した。いつものように画室で過ごして、昼食を摂りに母屋に引き返す時だ。

「ねえ、類。ここに池を造らない？」

画室と母屋の間の庭は三十坪ほど残っており、夏草が勢いを伸ばして踝《くるぶし》まで埋まっている。

「でも、この花畑は」

すると杏奴は少し目を伏せ、頭を振った。

「ここのどこが花畑なの？　私たち、パッパのように種を蒔いたり、球根を植え替えたりしていない。もう、パッパの花畑はどこにもない」

酷いことを口にすると思ったけれど、杏奴の言う通りだ。ずっと気にかかりながら、己が何もしてこなかったことを認めざるを得ない。

「類を責めてるんじゃないわ。私も含めてなの。パッパの庭があれほど好きだったのに、ずっと自分のことにかまけていた」

「うん」と、口の中で呟く。

「お母さんはここにも植木屋さんに入ってもらおうかと言ったけど、私は反対したの。主庭のことはよくわかってくれているけれど、ここについては全然違うものになってしまうような気がしたから。パッパが選んで育てる草花は、パッパの書く小説のように誰にも真似できない」

「いつから、そんなことを考えていた?」

杏奴はいったん唇を引き結び、そして左端からゆっくりと開くようにして言葉を継いだ。

「八畳で寝ていた時かなあ。あすこ、主庭がよく見えるでしょう。どの木を見ても石を眺めても、パッパのことを思い出す。で、やっと元気になって画室に入るようになったら、胸が痛くなった。もう、花畑はどこにもないのだもの」

「ごめん」と、類はうなだれる。

「だから違うのよ。もう、私たちなりの景色を作らないといけないんじゃないかって、そう思って」

「それで、池を?」

「睡蓮に未草《ひつじぐさ》、澤瀉《おもだか》、木賊《とくさ》や禊萩《みそはぎ》を植えて、鯉を放す」

「チャンチャン、鯉は駄目だ。奴らは水草の茎を何もかも食べてしまうって、パッパが言ってた」

するとき杏奴がにやりと、左團次のごとき笑みを泛べた。

「じゃあ、金魚ね」

「ん。水辺には黄色の杜若《かきつばた》も植えよう」

近いうちに種苗屋も巡ってみようと、話が決まった。

出入りの植木屋の指導を少し受けて、類は自らスコップを持った。

池の位置を決め、大きさは幅が一間半、奥行は半間ほどだ。深さも半間で、ただし階段状に段差をつける。植える植物によっては浅瀬の方がよいと植木屋が教えてくれたからだ。睡蓮は父が書物蔵の前で大切に育てていたもののうち一つだけ無事であったのを、鉢ごと入れることになっている。土掘りを終えたら左官屋が入ってセメントで塗り固めてくれる手筈になっているが、類の顔が日灼けするばかりでなかなか捗《はかど》らない。しかも梅雨の時季は仕事ができず、七月に入ってから猛烈に掘っている。

麦藁帽《むぎわらぼう》を頭にのせ、首には手拭いを巻き、足は地下足袋《じかたび》だ。午後になると、玄や石塚君たちが訪れてあれこれ批評する。

「やあ、ずいぶんと進んだ」

白襯衣《シャツ》の玄は咥え煙草で穴の前に佇み、面白そうな目をする。石塚君はしばしば「手伝いましょう」と言ってくれるが、そしてどうやらやってみたいふうなのだが辞退した。

「僕が一人でやりたいんだ」

母も杏奴と一緒にしばしば様子を見にきて、けれど心配そうな面持ちだ。

「大丈夫かい。本当に池なんぞ造れるの」

「まかせて」

スコップに足をのせて、ぐいと力を籠める。それを持ち上げて地上に放る土は相当の重さであるけれど、毎日必ず進むのだ。それが目に見えることが何とも嬉しかった。汗みずくで土塗《まみ》れのまま穴のかたわらに坐り、冷えた紅茶で一服するのも格別だ。

ようやく、泥だらけになれた。幼い頃、母にきつく戒《いまし》められていたこともあって、近所の子供らと一緒に泥んこになって遊ぶのが怖かった。それがどうだと、類は夏の空を見上げる。

そろそろ蟬が鳴く時分だと思い、また前屈みになってスコップを振るう。杏奴と共に種苗屋で薔薇の苗木を見つけ、二人で相談して注文した。まもなく届くことになっているので、それを画室の壁際に植えようと思っている。

パッパが決して購《あがな》うことなく、植えさせることも許さなかった薔薇を、僕は自分の手で植える。なぜなのかわからないが、決意のようなものが胸に萌《きざ》していた。こうして掘り進めている時のみならず、画室で絵筆を持っていても風呂に浸かっていても、その決心は揺らがない。

「こんにちは」

女の声がして、手を止めた。振り向いて見上げ、麦藁帽のつばを土色の浸み込んだ指先で持ち上げる。

「春江さん」

日傘を肩に置くようにして、くるくると回している。珍しく洋装で、しかし白地に井桁の浴衣みたいな色柄だ。スカアトが風を孕《はら》んで膨らみ、膝小僧まで見える。

「陣中見舞いにきたの。美術学校の学生さんに聞いたのよ。類さんが掘ってるって」

楽器のように語尾を広げ、鮮やかに笑った。類は一言もなく、断髪で縁取られた象牙色の顔をただ見つめるだけだ。

翼の音がした。塀際の植込みから飛び立ったようで、頭上の空で影が閃《ひらめ》いた。

5　十姉妹

見も知らぬ駅に取り残されて、泣いている。

昔はそんな夢をよく見た。己の泣き声で目を覚まし、しんと更けた夜の天井に気づくのだ。ああ、僕はちゃんと家にいる。ほっとして蒲団を顎まで引き寄せ、そうすると必ず父のことを思い出す。鼻腔《びくう》をくすぐるハヴァナの匂いや寛《ひろ》やかな声が恋しくて、目尻が生温かく濡れてくる。

パッパ、どうしていないの。

声もなく泣き、そしてまた眠りの中へと落ちた。けれどいつからだろう、遠い場所で独り行き暮れる夢を見なくなった。

僕には長原先生がいる。そう思って瞼を閉じると、明日は愉快な一日になりそうだと予感できた。先生はいつも類を否定しない。パッパのように、まるごとを受け止めてくれる。しかも生きている。生きてこの世にあって、喋ったり笑ったりしてくれる。

僕には、玄さんもいる。そう思う夜もある。生まれて初めて、思いのままに言葉を交わすことのできる相手だ。類が何を口にしても、陰で妙な目配せをしたりしない。何の閾《しきい》も巡らせない。ふらりと互いを訪ね合い、一緒に絵筆を持ち、散歩をする。

よくわからないのだけれども、もしかしたら玄の存在が「友達」というものなのかもしれない。

気がつけば、いつも痣《あざ》のごとく類の胸中に落ちていた蒼《あお》が晴れていた。床に入っても日向の匂いがして、鼻歌をうたいたい気分で目を閉じる。

けれど近頃はまた、寝返りばかりを打っている。秋虫がすだく夜の気配に耳を澄ませても、いっこうに気持ちが平らかにならない。曖昧に管楽器を鳴らすような声や豊満に弾む肢体が払えども払えども泛んで、躰が熱くなる。

好きだ。もう、どうしようもなく好きだ。

十九のこの歳になるまで、誰かをこんなに好きになったのは初めてだ。気がつけば、いつも彼女の視線を追っている。けれど彼女はまったく目を合わせてくれない。

七月だったか、類が庭に池を掘っている時、突然、訪れた日があった。日傘をくるくると回しながら、「陣中見舞いにきたの」と言った。その鮮やかな笑みに見惚れて気の利いた言葉一つ発することができなかったけれども、内心は飛び跳ねたいほどの心地になり、闇雲にスコップを遣った。己がやけにたくましく、男前《ハンサム》になったような気がした。

茉莉と杏奴は夕暮れの茶の間で、「おやおや」と揃って顔を見合わせた。

「類之丞《るいのじょう》め、今宵はやけに上機嫌だのう」

茉莉が芝居がかった口調で目玉をぐるりと回したので、類は「いやあ、そうも睨むなよ」と立ち上がって脚を広げた。

「こう見えても、俺ぁ気が小せぇんだ。そう睨まれちゃあ、怯えて縮んじまわあ」

発止《はっし》と右腕を伸ばし、イヒヒと口の端を上げた。杏奴が団扇二本を逆さまに持って、「いよお」と打ち鳴らす。ふざけるのが嫌いな母が「およしよ」と諌めつつ、「どこの芝居。新派かい」と生真面目に問うたので、姉弟でなお笑い転げた。

類にとっては、想いが通じた、いや、かなったも同然の陣中見舞いだった。次に会う日が待ち遠しくて、胸の高鳴りが周囲に聞こえるのではないかと思うほど有頂天で過ごした。けれど春江は画室を訪れても素知らぬ顔をして、類は用意していた「やあ、先だってはよく来てくれたね」の台詞《せりふ》を繰り出せない。きっかけを与えてくれないのだ。取りつく島がない。まごまごしているうちに気持ちがいじけてきて、池掘りで豆だらけになった己の掌を眺める。

落胆はもう一つある。池だ。左官屋が塗り込めたセメントが途轍もなく厭な臭いを発し、花畑の庭に突如、白々しい人工の色を放り込んだごとくになった。水を張って睡蓮鉢を沈め、杜若も植えるには植えたが、どれも弱々として、舞台に慣れぬ三流役者のごときありさまだ。画室の前には杏奴と一緒に選んだ薔薇の苗木と月桂樹《げつけいじゅ》を植えたが、それらも線がたどたどしく、まるで景色にならない。

母と姉らは感想を口にするのも疎《うと》ましげな面持ちで溜息を吐き、類もとんだ肩透かしだと思った。玄だけが「楽しみだな」と言った。

「これのどこが楽しみなんだよ」

「来年、再来年さ。植物が新しい庭に慣れるまで時がかかるものだろう。え、違うのか。僕はそういうもんだと思ってたが」

類はチェッと舌を打ち、「知らないや」と応えた。すぐさま成果が欲しかったのだ。春江を感心させたかった。

何て、素敵な池なの。

やがて秋雨が続くようになって、金魚だけは赤や黒の尾鰭《おびれ》を振って泳ぎ回っている。雨に打たれてしょぼくれた植物の緑とは対照的なさまで、類はなお口惜《くちお》しいのだった。

今夜も雨だ。屋根をしとしとと濡らし、樋《とい》を伝って流れ落ちる音を聞きながら、春江のことを想う。すると胸が痛くなる。だから想うまいと己を止めるのに、忘れたい事どもがまたも額の上に滴り落ちてくる。

八月に入ってまもなくのある日、谷中の宮崎モデル紹介所まで足を運んだ。来週も来てくれと頼むだけの用で、それはふだん石塚君が請け合ってくれているのだが、類は無理に引き受けた。

「谷中の小鳥屋に餌を買いに行くついでだ。僕が立ち寄って言うよ」

杏奴と金魚を購った際に十姉妹《じゅうしまつ》も買って、画室に鳥籠を掛けて飼っているのである。

母にもそう告げ、小遣いを欲しいと頼んだ。杏奴と一緒ではないことを知ると、母は一瞬、訝《いぶか》しげな目をした。類は一人歩きを滅多としないからだ。が、「そうかい」とだけ言って財布を開いた。

目指したその仕舞屋《しもたや》は、女郎屋のように二階に連子《れんじ》窓が嵌まっていた。辺りは同じような家がひっそりと並んでいて、道も細い。しかし紹介所だけは蟬が集まっているかのように賑やかに沸き、外にまで声が洩れている。中を覗くと、画家や画学生だろう、大勢の若者やモデルらしき少女らが座敷に車座になっていて、辺りを憚らぬ嬌声《きょうせい》や笑声を上げていた。

その座の中心に春江がいることにすぐに気がついた。いつもの田舎臭い、下手な桔梗《ききょう》柄を散らせた湯帷子《ゆかた》で、ざっくりと襟を抜いている。顔は湯上がりのように上気していて片膝を立て、破《や》れ団扇を手にして盛んに胸を扇いでいる。杏奴が踊りを習っていた三筋町の師匠のような粋さではなく、キャフェの前でたむろしている女給の艶でもない。いつか日比谷公園の広場で観たサアカスの女のようだと、類は思った。妖しくて安っぽくて、胸が切なくなる風情だ。

経営者に「次の日曜」と注文を告げている間も、春江はまるでこちらに気づく様子がなく、皆でワアワアと戯言《ざれごと》を交わすばかりだ。五分もかからず外に出た。家路につきかけて、でもどうしても去りがたい。己を奮い立たせ、近所の家のトタン塀に身を寄せた。塀の裾が錆びついて、隙間から薄紫の嫁菜菊《よめなぎく》が顔を覗かせている。

やがて桔梗柄の湯帷子が戸口の外に出てきて、「じゃあ、また」と中を振り向いて手を振った。

「生水に気をつけろよ」

「宿で喰い過ぎるな。それ以上肥ったら、モデル失格だぞ」

「失礼ね。たった三日のスケッチ旅行で肥ってたまるものですか」

笑顔のまま歩いてくる彼女の姿を認めるや、胸の裡《うち》が激しく動悸を打ち始めた。塀から弾けるように道に飛び出し、前を塞ぐように立っていた。

「帰るの？」

絞り出した言葉は、奇妙に掠《かす》れていた。春江は驚いてか、ものも言わずに立ち止まっている。やがて厚い、ふるいつきたくなるような唇が開いた。

「ええ。用があるの」

春江は一拍も置かずに歩き出す。待っていたのかと訊かれたら正直にそうだと答えようと決めていたのに何も訊ねず、下駄の音だけが甲高い。息苦しさを持て余して、俯いて歩いた。

二人きりにさえなれれば、前途が開けるような気がしていた。「どこかで珈琲でも」と誘えば迷いながらも「じゃ、少し」と答えて従《つ》いてくるだろう。そのために、母から小遣いをもらってきていた。ポケットの中に手を入れ、その紙幣を触りながら歩く。珈琲を飲みながら「休みはいつ？」と訊き、そしたら「僕もその日は空いてる。そうだ、活動写真を観にいかないか」と誘ってみよう、そう考えていた。春江の好みそうな活動はどれか、何週間も新聞評を見比べて検討して武者震いさえして家を出てきたのに、きっかけでもう躓《つまず》いている。どうしてこうも、筋書通りに行かないんだろう。

寺らしき黒板塀が続く界隈に出て、どこからか木魚《もくぎょ》の音が流れてきた。途端に空恐ろしくなってきた。母の顔が泛んで徐々に大きくなる。母に秘密にして好きな女と二人きりで歩くなど、許されざる行為に思えた。

「僕、帰ります」

顔も見ずに頭を下げ、逃げるように引き返していた。

家に帰ってから、ひどい後悔に苛《さいな》まれた。あんな去り方をして、春江は怒ってもう画室を訪れないのではないか。いや、それだけじゃ済まない。待ち伏せしたことを経営者に注進して、母が呼びつけられるかもしれない。そんなことになればと想像すると、胸をかき毟《むし》りたくなるほど怖くなった。日曜日まで気が気ではなく、けれど紹介所からは何も言ってこない。

当日は春江ではなく、少し若い少女がやってきた。僕のせいだと絶望しかかったその直後、彼女も顔を見せた。皆、困惑した。

「紹介所の手違いですね」

春江は呑み込み顔をした。そして杏奴に向かって、「お姉さん」と鼻にかかった声を出した。

「二人一緒に描いてもらえませんか。モデル料は、私が紹介所に掛け合います」

今から少女を帰しても急に仕事の手当てがつくわけではない、一日ふいにさせるのは可哀想だ。春江はそう訴えた。そりゃあ、そうだ、今から帰ることはないと、類はすぐさま腕組みを解いた。それを口に出そうとした時、石塚君がその通りのことを滑らかに申し立てた。

「いいだろう。なあ、玄さん、杏奴さん」

二人は「むろん」と、賛成した。「なら決まりだ」「有難う」と、春江は少女の肩を抱いて居間に上がった。少女は訛りのきつい言葉で、春江にしきりと礼を言っていた。

単衣を羽織っただけの二人は、寄り添うようにして籐椅子に坐した。春江は少女を右に坐らせ、

「ここの画学生さんたちは、紳士淑女だから安心して」と腕に手を置いている。

「春公、ポオズ、ポオズ」

石塚君が急《せ》かすと、「厭な人ねえ」と睨んだ。

「春公って呼ばれるほど、私たち、親しかったかしら」

春江は笑い、少女にポオズをつけ始める。少女は痩せていて、胸骨が浮き出ている。たしかに、この子一人ではお呼びがかからないだろうと思われた。春江の様子にどこも変わったところがないことに、胸を撫で下ろしてもいた。

「坐らずに、二人とも立ってみたらどうかな」

玄が前に出て、少女に動くよう促した。杏奴が「そうね」と立ち上がる。

「あなたはこうして横向きになって、手を前に差し出してみて。そう、柔らかくね。花を撒く心地で。春ちゃんは正面を向いて立って。胸に右手を置いて。そう、左脚を少し前に」

杏奴は自らポオズの見本をしてみせた。

「お姉さん、踊りをやってらしただけあるわ。腰の決まり方が綺麗」

春江の言う通り、杏奴はアフロディテのごとき立ち姿だ。

十姉妹が、プッ、プッと鳴いた。

休憩時間になると少女は素肌の上にしっかりと着物を着込み、籐椅子に腰掛けて紅茶を飲んだ。猫舌なのか、茶碗の中に顔を近づけてふうふうと吹き、洟を啜り、その間、母がおやつに供した仏蘭西のボンボン菓子を次から次へと頬張る。誰にも取られまいとしているかのように、時々、様子を窺うように上目を遣った。

一方、春江は悠々として、軽く着物を羽織っただけで画架の間を巡る。類は玄と並んで窓辺に立って煙草を吸い、杏奴は画架の前に坐ったまま石塚君と紅茶を飲みながら談笑している。その間を春江は袂をひらひらとさせ、絵の進み具合を見て回るのだ。私をどう描いてくれて？と言わぬばかりに楽しそうに、そしていつものごとく、杏奴のカンヴァスを覗いた時に「まあ」と最も声を高揚させる。

「あんた、見せてもらいなよ。ゲイジツだよ」

椅子に坐した少女に蓮っ葉《はすっぱ》な口をきいて誘ったが、相方は口を動かすのに忙しい。春江は杏奴と苦笑を交わし、石塚君とも何かまた冗談を言い合い、籐椅子に戻って坐した。

今日も、僕の絵を見向きもしなかった。

当然だ。拙《まず》いんだもの。

類は苛々《いらいら》と煙を吐く。寝ても覚めても、春江のことしか考えられぬほど好きなのに。

その想いが表れぬはずはなかった。けれど十号の画布の中に立つ裸婦は春江には似ても似つかず、杏奴のように当人が思いも寄らぬ美を引き出しているわけでもない。ただぎごちなく突っ立っている、拙劣な線の集合がそこにあるだけだ。少し上にめくれたような厚い唇は何の息も吐かず、豊かな胸は動悸を打っていない。すらりとした手脚も木偶《でく》のようだ。

煙草を喫みながら、類は春江のむっちりとした横顔を見る。

そして類は今夜も目を閉じ、雨音の中で春江を想う。

黒々とした断髪を掛けた耳、牛乳色をしたその首筋を背後から鷲掴みにして、むしゃぶりついたらどんな味がするだろう。あの顔や躰を思い泛べるたび、嚙みつきたいほど好きだと思ってしまう。

寝床の中で、類は己の躰に手を伸ばした。

話をしたい。一緒に歩きたい。いや、自分のものにしたい。あのうなじに唇を這わせ、乳房を吸い尽くしたい。果てた後には言いようのない悔いと惨めさで胸が塞がるのに、どうしても手を動かしてしまう。

暗闇の中でだんだん我を忘れ、そして「春江」と熱い息を吐いた。


九月半ばで、窓外は暮れなずんでいる。

類は画室の台所で、筆を洗っている。杏奴は先に母屋に引き上げ、肩を並べているのは玄と石塚君だ。

「あんなのにかまわん方がいい」

ふいに、石塚君が言った。心の臓がドキリと鳴ったが、とぼけた。

「何のこと」

「春公じゃ。あいつ、いろいろと風評がある。画家にスケッチ旅行に誘われて、旅先でうんと散財させてやったと自慢しておったらしいし、活動の弁士だったという男とも噂がある」

ちらりと隣の玄に目を這わせたが、咥え煙草の横顔は小憎らしいほど平然としている。玄にもっと早く相談しておけばよかったと悔いたが、もう間に合わない。

「そんな、浮わついた気持ちじゃない。結婚も考えてる」

「馬鹿なことを言うんじゃない。モデルなんぞ、身分が違う」

ふだんはあれほど気軽に言葉を交わしているのに、見下げたような物言いをする。むっときた。

「お母さんに話して、筋を通すよ」

口に出したが最後、もう後には引けない気持ちになっていた。母は春江がモデルだからといって下に見るわけではなく、画室に茶菓を持ってくるたび、にこやかに声をかけるのだ。いつだったか、「素直な、いい娘だね」と褒めていたこともある。お母さんは、心に思わぬことを口にする人間じゃない。

玄は黙したままで、さっと筆を振って水気を切った。面持ちは夕闇に紛れて、わからなかった。

その翌日まできっかけを見つけられず、夕飯を済ませた後、ようやく母と杏奴に打ち明けた。

茉莉はいつものように長い「お散歩」で、行先は大のお気に入りである浅草だ。今日もまだ帰ってきていない。たぶん寄席の後、芝居にも回っているのだろう。

杏奴はさして驚きもせず、「で？」と目で促してくる。

「結婚したい」

母は即座に、「あたしは反対だよ」と言った。

「どうして。お母さんも気に入ってただろう。それとも、お母さんもいざとなったら、モデルだから駄目だとか言うの？　親戚にまたとやかく言われる？」

「モデルだからじゃない。悪い子だとも思ってないよ。でも、あの子は駄目」

「だから、なぜ」

するとと杏奴が、「困ったものね。どう言えばいいのかな」と小首を傾《かし》げた。

「何と言うか、春ちゃんは蠱惑《こわく》的なの。女でも男でも、彼女に気に入られると嬉しくなる。人によっては歓心を買いたがるわ。つい、指先で突っつきたくなるような風情があるのよ。パチンと弾けたら、どんな色の水が噴き出すんだろうって。公園の噴水みたいに、きらきらと綺麗なんじゃないかって想像してしまう。ね、そうでしょ」

類は黙ってうなずいた。サアカスの女が空中で玉乗りをしていて、手にした扇子の先から水を盛大に噴き出させる。そんな図が目に泛んだ。

「私、見ちゃったのよ。先月、石塚君の通ってる美術学校に見学に行ったことがあったでしょう？石膏室でデッサンしてたら、二階でキャアキャア言う声が聞こえて、そしたら美校生らに追われるようにして階段を駈け下りてきた。そう、春ちゃんよ。ううん、裸じゃないわ。洋装だった。でも、くすぐったいとか言いながら身をよじって笑って、何人もに追いかけられてたの。たぶん私や石塚君には気づいてなかった。そのまま裏庭に出て、水をかけ合って悪ふざけしてたみたいだから」

杏奴は落ち着いて、しかも春江を非難する色合いを混ぜぬよう気遣っているのか、ゆっくりと言葉を運ぶ。

「そういう女性なのよ、春ちゃんは。あんたもきっと、そんな、噴水みたいな水気に夢中になっているようなところがあると思うの。想像してごらんなさいよ。春ちゃんを奥さんにしたら、あんたの留守の間に八百屋さんや牛乳屋さんとふざけ合うかもしれないのよ。悪気はない、不貞なことも決してしないかもしれないわ。でも、あんたがそんなつまらないことで苦しむのを私は見たくない」

一言もなく、類はうなだれた。目も上げられない。杏奴の言うことが逐一、もっともだからだ。そんなはずはないとか、僕は彼女を信じ通せると断言できない。

「ともかく、ああいう容子《ようす》の美い《い》子は類の手に負えない」と、母も口を添えた。

「だから、結婚には反対」

類は塩垂れて、鼻の下をぐいと手の甲でさすった。

「どのみち結婚を申し込んだって、うんと言ってはもらえない。相手にされていないんだ」

すると杏奴は「それはわからないわ」と言う。顔を上げると、活動写真の仏蘭西女優のように肩をすくめた。

「わからないのよ、ああいう子は」

画室の前の薔薇が咲かぬまま、葉をすっかり落とした。

水曜日、長原先生の家から玄と共に画室に帰ると、杏奴が顔を見せた。

「玄さん、いらっしゃい」

「やあ。お母さんの風邪、どうだい」

母が風邪をひいて寝込んだので、杏奴はその介抱で休みを取った。手に小皿を持っていて、鳥籠に近づく。

「ええ。もうずいぶんといいのよ。有難う」

青菜の刻んだものを十姉妹に与えながら、「そういえば、今日、来たわ」と言った。

「何が？」

「春ちゃん」

燐寸を持つ手が止まった。母と杏奴に反対されて以降、モデルは違う少女を頼んでいる。石塚君もそうした方がいいと勧めたし、玄にも否やはなかった。

「驚かないでよ。この近くに越してきたんですって」

杏奴はくるりと身を返し、小皿を持ったまま両の眉を上げた。

「近くって、どこだよ」

「団子坂の下。坂を下り切って左に曲がったら、硝子屋さんがあるでしょう。その二階ですって。で、挨拶に来たのかと思ったら違うのよ。うちに十姉妹が一羽迷い込んできたんですけれど、一羽で飼うのも可哀想な気がするから、森さんとこの画室の子と一緒に飼ってくださらない？って」

春江の語尾の調子を真似て、「どうする？」と詰め寄ってくる。

「どうするって言ったって」

口ごもっていると、杏奴はまた背を向け、鳥籠の小扉を引く。

「でも、類さん、いらっしゃいますかって訪ねてきたんだから、あんたがもらうかどうかを決めないと」

顔に朱が散った。どういうつもりだろう。あれほど冷淡に、洟も引っ掛けなかったくせに、今になって。

いまだに毎夜、春江の躰を思い泛べていることを見抜かれでもしたかのようでたじろいだ。思わずかたわらの玄を見上げたが、やはり我関せずの顔をして煙を吐いている。

杏奴は水用の皿を籠から出し、台所で洗ってからまた引き返してくる。

「さあさあ、類之丞《るいのじょう》。おぬし、如何《いかが》いたす」

「断るよ。むろん、断る」

試されているような気がして断固と言い張った。が、どこかで惜しい気もする。

数日後の土曜日、杏奴にまたせっつかれて、とうとう女中を断りの遣いに出した。留守でも用が足せるように、女中には手紙を持たせた。

お申し越しの十姉妹は近々、他家から頂戴する約束があります。拙宅では何羽も飼いきれませんので、悪しからずご了承ください。さようなら。

何枚も鉛筆の先を舐めながら下書きをして、つまらぬ嘘を書いた。茉莉は杏奴からどこまで聞いて知っているのか、「どれどれ、見てあげよう」と腕組みをして覗き込んできた。

「恋文に誤字脱字があったら、目も当てられないからね」

「やめてくれよ。姉さんには関係ない」

「関係ないとは、無礼な言い草。私は今、物書きとして真っ当に仕事をしておるのだぞ。玄人だぞ」

茉莉は七月から、雑誌の「婦人之友」にミュッセの翻訳戯曲『恋をもてあそぶ勿れ《なか》』を連載しているのだ。手慰みがついに仕事になって、鼻高々だ。そして夜更かしはますますひどくなっている。

「いいんだよ、恋文なんかじゃないんだから」

机の上に突っ伏すようにして、腕で囲いを作った。


十姉妹を気持ちよくもらう方が、男らしかったのではないか。自分の口で断らなかったのは、不実というものだったかもしれない。春江は気を悪くしているんだろうな。だから返事をよこさないんだ。僕のことをさぞ厭な、待ち伏せ野郎だと思っているに違いない。

類は悶々《もんもん》と気に病み、春江が住むという硝子屋の二階を訪ねたい衝動に何度も駆られた。そして下駄を突っかけて、団子坂を駈け下りる。けれど途中ではたと足を止め、引っ返す。それを繰り返していた。

また土曜日を迎えた。画室の居間に坐って珈琲豆を挽き、湯を注いでいると、石塚君が入ってきた。

「いい匂いじゃな」と、鼻をひくつかせる。「飲む？」「いただく」

遠慮なく居間に上がってきて、「類君」と声を低めた。

「春公の奴、これになったんじゃと」

腹の前で、弧を描くように両の手を動かした。

ええっと叫んで、その拍子に薬罐を持つ手許が狂った。卓の上に湯を撒いた。

「いつ結婚したの」

「んなもの、しとらんよ。活動の弁士崩れか、画家に孕《はら》まされたんじゃろう」

十姉妹がプッと鳴いたので、鳥籠を見やった。

頭の中をありとあらゆる景色が巡って、ぐりぐりと渦を描いた。

硝子屋の二階を訪ねていたら、そこにしどけない姿の春江が坐っている。僕は春江との間合いを詰め、あるいは春江に誘われて首筋にむしゃぶりついたかもしれない。いや、きっともう我慢できなかった。ようやっと想いを遂げた僕は窓を半分だけ引いて敷居に腰かけ、夕風に吹かれる。吹かれながら煙草を吸う。そして素肌に単衣をはおって片膝を立てる春江と目を交わし、微笑み合うのだ。

僕は得意の絶頂だ。活動写真のように、甘く芳しい音楽が部屋じゅうに流れている。けれどそれは、とんだ罠だ。やがて生まれてきた赤ん坊を押しつけられ、僕は絵筆の替わりに牛乳瓶を持って右往左往する。

あらぬ想像かもしれない。が、十姉妹が鳴くたび、「手に負えない女」という母の言葉が合の手を入れる。

なぜか気が抜けて、ハハと乾いた声を立てた。石塚君も笑った。

駿河台下《するがだいした》の交差点を渡り、地球堂へ入った。

絵画や額縁を扱うこの店は天井が高く、通路の両脇の壁には油絵の数々が仰々《ぎょうぎょう》しく掛けられている。店が「泰西《たいせい》名画」と謳っているもので、市電が通るたび過剰な装飾の額縁が金色の光を放ち、硝子も震える。類と杏奴は壁のものには目もくれず、奥へと進む。番頭がじろりとこちらを見るが、二人とも気にしていない。

やがて辺りが薄暗くなり、西洋の美術館にいるがごとくの心地になる。シャバの水浴図やダヴィッドの貴婦人像を見上げる時、杏奴の気配すら忘れている。ただ、己のすこやかな息の音だけを聞いている。

その後、引き返し、帳場の近くに並んでいる小品や版画、絵葉書などを見て、目についたものは手に取って眺め、よほど気に入れば買うこともある。だがあまり欲しい物はないのだった。必要な物、好きな物は母に与えられて、何もかも揃っている。

待ち合わせは店の外で、類が先の時もあれば、杏奴が紙包みを手にして待っている日もある。

「何を買ったの」「絵葉書よ」

杏奴は白い歯を見せてにこりと笑み、包みから出して披露してくれる。それらはたいてい、欧羅巴の風景画や静物画だ。今日は雛罌粟《ひなげし》の花束や金髪の美少女もある。杏奴はそれを銀縁の額に入れて机に飾ったり、姉に便りを出すのにも使う。

先月、昭和五年の七月、茉莉は再び嫁いで仙台市に移った。相手は東北帝国大学の医学部教授で、佐藤彰《さとうあきら》という。

見合いの後、茉莉は彰と上野公園を散歩したり歌舞伎座に行ったりしたが、杏奴と類は母からその供を仰せつかり、浅草の金田《かねだ》で鶏料理を振る舞われたりした。彰は医学博士というよりも、役者のような顔貌だ。絵草紙によく描かれている鹿鳴館《ろくめいかん》の紳士を思い出して、初めは少し気ぶっせいだった。しかし博士には傲慢な態度がまるでなく、切れ長の目尻に華奢《きやしや》な皺を寄せて微笑む。

結婚式の二人は、どちらも位負けのしない、たいそう立派な新夫婦だった。ただ、彰には先妻の遺児である女の子が二人いて、下の子はまだ幼くてヒイヒイとよく泣いた。

茉莉を送り出した後、母と杏奴と類は力が脱け、しばらく呆《ほう》けたようになった。日ごと夜ごと、茉莉の勝手気儘な生活に振り回され、悩まされてきたのだ。ようやくその苦しみから解放され、そして茉莉が世間並みに再婚しさえすれば杏奴の縁談も期待が持てる。その希望が芽生えた。

けれどなぜか、茉莉のいなくなった家は淋しい。重苦しさが晴れたと同時に、何か大切なものが去った。それは、一枚の絵から華やかなルウジュ・ガランスを抜き取ってしまったような心持ちだ。

仙台の茉莉からも頻繁に手紙が来て、杏奴はそれを母と類に読んで聞かせる。でも時々、ムニャムニャと誤魔化《ごまか》す時がある。

「何だよ、今、飛ばしただろう」

「だって」と、杏奴は流水文様の便箋で顔の半分を隠す。「いいから、読んどくれよ」と母にもせがまれて、杏奴はエヘンと弁士みたいな咳払いをする。

「私は彰を恋するくらい好き、ですって。姉さん、二言目には佐藤が、彰がって書いてるわ」

「なあんだ」と、類は呆《あき》れた。

「なあんだって、生意気ね」

「だって、山田にいる時は何かにつけて珠樹が歓ぶ、珠樹が気に入った、なんて言ってたじゃないか。なのに帰されちまった」

「帰されたんじゃないわ。姉さんは出てきたのよ」

「山田の話はおやめ。茉莉はもう佐藤の人間だよ」

母がぴしゃりと言った。

山田珠樹とは離縁後もじくじくと尾を引いて、とくに珠樹を取り巻く友人、知人、つまり東京の知識階級から随分な非難を受けることになった。不思議なことに、そういう陰口だけは世間の狭い母の耳にも入ってくる。まだ幼い子供を山田家に置いてでも別れる意志を通した茉莉を、彼らは決して許さなかった。主婦失格、妻失格、母親失格と三拍子揃った茉莉を製造し、しかも離縁を回避できなかった鷗外の未亡人も「無能だ」とのレッテルを貼られたのである。

茉莉が再嫁《さいか》した後、母は七月を寝たり起きたりして過ごした。ほっと安堵して気が緩んだのだろうが、長年、宥《なだ》めてきた腎臓もいよいよ悪くなっている。杏奴は甲斐甲斐《かいがい》しく水薬を飲む世話をし、浮腫《むく》んだ脚をさすり、茉莉への手紙の代筆も引き受けた。時には自身も書いているが、その内容を類は知らない。

仙台からも毎日のように手紙が届く。寄席芸人に入れ込んでいた茉莉は、今はチャアリーに夢中らしい。そういえば彰は硬そうな毛髪を七三に分け、チャップリン髭をたくわえていた。

地球堂からの帰り道、文房堂《ぶんぽうどう》で絵筆や絵具を買い、そして銀座まで足を延ばして資生堂《しせいどう》パーラーに入った。杏奴は黄身色を帯びたアイスクリイムを食べ、類はソーダ水を頼む。白地に青格子の半袖ブラウスを着た杏奴は唇をクリイムで光らせながら、小説の話をする。今のお気に入りは「婦人之友」に出ているツルゲエネフの『その前夜』らしい。

「西洋の作家って、どうしてあんなに偉大な作品を創作できるのかしら」

テエブルに片肘をつき、銀の匙でクリイムを弄《もてあそ》びながら嘆息する。類がソーダ水を二口、三口吸う間に、杏奴はもう言葉を継いでいる。

「土地ね。土地の力なんだわ。そういえば、巴里《パリ》には世界中から画家が集まって、今、六万人ですって。六万人よ。信じられる？　街はきっと、絵の世界と現実が渾然《こんぜん》一体となっているんでしょうね。芸術を呼吸して生きるんだわ」

「姉さん、ツルゲエネフって露西亜じゃなかったかい」

　大正時代の初め頃に帝劇でツルゲエネフの戯曲が掛かったことがあり、松井須磨子《まついすまこ》という女優が唄った『ゴンドラの唄』がたいそう流行ったのだと聞いたことがあった。母だったか、もしくは茉莉が口にしていたのかもしれない。

「そうだけど、『その前夜』はヴェネツィアも舞台になってるじゃないの。私は今、西洋の芸術性について語りたいのよ。見てごらんなさいよ、この街を」

　杏奴は窓外の景色を見ろというように、顎を動かす。類にとっては見慣れた、いつもの夏の風景だ。カンカン帽をあみだにかぶった紳士やスカアトを翻すように歩く少女たち、透けた絽《ろ》の羽織を着た婦人には呉服屋の法被《はっぴ》をつけた男がぺこぺこと頭を下げている。得意客なのだろう。

「ここには芸術の空気がまるでないわ。巴里が芸術の都なら、日本は荒野よ」

「巴里に行ったことがないのに、どうして断言できるんだよ」

「活動写真や絵や小説でわかるでしょう。あんたは気づかないの？」

　杏奴はまた返答を待たずして、「ああ」と苦悶の顔つきを拵える。

「欠乏よ。私には欠乏が足りない」

　もはやまったく意味がわからない。

「私たちには幸か不幸か、パッパから譲られた財産というものがあるでしょう。そのために、経済的欠乏というものが皆無だわ」

「それの、何がいけないんだよ」

　春江への片恋に破れた後、母はこう言った。

女性を忘れるには、車がいいそうだ。

近所の三番タクシーを呼び、母子三人で日本橋や銀座、虎ノ門を走りに走った。買物や用事を兼ねての走行だったけれど、石塚君は「下々《しもじも》にはとてもできん忘却方法じゃ」と目を剝いた。

わしら貧乏学生は安酒を喰らうか、誰かの頭を腹いせに下駄で撲《なぐ》って、不貞寝《ふてね》するんが関の山じゃけん。

そんな野蛮な方法は真平《まっぴら》だった。画学生という身分は今でもふと羨《うらや》ましくなるが、「貧乏学生」は御免蒙《こうむ》りたい。

杏奴は溶けてしまったクリイムを、匙でかき回している。類は腹が減ったような気がして、メニュウを手にした。近頃、食欲が戻った。朝から何膳もご飯をお代わりするので母は呆れている。

「経済の困窮、貧しさの苦しみを経験しないことには、本当の自分の芸術とは言えないわ」

ミートクロケットとコンソメスウプ、それともグラタンにしようか。

「でももし私がタイピストなり新聞記者なりになって経済的独立を獲得したらば、もうそれで手一杯になって、芸術に心酔する余裕がなくなってしまう。私にはそれがわかる。だから踏み出せないの。パッパや長原先生のように職に就きながら家庭を営んで、それでもあれほどの高みに到達する人がいるのに、私は生活独立を果たしたら私の芸術を死なせてしまう」

杏奴は銀の匙を洋皿に置き、テエブルに両の肘をのせた。

「茉莉姉さんは偉いわ。ちゃんと主婦をまっとうして、生さぬ仲の子供たちを育てて、それで翻訳家の仕事もしているのだもの。芸術で立派に収入を得るなんて、姉さんには才能があったのね。私には遥かなる道よ」

茉莉は五月からまた「婦人之友」で翻訳を連載していた。モウパッサンの『ル　オルラ』だ。

そういえば、同じ月に画室の前の薔薇が蕾をつけた。深緑の萼《がく》に包まれて、鮮やかなカドミウム・レッドを開いたのだ。朝陽の中で、類は飽くことなくその赤を眺めた。葉っぱには雨蛙が留まっていた。月桂樹はもりもりと若枝を伸ばし、その後、池のはたの杜若も咲いた。睡蓮は蕾をつけることがなく、丸に切れ込みのある葉だけが申し訳なさそうに水面に顔を出している。

玄の言った通りだと思った。植物が時をかけて庭に景色を作るのを、人間は待ってやらねばならない。

「類、頼むんなら早くしないと。帰りが遅くなったら、お母さんが心配するわよ」

メニュウに目を戻し、腹をさすってみた。

「もういいや。よすよ」

「気紛れね」と、杏奴は眉を顰める。「姉さん」「何よ」

「収入を得たいんなら、茉莉姉さんみたいに翻訳をするか、小説を書けば？」

「簡単に言わないで。私はパッパの娘なのよ。下手なものは出せない。まずは絵よ。絵でちゃんと認められたら、そしたら私の文章も許してもらえるだろうけど」

「誰に許してもらうんだよ」

「いろんな人たちよ。お母さんのことを悪く言った人や、パッパが亡くなってから私たちのことを見向きもしなくなった人たち、その他大勢。この料簡《りようけん》の狭い日本、不毛な土地の人々よ」

杏奴は仰向いて、天井のシャンデリアを睨《ね》めつけるように見上げた。

ストウブの季節になった。

類は杏奴より先に画室に入って部屋を暖め、珈琲を淹れる。ドアの開く音がして、毛糸のマフラアを首にぐるぐると巻いた石塚君が顔を覗かせた。

「長原先生が危篤《きとく》じゃ」

震えながら足踏みをしている。束の間、何のことかわからなかった。「危篤って」

「今朝、脳溢血《のういっけつ》で倒れられた」

石塚君はそう告げると、「他にも報せてやらんと」と言ってすぐに立ち去った。類は下駄をつっかけて凍った池のはたを走り、花畑に面した母の居間に上がった。母と杏奴は台所にいて、朝飯の片づけをしていた。女中は盛んに音を立てて椀や皿を洗っている。

石塚君の言葉を伝えると、杏奴は杓文字《しゃもじ》を持ったまま蒼白になった。

「杏奴ちゃん、しっかりおし」

母と類が同時に、肩や背中を支える。

「先生は亡くなったわけじゃないんだよ」「ええ」と答えるが、唇は色を失っている。

「私、厭だわ。耐えられない。厭」

顔をおおい、しゃくり上げ始めた。杓文字についた飯粒が杏奴の髪につき、肩先に落ちた。類は母と顔を見合わせ、そしてなぜか落ち着いた声を出した。

「姉さん、お見舞いに行くかい？」

妙なもので、動転している杏奴を目前にすると、役に立ちたいと思う。

「今はお宅も取り込んでおられるだろうから、少し時を置いてから伺った方がいい。早くとも、夕方になさい」

　母は杏奴の肩に手を置きながら、類に命じた。

　以前、苗木を買った「ばら新」に走り、温室の薔薇で花束を作らせた。

　三時を過ぎてから外套を着込み、杏奴は母に強く言われて手袋もつけ、裏門を出る。

「くれぐれもご家族の邪魔にならないように。玄関で、すぐにお暇するんだよ」

　門外まで見送りに出た母は、念を押すように言う。たぶん、父の臨終の場のことが頭にあるに違いない。親戚や友人知人が幾重もの垣を作り、まだ息があるのに通夜や葬儀の段取りを話し合う声が隣室でも聞こえ、新聞記者がひっきりなしに廊下を行き交うありさまだったらしい。類は台所にいて、誰か見知らぬ大人に促され、父の枕許まで連れていかれた憶えがある。

　母は本当は、自身と杏奴、類の三人だけで見送りたかったのだろう。夫の末期《まつご》の言葉を、自分と子供たちだけに発せられたそれを聴き、そして自身も最期の愛を尽くしたかった。人目がなければ夫の肩をかき抱き、頬に頬を寄せ、耳許で静かに語りたい想いがあったかもしれない。

けれど、母は皆の面前で取り乱した。

　パッパ、死んでは厭。厭です。

　その言動は後々まで、「鷗外の死の静寂を乱した」として世間の口の端《は》に上った。強く泣き叫ぶしか母には術がなかったのだと、類は思うことがある。

　母の言いつけ通り、類と杏奴は長原家の玄関で花束を渡してすぐに辞した。玄を呼んでもらおうとは、二人とも思わなかった。玄関を出て、杏奴は二階を見上げた。長原先生の書斎だ。そこだけに煙るような灯がともっている。日が暮れて、辺りは静けさに包まれている。門前の道を行く者もなく、庭の木々の葉が雨に打たれるばかりだ。軒先からも雫が落ちては撥《は》ねる。類と杏奴は傘を差すことなく、窓の灯を見上げて立ち尽くした。

翌朝、新聞は長原孝太郎の逝去を報じた。

昭和六年三月、茉莉が帰京すると知らせてきて、類は上野駅へ迎えに出た。里に帰って芝居を観ておいでと、姑《しゆうとめ》が勧めてくれたらしい。嫁いでからおよそ八カ月が経ち、帰京は今度で三度目だ。前回は夜の駅で待てど暮らせど姿を現さず、結句、家に電報があった。仙台よりも随分と北にあるらしい駅からで、「茉莉さんという人を、次の上りに乗せる」との連絡だ。再び駅へ迎えに行くと、茉莉は己の失敗をさも可笑しげに説明した。

「機嫌よく乗ってたら、松島が見えるじゃないの。変だなと思ったわ」

仙台から六時間も汽車に揺られれば、かなり草臥《くたび》れるものだ。それをさらに逆に下ったものだから、大遠征だ。茉莉の犯す失敗のうちでこの顚末は最も罪がない部類であるので、家で待っていた母と杏奴も大いに笑ったものだ。母が淹れてくれた紅茶がやけに旨かった。

汽車から降り立つ茉莉の姿を認め、類は近づいた。今度は連れがあって、博士の先妻の子供二人に、十六、七くらいの少年だ。博士の姉の息子で、東京から仙台に遊びに行っていたらしい。類が茉莉の鞄を受け取っている最中に、その博士の姉が出迎えに現れ、茉莉との挨拶も早々に子供の一人を抱き上げ、もう一人の手を息子に引かせた。

「では、ごめんあそばせ」疾風《はやて》のように改札から出ていくのを、類はぽかんと見送った。

「子供たち、うちに泊まるんじゃなかったの？　お母さん、そのつもりで蒲団やお箸を用意してるよ」

「そうよ。姑上《ははうえ》は子供づれでないと外出を許してくださらない。仙台で活動を観る日も、上の子を伴ってないとお叱りを受けるわ」

「妙だね。いとこ同士で遊ばせたかったのかな」

「あの子たちにも観せたかったんだけどなあ、今日の芝居」

ともかく母と杏奴が待つ帝国ホテルに向かうと、二人もやはり「ふうん」と拍子が抜けたような面持ちになった。とくに母は義理の孫でも可愛いらしく、上京を楽しみにしていた。芝居を観て食事をし、家に帰ると夜更けになっていた。

翌朝、茉莉は義姉の家に電話をかけた。

杏奴への手紙では、女児の声は非音楽的だと嘆き、詩人が気分を壊す女を憎む気持ちがよくわかるなどと手紙に書いてよこしたこともあったようだが、一晩寝ればさすがに気になったらしい。たしかに類も、目前で子供を人攫《ひとさら》いに持っていかれたような心地ではある。

茶の間に戻ってきた茉莉に、母は手焙《てあぶ》りに手をかざしながら「どうだったえ」と訊いた。三月とはいえ、母には朝はまだ冷えるらしい。

「何なら、タクシーで類に迎えに行かせようか」

杏奴も、「明日、動物園にでも」と声を弾ませる。

「それがね。いずれご挨拶に行くとおっしゃるのよ」

茉莉が曖昧に首を傾げるので母もどうとも言わず、類と杏奴は身支度を始める時分になった。長原先生を喪った後、藤島武二《ふじしまたけじ》先生について絵を学んでいる。茉莉も気分を取り直すように首をぐるりと回した。

「拙者も仕事、仕事」

茉莉はまたもモウパッサンの翻訳を手がけていて、『それが誰れに分るのだ』をこの三月から「冬柏《とうはく》」に連載を始めている。「冬柏」は昨年創刊された新詩社の機関誌で、「明星」廃刊後の与謝野寛《ひろし》、晶子夫妻が最も力を注いでいる雑誌だ。

「芸術的センチメンタル、それが私の心の糧《かて》よ」

茉莉は杏奴よりもさらに不可解な言葉を口にして、類を辟易《へきえき》とさせる。しかし杏奴は目を輝かせ、画室の居間でも十姉妹をしのぐほどに二人は姦《かしま》しい。

二日の後、ちょうど朝飯を済ませた時分を見計らうかのように年配の女客があった。類が応対に出ると、「お母様、いらっしゃる?」と言うので、「はい、お待ちください」と応えた。しかしその人は黙って草履を脱ぎ、真白な足袋をずいと式台にのせる。勝手に茶の間に入ってきた客の顔を見るなり母は息を呑むようにたじろいで、表庭に面した客間へと案内した。類は戸惑いながら母の後を従いて歩く。

廊下に再び出てきた母は台所に向かい、女中に茶の用意を言いつけた。杏奴はちょうど布巾で食器を拭いていて、怪訝そうに母の顔を見る。母は女中の耳を憚るように、杏奴の耳許に口を寄せた。

「茉莉を起こしておいで。お化粧《つくり》はいいから、すぐに客間にいらっしゃいとお言い」

「お客様、どなたなの」

「お仲人の奥様だよ」

仲人夫人が引き取った後、茉莉は床柱に寄りかかるように坐して動かない。類も押入の襖にもたれ、主庭にぼんやりと目を投げる。青々とした楓《かえで》越しに、すぼめた掌の形に似た花が見える。パッパの愛した白木蓮だ。今年は花が小ぶりで、幹や枝の線だけが目立つ。

正面に坐る杏奴が「許せないわ」と呟いた。

「騙し討ちじゃないの」

茉莉は「里に帰って芝居を観ておいで」と姑に勧められ、そのまま仲人から離縁を通告されたのである。

毎日毎日、市中を出歩いて、この街には銀座がない、三越がない、歌舞伎座がない。そんな不平ばかりをおっしゃるので、そんならどうぞお帰りくださいと、先様《さきさま》はおっしゃっているんですよ。だいたい、一家の主婦が家の中を顧みずに外を出歩くとは、料簡が知れません。しかも出たが最後、お洗濯も夕餉《ゆうげ》の用意も女中に任せきりというじゃありませんか。いったい何様のおつもりです。

母が平謝りに謝っているのが、隣の部屋に控えていた類にも聞こえた。山田の家でも同じく「長い散歩」をして、珠樹は茉莉に外出を禁じたほどだった。母にすれば、詫びるしか法がない。

たまには子供らに襦袢の一枚でも縫ってやっておくれとお姑様が促されても、怖い顔をして翻訳の仕事で手一杯ですと、口を返されるそうです。私どもは長年いろんなご縁を取り持たせていただいてきましたけれども、これほどの恥をかいたのは初めてでございますよ。宅の主人など、佐藤君には本当に申し訳ないことをした、世間にも顔向けができないと嘆いております。

母はさんざん非をなじられ、茉莉を突き返された。

「姉さんに至らないところがあるなら、佐藤さんはそれを直におっしゃったらいいんじゃなくて？　それをいきなりこんな形で」

杏奴は目の縁を赤くしている。

茉莉は夫に恋していたのだ。尊敬も寄せていた。杏奴はそれを知っていて、買物や活動を観に外に出た時に類にも口にしたことがある。けれど、それはチャアリーに似た博士に伝わっていただろうか。それとも、あの人は母親の怒りに気圧されるまま力なく首肯するしかなかったのだろうか。

主婦として、母親として、妻として駄目。何もかも駄目。そんな者を、この家で養う謂《いわ》れはない。

「パッパが生きていらしたら、こんなやり口、決して許さなかったはずだわ」

騙されるようにして東京に帰された。そのことに母が傷つかぬはずがない。自尊心も世間体も粉《こな》微塵《みじん》に打ち砕かれた。珠樹の周囲の人間が、親戚連中が、「そら見たことか」と嘲笑《あざわら》う声が耳の中で響く。

お志げさんが、あんな人だから。

四方八方から矢が飛んでくる。冷笑や蔑《さげす》みや嘲笑が。

杏奴が何をどう言っても母は蒼黒い顔を歪ませるだけで、じっと唇を噛みしめていた。

春が盛りとなり、花畑の庭は一面が緑になった。

昨秋、白詰草の種を蒔いたので、丸くフカフカとした花が咲いて野原のごとくだ。けれど家の中は冷え冷えとしたままだ。

茉莉はさすがにこたえたと見え、ほとんど自室に閉じこもったままで翻訳の仕事をしている。茶の間で皆と顔を合わせても溜息ばかりを吐き、食事もあまり進まない。

母は茉莉の嫁入道具を引き取ったり籍を抜いたりするのに仲人夫人と厭でも顔を合わせねばならず、そのつど居丈高に出られてか、家に帰った時は疲労困憊《こんぱい》して、帯を解くにも杏奴の手助けを要する。あんなに好きな歌舞伎座や明治座、三越にも足を運ばなくなった。馴染みのある場に行けば、知った顔に出会う。出会えば茉莉のことを訊かれる。前の離縁では自ら「茉莉を引き取りましてございます」と先んじて勝気を見せたが、此度《こたび》は両家が最後の挨拶すら交わすことなく一方的に断ち切られた縁だ。

母は何年か前から手慰みに碁を打つようになっていて、その相手をしてくれている近所の奥さんに手を引かれ、足をひきずりながら散歩に行く、それがせめてもの気晴らしだ。家にいる時は床の間に飾ってある父のデスマスクの前に跪《ひざまず》き、ひしと手を合わせている。その背中を見るたび、また痩せたと思う。

類と杏奴はとにもかくにも、毎日、画室で過ごしている。午前は素描、午後はクロッキーだ。

茉莉が東北帝大の教授夫人の座におさまったことで少し世間に開かれたはずの一家の窓は、再び閉じられてしまった。しかも外から雨戸を閉《た》てられ、釘を打たれたに等しいのだ。もはや、杏奴に良縁は望むべくもない。母の苦悶はそこにあった。家族の将来は宙づりになって、息も絶え絶えに揺られている。杏奴はそのことをよくわかっていて、絵画にひたすら精進している。

母の部屋からやがて、低い声がぼそぼそと聞こえるようになった。

「野の花を思え、労せず紡《つむ》がざるなり」

聖書を復誦《ふくしょう》しているのだ。いつからか、母の許を小太りの老婦人が訪れるようになっていた。

「奥様、何事も神様に感謝でございますよ。主の思召《おぼしめ》しにございます」

「は。さようでございます」

母は金縁の眼鏡をかけ、キリスト教の婦人が帰った後も聖書を開く。碁を打ち、祈り、時々、画室を覗きにくる。そして杏奴を何とも切ない目で見やるのだ。

可哀想な、不憫《ふびん》な、我が娘。

ある日、類が画室から先に家に戻ると、母は花畑に面した部屋でパレットと絵筆を持って画架に向かっていた。妙な恰好だ。割烹着《かっぽうぎ》をつけているのだが、細い首の後ろで紐だけを結び、袖を通していない。西洋のエプロンのように、前にだらりと垂らしている。

描いているのは陶製の西洋人形で、類は背後に回ってその絵を見てみた。およそは整っているが形が弱く、色も淡過ぎる。

「お母さん、ちゃんとデッサンを取ってから描いた方がいいよ」

肩越しに言うと母は首を回して類を見上げ、「そうかい」と薄く笑った。

類はかたわらに腰を下ろし、胡坐《あぐら》を組んだ。

「長生きしてくれよ」

母は籐の小椅子に坐ったまま、眉を引き上げた。

「何を言うんだえ、この子は」

苦笑して、パレットと絵筆を小机の上に置く。

「お前こそ。お前が若死になんぞしたら、私は恩給だけになるから暮らしていけない」

この家は類の名義で、母の所有ではない。印税も母には入ってこない。

「わかったよ。ちゃんと長生きする」大袈裟なほど明るい声を出した。

「じゃあ、杏奴姉さんは？」

冗談のつもりで、問うてみた。

「杏奴ちゃんが何だい」

「姉さんが死んだら、お母さんはどうなる」

「死ぬ」

一瞬の迷いもない返答だった。


初夏を迎え、薔薇が咲いた。

昨日は一日しとしとと雨が降り止まなかったが、今日は思い直したような青空だ。朝から家じゅうの窓という窓を開けたので、風が渡る。

昼下がり、母と杏奴は散歩に出ることになった。類も供を仰せつかったので、玄関の三和土で下駄に足を入れ、中へと声をかけた。

「茉莉姉さん、散歩に行ってくるよ」

しかし返ってくるのは、朗々と響く声だ。伊太利《イタリア》語の恋唄であるらしく、近頃、凝っている。茉莉はもう俯いておらず、以前のように出歩いて、自室では小説や詩を読み、翻訳し、そして歌う。母が世間から鎖《とざ》されていまだ苦悩し、老いと病に抗えぬままであるのとは対照的で、呆れを通り越して小面憎《こづらにく》くなることがある。

そして杏奴も被害者の一人であろうに、笑っている。

茉莉姉さんは、悲しい別離も芸術的センチメンタルに変えおおせるのよ。

二人とも丈夫な神経だ。思わず感心してしまう。

杏奴は母の腰に手を回し、団子坂通りに面した裏門を出た。屋敷の表門がある藪下道へと折れ、ここは小径であるので三人は肩を並べられず、類は前をぶらぶらと歩く。時々、後ろを振り向く。明るい空の下で見れば母は瞼まで浮腫んでいるのが露わで、眉の毛もすっかりと薄い。

母がその顔を上げ、東側の崖下へと目をやった。

「昔は観潮楼の二階から、浜離宮《はまりきゆう》の木立や品川沖の白帆まで見えたものだったけど」

誰ともなく足を止め、眼下に躰を向ける。母を真ん中にして左が杏奴、右が類だ。杏奴は母の腕に腕を搦《から》め、類は母の腰に手を回した。

母は白い大島に黒の博多献上を締め、杏奴は白のワンピイスだ。襟ぐりと袖、腰のポケットにだけ青い別布で縁取りがしてある。帽子をかぶるのを忘れたらしく、髪が風に柔らかく靡《なび》く。

景色に目を戻した。確かに、幼い頃に比べれば随分と人家が立て込んでしまったけれど、それでも谷中の寺々の甍《いらか》は陽射しを受けて光り、上野の森は深々として緑が濃い。

「あの向こう、海が見えるんじゃない？」

杏奴が指をさして示した。

「え、どこだよ」

「ほら、あすこよ。あの空の下」

それは空の色と溶け合って霞んでいるのだが、類にも見えるような気がした。ボウと汽笛さえ聞こえる。

「四人で、外国に行ってしまおうか」

母が風のように囁いた。そのまま何も言わぬので、顔を動かして母を見た。杏奴も小首を傾げている。

「でも、私は向こうの料理が嫌いだからねえ。駄目だね」

昔は父と一緒によく精養軒を訪れたものだが、母はいったい何を食べていたのだろうと思うほど西洋料理が苦手だ。母はなぜかフッと独り笑いを零し、遥かな海を探るように目を細めた。

「杏奴、西洋に行っておいで」

杏奴が「え」と、目を見開く。

「西洋に行きなさい。でも一人じゃ心配だから、類、お前は鞄持ちだ」

母は口許をぎゅうと引き結び、きかん気の強い童女のごとく海を見ていた。

6　マロニエの街角

杏奴と共に、アパルトマンの螺旋《らせん》階段を駈け下りた。

アパルトマンの前の細い道を抜けると、すぐにコトンタン通りに出る。ここはいつもなぜか風がひどく、杏奴は目を細めて髪やスカアトの裾を押さえねばならない。

セーヌ川の左岸にあるこの町には芸術家や学者、学生がたくさん住んでいて、キャフェで切れ目なしに珈琲と煙草を味わい、語り合う声で満ちている。誰も相手の話なんぞ聞いちゃいない。「ノン、ノン、ノン」と男も女も徹底的に己の主張を披瀝《ひれき》し、批判し、ゴシップで沸く。

街路樹の、それは背の高いマロニエが煙るように花をつけ、葉は青々と陽射しを透かしている。その下を類は杏奴と些細な、ごく日常的な話を交わしながら笑い、二人の躰が縺《もつ》れんばかりの足取りで歩く。

今日は天気がよいので、リュクサンブール公園に行こうと出かけてきた。類は煙草屋で煙草を買い足しておきたかったが、今日は仏蘭西の祝日、メーデーだ。パン屋や花屋以外、大半の店は休んでいる。やはり煙草屋も扉を閉じていて、今日は一本一本を大事に吸おうなどと心組む。

巴里の町角には花屋が多く、髭のムッシュでも石楠花《しゃくなげ》の花束を胸に大事に抱えて歩いていたりする。小さなオルガンのごとき露店もあって、少し前までは菫や桃の花が売られていた。パッパは菫が好きで、花畑の庭によく屈んで種を蒔いていた。菫の花束はどの店でも、一束がだいたい二法《フラン》だ。

この頃の店先にはアネモネや勿忘草《わすれなぐさ》、そして赤や白、薄紅の薔薇も並んでいるのだが、今日はフルフルと揺れる小さな鐘のごとき花が溢れんばかりだ。鈴蘭の花束で、行き交う人々の胸許にも鈴蘭の花が挿してある。

「そういえば、シュザンヌさんが言ってたわ。五月一日は家族や恋人の幸福を願って、鈴蘭を贈り合うんですって」

シュザンヌさんはまだ十代の女性で、巴里で暮らすようになってから仏語《フランセ》を習っている家庭教師だ。学校で在仏の日本人に習うよりも日本語をまったく解せぬ仏蘭西人に教えてもらう方がよかろうと、青山義雄《あおやまよしお》先生が手筈を整えてくれた。

青山先生はマティスに才を見出され、今も親交が深いという画伯だ。三年前の昭和四年には三十六歳にして巴里で個展を開いたほどで、在仏の日本人画家では藤田嗣治《ふじたつぐはる》と並ぶ大看板と評されている。

類と杏奴がマルセイユに着いたのは、昭和六年の十二月二十八日だった。およそ四十日の船旅で、マルセイユからは汽車でリヨン駅に向かった。巴里に着いたのは大晦日だ。耳や頬が痛いような冷たさだったけれども、類はバロック調の駅舎や時計台に見惚れて立ち尽くした。

今、見上げると、あれほど感激するかどうかわからない。その後に出会った建物も歴史の灰白《かいはく》色《しょく》を帯びて荘厳なばかりに美しく、やがてそれに慣れてしまったからだ。

ひとまずオテルに投宿して三日目には青山画伯が迎えにきて、アカデミイ・ランソンにつれて行かれた。日本では正月なので少し驚いたけれども、仏蘭西では迎春は夜更けまで町に出て大騒ぎをするが、二日目からは何事もなかったかのように仕事や学業に戻るらしい。

どんな先生について画業を学ぶか、あるいはどこの学校に通うかを決めずに日本を発っていたので、二人に頃合いのよい学校を青山画伯は考えてくれたようだった。

「最初からアトリエに入ってもつまらんよ。やはり絵の学校、つまりアカデミイに入ってだね、素描をみっちりやらんと」

そこは画家のランソンの未亡人が生活のために開いている研究所で、仏蘭西人のみならず亜米利加《アメリカ》の少女も交じっていて、学生の総数も十人ほどだ。皆、はるばる日本から訪れた杏奴と類を珍しがり、歓迎してくれた。ほっとした。

「素描をしっかりやりたまえよ。描いた肉体の背中に手を回せるようなデッサンが本物なんだ」

画伯はそう言い、「マティスの口癖だ」と片目を瞑ってみせた。

為替《かわせ》を銀行に預け、アパルトマンを見つけ、電気や瓦斯《ガス》を引いたりするのもすべて、青山画伯が引き受けてくれた。

「賄《まかな》いつきの素人下宿もあるが、吝嗇《けち》な大家が多くてね。料理は不味《まず》いし、帰宅や食事の時間、湯水の遣い方まで、何だかんだとうるさいことを言う。二人暮らしなんだから、アパルトマンを借りる方がだんぜん経済だ。夜は米の飯を自分たちで炊けるし、昼間は外で好きなものを喰えばいい」

画伯は若い頃からこの地で修業していたが、当時は貧窮を極め、八百屋で「兎の餌にするのだ」と言って野菜屑をもらい受け、それをスウプにして飢えをしのいだらしい。ゆえにかどうかはわからないが、何かにつけてチップを要求するギャルソンには面と向かって抗議をするし、日本人だと知って「ハラキリ」などと揶揄《やゆ》してくる輩《やから》には殴りかからんばかりになる。

少々癇癪《かんしゃく》が過ぎると類は思うのだが、確かに仏蘭西人は人種差別が激しいし欲が深い。それを隠そうともせず、つまりすべての感情が剝き出しだ。杏奴は「おっちょこちょいなのよ」と言ったが、その通りだと思った。しかし類はそんな人々が厭ではない。おべっか笑いや皮肉の向こうにある心情を考えずに、のびのびと息ができる。

見つけてくれたアパルトマンは研究所に歩いていける場所で、しかも画伯の家がすぐ裏手だ。青山夫人は大いに朗らかな人で家政の腕に長《た》け、家具や窓掛け、食器まで調えてくれた。

「日本に帰る時、家具はこちらに置いていくしかないから二束三文《にそくさんもん》の安物にしましたよ。でもお蒲団や毛布は持って帰れるから、いいものにしておきました」

杏奴の毛布は緋色と白の市松模様、類のは黄色で裏地が白だ。窓掛けも亜麻色《あまいろ》の薄い生地に細かな花模様が刺繡で入っており、その窓は大きく広く、遠くにはエッフェル塔も望める。

日本への電報を打ったり大使館に行って母からの手紙を受け取るのも、画伯が招集した日本人の若い画家や彫刻家が引き受けてくれ、果ては一日を棒に振って家具運びや掃除の力仕事を手伝ってくれた。

とにもかくにも、類と杏奴がポカンと突っ立っている間に暮らせる場ができていた。

寒い冬が過ぎて春、そして初夏を迎えつつある今も、胸の躍る心地が続いている。異国の季節のさまざまは、目を瞠ることばかりだ。

鈴蘭を胸に挿した人々は甘い牛乳のような色の肌を持ち、瞳は灰色に青、そして翠《みどり》が多い。頭髪は栗色か光を帯びた藁色《わらいろ》、そして人参みたいな色だ。時々、裏町の石炭屋から黒い肌の労働者がヌッと石炭を担いで出てきて驚かされることもある。そういえばセイロンのコロンボで出会った子供たちも歯と爪が真っ白で、それは愛らしい顔立ちをしていた。

「ボンジュウ」

目が合うと、向こうから挨拶の声をかけてくる。類も臆さず、「ボンジュウ」と返す。東洋人を相手にしない仏蘭西人ばかりではないのだ。挨拶の言葉を投げてくるということは、「お前は同じ世界にいる」と認めたことになる。類はそう解していて、ほんの一言に力の漲《みなぎ》る思いがする。

そう。僕はこの世界にいる。

語尾の「ル」は口の中だけで言うことにしている。耳にはそう聞こえるし、その方が響きもよく、何となく洗練されているような気がするからだ。

小柄な少年が小さなブーケを売り歩いているので、通りすがりに「ボンジュウ」と呼び止めてみた。こちらを見やり、引き返してくる。肌が浅黒いので、東方の血が入っているのかもしれない。

「ドゥ、シルブゥプレ」

指を二本立てて「二束ちょうだい」と言うと、ちゃんと花束を二つよこした。その後、何やらクリイムを泡立てるごとき音を立てて喋るのだが、これは皆目わからない。類はどうやら仏語の発音が妙によいらしく、それで相手は言葉を解する異邦人だと思い込むらしい。嬉しいような面倒なような勘違いだが、とりもなおさず煙草や果物や缶詰の買物に慣れ、思うものを入手できるようにはなっている。問題はいつも、この支払いだ。金額を示す数字が聞き取りにくいのと、計算が追いつかない。まごまごする姿を見せるのが厭さに、何でも紙幣で渡す癖がついてしまった。おかげで蝦《が》蟇口《まぐち》が硬貨で膨らみ、ズボンのポケットが重い。

「メルスイ、ムッシュウ」

少年は少しはにかんだような笑みを見せ、お釣りの硬貨をのせた掌を差し出す。「ムッシュウ」と呼ばれるのが、類は気に入りだ。「森様、ようこそ」も「よ、大将、ご注文は?」も、すべてこの一語が包括している。語尾の高低で、丁重さや威勢が変わるだけだ。

「オルヴァー」

杏奴と声を合わせて挨拶を返し、また歩き出した。「ご機嫌よう」や「あばよ」も、この一語で間に合う。

「はい、チャンチャンの幸福に」

杏奴に一束を渡した。杏奴は「メルスィ」と受け取って、鼻を近づけてからブラウスのポケットに挿した。

「いい匂いね。私、大好きだわ」

類もジャケッツの前を持ち上げて、釦穴に挿す。

「でもチャンチャン、鈴蘭には毒があるんだよ」

「そうなの？　匂いも姿もこんなに清々しいのに」

「猛毒。清楚で可愛い鈴蘭は、じつはとんでもない悪女だってさ」

「おやおや。類ちゃん、精々用心なさいな」

杏奴は悪戯《いたずら》っぽく目をすがめ、そして思い出したように言った。

「そのチャンチャン、いい加減よしてちょうだいよ。私、本当に女中さんの気分になるわ」

「おっと。そいつぁ違《ちげ》えねえ。パルドン」

日本を出てから、幼い頃から呼び慣わしてきた「杏奴姉さん」という意の「チャンチャン」がいっそう口に出るようになっていた。千駄木の家から離れて、この世にただ一人、頼るべき姉である。船の中でもついぞ、そばを離れなかった。ところが仏蘭西に着いてまもなく、研究所の仲間に妙な顔をされた。どうやら仏語では女中や目下の者に対して用いる言葉で、「おいッ」と横柄《おうへい》な物言いであるらしかった。

古い寂びのついた建物の間を見つけ、背後の杏奴に顎をしゃくった。

「姉さん、今日はこの道を抜けてみよう」

類はいつも違う道を選ぶ。異なる景色や匂いに出会い、異なる石畳を踏んで歩きたい。

背後の靴音を聞いて、前を向いたまま言う。

「いい音だ。フィノキにしてよかったよ。もう一足買えば？　こっちのマドモアゼルは、四、五足は持ってるらしいよ」

フィノキはゲテ通りの近くにある、有名な靴屋だ。杏奴が日本から履いてきた靴の踵は硬い道でたちまち磨り減って、哀れなことになっていた。それで二人で出かけて買った。家具調度は別にして、初めて杏奴が巴里で経験した高額の買物だった。

杏奴はなかなかの経済上手で、家賃や瓦斯《ガス》代、学費、それからシュザンヌさんへの月謝も含めてきちんと家計簿をつけている。巴里は瓦斯代がとても安く、三カ月分で計三十銭くらいだそうだ。日本であれば、日本橋で天丼を食べても四十銭はする。

「そうねえ。考えてみる」

杏奴は右足をポンと前に投げ出すように上げ、そして一緒にぐんぐんと歩く。

リュクサンブール公園の手前の露店でリモナーデを買い、中に入ってベンチに腰掛けた。

空は晴れ渡り、ちぎれ雲の白がゆっくりと青の中を泳いでいる。

杏奴がバッグから封筒を取り出して、中を開いた。日本からの手紙だ。杏奴は姉の茉莉が仙台に嫁いでいた頃も毎日のように絵葉書や手紙をやりとりしていたが、渡仏してからは母にも同様に、一日に何度も書いている。そして母からもくる。

青山夫人などは杏奴があまりに切手を買うので、「切手代に貢献したという理由で、今に大統領から勲章を授かりますよ」と目を丸くしていた。だが、不思議がられる方が不思議だった。森家ではごく当たり前のことだ。父は帝室博物館の総長だった晩年、奈良の正倉院に出張した際も話すように手紙をくれた。蓮華草の押し花を添えて。

「お母さん、元気そう」

「そうかい」リモナーデを一口飲み、ベンチに瓶を置いた。懐から煙草を出して火をつける。こうして煙を喫《す》いながら流れる雲を眺めていると、去年の秋が遥か昔のことのように思える。

母はただでさえ腎臓が悪化して浮腫《むくみ》がひどかったのに、脳溢血を起こして半身が不随になった。それでも二人の洋行を取りやめるとは言わず、出発の朝、母子で水杯《みずさかずき》を交わした。胸が裂けんばかりに痛かった。杏奴も蒼褪めていて、膝前に手をついて頭を下げたものだ。

お母さん、行かせていただきます。

母は口を真一文字に引き結び、低い声で返した。

行っといで。類、杏奴ちゃんを頼んだよ。

類は「はい」とも声に出せず、うなずいて返したのみだ。誰の胸の裡にも、これで最後になるかもしれぬ、二度と会えぬかもしれぬという予感があった。母の容態からして先行きがさほど長くはないであろうことを姉弟は覚悟していたし、誰よりも母にその自覚があった。

与謝野寛先生が家まで迎えにきてくれ、母は不自由な躰を捩《よじ》るようにして礼を言っていた。類と杏奴の巴里行きについて尽力してくれたのは、与謝野夫妻だった。その昔、寛先生が巴里滞在中に晶子先生も渡欧したいと願い、それに力を貸したのが父だったらしい。父は三越と仕事でも縁が深く、その費用を三越に持つよう掛け合ったという。夫妻は今もそのことを恩に感じて忘れず、親戚と世間から見捨てられたような家の子供らに道をつけてくれたのである。

母は玄関から外へは出ようとせず、類と杏奴も振り返らなかった。少しでも後ろを見れば、目の中から溢れて零れそうだったのだ。

後に母がよこした手紙では、「千駄木での別れは、姉さんに助けられて、家の中で我慢をした」と書いてあった。茉莉が珍しく、殊勝に介添えをしてくれたらしい。

——三時の船出のときは、風間さんに祈ってもらって、時を過ごした。今日のこれで、まあ出産の済んだようなものだ。とにかく非常に目出たい。これから私も経過よく過ごさねばならぬ。お前さん達は成長せねばならぬ。与謝野さんと林さんは、家まで、前川さんは電話で、お前たちが元気で船出したことを知らせて下さった。目出たい。

日付を見れば、横浜を出航した十一月二十三日にすぐに筆を執ったことがわかった。

さらにその後、新聞記事の切り抜きが届いた。二十六日、神戸港から日本郵船の靖国丸が出る際に大阪朝日新聞が取材に来たのだ。

見出しは「鷗外さんの二児　絵の旅へ」とある。記事は杏奴へのインタビューがまとめられていて、「二人とも藤島武二先生について洋画を勉強していましたが、二年ほどの予定でパリに滞在して研究してくるつもりです。パリでの先生もまだ決めていません」となっていた。

二人で「あぁ」と嘆息したのは、掲載された写真だ。杏奴は一念発起で断髪してパーマネントまでかけたのに、瞼が腫れぼったく、目の下には翳だ。類も七三に分けた髪がとってつけたようで、神経質そうに頬がこけている。一世一代の洋行だというのに二人ともそれは思いつめた顔つきで、それは母との今生《こんじょう》の別れがずっと尾を引いていたからなのだが、まるで心中旅行に出る二人に見える。出航前は船から紙テープを投げたりしてそれなりに賑やかだったのだが、写真は正直なものだ。

しかしやがて船中での生活にも慣れ、夕食の後のパーティーで撮った写真を日本へ送った。右手に洋杯《グラス》を持った類が手前に大きく写っている構図だ。茉莉からの手紙に、その写真を見た母の言葉が記されていた。

――よほど嬉しかったんだろうねえ。こんな類の顔は見たことがないよ。

そうだよ、お母さん、と類は煙を吐く。

僕はとても嬉しかった。薄情なほどに楽しかったんだ。それは、今もなんだ。

「類、お母さんが類ももっと手紙をよこしなさいって」

杏奴が手紙に目を落としたまま言った。類はまたリモナーデを飲み、公園の緑や花々の色に目をやる。ところどころで画架を立て、絵筆を揮《ふる》っている人がいる。

「書いてるけどなあ」

「嘘ばっかり。私の書いた絵葉書の横に走り書きをして、ちょこんと署名するだけじゃないの」

「だって、僕の伝えたいことは全部、姉さんが書いてくれてる」

「お母さん、類の文章はなかなか面白いって言ってるわよ。もっと読みたいのよ」

本当は長い、それは長い手紙を書いている。書き出しはいつも、「お母さん」から始まる。


お母さん、お変わりありませんか。

茉莉姉さんと喧嘩になったりしていないか、時々、杏奴姉さんと心配しています。茉莉姉さんは悪気はないのだから、うまくやり過ごしてください。間違っても「世間から人間扱いされていない」なんて、本人に言わないように。お母さんの言葉は率直が過ぎるんだから、いくら調子外れの茉莉姉さんでも傷つくことがあると思います。

僕はとても元気です。朝、八時に姉さんに起こしてもらって、八時半にはアパルトマンを出て研究所に向かいます。午前中はしっかりと素描に取り組んで、午後は画板を持って汽車の通っているガード下や町角で写生しています。こちらは絵を描く人が多く、お母さんのようなお婆さんやお爺さんでもルーヴルで模写しています。決して巧くはない。むしろ下手糞が大半だが、それは熱心です。

人間は楽しんでもいいんだってことを、僕は巴里で生まれて初めて発見しました。日本では苦しいほど働いて働いて、銀座に出る時でも近所の人に会えばすぐに「どちらまで？」と訊かれて、「ええ、ちょいとそこまで」と、お母さんも口を濁すじゃありませんか。遊ぶことにどこか引け目があって、だいいち他人様に悟られぬように用心しないと陰口を叩かれる。

でもこちらでは、誰も他人のことを気にしません。そりゃあケチで強欲で、東洋人と見てとると注文を取りにこないギャルソンもいます。そういう意味では、仏蘭西人も真の上等とは言えぬのかもしれません。パッパや長原孝太郎先生のように、小さき弱き者、取るに足らぬ者にも手を差しのべる、そんな人はどこの国でも滅多といないのかもしれません。

　ですがこちらの人は、存分に楽しむことを知っています。上流の男でも中流でも、そして下町の鳥打帽《カスケット》をかぶった労働者でも、土曜日と日曜日はどんな女性を連れて踊りに行くか、そのことが最大の関心事なんだ。誰とどんな時間を過ごすかが人生で最も大切なことで、人目なんぞ気にしないで髪や頬に接吻《せっぷん》して、それは幸福そうに踊っています。

　皆、自分のことが大好きで、自分を最も大切にしている。そしてそれを誰にも憚《はばか》らないし、誰も非難しない。だって皆が、そうだから。

　そのことに僕は驚いて、目が覚めたような思いがしました。

　先だっては日本の菊五郎が懐かしくなって「これ源七」ってがなりながら、夕暮れのオルレアン通りを歩きました。「これ源七、手前《てめ》ぇもおれも遊び人、一つ釜とは言いながら、黒闇《こくあん》地獄の暗闇でも亡者の中の二番役、業《ごう》の秤にかけたらば貫目《かんめ》の違う、いれずみ新三《しんざ》だ」ってね。仏蘭西人がびっくりした顔で肩をすくめるのも痛快でした。

　お母さんも一緒に来られればよかったのにと、ふと思うことがあります。世間体や親戚の思惑から解き放たれて、お母さんの思うように歩けますよ。たぶんモダン・バアサンとして、歓迎されると思います。こちらの人は美しいものに目がなく、それは洋の東西にかかわりなく大切にします。お母さんには江戸前の粋があるから、敬われるんじゃないかなあ。こちらのマダムも身ごなしが無造作で粋で、後《おく》れ毛さえ美しいです。

　そういえば先日、懐かしいものを食べました。シュウ・ファルシという仏蘭西の昔ながらの家庭料理で、そんなものを出す食堂があるんです。ナイフで切って驚きました。まだパッパが元気だった頃に、お母さんが時々拵えていたキャベツの肉詰めでした。クリスマスによく食べましたね。あれは独逸の料理かと思っていましたが、仏蘭西でしたよ。そういえばこちらのキャベツは少し白菜に似ています。玉が細長くて葉先が縮れ、白い葉脈も網の目のように細かいです。

今度、茉莉姉さんに頼んで作っておもらいなさい。姉さんは何事もスロウでお母さんは苛々させられ通しでしょうが、料理だけは不思議と手早いじゃありませんか。西洋料理が苦手でも、あれは懐かしいでしょう。僕たちが食べたのは生クリイムにトマトを和えたらしきソオスでしたが、昔のようにコンソメで作ってもらったらどうですか。シュウ・ファルシは柔らかいので、歯の悪いお母さんでも食べやすいと思います。

杏奴姉さんはご飯を炊いて、炒り卵などを作ってくれます。奈良漬の缶詰をこちらで買いましたが、かなり美味しい。日本料理屋の鰻丼はひどい代物《しろもの》でした。しばらく鰻が厭になりそうなほど。

僕は風呂と便所掃除を受け持っていて、襯衣《シャツ》やカラー、ハンケチなども自分で洗っています。ねえ、お母さん。池の金魚は元気ですか。これからの季節、女中に命じて毎日、水を足させてくださいい。くれぐれもお母さんはしないこと。夏になれば池の中のウォータ・ヒュアシントが紫色の花を咲かせて、お母さんを楽しませることでしょう。

それから夏に毎朝、泳ぎにくる大蛙がいるので、見かけたらお知らせください。そして「おぉ、よく泳ぎにきた」、「おぉ、よく卵を産んだ」と声をかけてやってください。花には「よく咲いた」、猫には「よく食べるね」と。

お母さん、僕はたくさん描きますよ。百枚は描いて日本に持って帰ろうと決めている。仏語はまだ読むのは厳しいけれど、喋るのは随分と得意で、シュザンヌ先生も褒めてくれます。これは内緒だけど、研究所でも杏奴姉さんよりよく通じていると思う。夢の中でも仏語を喋っているんだもの。いずれ、日本語のように話せる人間になるつもり。


そんなことを毎日、心の中で綴りながら町を歩いている。けれど手風琴《てふうきん》の音にふと耳を澄ませれば、伝えたかった言葉はたちまち流れて紛れてしまうのだ。それを追うことはしない。気に入ったキャフェを見つけて店前の椅子に腰を下ろし、悠々と脚を組む。

「アン、ドゥブルキャフェ、シルブゥプレ」

濃い珈琲を多めに注文して、煙草に火をつける。

お母さん、もうそれだけで僕は幸福なんだ。すなわち、大元気也。

杏奴の気配がして顔を向けると、手紙を差し出している。

「お母さんがあなたのことに触れてるわよ」

「へえ。読んで」「自分で読みなさいよ」

「どうせ少しなんだろう。姉さんへの文章が大半じゃないか」

「あなたが書かないからでしょうに」

そう言いつつ、杏奴は膝の上の紙をめくり始める。青と鼠色の細い格子柄が紙裏にだけ刷られた洒落たもので、母が贔屓《ひいき》にしてきた榛原の便箋だ。杏奴は咳払いをしてから、読み上げた。

「類や、類や」

これまで思ったこともなかったのに、杏奴の声の遣い方は母のそれに似ている。

「お前のチューリップが大きく、黄色のが今日一つ咲いた」

「そうなの？」と、思わず声が高くなる。

「今年はもう駄目だろうと思ってた」

「まだ沢山あるよ、ですって」

花畑の様子が目の中によみがえって、類は「ふうん」と満足する。庭は山吹の一重《ひとえ》が散り、今は木蓮が盛りだろう。チューリップは黄色が咲いたなら、八重の白と赤もいずれ開くに違いない。きっと金魚も元気だ。大蛙や野良猫らも。後の言葉を待ちながら、そんなことを考えた。しかし杏奴はもう口を噤んでしまった。

「え。姉さん、それだけかい？」

「まだ読むの」

「もちろんさ」

「仕方ないわねえ。……杏奴は」

そこで言葉を切るのでかたわらを見返すと、鼻の下に手の甲をあてている。

「杏奴は、パッパのおいでた頃の晴ればれとした茶目な杏奴になりかけている。類は生まれて初めて、愉快になったらしい。二人の幸福を祈る」

杏奴の声が湿って、また途切れた。

類が見上げている空も、薄い水の色を帯びて潤んだ。

フォウクを振り回すようにして、杏奴の隣に坐る男が主張した。

「労働者の描く絵にこそ、真実の芸術がある。ブルジョアの手慰みなんぞ糞喰らえだ。昔の宮廷画家みたいな提灯《ちょうちん》持ちの絵も、犬に喰わせろだ」

するとかたわらで、いちいち反論する青年がいる。

「金持ちの庇護があって成立するのも、芸術の側面だ。欧羅巴から無駄な時間と無駄な空間を取り除いてみたまえ。灰色の大きな石の塊しか残らんじゃないか」

類と杏奴は時々、こうしてアトリエの夕食会に招かれて画家たちと共に過ごす。ほとんどがまだ芽の出ぬ球根みたいな連中で、今夜のメニュウも豚肉と玉葱のごった煮だ。芸術を語る者としてはせめてパースリくらい刻んで彩りを添えたらいいのにと思うけれども、皿の中は脂の浮いた茶色のみが漂っている。そして渋い、安物の赤ワイン。それでもこうして十人ほども集まると、会話の熱が絶妙な味を加える。

青年が洋杯を持って食卓から離れたので、類も椅子を引いて立ち上がり、近づいた。互いに目を交わし合った途端、苦笑を漏らす。

「まったく」と、相手がワインを呷《あお》った。

「彼はいつもプロレタリアぶるが、空理空論だ」

「面白いものだね。彼、働いたことないんでしょう。いつもベロベロと暮らしている道楽息子だって聞いたけど」

「そうさ。プロレタリアの芸術しか認めないと主張する彼は働いたことがなくて、ブルジョアの肩を持つ俺はレストランでコックをしながら喰いつないでいる貧乏人さ」

「自分で貧乏人だって言う？」

「言うさ。その通りだからな。類坊ちゃま」

坊ちゃまと言われても、以前ほどは狼狽《うろた》えなくなった。

「そうさ、僕も一生働く必要のない人間だ。その僕が思うに、主義主張と生き方は別物だということじゃないかい。一致しない」

「その通りだ。まして本物のプロレタリアから言わせれば、彼の主張はしょせん帽子の羽飾りさ。頭そのものじゃない」

類は思わず己の頭に手をやった。

「僕の羽根はどこ？　落としてきたかな」

おどけて言うと、クスリと笑う。

「そういえば、ムッシュ岡本に会ったって？」

「ああ、太郎氏。会った、会った。三度も。最初は偶然、食堂で会って、次は研究所にフラリと顔を見せたんだ。いつも神出鬼没らしい。で、その日の午後、皆で食事をしていたらそこにまたやってきた」

「いろいろと、ブッただろう」

「うん。フジタは二十年もこっちにいるが仏蘭西語はちっとも巧くない、一つ事ばかり言ってるってさ。で、自分の仏語は本物だって。一緒にいた研究所の仲間も驚いてたよ。完璧な仏語だって」

そしてムッシュ岡本は、こんなことを言った。

僕、こっちへ来て二年ばかり遊んでいたの。芝居を観たり、方々の西洋人の家に遊びに行ったり。だからこんなに、仏蘭西人みたいに話せるんだ。でも日本にいた時、僕は一寸《ちよつと》も感じなかったけど、こっちに来たら日本人の連中があれこれとうるさくて仕方がない。僕、人の悪口って言ったことないのに、皆は僕の悪口を言うんだ。勉強していると勉強してるって言うし、遊べば遊ぶって言う。だからもう、日本人とは交際しないことにしましたよ。

日本で何も言われなかったのは、立派な両親が揃っていたからだろうと類は思ったものだ。それにしても、日本人はどこにいても常に誰かの揚げ足を取るらしい。その生き辛さは、身に沁みて知っている。日本では画家になるにしても美術学校を出て帝展に通ってと道が定まっていて他を許さない風があるが、仏蘭西では刻苦勉励《こつくべんれい》している人はむろん褒められるし、そうでない人も許される。

子供の頃から学校で「日本は世界一の国だ」と頭から叩き込まれてきたけれど、果たして何の取柄のある国なんだろうかと、近頃、ふと思うことがある。日本には近代の良さが全くない。あるとしたら、それはもう昔のことだ。今はもう、手遅れかもしれない。

「僕らが日本人だとわかっているのに、平気でもう日本人とは交際しないなんて言うから、可笑しかったけどね」

「彼らしいよ」

「姉さんと僕は平気さ。それに、姉さんのことを僕の妹だと思い込んでお嬢ちゃん扱いしてたんだけど、歳の話が出て僕と同い歳だっていうじゃないか。そしたら赤い顔してね、ぢゃ、また明日ね、さよならなんて言って立ち去ったもんだから、姉さんが可愛いって大気に入りさ。子供みたいな紳士ねって」

「へえ、杏奴ちゃんが。くそッ、妬《や》けるねえ」

二人で杏奴に目をやると、食卓越しに女性の画家と話をしている。

「ええ。七月の二十日過ぎにモレに行く予定なの」

「いい田舎よ。避暑にうってつけだわ。のんびりとして」

シュザンヌ先生の勧めで、夏のひと月ほどをモレで過ごすことになっている。

「どなたと?」と訊かれて、杏奴は「仏語を習っている先生が一緒」と答えている。

「先生といっても、まだ若くて。女優を目指しているのよ」

シュザンヌ先生はサラ・ベルナールという女優を崇拝し、写真入りの本を持ち歩いている。日本でも、松井須磨子や衣川孔雀《きぬがわくじゃく》が手本にしていたと聞いたことがある。

いつか、『復活』のカチューシャの役をしたいです。

シュザンヌさんは本を抱きしめて、そんなことを言っていた。さほど美人ではないが、時々、けなげな、いい表情をする。

杏奴が母に旅行の件を相談すると、大賛成の返事がきた。

暑いうち巴里の郊外で夏を送ることは、大変安心な、好いことだ。郊外生活は、巴里生活より、金を費《つか》わなくてはいけない。上等の家へ下宿してはどう?

ケチ臭いことや美しくない物、そして何より「安物買い」を軽蔑する母らしい提案だ。しかし杏奴が言うには日本は不景気で、円の相場がどんどん安くなっているらしい。日本から為替で八百円を送ってもらっても、手にする時はおよそ五百円になっていると嘆いていた。いったい、三百円はどこに消えてしまうのか。蓋を開けるとプシュンと湯気を立て、中身が目減りする鍋でもあるのだろうか。

他の青年らがまた窓辺に寄ってきたので、並んで煙草を吸った。

誰かが自作の詩を披露し、ワインの瓶を持って歌い出す者もいる。頭の禿《は》げかかった三十代もいるが、皆、これからだ。西洋で今、売り出し中の画家というのが六十歳ほどで、五十過ぎのピカソなどはまだ若手のひよっこだ。五十三の母はもう人生の仕上げ方を考えているというのに、ピカソはこれからなお打って出るだろう。

杏奴は女性の画家と一緒に紅茶の用意をしながら、屈託なく笑っている。

こんな夜がいつまでも続けばよいのにと思いながら、類も歌に合わせて踵で拍子を取った。

目を覚ますと、まだ部屋の中は薄暗かった。

今、何時だろう。

枕の上で顔だけを動かして片目を開くと、窓際の食卓に置いてある百合の形をした卓上照明が丸い光をともしている。杏奴の鼻筋から額がぼんやりと泛び上がる。秋の夜更けに眉間をきりりと寄せ、懸命にペンを動かしている。

「姉さん、まだ書いてるの？」

「ごめん。起こしちゃった？」

「ううん。そうじゃない。夢が途切れただけだ」

杏奴は頰杖をついたまま、右手のペンを走らせている。こんな時間に書いているのは母や茉莉への手紙ではなく、原稿だ。今、巴里での暮らしを文章にしている。与謝野寛、晶子夫妻から「冬柏」に寄稿するよう勧められたのは、日本を発つ前だった。出航してから杏奴は船が寄港するつど見聞を書いた。いわば渡航記で、今年の一月には『香港だより』、二月に『コロンボ便り』、三月は

『靖國丸より』を送った。

母は杏奴の画才だけでなく文才のあることもそれは喜んで、書留で届く原稿の清書を茉莉に頼み、自身はかたわらでせっせと鉛筆を削っているという。類には文章の才というものがよくわからないが、あの毒舌家の茉莉をも唸らせたというから本物なのだろう。

実に巧い。空恐ろしいほどだ。羨ましい。

そんな手紙が来た。ただ、スケッチは類のものが好きだと書き添えてくれていた。何か、「イットト」を感じるという。

——以前は悲しいことにデッサンが足りないので、描き表わせなかったのだ。描きたいものに届いていない。しかしあのナマケモノが巴里ではよほど勉強家になっているらしいので、いかなる作品を持って帰るか、非常に楽しみだ。

「茉莉姉さんの感じるイットって、何だよ。ナマケモノも余計だ」

「素直じゃないわね。茉莉姉さんは茫洋としてるけど、芸術については目を持ってるわ。そのお眼鏡にかなったんだから」

茉莉はロチやドーデなどの翻訳をまた「冬柏」で発表して、他にも原稿料を得られる仕事が入りつつあるらしい。来年には一冊、まとまったものを刊行する心積もりもあるようだ。

口許がだらしなく緩んだ。

「ほうら、嬉しいくせに」「へへん。ざまあみろ」「何さ、くやしい」

それから類は、なお懸命になった。朝は杏奴と共にキャフェで珈琲とバタを塗っただけのバゲットを食べてから研究所に向かい、できた素描をたくさんカルトンの間に挟んで帰ってくる。午後は一人で二十号を担いで外へ出て、写生をして回る。素描を重ねたからか、この頃は随分と形を取りやすくなった。ただ、気を入れ過ぎてしまうのか、夕暮れになってアパルトマンに戻った時は口もきけぬほどで、靴のままベッドに倒れ込んでしまうほどだ。

杏奴は原稿を書きながら飯を炊き、鶏と野菜のソテーやスウプでねぎらってくれる。杏奴が用意できない時は二人で近所の食堂に出かける。食卓の会話はいつも、今の作品が仕上がったら次はどんなものに取りかかるかだ。類は一枚でも多く、いい絵を描きたい。杏奴も絵のことを言い、時々、今度はどんな原稿にするかもあれこれと食べながら話す。

半年ほど前だったか、杏奴の「冬柏」の文章が目に留まってか、有名な婦人誌からも原稿の依頼があった。母はそれをたいそう歓んだ。

森家の娘二人がいよいよ、世間に出る。

そのうえ、杏奴には「冬柏」よりも一般読者の多い婦人誌からの声がかりだ。母は己が見出されたかのごとく張り切って、杏奴の原稿を添削したうえで雑誌社に送ったらしい。ところが相手からは、待てど暮らせど梨の礫《つぶて》だ。ちゃんと原稿が届いていないのか、それとも先方の意に添わなかったのかと、母は随分と気を揉んだらしい。しかし問い合わせの手紙を出しても返事がなく、社を訪ねれば担当者は留守だと言われ、電話もつながらない。

母にしてみれば、杏奴のその原稿は自信作だった。落胆がひどかった。

類は、この時は手紙を書いた。

——ともかく、知らん顔しておくのがいいでしょう。やんややんやと催促するのが、最もいけません。出るものは、知らん顔していても出ます。今時はかなり力のある人がケチな雑誌にも出せないでいるそうですから、「冬柏」に載っていれば御《おん》の字だと思うべきですよ。「冬柏」で認められれば、そのうち他の雑誌から必ず依頼があります。急ぐのがいちばんいけないと、僕は思います。静かに平和に事が進むのを、構えて待つべし。

そんなことを書いて送った。

もっとも、東京の空気は何かと人間を急かせる。まして母は無類の「早好き」だ。杏奴の原稿であるから、なおさらだ。茉莉は手紙で、それを「反射作用」と指摘していた。母は杏奴に、己を同化させているのだと言う。

母にとって杏奴は特別なのだ。他の二人の子よりも格別に愛し、頼りにもしている。衣替えさえ、杏奴がいないと捗らない始末だ。そして杏奴は芸術においても必ずや何かを成し遂げる娘だと、固く信じている。それは有難いことであるだろうが、そして振り向いてもらえない類は淋しくもあるが、杏奴には大変な重荷ではあるまいか。

食卓に齧りつくようにして執筆している姿を眺めていると、踊りを習っていた頃の面差しが過る。苦しんで思い詰めて、唇を嚙みしめていた。

「姉さん、そろそろ寝たら？」

ベッドから声をかけてみた。窓辺の食卓を挟んで奥に杏奴のベッド、ドアに近い壁際に類のベッドがある。襖や障子のない大きな一部屋がこれほど暮らしやすいとは、思いも寄らなかった。互いの様子がよくわかるし、浴室が広いので着替えはそこでできる。

「うん、あともう少しだけ」

顔を上げない。類は黄色の毛布を胸から捲り、床に足を下ろした。台所に向かい、買ってある水に手を伸ばす。仏蘭西の生水は飲めた代物ではなく、いつも蒸留水の瓶を買い置きしてある。洋杯一杯を飲み干して顎の雫を手の甲で拭うと、ひやりと心地がいい。台所の右手にある小窓には小さな孔《あな》が開けられていて、空気が通るようになっている。

流しの上の壁に掛かった小鍋が目についた。ミルクパンだ。思いついてそれを下ろし、牛乳を入れた。膜が張らないように注意して、弱火で温める。厚手の珈琲茶碗に注いで食卓に運ぶと、ようやく杏奴が顔を上げた。

「メルスィ、セジャンティ」

ご親切に有難うと、丁寧な言い方だ。類は椅子に腰を下ろし、どういたしましての意を返した。

「ドゥ、リヤン」

煙草を一本抜いて火をつけた。杏奴もようやくペンを皿に戻し、原稿用紙をまとめてトントンと軽く叩くように揃えている。食卓には赤と白の格子柄の布が掛かっている。勉強机も兼ねているのでインキの染みがついて、これは洗濯してもなかなか取れない。

「できたの？」

「うん。書きたいことは書いた。明日、推敲《すいこう》するわ。書きたいことだけじゃなく、書くべきものをちゃんと書いているかどうか」

「僕にも読ませて」

「いいわよ。ただし、何も言わないで」

「何だよ。お母さんなんか、そりゃあ事細かに批評をよこすじゃないか」

「お母さんはいいのよ。全部、もっともだなあと思うもの」

チェと舌を打つと、杏奴は両手で茶碗を包むように持って口へと運んだ。

「おいしい」しみじみと、日本語で言った。

母からひんぱんに手紙を受け取るようになって、類は気がついたことがある。避暑に出向いたモレの川岸であったか、ふとそれを杏奴に話した。

「お母さん、いつも姉さんの文章をいろいろ批評するだろう。褒めるにしても、これは文章だけ書ける人の文章じゃない、とかさ。日本で暮らしてる時は気づかなかったけど、お母さんってものの見方や言葉遣いが何だか違うよね」

母は女性にしては多言を弄《ろう》さず、口にすればそれはもう結論だった。しかし手紙には豊饒《ほうじょう》な言葉が溢れている。こんなにいろいろなことを感じ、見る目も尋常ではないひとであることを類は仏蘭西で初めて知った。エッフェル塔の最上階まで上った人の話を杏奴が手紙で伝えれば、「何だか、余計なことをするね」と返してくる。そうそうと、小膝を打つ。

杏奴は写生の手を止めずに、「そうね」と言った。その後、そりゃあ、パッパの妻だものと続くだろうと、察しをつける。「そりゃあ」と、やはり予想通りの言葉が出た。

「お母さんも小説家だったんだもの」

何度も「え」と訊き返した。「あら、類は知らなかったの」と、杏奴は平然としている。

「知るもんか。そうだったの」

「そうよ。私を産んだ後から盛んに書いて、『スバル』とかによく発表していたみたいよ。本も出してる」

「嘘だあ。そんなの、うちのどこにあるんだよ」

「まあ、あまりお母さんは口にしたがらないから、どこかにこっそり隠してるのかもね。作家活動もたぶん、四年間ほどだったはずだし。でもあなたを産んだ前後までかなり書いていたはずだわ。私、お母さんが文机に向かっている姿、何となく憶えているもの。おぼろげだけど」

「パッパ、それを許していたんだね」

「むろん、そうよ。小金井の叔母様だって長年、翻訳や小説を発表して、今も随筆を書いてるじゃない。女が書くことについては、当然、理解があったと思うわよ」

小金井喜美子は父の妹で、母とは長年関係がまずいままだ。類らが出立した後に森家を訪れ、祝いを述べてくれたらしいことは手紙にあった。

「お母さんは『青鞜《せいとう》』が創刊される時の、賛助会員でもあったのよ。作品も発表しているはずだわ。あなたが生まれた年よ」

「ひどい。誰もそんなこと教えてくれなかったよ」

「お母さんはね、パッパの小説の愛読者だったんですって」

「いつ」

「お見合いをする前からよ。お祖父様やお祖母様に見つからないようにこっそり読んでいたらしいの。その人の妻になるなんて、お母さん、どんな気持ちだったかしら」

杏奴は涼しい目をして、川風に吹かれていた。類はどぎまぎとして、妙に素描が狂って仕方がなかった。

短くなった煙草を灰皿で押し潰し、立ち上がった。いつも部屋じゅうを明るい、黄色い陽射しで満たしてくれる大窓の前に行き、窓掛けの布を脇に寄せた。夜十一時以降は咳払い一つしてもいけない規則になっているので、この音は明日、苦情が出るかもしれないと思いつつ、下の窓を上へと押し上げた。秋の夜風が入ってきて、焼き栗の匂いがする。

アパルトマンの真下は女の子だけの小学校なので、ひどく静かだ。家々の屋根も闇に沈み、むろんエッフェル塔も見えない。けれど遠くの建物にはポツポツと点描したかのように、灯りがついている。目が慣れてくると、空の星が瞬いている。子供の頃、観潮楼の二階から眺めた景色を想い出す。

でもあの頃がよかったとは、もう思わない。今だ。僕は今がいちばん好きだ。眺めも人々も、自分自身のことも。

窓辺に肘をのせていると、杏奴も並んで巴里の夜景を見ている。

「姉さん、無理するなよ。無理をしなくったって、姉さんは必ず認められる人だ。絵も文章も」

「おや、ホットミルクに思わぬデザートがついた」

「僕だって負けない」

「私に勝てっこないわよ」

「口が減らないねえ」

笑いかけて、杏奴が「しい」と唇の前に指を立てた。

またマロニエの花が咲いて、裏町の細道も陽射しが暖かい。

類と杏奴は、サンジェルマンの森にピクニックに出かけた。日本人の画家や彫刻家、研究所の仲間も一緒で、食事も持ち寄りだ。柔らかな緑の生《お》う草原にロー・アンバー色の布を広げ、ワインの瓶で風を止める。バゲットにハムを挟んだだけのジャンボン・ブルやオリーヴ、チイズ、果物が並ぶ。今日はまた人数が多くて、昼下がりでもう十人、さらにまた後から何人かやってくるという。好きな時に集まり、用があれば途中参加、先に帰るのも自由だ。

「や、エスカルゴの缶詰だ。いつになく豪勢じゃないか」

小粋なベレー帽をかぶった十代の若者が缶詰を手に取り、掌の上で球を投げるようにしてはしゃいでいる。

「僕はこれにバタを落として、胡椒をかけたのが大好きなんだ。缶切りは？」

バスケットの中に手を突っ込んでいるが、見つからないらしい。杏奴や他の女画家らも一緒に探し始めたが、缶詰一つを持参したらしき画家が「忘れた」と白状した。

「缶切りを忘れるとは、とんだ間抜けだ」

「持ってないんだよ。僕、下宿だから」

「なのに、缶詰を持ってきた」

「もらったんだ」

「ひょっとして、店先でくすねてきたんじゃないか」

ベレー帽の若者が責め口調を遣い始めたので、杏奴らは目配せをし合っている。缶詰の画家は貧しく、近頃は鉛筆を買う金にも事欠いて仲間から短くなったのをもらい受けているという噂があった。いつも伏し目がちで、弱々しい笑みを泛べている。

ベレー帽はまだ巴里に来て間もないが父親が大使館に伝手があるらしく、上流のパーティーにも顔を出して、俳優やオペラ歌手とさも親しげな自慢話をする。しかしこの若者は仏蘭西語がろくにできないのは皆、知っているので、誰も感心したり羨ましがったりしない。まったく、日本人の金持ちにろくな人物がいないのは嘆かわしい限りだ。プロレタリアを持ち上げるか、貧乏人を見下すかじゃないか。

「もらったって言ってるじゃないの。そんなにエスカルゴが食べたかったら、ご自分で缶切りを調達したらどう?」

杏奴が母譲りの切口上で、若者を睨みつけた。相手は何を気取ってか、肩をすくめる。

「缶切りなんぞ買ったことないし、遣い方も知らないね。でも僕はエスカルゴが食べたい気分になってしまった」

「じゃあ、とってきてやろうか」

類が片膝を立てると、皆の目が集まった。

「ほら、あの楡《にれ》の下に紫陽花の群れがあるじゃないか。でんでん虫もたくさんいると思うよ」

若者は途端に食欲をなくしたような顔をして、黙り込んでしまった。杏奴がプッと噴き出し、やがて笑いが漣《さざなみ》のように起きる。何人かがそばに寄ってきて洋杯を差し出した。受け取って、ワインを注ぎ合う。

皆で太陽に向かって杯を掲げ、そして飲んだ。

類はもう他人の機嫌を窺わず、笑いたいように笑い、歌いたくなったら歌う。そして笑いたくない時は、笑わない。けれどそんな風に振る舞えば振る舞うほど、周囲に人が集まってくるようになった。しかも仲間の数人は、類に「ユーモアがある」と言う。思うことをそのまま口に出してユーモアだとは、不思議だ。

杏奴は盛んに喰い、そして数人で連れ立って花を摘みに行くと立ち上がった。帽子のつばに指を置き、なだらかな傾斜を駈け下りてゆく。そばにいる数人が女たちの後ろ姿を見送って、誰かが「そういえば」と言った。

「杏奴ちゃんって、いくつなんだい」

「二十五だよ」と応えると、男どもが「へえ」と眉を上げる。

「もうそんなかあ。二十歳くらいにしか見えないな」

「どこか少年みたいな可愛らしさだもんなあ。色気抜きの」

相変わらず杏奴は太陽みたいに人を惹きつけて、それは類の自慢だ。誇りと言ってもいい。それは終生、変わらぬだろうと思う。

「恋人、いるのかなあ」

類は黙っている。よく知らないからだ。杏奴が何も言わないので、類も訊かないでいる。

ただ、偶然、母からの手紙を見た。

――自画像が好い出来だそうで嬉しい嬉しい嬉しい。手紙で、心の中のことを一日一日と書いて来ているので、彼の事はごくごく初めの事から私には分っている。何もかも。神のお思召とより思えない。杏奴は画も文章も人間も、親馬鹿かも知れないが、普通の人間ではないと私には深く深く信ぜられるのだ。そんな人間が、相愛の恋人と結婚出来ぬのは当然のことかも知れない。このあとホトボリが醒めたら、正しい男を杏奴の可愛い子供（それは彼が幾人よっても、かなわないだろう）の父親として、ある男と清い結婚生活に入ってお呉れ。

類は杏奴が取り組んでいる自画像を思い泛べて、何かしら腑に落ちたような気がした。母には出来がよいと伝えたようだが、何度も何度も、執拗に下描きを繰り返していたのだ。

それでも、何とも悲しい目をしている自画像だ。

日本にいた頃は、玄のことが好きなんだろうと思っていた。いつだったか、キャフェでそんな話になって、すると杏奴は「友達のままがいい」と言う。

ずっと清いお友達でいた方が、一生つきあえるわ。

そんなものかと思い、もう絵の話に移っていた。

玄は今も母を気にかけてくれてか、しばしば千駄木の家を訪ねたり、長原邸にも招いてくれるようだ。長原未亡人や玄の兄妹とも親しく交際でき、そのさまを伝える母の筆致は少女のように闊達だ。冬に届いた手紙には、玄が花畑のアトリエで卒業制作に取り組んでいるらしいことに触れてあり、あの部屋に灯りがともっているのを目にするだけで涙が出たと書いていた。

母は「杏奴懐かしや」の涙であっただろうが、類には玄の心が有難かった。大袈裟な使命感や同情ではなく、ごく自然にそんなことができる人間だ。

杏奴の恋についてはこのまま立ち入らず、知らぬふりを通そうと思っている。自身にいつか好きな女ができて何か相談することがあれば、その時に何か話してくれるかもしれない。しかし以前、モデルの春江を好きになって大騒ぎをした後、巴里に来てからもそういう相手とは巡り合っていない。あれは本当に恋をしていたのか、それとも女の肉体に触れたかっただけなのか、今となってはそれも判然としないほどだ。

「そういえば森茉莉って、君の姉さんだろう」

「そうだよ」

「ジイプの戯曲を翻訳して刊行したんだって？」

今年の一月、茉莉は『マドゥモァゼル・ルウルウ』の刊行に漕ぎつけた。しかし引き受け手の版元がいなかったのか、二千円もかけての自費出版である。ちょうど同じ月と翌二月の「中央公論」に、兄の於菟が父のことを書いた。母と祖母との確執についても触れてあったようだが、母は手紙では至って冷静だった。しかも於菟は珍しく千駄木の屋敷を訪ね、こんなことを勧めたようだ。

茉莉にも、お父さんのことを書かせたらいかがです。

意図はよくわからない。ただ、与謝野夫妻は杏奴に「父上のことをお書きなさい」と勧めているという。

「杏奴ちゃん、光風会《こうふうかい》に入選を果たしたんだろう」

なぜだか、胸の中で心臓が跳ねた。

「そうだよ。上野の展覧会にも出たんだ」

二月、日本に送った風景画を母は光風会に出品し、それが二点入選したのである。光風会は明治四十五年に第一回展を開いた、印象主義系だ。杏奴の作品は『巴里の春』という公園のパーゴラの風景で、石段に坐る女性のスウェーターの赤が効いている。しかし類はもう一点の『リウ・ドウシャト』の方が好きだ。坂の途中の町角を描いた風景画で、ポスタアが並んで貼られた煉瓦塀がモダン、高低感の出し方も巧いと思った。

「やはり凄いね、鷗外先生の娘たちは」

「ここに、不肖の息子もいるんだけどね」「違いない」

一緒に苦笑しながら、内心は穏やかではなかった。文章はともかく、絵についてだけは杏奴の先を行けるかもしれない、そんな予感を密かに抱いていた。

どうしてこう、いつまでもかなわないのか。

新たに数人が「やあ」とやってきて、初顔もいるので紹介をする。

「こちら、小堀四郎《こぼりしろう》君。藤島先生の門下だ」

肩幅ががっしりとして、額の秀でた彫りの深い顔立ちだ。

「どうも、よろしく」

類も挨拶をして、「そうですか、君が」と彼は目を細めた。

「藤島先生からの手紙に書いてあったんだが、会う機会がなかなかなくてね」

無造作に坐り、手にしていた紙袋を開く。ワインと瓶詰や缶詰、そして缶切りを取り出したので、皆が「これは」と拍手になった。

「小堀さん、お手柄です」

類も笑い、ベレー帽と缶詰を呼んでやる。いくつかの集まりに分かれていたのが、大きな円陣になった。小堀という男はキョトンとしていたがここには顔見知りも多いのか、すぐに快活な声で話し、缶を次々と開けてゆく。

「そういえば、森さんはきょうだいで巴里に来てるって藤島先生が書いておられたけど」

「そうです。姉と。今日も一緒だけど、今、女性ばかりで花を摘みに行ってるんです」

類はオリーヴを口に放り込み、ふと思いついた。

「姉が戻ってきたら、その缶切りを差し出してやってください」

「いいけど、もう全部開けてしまったよ」

その途端、大笑いになった。ベレー帽と缶詰も一緒に笑っている。

バゲットの薄切りにエスカルゴをのせて食べると、なかなか美味だ。胡瓜と人参のピクルスでまたワインが進む。するといつものように絵の話になる。右手に坐る男が首筋に手をやって、愚痴《ぐち》り始めた。

「この間もだな、僕の人体を見て、先輩がレントゲンみたいだと嗤《わら》ったよ」

「え、君も？」と、類は洋杯から唇を離した。

「僕も日本で同じことを言われました。長原先生に」

「長原って、あの長原孝太郎かい」と、別の男が声を張り上げた。ベレー帽や缶詰、そして小堀もこちらを見る。

「うん。姉さんと一緒に習ってたんです」

「畜生ッ、いい先生についてやがるなあ。俺、長原孝太郎の絵が大好きなんだ。大尊敬してる」

嬉しくなって、ひとしきり先生の想い出話を披露した後、類は胡坐を組み直した。

「こっちに来てから、さっきのレントゲンのこと、わかるような気がしてきたんだなあ」

皆、黙って先を促してくる。

「少しでもよく描こうという欲が先走って、たいして素描ができていない腕前を全部さらけ出してしまう。それが、レントゲン」

「なるほど」と、小堀がうなずいた。

「初学の者は、皆、そうだろう。全力でやって、全部さらけ出さねば」と、缶詰の男がエスカルゴを咀嚼しながら言った。類は「そうだけど」と、小指に似た胡瓜のピクルスを口に入れる。

「どうか上手に描きたいと思って実力以上に見せようとするのは、絵にとって不自然なことではないかなあ。だから僕のは、近くで見るといつも我ながらいい出来だと思うのに、少し離れて見たら全然駄目なんだ。それは、その絵の主でないところをゴシゴシ描くからなんだって、最近気がついた」

何人かが咽喉の奥を「うぅん」と鳴らし、何人かは鼻から大きな息を吐いて腕組みをした。

「絵の主でないところを懸命にやってしまうというのは、僕、わかるような気がする。きっと、僕もそれをやってる」

「俺もだ」「やればやるほど、難しくなる」

誰もが黙り込んでしまった。

「諸君、何の議論?」

振り向けば、杏奴らが緑の中を上がってくる。野苺や勿忘草をいくつも花束にして両腕に一杯だ。

「議論じゃないよ」と、類は後ろ手をついて見上げる。「欲張ったなあ。花売りができる」

「だって、摘んでも摘んでもたくさん咲いてるんだもの。ああ、おなか空いちゃった」

欲も得もない顔をして、腹をさすっている。

「姉さん。小堀さんだよ。小堀さん、姉の杏奴です」

類が紹介すると、小堀はおもむろに立ち上がった。

「小堀四郎です。そうそう、どうぞ」

掌を杏奴に向かって差し出した。缶切りを見て取って、目をパチクリとさせている。周りの女らもだ。

坐っている男らは、「ブラーヴォ」と手を打ち鳴らした。

マロニエの葉が黄色く色づいた。

昼間は外套も要らない陽気が続いているが、数日前は寒い日が続いて杏奴が風邪をひいてしまった。

「姉さん、キャフェに行ってくるけど。何か欲しいもの、ある?」

「そうね」と呟き込んで、蒲団を顎まで引き上げている。類はドアの前から取って返し、食卓のそばを抜けて杏奴のベッドの前に立った。身を屈め、額に手を当てる。

「熱は下がったみたいだ」

「ええ、もう苦しくないわ。有難う」

「昨日のご飯が残ってるから、夕飯は卵粥にしようか」

「何でもいい。類はキャフェでちゃんと食べてきて」

「わかってるよ」

「じゃあ、すまないけど、桃の缶詰を買ってきて。蜜で煮たの」

「わかった」

引き返し際に食卓の端に置いてある便箋とペンを持ち、外套を腕にかけた。

通りに出て便箋を小脇に挟み、ズボンのポケットに手を入れて歩く。やはり風は冷たいが、枯葉と陽射しの匂いが心地よくて、類は顔を上げる。八百屋の店先でトマトが目についたので、コンソメ仕立ての粥にしようと思いついた。セルリも買う。食品店に回り、固形スウプと桃の缶詰を買った。

子供の頃は甘く煮た桃しか食べたことがなく、父が亡くなってからはその反動のように生の果実を好んできたが、躰が不調を来たすと煮桃は咽喉の通りがなめらかでホッとする。もっとも、類は巴里に来てから風邪一つひいたことがなく、腹も下さない。

大変であったのは、一昨年、こちらに来る際に船酔いしたことくらいだ。まだ上海《シャンハイ》から香港に向かっている頃で、二人とも気持ちが悪くて食事が咽喉を通らず、何も吐くものがないのに吐き続けた。船酔いで死ぬかと思うほど苦しかった。

そうか、帰りの船でまたあんな思いをするのかと想像しそうになって、小さく頭を振る。

買物を済ませて、贔屓にしているキャフェに立ち寄った。通りに面したいつもの席が一つだけ空いていて、ほぼ満席だ。仏蘭西人は真冬でも外に坐るのが好きで、男も女も煙草を喫いながらいつまでも喋り続ける。顔なじみになったギャルソンの爺さんが注文を取りにきて、珈琲だけを頼んだ。

夕飯はやはりアパルトマンで、杏奴と一緒に摂ることに決めていた。あとふた月、十二月の中旬には帰国の途につかねばならない。これから毎夜のように仲間がお別れの夕食会を開いてくれるらしいので、杏奴と二人であの食卓を囲むのも残り少ないだろう。

買物の紙袋を隣の椅子の坐面に置き、煙草に火をつける。

目の前を三十過ぎくらいの女が歩いている。じつにシックだ。上着は青みを帯びた黒で、菊五郎の紺上布《こんじょうふ》の味に近い。靴も艶消しの布製だ。その爪先が黄色の落葉を踏んで、颯爽《さっそう》と行き過ぎる。

いいなあと思いながら、類は頰杖をつく。この色や風、匂いごと、日本に持って帰れないものか。

珈琲が来て、それを啜ってから紙袋に突っ込んだ便箋を取り出した。内ポケットからペンを出し、

「お母さん」と書く。

お母さん、僕はやはり冬は日本が好きです。あの三畳で額を寄せ合って、蜜柑《みかん》を食べる。こちらにもマンダリンはあるけど、やはり蜜柑は日本だ。電気ストウブは熱すぎるし、背中は襖の隙間から寒気が入って冷たい。スチームでどこもかしこも暖かいアパルトマンと比べたら、心地よさが斑《まだら》模様です。

でも僕は、日本で蜜柑を食べるのが楽しみです。元気で帰りますので、お母さんも茉莉姉さんも心を安んじて、機嫌よく過ごしていてください。

そこまでを書いて、手が止まった。ペンを指から落とすようにして離し、顔を伏せる。掌で額を揉み、目の上を覆う。

未練だぞと己に言い聞かせても、どうにもならない。

本当は帰りたくない。巴里に残りたい。たとえ杏奴がいなくても、風呂もない、石炭ストウブがあるきりのボロボロアパルトマンでもよいから、ここで暮らしたい。オペラや活動写真を観られなくても、避暑にだって行けなくてもいい。うんと倹約して、野菜屑を八百屋でもらってスウプにして食べるだけでいい。黙々と美術館に通って模写をし、素描を重ね、町や田舎を写生して回る。残り僅《わず》かな絵具を大事に、搾《しぼ》りに搾って使いながら生きていきたい。

僕は、この美しい街の土になりたいと思う。

しかしその願いは、どうしても文字にできないのだった。母が杏奴を待っている。杏奴を一人で船に乗せるわけにはいかない。もうわかりきっていることだ。
僕は杏奴の付けたり、鞄持ちで巴里に来させてもらったのだから。
リヨン駅で肩を落とし、「オルヴァー」と呟く己の姿が見える。
マロニエの落葉が吹き寄せられて、足許で小さな音を立てた。

7 黒紗の羽織

杏奴が湯河原からよこした手紙を、眼鏡をかけた母が読んでは披露する。

「四郎さんがもったいないほどいたわってくれるって、喜んでる。優しい人で本当に良かったよ。喧嘩もまだ一度もしてないらしい」

「新婚だもの、喧嘩するにはまだ早いわよ」

茉莉は蜜柑の白筋を取りながら、接吻するような口つきで果汁を啜る。

「それにしても、杏奴ってつくづく熱中屋さんだわね。四郎さんは世界で一番いい夫で、自分も四郎さんにとって一番いい妻だって、断言できるんだから。類の前でもそうなの？」

「まあね」と、類は前髪をかき上げる。

鞄持ちとして巴里留学に供をした類は、式と披露宴を済ませて湯河原に向かう二人の新婚旅行にも随行して、宿の女中らを少なからず驚かせた。

「まあ、奥様の弟さんですか」

部屋に挨拶に来た女中頭は、やけにくっきりと濃く描いた眉を弓形《ゆみなり》にしていた。

「僕にとっても、大切な弟ですよ。教え子でもありますので」

そう説明してくれる小堀四郎を見ながら、類も笑ってうなずいた。

類と杏奴が帰国したのは十カ月前、昭和九年の一月である。横浜港には茉莉が迎えにきてくれて、ハイヤーに荷物を積み込んだ。巴里で買い込んだ帽子や靴の箱がやけにかさばっていたが、ずっしりと重いのはトランクと絵具と、二人の作品の数々だ。しかし茉莉は、「あれ」と肥った顎を斜めにした。

「作品はこれだけなの。それとも、別便で送った?」「これだけだよ」

再会の興奮も束の間、さっそく茉莉に見抜かれていた。巴里滞在中に百点はものしようと決意し、日本の母への手紙でもそう宣言していたのだ。が、仕上げたのはその半分にも届かなかった。

僕、気が遠くなるほど描いたんだよ。アパルトマンに帰り着くと、躰が動かないほどに。

その言い訳を口に出す前に、茉莉は杏奴の背中を押すようにしてハイヤーに乗り込んでいた。

千駄木の家に入って母と対面した時、杏奴はもちろん類も言葉が出ず、ただ手を握り合った。

お母さんに再び、生きて会えた。

胸から噴き出すように額までカッと熱くなって、目尻を拭うこともできなかった。

翌朝は、母が豆腐に蕪《かぶ》の葉の刻みを散らした味噌汁を作ってくれた。巴里に出立する日の朝もこうだった。長年、腎臓を患っているので常に躰が浮腫み、数年前からは半身が不自由だ。お菜《さい》は女中に任せることがほとんどになっていたが、しかし味噌汁だけは茶の間に七輪と鍋を運ばせて手ずから調えてくれる。

法蓮草と椎茸の煮びたし、干物も膳に並び、これらは茉莉の手によるものらしい。滅法旨い。類がまた茶碗を差し出したので、茉莉と杏奴は「四膳目」「類ちゃん、とうとう底が抜けたわね」と呆れた。

母は歯の少なくなった口をほろりと開けて笑っている。あれほど美しかった瓜実顔《うりざねがお》にも浮腫《むくみ》が進み、小皺の一本も見えない。額から頰、顎も艶々と光って、しかしそれは若い娘の瑞々しい張りとはおよそ異なる、病がなせるわざだ。割烹着の裾を膝の上に手繰り寄せる手の甲も、猫のように膨らんでいる。

巴里に残りたいと思った自分が遠い、別の人間のように思えて、類はもう一杯おかわりをした。杏香の物は大根の浅漬けで、柚子の皮の匂いが美しかった。

翌月、藤島武二先生の勧めで、巴里在留時の作品を光風会の展覧会に出品することになった。杏奴は二作、類は一作を選んだが、いずれも巴里の街区を描いた風景画だ。

藤島先生の「推薦」がいかほど格別の待遇であったことか、それを思い知らされたのは展覧会場に搬入を終えた時だ。二人の作品の周囲には、画壇の重鎮が目をかけ将来を嘱望《しょくぼう》しているとされる、錚々《そうそう》たる面々の作品が揃っていた。類の作品の隣など、帝展で何度も入選を果たしている猪熊《いのくま》弦一郎《げんいちろう》という若手の大作だ。己の作品と見比べることすらできず、茫と突っ立っていた。圧倒的な才能だった。

控室を訪ねると藤島先生はソファに坐ったまま腕組みをして、二人の挨拶にも「ん」と小さく会釈を返すだけだ。さっそく評が始まり、類の作品についてからだ。

「色の感覚は悪くないがね。デッサンはまだまだ。勉強不足だ」

やはり駄目かと、俯いた。床の絨毯に細い紙屑が落ちている。赤みを含んだ茶色に葡萄の実と蔓が大胆に描かれたペルシャで、白い屑だけが異物だ。

「色に補ってもらうような絵ではいかんのだよ。デッサンは絵の骨組みでもなければ、画業の基礎でもない。デッサンそのもので色を語り、匂いや気配まで表出するのが本来だ。さような心がけで精進せねば、到底、絵の心に到達しない」

皆、二言目にはデッサンだ。その大切さはもうわかっていて、巴里でも明け暮れたのだ。でもいったい、いつまでデッサンを続ければいいんだ。途方に暮れる。好きに、思うように描くことこそが愉しみなのに、そのためにこの道に入ったのに、どんどんと辛くなるばかりじゃないか。

「お嬢さん、デッサンは誰に見てもらっている？」

「今は、どなたにも。巴里のアカデミイ・ランソンで習ったことを思い出しながら、弟と二人で、画室でやっております」

杏奴は恐縮の体《てい》で、途切れ途切れの小声だ。

「自己流でやるのはいけないね」

類は先生の顔つきに目を這わせ、久しぶりだと思った。眼差しも言葉も、杏奴にだけ向けられている。巴里では久しく味わうことのなかった薄暗い幕が目の前に下りてきた。己が取るに足らぬ、味気ない者だと、久方ぶりに思い知らされる。

「正しいデッサン法を身につけておかねば、先々、必ず苦労をするよ。よし、わかった。まだ若いが、僕が非常に期待している画家がいる。彼に指導させよう。生まれ育ちの良い男だから、母上もご安心だろう」

弟子筋の画家を紹介してくれることになったその直後、藤島先生は「やあ」と片手を上げた。

「ちょうど、君のことを話していたところだ」

ドアの前に、がっしりと肩幅の広い青年が立っていた。

サンジェルマンの森で一緒になったことがある顔だと、類はすぐに気がついた。向こうも思い出したとばかりに、束の間、怪訝そうに狭めた眉間を「やあ」と開いた。

「類君じゃないか」

声の主を、杏奴はゆっくりと振り向いた。

杏奴はその時、少し緊張してか、肘を張ってぎごちない辞儀をしていた。

だがやがてレッスンが済んでもしきりと「小堀先生」のことを口にし、それがいつのまにか「小堀さん」と呼ぶようになった。不思議に思わぬでもなかったが、さして気にも留めていなかったのだ。杏奴がプロポーズを受けたと母に報告した時、類は心底、驚いた。

「いつも一緒にいて気づかなかったの？　鈍いわね」

茉莉に指摘されたのは失態だったが、でも嬉しかった。

小堀四郎は藤島先生の折紙付きの紳士で、話し方も物腰も柔らかく、それでいて茶目なところもある。四郎のことを好きになったのは、たぶん類の方が先だと思うほどだ。歳が茉莉の一つ上なので、友達とは言えない。やはり先生だ。親友は今も玄一人だが、玄は美術学校を卒業して後、建設会社に勤めを得て大阪に住まっている。なかなか会えないし、手紙をやりとりするのも互いに面倒な性質だ。

類は四郎の前だと玄や巴里の画家仲間と同じように、己の思うことを口にし、振る舞うことができる。湯河原でも、杏奴に勧められるまま湯に入り、浴衣でくつろいで四郎と談笑し、膳を囲み、二人に引き留められるまま夜更けまで遊んだ。結句、次の日の朝膳まで一緒に囲んで、東京に帰ってきた。

杏奴は女中に頼んで用意していたのか、「電車の中でお食べなさい」と、艶々と光る蜜柑の袋を手渡した。

「手紙をちょうだいよ」「うん」

「類ちゃんは筆不精なんだから」

「世田谷に遊びに行くよ」

姉夫妻は世田谷に新居を構えていた。荷入れの際に手伝いに行ったのだが、庭にはまだ樹木が揃っておらず、のっぺらぼうな家に見える。けれど庭に面してデッキが張り出しており、陽射しは長閑《のどか》だ。家の裏の雑木林で山鳩がデデポポーと鳴いていた。

「きっといらっしゃいよ。待ってる」

宿の玄関先で浴衣姿で見送った杏奴は泣き笑いのような顔をしていた。その背後に、四郎が寄り添っている。類は宿の前の坂道を、てくてくと下りた。

杏奴とは、一つの魂を分け合うようにして生きてきた。巴里でしばしば恋人同士や新婚夫婦だと間違えられたほどで、二人が姉弟でなければ、この世で最も理解し、慕い合える組み合わせだ。それはもう、厳然たることだ。

だからこそ、杏奴が四郎に惹かれた理由がわかるし、逆もしかりだ。どんな些細なことも三人ならもっと愉快になれると、己を慰めた。

茉莉はまた黒漆の塗り籠に手を伸ばし、三つ目の蜜柑を掌におさめる。

杏奴であれば母のためにまず一房、二房を差し出してやるのだが、茉莉はむろんそんなことに頓《とん》着《じゃく》しない。母も杏奴の想いを我が事のようにして、手紙を音読し続けている。

「四郎さんは、約束時代より遥かに夫としていい点の生まれてくる人だと思う。夫だと、いい所が発揮される場合が遥かに多い。本当、優しく頼もしく、真面目な人だ」

「四郎さん、四郎さん、ねえ。私への手紙にも、浮わついたことを書いてよこしたわよ。結婚してみて、今までより女の気持ちがわかってきたから、姉さんの気持ちも理解できるわ、だって。ああも簡単な人間だったとは驚きよ」

茉莉は口を動かしながら、濡れ布巾で指先を拭う。

「茉莉姉さんも、二言目にはうちの珠樹が、彰さんが、だったじゃないか」

「さあ。何のこと？」

「姉さんも、熱中屋だったんだよぉ」

そして二度とも、破綻した。

母が「よしとくれ」と眼鏡越しに睨みつけてくる。

「山田や佐藤の名前を出すなんぞ、縁起でもない」

母に叱声《しっせい》を飛ばされると、類は亀のように首をすっこめてしまう。幼い頃から、いまだにこの癖が抜けない。母の声はもう、老鳥のように弱々しいというのに。

茉莉が肥った腰を上げ、襖を引いた。自室に引き返しながら、妙に澄んだ声で仏蘭西語の唄を口ずさんでいる。

齢《よわい》三十二になる姉なのだ。しかし類はいまだによくわからない。戯曲にしろ小説にしろ、むろん絵画についても鋭い眼差しを持っていて、しかも茉莉はそれを文章にすることができる。近頃は雑誌に演劇評も掲載されて、類には及びもつかぬ才だ。けれど家の中では相変わらず役に立たず、一人だけいつもどこか拍子が外れている。たった今、三人で話していたはずの事柄がもう頭になく、違うことを考えている。

たぶん、現《うつつ》と夢の境目がないのだ。杏奴のように、母の悪口を言う親戚の女たちに対して敢然と立ち向かう気概も持ち合わせていない。そもそも、敵と味方の境目もない。どこか超然として、いや、それはたぶん身内の贔屓目であろう。いつも茫洋と、己の世界で漂っている。

杏奴が結婚して家を去り、杏奴がいかほど家族三人を、その現実の行く立てを支えてきてくれたか、今になって思い知らされている。類としては己なりに奮闘しているつもりなのだけれども、母や姉たちに言わせれば空回りであるらしい。そこも、類にはよくわからない。

「類、お前のことを宿屋の女中さんが綺麗な方だと、褒めていたらしいよ」

母の顔つきが機嫌を取り戻しているので、類も笑んで応える。

「うん。なかなかおとなしくて、いい女中だったよ」

だが母はもう、手紙に目を戻している。

「巴里以来、こうしてお母さんに手紙を書くのは初めてなので、何だか巴里のような気がする」

途端に、町角のキャフェの匂いを思い出した。

今は十一月も下旬だ。やがてマロニエの枝々が黄葉し、針鼠《はりねずみ》に似た実を石畳の街路に落とすだろう。風が冷たくて、毛織物のマフラアに鼻先をうずめるようにして絵筆を持つのだ。煙草の火が温かかったりする。

母はようやく手紙を畳み、そして懐から例の切り抜きを取り出した。

「何ともいえぬすばらしい記実である。ほとんど鬼気の身に逼《せま》る感が有る」

その一節を繰り返し、声に出して呟くのである。

杏奴は巴里のアパルトマンで、父についての追懐文も書いていたらしい。『晩年の父と私』という題がついたその小文は「冬柏」に掲載され、さらに『父上の事』などと題を変えて、今も連載されている。

そして五月の二十日過ぎだったか、その書評が東京朝日新聞に載った。評者は木下杢太郎《きのしたもくたろう》先生で、岩波書店から刊行を続けている鷗外全集について、軍医としての鷗外について、さらには木下先生が若かりし頃、観潮楼を訪ねて「むさぼり聴いた」という父の言葉についても筆が及んでいた。

――「美と自由」とは博士の青年より以来もっとも尚《たつと》んだ所である。研究室における科学的探求も又博士の飯飲《はんいん》よりも愛する所であった。然《しか》らば何が故にそのもっとも尚ぶ所、もっとも好む所について、他は之を弊履《へいり》の如く棄てなかったのであるか。僕のもっとも知らんと欲したのはこの事であった。そして到頭直接に博士から教わることが無かったのである――

そして木下先生は、兄の森於菟の一文『時々の父鷗外』を紹介し、杏奴の『晩年の父と私』にも触れて絶賛した。この評が契機となってかどうかは類には知る由もないが、岩波書店の小林勇が訪ねてきて、杏奴の文章が単行本にまとめられて刊行されることが決まった。

杏奴は画家として光風会に出品し、そして文筆家としても世に出る目途をつけてから嫁いだのだ。茉莉もすでに一冊を出版しているが自費出版であり、父についても雑誌に書き始めてはいる。けれど岩波から本が出ることになった事実は杏奴本人ばかりか、鷗外の末亡人、森志げの立つ瀬を獲得した。大正十一年に父が没してからおよそ十二年続いた泥濘《でいねい》ばかりの道にようやく、だ。母は木下先生の評が載った箇所を切り抜いて、肌身につけている。端が折れてくたびれてしまっているが、日に幾度となく取り出しては眺め、読み、目許を潤ませて微笑む。

「何ともいえぬすばらしい記実である」

切り抜きはもはや、祈りだ。キリスト教の教えを受けている母が聖書を開いて唱えるどの言葉よりも、希望を灯す。

類は母の横顔を見つめながら一本を咥えて、燐寸を擦った。シュッと束の間の炎を立てれば、棒の頭は消し炭になる。

帰りたいなあ。

巴里が恋しくてたまらなくなる。日本はどうしてこうも、気怠《けだる》いのだろう。毎日、庭下駄を履いて画室に向かいはするのだ。けれど一人ではとても集中が続かない。すぐに飽いて、一時間ほどもやれば木炭を放り投げてしまう。

類ちゃん、あと三十分やったら休憩にしましょう。紅茶を淹れるわ。

次の行動を指し示してくれる杏奴が、今はそばにいない。茶の間の電燈の笠に吸い込まれるように、煙が昇った。

翌昭和十年の三月、杏奴は初めての子を流産した。そして四月、母が床に臥す時間が長くなった。持病の腎臓がなお悪くなり、医者によれば尿毒症が進んでいるらしい。時々、痙攣《けいれん》を起こすのである。巴里に出る前にも痙攣を起こしたことがあり、でもその際は杏奴がいた。類は「お母さん」と叫ぶだけで、恐ろしいほどの力で動く四肢を押さえつけることもできず、獣のような呻《うめ》きが口から洩れているのに気づいて、茉莉を呼んだ。

「姉さん、医者だ。医者を呼びにやらせて」

舌を嚙み切ってしまわぬよう、杏奴が手拭いを嚙ませていたことを咄嗟に思い出した。

「いや、それより手拭いだ。早くっ」

ペンを手にしたまま悠揚《ゆうよう》と自室から現れた茉莉もさすがに気色ばんで、母のかたわらに飛び込んできた。已の袂からハンケチを出し、それを母に嚙ませる。その刹那《せつな》、ハンケチに鮮やかな血色が散って滲んだ。わずかに残っている歯が、茉莉の左の薬指を傷つけたらしい。しかし茉莉は何事もなかったかのように立ち上がり、女中に医者を呼びに行かせ、新しい手拭いを持って戻ってきた。静かにハンケチを抜いて手拭いを嚙ませ、母の唇を拭うと、四肢の動きが落ち着いてきた。茉莉のそれは、まるで茶の湯の点前《てまえ》のようだった。

杏奴と四郎は足繁く世田谷から通ってきて、母を見舞う。初夏になって庭の木々が青んだ頃、杏奴は再び妊娠したことを打ち明けた。

「そうかい。四郎さん、杏奴ちゃん、おめでとう」

蒼く淀んだ母の顔に、喜色《きしょく》が戻った。

「お義母さん、孫の顔を見るまでに元気になってくださいよ」

「ええ。そうしますよ。有難う」

干からびて皹《ひび》の入った唇を動かして、母は嬉しそうに応える。けれど二人が帰った後、天井を見つめながら呟くのだ。

「杏奴ちゃんが一人で来ないかねえ。どうか、一人で来ないかねえ」

婿の誠実な態度に寸分の嘘も飾りもないことは、母もよくわかっているのだ。

類が世田谷を訪ねた際も四郎は必ず画室から出てきて、「やあ、ルヰチン。よく来たね」と歓迎してくれる。千駄木からは往復で二時間も要するだけに、行けば長居になる。杏奴が夕食の用意をする台所で類は話し続け、共に食卓を囲み、帰宅はいつも夜更けになる。

類にすれば、三人で新婚生活を送っているような感覚だ。類なりに、妻となったアンヌ姫を見守っている。ゆえに杏奴が四郎と一緒に見舞いに訪れるのも大歓迎だ。病人を抱えている家に、たちまち風が通る。

けれど母はやはり婿には気をかねるようで、それは昔、茉莉の夫らに対しても同様だった。他家の人間になった娘にどう振る舞えば礼儀にかなっているか、婿の目を必要以上に気にするのである。母にしては珍しく、おもねるような物言いもしていた。兄の於菟との関係が、そして嫂《あによめ》との関係の方がより深刻であったらしく、母は長男夫婦に頼ることができない。ゆえに、娘婿の存在だけが社会に唯一開かれた窓だ。

けれど茉莉と別れた後の山田珠樹は逆恨みが激しく、陰での非難も執拗だった。茉莉本人のみならず母や妹弟《きょうだい》のことまで悪口し、森家を攻撃し続けた。巴里に向かう船の中で知り合った女子留学生も、やけに杏奴と類に冷淡で非礼だと思っていたら、「森家の人間には用心した方がいい。性根が悪い」と家族から注意されていたゆえだったらしい。後に親しくなってから知れたのだが、やはり火元は珠樹だった。

杏奴も、そして類も、珠樹のことは好きだったのだ。彼なりに可愛がってもくれ、だから、不思議でならなかった。財力も社会的地位も、何もかもが森家を上回っているというのに、手負いの犬が遠吠えしているように思えた。

デッサンに倦《う》んで、久しぶりに色を使いたくなった。けれどやはり上手くいかない。何も湧き立ってこない。画架の前を離れ、畳敷きに上がってゴロリと横になった。そのまま、気づけば寝入っていた。

蜩《ひぐらし》が鳴く時分になった夕暮れ、固まってしまった絵筆を洗った。画室を出て、庭を通り抜ける。睡蓮やウォータ・ヒュアシントの咲いていた池はもうない。どうやら母は庭に池があるのがずっと厭であったらしく、それを杏奴が聞いて埋め戻すことになった。

夏の盛りに、類はまた汗だくになってスコップを揮った。麦藁を脱ぐと、髪が蒸れてダヴィデ像のように丸まっていた。金魚は一匹残らず掬い上げ、近所の家々に配って回った。

坊ちゃん、丸々とよく肥ってやすねえ。

出入りの庭師の親爺が煙草で汚れた歯を剝き出して笑ったので、「旨くないからね」と念押しをした。

今は池の土色も周囲と馴染み、矢車草や百合、真紅のダアリアが風に揺れている。

縁側から母の部屋に上がると、母は蒲団の上に坐って、白絣の寝衣《ねぎ》の上に黒い杉綾《すぎあや》の部屋着を羽織っている。そろそろ秋の気配が近づいているとはいえ、昼間は半袖の襯衣《シャツ》でも汗ばむ日がある。しかし痩せてしまった母は、冷えて仕方がないらしい。

「お母さん、起きてて大丈夫なの」

「今日は気分がいいんだよ。頭もはっきりしてる」

尿毒症は時折、意識を混濁させる。そんな時は何か悪い夢を見ているようで、譫言《うわごと》ばかりだ。何を言っているのかはほとんど聞き取れず、母も憶えていないという。

蒲団の上に、母はいつもの縮緬《ちりめん》の風呂敷を広げていた。深い緑に濃紺と黄土色の唐草模様で、証書や貯金通帳を包んである。さらに金庫の鍵が見えた。無くさぬように紅いリボンがつけてあり、実印も常に一緒にしている。一銭硬貨ほどの太い印で、片仮名でモリと彫ってあるものだ。

父は生前、「おれの書いたものは売れない。死んでからは、もっと売れぬだろう」と言っていたらしいが、全集が順に出るにつれ、多少は財産らしきものができたようだ。母はそれを株などに投じたりせず、ただひたすら懸命に守っていた。すべて、茉莉と杏奴と類の名義である。

類と杏奴が巴里に滞在していた時、月々、いかほど収入があるかを手紙で知らせてきたことがある。類が憶えているのは、杏奴はひと月に百円ほど、類は百二、三十円ほどで、これは父の遺産を銀行に預けて得ている利息と、著作の印税収入のようだ。

兄、於菟に頼ることが不安であった母は、父の生前から遺言書について迫っていたらしい。しかし父はきかずにいて、わずかな遺産は世間の決まり通り、兄に半分、あとの半分は姉弟三人に分けられた。没後の印税を四人に分けるようにしたのは、父の遺志によるものだった。

小学校の教員の初任給が四、五十円であると聞いたことがあるので、二人とも野放図に暮らしさえしなければ食べていける。そのくらいは、数字の嫌いな類でもわかるようになっている。

しかし茉莉など、もっとひどい。茉莉は数学はできるが、ものの値段をいっこうにわかろうとせず、鶏肉屋の前でぼんやりと立っているばかりだ。財布を持たずに買物に出て後は「すべて家令《かれい》におまかせ」、一生、貨幣に手を触れずに生きていける身の上のような振舞い方であるのだが、店の者にはそんなことはわからぬので、「少し足りぬ奥様か」と冷笑を浴びることになる。

さらに、母は詳細を書き綴っていた。於菟と半分にした家の財産が二万円ほどで、これは茉莉、杏奴、類で等分に分けるべきもの。その利子を家族のこれまでの暮らしの費《つい》えに当ててきたのだと記してあり、「私の死後はこの利子は無いものと思い、各々《おのおの》、病気の時の用意にするように」と付されていた。

――この他、私の養生、病気、葬儀に使う金が九千七百円ある。生きているうちは、恩給が百四十五円、月々入る。

類がかたわらに膝を畳むと、母は証書や通帳を見渡してしみじみとした声を出した。

「パッパのおっしゃっていたことが、今になって身に沁みるんだよ」

母は俯いて、浮腫んだ指先で部屋着の襟を合わせ直す。

「筆を持つ力さえもうほとんど残っていないのに、足をひきずるようにして毎日、役所に通って。家で静かに養生してもらいたい、そうしたら、あと半年、せめて半年は永らえられるじゃありませんかと私がお願いしても、杖を突いてでも断固として出勤をなさる」

その杖を類は憶えていた。最後の出張となった奈良で購ってきたもので、黒々と太く、真っ直ぐだった。

「何もしないでいるのは、おれにとっては死んでいるのと同じだ。何もせずに寝ていて一年生きるよりも、仕事をしてひと月で死ぬる方が、おれにはずっと嬉しいのだよ」

母は父の口真似をして、少し淋しげに笑った。

「そんなことをおっしゃるから、私も覚悟を決めるしかないじゃないか。毎日、パッパの杖の音に耳を澄ませて、ああ、今日も無事にお帰りになったと思ったらやけに憎らしくなって、気持ちがツンツンと尖ってくる。でも玄関で、パッパはそれは誇らしげに笑みを泛べているのだよ。おれは今日も、健康な人間と同じに仕事をしてきたぞって」

類も父を喪うことが、途方もなく恐ろしかった。あれほど堂々としていた父が老いて、病んで、躰が傾いでいた。一歩前に踏み出すにも大儀そうだった。子供なりに予感めいたものがあったのだ。病状を把握している母がいかほどの気持ちをこらえて父を送り出し、迎えていたことか。

母はそんな父の遺産を一途《いちず》に守り、我が子らに受け継がせようとしている。父から現金の遺産は受けなかったものの実家の荒木家から受けた財産があり、それは土地や家作に換えて持っているらしい。自身は至って大雑把な金遣いだ。

「お母さん」「何だい」

「お母さんは結婚してから、何が一番幸福だった?」

「藪から棒に、何だえ。娘みたいなことを訊く」

少し困ったような顔をして、けれど「そうだねえ」と顔を上げた。

「やっぱり、二人きりで小倉《こくら》で暮らした頃だったろうねえ」

今から三十数年前の明治三十五年、陸軍省軍医監であり、第十二師団の軍医部長に補せられていた父は赴任先の小倉からいったん東京に帰り、この家の観潮楼で母との結婚式を挙げた。京都への新婚旅行からその足で、小倉に戻った。美術品のごとく美しい妻を伴って。

それが正月八日のことで、しかし三月半ばには第一師団の軍医部長に補すとの辞令が下り、小倉を引き上げることになった。団子坂の観潮楼に帰ったのは三月二十八日で、母が言う「二人きり」はわずか三月だった。

それからの母は、家付き娘の女丈夫であった祖母や曾祖母、父の弟妹らと一緒に住み、そのうえ前妻の子である於菟もいた。そして父の俸給はすべて祖母の手に握られ、家計を任せてもらえなかったのである。

「お嬢さん育ちだと侮《あなど》られているような気がしてね。今から思えば、私は確かに贅沢三昧で育って、金銭にも大まかだ。今だって、無駄遣いだとわかっていながら遣っているよ。私は佳《い》いもの、美しいものしか欲しくない。だから食べるものも食べず、着るものも着ないで節倹《せつけん》してパッパを大学におやりになったお姑様の目から見たら、私なんぞとても危なっかしくて任せる気におなりになれなかったんだろう」

気位の高い母にとって、家計を任されぬことはすなわち見下されていることと同義であったのかもしれない。

「お母さんなら、そんなら私は出て行きますって、パッパを脅しそうなもんだけどなあ」

「パッパは私が出て行っても、平気だよ」

意味がわからず、黙って母を見返した。

「私が妻でなくても、いい夫だっただろう。あの人にとって、それは務めだから」

あまりにもさらりと言うので、戸惑った。

「それが、結婚生活の中で一番悲しかったこと？」

「ううん」と、母は広げた風呂敷に大切な物をきちんと置き直し、包み直している。

「露西亜との戦《いくさ》に出征なさった時だ。あの時は本当に、胸が割れるかと思うほど悲しかったよ。茉莉ちゃんはまだ小さくて、あの時ほど心細くて怖いことはなかった」

「パッパが出征したのは、明治三十……」

「三十七年の二月に露西亜に宣戦布告して、パッパは三月に第二軍司令部があった広島に征《ゆ》かれた。その後、どう進軍したかはもう記憶が定かじゃないけれども、三十八年の十二月末まで外地に滞在なさっていたのは確かだ。明治三十九年の一月十二日に東京、新橋に凱旋《がいせん》すると手紙が来て、一刻も早く隠れ家を訪ねてくれるという約束も交わしてあった。なのに、待てど暮らせどあのひとは来ない」

父が出征してまもなく、母はまた祖母と仲違いをして、ついに家を出てしまっていた。実家の明舟町の屋敷、その庭先の長屋に数え二歳の茉莉を連れて、ひっそりと息を潜めるようにして暮らしていたという。「隠れ家」というのは、夫婦で交わした符牒《ふちょう》のようなものかもしれない。苦みを伴った、ほんの少しのユーモアだ。

「新橋駅で出迎えた時、それは大勢に取り囲まれていらしてね。しかもそれから宮中に参内《さんだい》することになっていたんだよ。でも一瞬だけ、あのひとと目が合った。必ず早く行くからって、そんな目をしていた」

母はそれで、遅くとも午後二時頃には来てくれると確信したらしい。しかし時計は進み、日が暮れた。八時、九時、十時も過ぎる。四歳の茉莉ははしゃいで踊ったりして待っていたが、やがてフラフラになり、寝入ってしまった。

十一時、十二時、とうとうその日は終わった。女中を寝かせ、戸締りをして床につけども、目が冴えてどうしようもない。

時計は一時、二時を虚しく告げ、志げは絶望の底に沈んだ。

あのひとはなぜ来てくれないのか。駅でのあの目は私の思い違いだったのか。手紙でよこしてくれたあの気遣いや慰めは私への想いではなく、その場凌《しの》ぎの言葉に過ぎなかったのか。

夫が戦地で戦っている間、姑や大姑、長男を守るのが妻の務めだ。それはわかっているが、私には耐えられない。あの姑は何かにつけて学問のあるのを鼻にかけて私を見下げてかかる。源氏物語の紫の上をひきあいに出して、真に高貴な女は子を生さぬものだ、子を産んだ女は駄女《だじょ》だと吐き捨てた。じゃあ、あなたも駄女なのかと言い返したくもなる。

口の端にプップツと唾を溜め、それを辺りに撒き散らすようにして喋るのも厭だ。時々、指先で口の端を拭い、その手を洗わぬままに菓子を手掴みで皿に移すのだ。穢《きたな》い。いかに勧められても、どうしても口にできない。すると「気儘だ」と眉間をしわめられる。何もかもが、そんな調子で行き違う。

そろそろ、三時を打つ頃になって、遠くに軍靴の拍車の音が聞こえたような気がした。馬鹿らしい。何を今さらと、未練な己を嗤う。もうあのひとは愛想尽かしをしたのだ。私のことなどどうでもよくなった。

けれど、やはりカシャ、カシャと金属音がする。近づいてくる。寝静まった町の中を、一人の軍人が歩いてくる。戸口を叩く音がした。

「おれだ。開けてくれ」

胸が轟《とどろ》いた。

そこで息を吐き、横になろうとする。類は証書や通帳を蒲団から滑らせ、母の背中に手をあてて介添えをした。

「白湯《さゆ》を持ってこようか」

訊ねても、何かを払うような手つきをするのみだ。「パッパはね」と、枕に頭を置いてのちもまだ続ける。

「参内をして千駄木に帰ってきて、するとお客がそれは大勢押しかけてきて、夕食を一緒にしないといけなくなったんだよ。それからも凱旋で浮かれた人らがやたらと訪れて、皆が引き上げたのが十二時半だったそうだ。それからは、さあ、お姑様がお待ちかねだよ。パッパはほんに辛抱強い人だから、それにも充分に応えたのだろう。お姑様は気が済むまで喋って聞き出して、さあ、今日は草臥《くたび》れたろう、床に入ってお寝《やす》みと勧める。パッパはそれを振り切って、玄関で靴を自分で出して、すでに閉ざした門も己《おの》が手で開けて出てきた」

祖母は何事かと驚いて、「出かけるなら俥屋を起こすから、ちょっと待っておくれ」と後を追いかけてきたそうだ。息子の行先がどこか、たちまち見当をつけたのだろう。

「女中らもガヤガヤと起き出して、お姑様もまだ何やら、あの、男みたいな声で叫んでいる。パッパはそれを背中で聞いて、走りに走ったと言っていた。朗々と、自身の勝ち戦を誇るように」

母は総身を硬くして、ただ黙って父を見上げるばかりだったらしい。

「あれが私の一生のうちで、最も嬉しかったことかもしれない」

母はそれからしばらく黙って空《くう》を見ていたが、やがて寝息を立て始めた。

昭和十一年が明けても母は恢復の様子を見せず、痙攣が日に何度も起きるようになった。杏奴夫妻にも相談して表庭に面した八畳に床を移し、オマルを置いた。介抱のための看護婦も雇っている。医者も小堀家の縁で替え、足湯法などを行なっているが、今のところ、母の脚のだるさは快方に向かいそうにない。母が腎臓を患ったのは、類の兄で夭折《ようせつ》した不律《ふりつ》を身籠《みご》もって以来だというから、かれこれ三十年近い年季なのだ。そういえば幼い頃、母は脚が「だるい」と言っては俯《うつぶ》せになり、杏奴や類に踏ませていた。あの頃はまだ脹脛《ふくらはぎ》にもプヨとした弾力があって、姉弟でキャッキャとはしゃいだものだ。珍しく、母に遊んでもらっているような心持ちだった。

今はしんと静まり返った座敷の中で、脚をさすっている。母はうとうとと寝ているかと思えば、うっすらと目を開いてあらぬ方を見ている時もある。眼の玉だけがやけに澄んでいて、類はふと怖くなる。父も臥せるようになってから、眼の色が薄くなった。

そして時々、同じことを何度も言う。

「あれだけは、全集に収めないでおくれ。どうか、私の遺言だと思って」

「わかってるよ」

そう言えど母はこだわり続ける。それまでも出版社がどう説得しようが首を縦に振らず、病みついてからはたびたび不安げな顔をして類に懇願した。茉莉にも同様のようだ。父のその作品を何ゆえそうも厭うのか、茉莉にもわからないらしい。屋敷内のどの書棚にも残っていないからだ。杏奴に訊ねると何かを知っているようだが、「お母さんの意志を尊重しましょう」としか言わない。

「お母さん、約束する。『半日』は載せさせない」

すると母はようやく瞼を閉じる。蒲団の上掛けを肩まで引き上げてやり、「画室に行ってくるよ」と声をかけ、後を看護婦に任せて座敷を出る。花畑に面した部屋を通り抜け、庭へ下り立つ。あまりの寒気に、背筋が思わず波打つほどだ。

今日も雪になりそうだなと、空を見上げる。今年はやけに雪が多く、節分の日は五十四年ぶりの大雪だった。家屋が古いので、屋根が軋《きし》んで家が鳴ったほどだ。暴風も加わって電燈も消えた。翌朝の新聞には、劇場で一夜を明かした人々の写真が載っていた。電車や車が不通になって、帰宅できなかったらしい。

三日前の二十三日は、節分の日をさらにしのぐ大雪になった。

霜柱をサクサクと踏みながらふと目をやれば、蠟梅《ろうばい》の黄色も凍てついたように佇んでいる。

姉さん、大丈夫なんだろうか。杏奴の出産予定日はそろそろのはずだ。もしまた大雪になったら、助産婦を呼べるのか。

心配ではあるが、それを電話で問い合わせることはしない。臨月間近になっても、杏奴は千駄木まで通ってくる。類と茉莉の介抱に不信を抱き、「姉さんや類ちゃんに任せていられない」という気持ちのようだ。ある日など、画室から戻ると広縁に面した障子が開け放たれていて、杏奴が大きな腹を抱えて火鉢の灰を火箸でほじっていた。手荒な音だ。

「この寒いのに、どうしたんだよ」

「どうしたもこうしたも、火鉢の中をこんなふうにしたままで、姉さんも類ちゃんもいったい何を考えているの」

わけがわからず手許を見れば、杏奴は火鉢の中から真っ黒になった炭を掘り出して炭籠に戻している。

「昨日の炭を取り除きもしないで、上から重ねて埋《い》けてきたんでしょう。幾日も炭をただ放り込んで。ごらんなさいよ、こんな大きな火鉢が消し炭で一杯よ。これに火がついて、もし火事にでもなったらどうするの。だいいち、こんな火鉢じゃ部屋の空気をどれほど汚すことか。検温器の差し込み方もなっちゃいないのに女中とのお喋りには一生懸命で、寝ついているお母さんのことなど気にもかけていない。いったい、この家の人間はどうなっているの。お母さんに、こんなに汚い空気を吸わせて平気なの」

母が眠っているので声を抑えてはいる。暗に看護婦をも非難していることはわかったが、一言もなかった。杏奴のように母の躰にとってどうかを中心に据えて家の中を整え、看護婦を監督し、女中を遊ばせずにちゃんと働かせるなど、茉莉と類にはとても無理なしわざだ。

杏奴に指摘されれば、ああ、なるほどと思うけれども、じゃあいったい何に注意すべきなのかがわからない。しかも杏奴はこと母についてとなると、いい加減に済ますことが一切ない。

「それから類ちゃん。他人に、うちの内情をペラペラと喋らないで」

杏奴は火箸を使いながら、こちらを見もせずに声を尖らせた。

「何のことだよ、いきなり」

「四郎さんが、展覧会に出品しない主義を通していることよ」

「ああ、何だ、それか」

昨年、洋画壇は帝展の改組によって大いに混乱し、紛糾した。四郎は恩師であり媒酌人でもある藤島先生から助言を受けた。

君が真に芸術の道を志すならば、どこにも関係するな。芸術は、人なり。四郎も画壇から離れ、画商との交渉にも応じないことを決めた。俗世から離れ、あえて表舞台から退かんとするその姿勢に、類も感銘を受けた。ゆえに、母の診察に訪れた医者にそのことを話した。類の画業について訊いてくれたので、その話の流れでのことだ。

「私の原稿料で家計を支えているなんて、とんでもないことよ。四郎さんには名古屋の実家から受け継いだ財産がちゃんとあるし、私の稿料なんて微々たるものなの。四郎さんは私をあてにして画壇を離れたわけじゃないわ。信念よ。勇気ある決断よ」

「わかってるよ。そんなつもりで言ったんじゃない」

折しも今月十日、杏奴の連載していた文章が『晩年の父』として岩波書店から刊行された。類としてはとても誇らしかった。つい、我が事のように口にしていた。

「お母さんも同じように言ってる。歓んでる」

「あなたとお母さんは違う。芸術の何も追究できず、一文も稼げない冷や飯食いに、四郎さんの何が理解できるというの」

それからはもう口を真一文字にひき結んで、黒い消し炭を一つひとつ掘り出し続けるばかりだった。

凍てつくような寒さに首をすくめ、画室に入った。達磨《だるま》型のストウブに火をつけていると、窓の外が何やら騒がしい。塀の外で人声がして、聞き耳を立てた。

「大変だ、叛乱《はんらん》だ、謀叛《むほん》だ」

「おい、ラヂオをつけてみろ」

「馬鹿野郎、そんな気の利いたもの、俺っちにあるわけがねえだろう」

「森さんちにはあるんじゃねえか」

「いや。このお宅は駄目だ。奥様が寝ついておられる」

裏門から顔を出してみれば、近所の大工と散髪屋だった。

「何事なんです？」

「坊ちゃん、この門をしっかりお閉じなさい。いいですか、雨戸も閉《た》てて」

「さっき、叛乱って聞こえたけど」

すると二人は、胡麻塩の五分刈り頭を揃って振った。

「よくわかんねえんですけどね。今朝がた、陸軍の青年将校らが大臣の家を襲って、殺しちまったらしいんで」

呑み込めぬまま、躰がひやりと硬くなった。

「今度は陸軍ですか」

昭和七年の五月十五日、海軍の青年将校らが中心となってクーデタアを起こした事件を、類は巴里滞在中に知った。日本の新聞であるので随分と日が経ってから知ったことになるが、首相の犬養《いぬかい》毅《つよし》が射殺されたという。

類にとって、軍人は父の印象そのものだった。克己心《こっきしん》に優れ、知的で広い視野を持ち、つまり「野蛮」から最も遠い位置にある者でなければ、銃やサアベルを持ってはならない。

「まもなく町内会で触れが回ると思いますがね、戒厳令が敷かれるかもしれませんよ」

「坊ちゃん、早く門をお閉じなせえ。奥様をお守りして」

大工の鼻先を雪が落ちていくのが見え、類は空を見上げた。まだ微かな降りようだ。すぐさま門《もん》扉《ぴ》を閉じ、内側の閂《かんぬき》に手を掛けた。鎹《かすがい》が錆びついてなかなか動かず、足を踏ん張ってようやく通した。そのまま裏玄関から上がり、茉莉を呼んだ。

「姉さん、起きろ。陸軍の叛乱だ」

姉はちょうど洗面の最中だったようで、顔を半分濡らしたまま廊下に出てくる。

「ラヂオだ。いや、その前にお母さんのそばに行って。お母さんを不安がらせないで」

台所の女中に雨戸を閉てるように言いつけ、自らも表門を確認し、花畑に面した掃き出し窓の雨戸も閉めて回った。座敷を覗いた時には息が切れ、汗ばんでいた。

「類さん、叛乱って本当ですの」

昨夜から泊まり込んでいる看護婦が、類を見上げた。

「そのようです」

「怖いわ。帰らせていただいてもよろしいですか」

「帰るって、家にですか」

「恐縮ですけど、送っていただけません？」

その上目遣いが気に障《さわ》った。病人の枕許で「怖い」などと口にするのも、無神経だ。

「ここにおられた方が身の為よ。それでも帰りたいとおっしゃるなら、どうぞお一人で」

腕を上げて廊下を指したのは茉莉である。看護婦はしばらく押し黙っていたが、「では引き取らせていただきます」と立ち上がった。好きにしやがれ。まったく、杏奴の見通した通りだった。その後、用を足したオマルを持って便所に向かうと、台所からヒソヒソとやっている声が洩れてきた。

女中と看護婦だ。

「いい歳をしたお嬢様と坊ちゃんが、何を偉そうに」

「さんざん甘やかされてお育ちだから」

洗面台で水道の蛇口をわざと強く捻った。途端に、声が暗がりに吸い込まれた。

「停電になるかもしれないから、蠟燭を用意して」

板戸の前で命じると、「かしこまりました」と女中が我に返ったような返答だ。

母専用の洗面桶は黒漆の溜塗《ためぬり》で、そこに七分ほど水を張り、茶の間に寄って火鉢の鉄瓶で湯を足した。そろそろと座敷に運び込み、押し入れから手拭いを出す。

いつも洗い立てのものを何枚も常備しているはずなのに、女中が手を抜いてここに仕舞わなかったか、あと一枚しか予備がない。洗面桶に手拭いを浸し、きつく絞り上げる。ふと、父の水遣いの美しかったことを思い出す。廊下に坐って口を漱《すす》ぎ、洗面する、そのすべての所作はいつもきっかりと譜面のように決まっていて寸分の狂いもなかったのだ。すべてをし終えた廊下に、一滴の水も零れていなかった。

茉莉は電燈を灯していて、母のそばで端然と坐っている。類は黙々と母の躰を拭き、茉莉の手を借りて寝衣を替えた。

結句、ラヂオをつけに茶の間に入ったのは昼前だ。茉莉と二人で並んで耳を澄ませる。

叛乱軍は千五百名近い人数らしい。茉莉は「そんなに」と眉根を曇らせた。彼らは早朝に兵舎を出て、主要な大臣の邸を次々と襲って殺傷に及んだという。岡田啓介《おかだけいすけ》首相に斎藤実《さいとうまこと》内大臣、渡辺錠太郎《わたなべじょうたろう》教育総監は即死、牧野伸顕《まきののぶあき》伯爵は行方不明、鈴木貫太郎《すずきかんたろう》侍従長と高橋是清《たかはしこれきよ》蔵相は重傷と、報じている。

花畑に面した部屋の雨戸をそっと透かしてみると、雪が本降りになっていた。庭は蒼白だ。

翌二十七日の朝になって戒厳令が敷かれ、しかし今日、二十九日の朝になっても叛乱軍は結束を解かず、宮城《きゅうじょう》前には鉄条網が張り巡らされているという。電話は不通となり、杏奴に様子を訊ねることもできない。自動車も通行を禁止されている。

母はその間も、昏々《こんこん》と眠り続けた。

午後二時頃になって、全員が帰順したとラヂオが告げた。岡田首相は無事であったが、高橋是清蔵相が虐殺されていた。


三月三日、四郎から「陣痛が起きた」と電話があった。

まず茉莉が、先に世田谷に向かうことになった。

「お産は命懸けの仕事だから、ちゃんと食べさせてやっておくれ」

母は久方ぶりに声もしゃんとして、「頼んだよ」と言った。茉莉は心得たとばかりにうなずく。

類は母の世話をしてから千駄木を出て、世田谷に着いたのは午後一時になっていた。助産婦らしき人の姿が見えるが、まだ生まれていないらしい。台所に行くと、茉莉が作って杏奴に食べさせたという食事が残っていた。鱚《きす》の煮つけに蛤《はまぐり》の吸物だ。小さなお結びもあって、しかし茉莉はベッドのそばにいるらしく姿が見えない。四郎と共に黙って食した。

お産には命が懸かっている。母の言葉が泛ぶと動悸が激しくなって、それでも腹は減るのだった。

四郎が途中で箸を置いたにもかかわらず、類はすべてを平らげた。

「類、杏奴ちゃんが呼んでる」

茉莉が手招きをするので、寝室に向かった。ドアは開け放してある。杏奴の丸い顔は洗ったばかりのように艶々として、髪が濡れて額や蟀谷《こめかみ》にへばりついている。

「悪いけど、郵便局にお願い」

少し細いが、機嫌のよい声だ。途端に類は元気になる。

「いいけど、お産の最中に手紙を書いたのかい。豪傑だなあ」

「違うの。図書館から著書に署名をして送って欲しいと手紙が来ていたから、さっき書いたのよ」

枕許から取り出したのは、『晩年の父』だ。連載中は『晩年の父と私』であった題は、単行本化に際して短く縮められていた。その方が題字を大きくでき、人の記憶にも残りやすいらしい。装丁については木下杢太郎先生にアドヴァイスを乞い、するとすぐに肯《うべな》い、さらさらと洋紙にスケッチを描いてくれたそうだ。全体は無地で、裏表紙の端に縦の細長い模様が入っている。類には少し地味に思えたが、品はすこぶるいいものだ。静謐《せいひつ》さに満ちている。

扉を開くと、小堀杏奴と遠慮がちな文字で、「奴」の最後の一画が尻尾のように右に流れている。

「まだ署名に慣れていない字だね」

「だって、ここに仰向けに寝たまま書いたんだもの」

「出産を済ませてからになさればよろしいのに」と助産婦が笑うと、「いいえ」と杏奴は大きな腹に手を置いた。

「今日、この子が生まれる日に書いておきたかったんです」

類は居間で小包にして、郵便局に持って行った。家に戻ると、もう男は寝室には入れない状態で、四郎がズボンのポケットに手を突っ込んだまま居間を行ったり来たりしている。

「シロチン、大丈夫ですよ。姉さんは強い」

「ん。そうだね。そうだ。ヌコチンは死なない」

二人で何度も手を握り合い、意味もなく激しく振った。

杏奴は女の子を出産した。


四月に入って、杏奴から母宛てに手紙が来た。

桃の節句にちなんだ名をつけた我が子の様子を活き活きと伝え、こう書き添えてある。

——お母さんの待ち望んだ、美しい子がやっとできたのだから、早く見てもらいたいと思う。

花冷えがまだ続いているので、杏奴は赤子を連れての外出を控えており、母は孫娘との対面がかなわぬままだ。

「お母さん、世田谷の家の庭、一度に花が咲いたって。梅に連翹《れんぎょう》、水仙、紅椿に雪柳、桃、そして菫だって」

あの庭に向かって赤子を抱いて坐り、日向ぼっこをする様子が目に泛ぶ。赤ん坊は花々の匂いをたくさん胸中に入れて、小さな餅のように柔らかい掌を握り締めたり開いたりしているのだろうか。

小堀家にはしばらく足を運んでいなかった。母になった杏奴と父になった四郎、そして子供。これで三人だ。杏奴のカンヴァスにもう余白はない。

ただ、類が世田谷に出向かないのはそれだけではなかった。母の衰弱が激しくなったためで、医者からは「お覚悟を」と告げられている。茉莉は殊勝にも、蕗《ふき》や空豆、梅、豌豆《えんどう》や杏子が出るつど小鉢の一皿にして、膳に上げている。不思議な気がした。父が亡くなる前、母も同じようにして野菜煮を作っていたのだ。当時、茉莉は夫の留学に随《っ》いて渡欧しており、母のしていたことを目にしていない。

「これが最後になるかもしれないから」

茉莉が呟いた時、母も同じ気持ちで料理していたのだろうと思った。

茉莉は今日も買物に出ていて、女中に任せると同じ空豆でも気に入らぬらしい。ところがいったん玄関を出れば時間がわからなくなるのは相変わらずで、昼過ぎに出かけても日が暮れてからのご帰館だ。それでも本人は気が急いて、精々、急いでいるのだろうと、類も、そして母も承知している。母が寝ついていなければ、日本橋や銀座、浅草にまで足を延ばしてしまう。チョコレエトや羊羹、洋書や口紅まで買物籠から出てくる。

「類」

「ここにいるよ。杏奴姉さんの手紙、もう一回読もうか」

しかし母は落ち窪んだ瞼を閉じたままで、唇だけを微かに動かした。耳を近づけた。

「茉莉を頼むよ」

四月十一日、庭の紫木蓮《しもくれん》と山吹が花ざかりの日に母は息を引き取った。

於菟は台北の帝国大学に赴任しており、しかし飛行機で葬儀に訪れてくれた。

生前、あれほど「悪妻」と評判の悪かった森志げであるのに想像以上に焼香の人数が多く、延々と人が並んで途切れなかった。親戚は別にして、いろんな人がいろんなことを言ってくれた。

「闊達で、よく笑われたお方でございましたねえ」

若い頃の母は無口で、父はその口数の少なさを美点に上げていたほどだと、茉莉から聞いたことがある。しかし晩年、寝つくまではよく喋り、手紙も言葉が充実していた。

そういえば、お母さんに小説のことを訊きそびれたなあと、類は弔問客に辞儀を返しながら思い出す。母はほんの数年の間だが、小説を書いていたらしいのだ。杏奴よりも茉莉よりも遥か以前に、筆を持つ女だった。けれどそのことを口にする客は皆無で、たぶん知らない人が多いのだろう。皆、一様に言うのは、やはり母の美しさだ。

「お若い頃は、本当に、凄いほどの美人でおられましたよ」

精進落としの席で、ある文人がこんなことを言った。

「奥方から野暮を抜き取って、そこに粋な分子を加えたのが、鷗外夫人でしたなあ。粋で高等という形容詞は矛盾しているから、私は他にああいう女性を知りませんよ。言葉にも話しぶりにも東京人に特有の洗練と、流麗さがおありでした」

その美貌ゆえに、そして江戸前の率直さゆえに、石州《せきしゆう》出身の女家長である祖母とそりが合わなかったのかもしれない。良しとすることのすべてが違っていた。しかも母は単純で、いわば技巧を持ち合わせぬ人間だ。巧く立ち回って、人の心を己の望む方に向けることなどできようもなかった。

お前さんは右へ行くつもりで、左へ向かって歩いている。

父はいつもそう言って笑っていたらしい。これは、茉莉から聞いたことだ。

五月下旬の日曜日、三鷹の禅林寺《ぜんりんじ》で四十九日の法要を執り行ない、納骨した。

森家の墓所は向島にあったが随分と前にこの寺に改葬したので、父もここに眠っている。母の墓石は父よりも幾回りか小さいが、向かって左側に三歩下がるようにして建てた。刻銘は、父の時と同じく中村不折《なかむらふせつ》先生にお願いしたら快く引き受けてくださった。

不折先生は父の没後、掌を返したように冷たくなった世間の中でまったく態度を変えず、母の心中を慮《おもんぱか》ってくれた数少ない人の一人だと、母が生前、口にしていたことがある。

禅林寺からの帰り道、茉莉と杏奴、類の三人は寺への礼を済ませて夕暮れの道を歩いた。

夕食の場は母が好きだった銀座の料理屋を予約してあり、四郎は子供を抱いていったん世田谷に帰った。子守りのできる女中を雇っているので子供を預けてから銀座で合流するという。於菟も他用を済ませてから向かうとのことで、タクシーに乗った。

三人でこうして歩くなど、たぶん初めてだ。そんなことを思いながら、類はゆっくりと足を運ぶ。

そう、いつもお母さんが一緒にいた。

右手を見れば、泣き腫らした杏奴の顔がある。

「小さい頃、私はお母さんが嫌いだったのよ」

ポツリと、でも少し可笑しがるような言いようだ。

「僕もお母さんが怖くてたまらなかったよ。パッパはいつも優しくて決して叱らなかったから、パッパが帰ってきてくれることだけを一日じゅう願って、息を詰めていた」

初夏の空は、一心なほど青く広い。

「考えたら、お母さんは損な役回りだったわよ」と、類の左を歩く茉莉も小さく笑った。

「パッパはああ見えて気の小さいところがあったから、何か文章を頼まれても自分で断れないの。

だからお母さんに断りを入れさせる。お母さんはああいう人だから、相手の感情など気にしない。どうせ斬るのだから気を持たせずに、ひと思いにスパッと斬り下げてやった方が本人のためだとばかりに言うから、鷗外ではなく、夫人が横車を押して仕事を引き受けさせない、そんなふうに捉えられるわけ。とんだ敵役《かたき》だ」

「パッパは誰にでも悠々と、優しかったものねえ」と、杏奴がしみじみと引き取った。

「あれは、鍛錬された精神だけが持つ寛やかさよ。でもそれは、誰にでも等しく降り注ぐ、公平な愛だわ。お母さんには辛いことだったと思う。気性の激しい人だし、独占欲も強かったから」

「そうね。パッパは慈愛の人。お母さんは、偏愛の人」

母はまず仕事にパッパを奪われ、子供らの愛も独り占めにされていたのだ。

「杏奴姉さんへの偏愛ぶり、並みたいていじゃなかったもんなあ」

類が言うと、杏奴は「何を」と言い返してくる。

「子供の頃、こんなに醜い子を産んだ憶えはないって言われたのよ。何を着せても似合わない、精がないって」

すると茉莉は、「醜いくらいいいじゃないの」と負けずに言う。

「私なんて、仙台の嫁ぎ先から帰された時、人間以下だと言われたわ」

「僕なんぞ、死んでくれだよ」

三人で溜息を吐く。

「本当に正直な、口の悪いお母さん」

思い思いの声で言い、笑った。

そして、どうしようもなく夫を愛し、恋い続けたひとだった。

思い出すのは、いつも洗い立てのような瑞々しい束髪だ。白地に薄い灰色で石垣模様を描いた単衣に、黒い紗《しゃ》の帯をシュッと締める。お太鼓や前の部分には桐の葉が銀糸で織り出してあって、その横顔は貴石のごとく透き通っている。

黒い紗の羽織を空《くう》に泳がせるようにして羽織る。

肩や背中から、庭の青葉を映した風が颯《さっ》と起きた。

8　姉弟のパラダイス

ふかし芋が、熱々の湯気を立てている。

これを手で割ると指先が縮れそうになるところをぐっとこらえ、黄金色の光を帯びたそれを口の中に入れる。咽喉に流し込むのは蝮酒《まむしざけ》だ。いつだったか、上野の鈴本《すずもと》の並びにある蛇屋で茉莉が購ってきた。

欧羅巴の芸術や心情に造詣が深く、美醜の判断も厳しい茉莉は下町の粋をもこよなく愛し、これは本人いわく、母方の荒木家の影響だそうだ。荒木家は江戸っ子で、茉莉が幼かった頃にはよく荒木の祖母に連れられて芝居小屋や寄席に通ったものだそうだ。

茉莉は見知りの噺家《はなしか》に勧められでもしたか、それとも蝮酒が噺に出てきて興をそそられたものか、瓶の底でトグロを巻いて白い腹と首を見せているそれを気軽に胸に抱いて帰ってきた。蛇の様子はグロテスクではあったが、想像に反して生臭くはない。香りは生薬《きぐすり》のようで、躰も温まる。

茉莉は大根と人参を生のまま薄くスライスしたものを摘まんで、蝮酒をクイと呷《あお》る。そして悪戯めいた、少し婀娜《あだ》な目をする。

「類ちゃん、朝から乙粋《おつ いき》だね」

「へい。いけやすね、姐さん」

たっぷりと寝が足りた日の茉莉は、起き抜けから上機嫌だ。朝とはいえ、毎晩、床に就く時間が遅いので、雨戸を開けたら晩秋の陽射しが庭一杯に満ちている。世間の人々は午前の仕事や家事を一通り終え、団子坂を往来する物売りの声も遠くなっている時分だ。

そんな頃に姉弟はのろのろと起き出し、その日の気分で栄養を摂取する。火鉢に網を置いてトーストし、ハムや胡瓜の酢漬け、チイズをのせることもあれば、塩ビスケットとココアで済ませる朝もある。

味噌汁は母が亡くなってから久しく口にしていない。女中が用意するものは口に合わず、母の味が恋しくなって胸が痛くなるので拵えさせるのをよしにしてしまった。母が手ずから拵えてくれる味噌汁は、春は菜花や芹《せり》、夏は茄子、秋は賽《さい》の目に切った豆腐と茸、冬はさっとあぶった油揚げに卵を落とし、蕪の葉を散らしてあった。

茉莉も時々、台所に立ちはする。梅や杏子を甘く煮たり、柚子大根や平目の黄味酢、独活《うど》と長葱のぬた和えなども手早く拵える。幼い頃から父に連れられて料亭や西洋料理店で食した機会は茉莉が最も多く、最初の結婚では夫の留学に随行して欧羅巴での生活も経験しているから舌が肥えている。きょうだいの中では味覚が最も豊かだろう。

しかし茉莉が「食べて幸福」と主張するのは、不思議なほど何げないものだ。上等の越後米で炊いた飯と海風にさらして仕上げた干物、厚みのある海苔を火鉢であぶって散らした茶漬け、沢庵《たくあん》、卵焼き。そんなところも父に似ているのかもしれない。晩年の父は野菜をあっさりと煮たものを好み、「お母ちゃん、茄子の漬物おくれ」とくだけた口調で、照れ隠しのような微笑を泛べて注文していたものだ。

茉莉はふかし芋を手に取って、「そういえば」と大きな目を瞠るようにした。

「薩摩芋の花って、どんなのかしら」

「あれは暖かい地方の産物だろ。僕は見たことがないね」

猪口《ちょこ》を手にしたまま答えた。猪口といっても蕎麦屋で出る蕨文様《わらびもんよう》の染付などではなく、ドウム兄弟のリキュウルグラスだ。アアル・ヌウボウ期特有の草花模様の彫りを施した緑色グラスで、唇が触れる縁には金を細く巻いてある。

「そういや、朝顔に似てるって聞いたことがあるな」

「薩摩芋の花が？」

「庭師が、お母さんにそんなことを言ってたような気がする。花びらが白くて、咽喉の辺りは薄い紅色だって」

「信じられない」

「図鑑で調べてみたら？　今日も新宿に行くんだろ。紀伊國屋《きのくにや》に寄ればいい」

すると茉莉は急に気のない顔つきをして、芋を転がすように皿に戻した。

「私は忙しいから、類ちゃんが調べてよ」

「忙しいって、姉さんのどこが」

今はエドモン・ロスタンの翻訳を手がけているようだが、日課のように外出をしている。行先を決めない気分任せ、何となく市電に乗る。銀座を気儘に徘徊して、日が暮れればなお調子が上がるのは若い頃からの常、神楽坂《かぐらざか》や浅草に回るので帰宅は夜になる。

「演劇評を書いているんですからね。いくら観たって、観足りやしないのよ」

茉莉が脱ぐ羽織からは、寄席の笑い声や拍手、人情噺に啜る洟の音が溢れて茶の間に広がる。そのうち茉莉につられて類も夜更かしをして、起床がどんどん遅くなった。けれど今のところ、この気儘さを類は気に入っている。

茉莉との二人暮らしは、初めは少しばかり不安があった。なにせ八つ歳上の姉で一緒に遊んだ記憶がなく、破鏡して帰ってきてからは母や杏奴がいた。二人きりでは、どうデッサンを取ったらよいのかわからない、馴染みのない造形だった。

ところがある日、外出先で面白いことが起きた。上野の喫茶店で珈琲を頼んだ直後に誰かが入ってきて、客らが一斉に入口を見やった。見ればめかしこんだ茉莉だったのだ。黒に近い濃紫の、男物ほどに地味な大島に銀鼠《ぎんねず》の帯を締め、肩掛けと手袋はレモン・イエロウだ。茉莉はどこにいても人目を惹く。「大変美しい方ですね」と耳打ちをする者があれば、「ああ、茉莉さん。あの、妙に目立つ人」という評もある。

互いに「あ」と声を洩らし、バツが悪い、けれど懐かしいような気持ちになった。やけに話が弾んで、夕飯も一緒に鰻を食べた。

その後もたびたび、神楽坂の寄席や浅草の映画館でも茉莉と出くわした。

「不思議だねえ」

「あんた、私のあとをつけてるんじゃないの」

「そっちこそ」

夜更けまで姉弟で話し込むようになったのは、その頃からだ。茉莉は類の冗談によく笑い、時には帯の上を掌で叩きながら笑い転げるほどで、そしてこと芸術についての話になると、茉莉の茫洋とした造形がにわかに鮮明になった。

「ピカソは初期の人物画がいいのよ。とくに『道化役者と子供』」

「同感だね。あれは哀愁がある」

「そうよ、そう」

　相手の言わんとすることに手が届く。類にはそれが嬉しい。

「レヴィタンの風景画、日本人は陰鬱《いんうつ》だと言う人が多いけれど、私は好きだわ」

「あの、露西亜の？」

「ええ。冬の、あの冷たい寂寥《せきりよう》がいい」

　類が黙っていると、茉莉は「あんたは駄目？」と訊いた。

「いや、違うんだ」

　すぐにうなずかなかったのは、驚いたからだ。気随気儘な暮らしぶりを通してしか見ていなかった姉の、心の深さに初めて触れたような気がした。一緒に画業を学んできた杏奴は太陽に向かって両手を広げるような性質で、挫《くじ》けても傷ついても敢然と立ち上がり、怒りをバネにして前に進んでいく勁《つよ》さを持っている。風景画についても明るく美しいものを好み、「寂寥がいい」などとは口にしなかった。

「姉さんはレヴィタンの淋しさを掬《すく》って、愛せるんだね。見直した」

「何さ、これまで見損なってたってことじゃないの。パッパは私を、何をしたってお茉莉は上等だって言ってたわよ。上等、上等って」

　社会的には、「上等なお茉莉」は疵物《きずもの》だ。かつては上品で優美で豪華極まりなかったお茉莉様は二度の破鏡を経て、世間的な値打ちは地に墜《お》ちた。しかも別れた夫の執拗な吹聴によって、仏蘭西文学者や建築家、画家も含む知識階級の一流からは今も交際を閉ざされている。

すなわち、岩波書店から『晩年の父』を刊行して評価を得ている文筆家で、誠実な夫と愛娘にも恵まれて堅実な家庭生活を営んでいる杏奴には大きく水をあけられている。その点で、姉と弟は同類だった。

「ねえ、どうせなら、今日は待ち合わせないこと?」

「今日かい」

類は「どうしようかな」と、両手でふかし芋を割る。

今日こそ下絵を仕上げてしまおうと、心に決めていた風景画があるのだ。もう四カ月ほども苦しんでいる作品で、巴里に留学していた頃に画帖に写生したものを十号で描いているのだが、これがいっこう進まない。着手した頃は夏であったので、避暑で訪れたモレの風景を選んだのだ。けれど四畳半に寝転んで蟬の声を聞いているうちに季節が過ぎ、構図を変えた頃には庭の木々の葉が半分がた色を変え、やがて土の上が落葉で膨らんでいた。

「どうせ、類ちゃんも出かけるんでしょう」

近頃は昼食後は画室に戻らず、外出をすることが多い。いざ作品に取り組もうと椅子に腰かけた途端、足りないものに気づくのだ。画材を買い、画集を求め、展覧会の招待状が来ていれば美術館や画廊にも足を運んで丹念に観て回る。公園のベンチに坐って空を流れる雲を眺め、飽いたらそぞろ歩く。犬を連れて散歩をする人に話しかけ、夕暮れの町に瓦斯《ガス》燈が灯ればフランネルのジャケッツの襟を立てて喫茶店に入る。

外歩きはすべて、芸術のためだ。ひとたびその考えを摑むと、罪悪感めいた重苦しさから逃れることができた。母は、類が一廉の芸術家になることを念願していた。それは忘れていない。だからこそ画室に籠もっているだけじゃ駄目だと、市中を歩き回る。町の喧騒《けんそう》の中に身を置き、景色の中を歩き、色や匂いを感じなくては、芸術の土壌は充実しない。

「無理だったらいいわよ。薩摩芋の花のためにあんたの画業を邪魔しちゃ、杏奴ちゃんに叱られる」

類は思いついて、芋がまだ口の中に残っているのに「そうだ」と言った。

「姉さん。今日は待ち合わせるんじゃなくて、これから一緒に出よう」

「一緒に？」

訊き返しつつも、茉莉のたっぷりとした頰に嬉しげな笑みが広がる。これが杏奴なら、「駄目よ、絵を仕上げなくちゃ」と頭《かぶり》を振るはずだ。生真面目な杏奴は計画に沿ってやるべきことをやり、その後の時間で自身を愉しませる。金銭管理もしっかりしているのは巴里時代に家計簿をつける姿でよく知っているから、今のように無闇に画材を買い込んだり高価な洋書の美術書を購うだけでも「類ちゃん」とお目玉を喰らう。

私たちが労働せずとも生きていけるのは、パッパの遺産と全集の印税収入のおかげよ。でも贅沢をするほどの余裕はないの。

しかし茉莉は、類の金遣いになどまったく頓着しない。自身の預金通帳に目を通しているのかすら怪しいのだから、類の財布の中身を心配するわけもなかった。母の生前は、その享楽的な生活ぶりに振り回され、迷惑だと思って腹を立てたことも一度ならずあった。けれども、二人で暮らすと意外なほど気が楽だ。

茉莉はいつも己の律で動き、他者を意に介さない。気儘で愉しくて、自由だ。

「うん。いいよ。どこにでもお供する」

「じゃあ、『罪と罰』を観ましょうよ」

なるほど、薩摩芋の花より映画を観たかったらしい。「いいね」と、類は畳の上に後ろ手をついて新聞を引き寄せた。柱時計と新聞の案内を見比べながら、姉さんの支度に一時間半、浅草方面への市電に乗って降りたらまずお茶をして、それから映画館だと、時計盤のローマ数字を見ながら時間を組み立てる。計算は今も苦手だが、遊びの計画となれば頭の巡り方が違う。

それに、今日は絵筆を持たないと決めただけで気が晴れ、浮き浮きしてくる。

「四時台にかかるのを観るとしよう。というわけでマダーム、お支度を」

「ウヰ、ムッシュウ」

素晴らしい発音で応え、けれどまた肥ったので茉莉の所作はゆっくりと大儀そうだ。類も指先を布巾で拭いてから腰を上げた。洗面所に向かいながら口の周りに掌を立てて息を吐いてみると、やはり蝮酒が生臭いような気がする。

「姉さん、もう一度、歯磨きをした方がいいよ」

声を高めて呼んだが、返事はない。鏡台の前に坐り込み、支度を始めているのだろう。長く豊かな髪を梳《す》き、女中に手伝わせて変わった形の髷《まげ》に結い上げる。ピンを何十本も使い、櫛は仏蘭西の骨董品を挿したり、時にはティファニーのブロウチをピンで留めてることもある。

茉莉は「誰かのために急ぐ」という感覚を持ち合わせていない。それでも類の胸は弾む。姉にささやかな贈物をしたような気がして、鼻歌まじりで歯ブラシを動かした。

「よかったわ」と、杏奴は茶碗を皿に戻した。

今日は杏奴が買物がてら新宿に出るというので、中村屋の二階で待ち合わせた。旧盆も近い八月十日だが、まだ陽射しは強い。類は冷たい珈琲と露西亜ケーキを頼み、杏奴は温かい紅茶とラスクだ。

「四郎さんと心配してたのよ。茉莉姉さんと類ちゃんの二人で、仲良くやってけるのかしらって」

「お茶の子さ。茉莉姉さんは面白いよ」

「あんな奥さんをもらったら、とてもじゃないが僕は二日と一緒に住めないって、ぼやいてたじゃないの」

類の背後の窓を眩しそうに目をすがめながら、杏奴は紅茶を音も立てずに飲む。茉莉との二人暮らしはもう一年以上になるというのに、杏奴はいつもこの話題から入る。姉弟が仲睦まじく暮らしているか否か、母親のように気にかけている。

杏奴のお腹には今、二人目の子供がいるようで、予定日は来年の二月であるらしい。そういえば少し頬が削げ、目の下のたるみに薄い雀色が差している。

「奥さんじゃないもの。姉さんだから」

「気儘にやってるみたいねえ。姉さん、今日もお出かけ？」

「うん、神田。夜は浅草に回るだろう」

「そういえば於菟兄さんが驚いてらしたわよ。朝も十時を回ってるのに雨戸を閉《た》て切ったままで、どうなってるんだね、あの家はって」

「まあね」と、類は笑いのめした。肩越しに窓外へと目を落とせば、市電の通るのが見える。午後の光でやけに白い景色だ。

台北帝国大学に赴任中の於菟は、今年、昭和十二年の三月に上京してきた。母の一周忌を少し早めに執り行なうためで、その連絡は常に杏奴と取り合っている。三月下旬からしばらく千駄木の家に滞在するらしいと杏奴から電話も受けていたのだが、その日を茉莉はむろん類もすっかり忘れていて、兄をあきれさせたようだった。

於菟はこの千駄木の家を出てのちにいくつかの転居を経て、埼玉の郊外に洋館を建てて居を構えた。ただ、母屋を空家にしたままでは不用心で家も傷むからとの理由で借家人を住まわせている。今は何代目からしいが、以前は家賃の不払いで於菟を悩ませた不届き者もいたようで、権利ばかりを主張して埒が明かず、結句、裁判沙汰にしたようだ。

法要は寺で無事に終え、杏奴夫妻はしきりと於菟に感謝し、それを於菟の目前で茉莉と類にも言って聞かせた。

「お兄様に感謝しなくちゃ駄目よ。パッパの全集のことだって、お忙しいお仕事の合間を縫っていろいろとお骨折り下さっているんだから」

つまり礼を言えとの指図で、類は黙って頭を下げた。

「何よ、子供みたいなお辞儀ね」

杏奴は「お兄様、ごめんなさい」と、とりなすような言い方だ。しかし兄は類と目を合わそうともせず、曖昧な笑みを泛べるのみだ。

昔からこうだったと、もう背を向けてしまった兄の撫肩《なでがた》を見やった。子供時分は藪下道で学生服姿の兄と行き会うこともむろんあって、「兄さん」と駈け寄ったものだった。けれど於菟ははっとして、鬼ごっこの鬼に「見つかった」とばかりに後じさりをした。類はその腰に抱きついたこともなければ、抱き上げてもらった記憶もない。今から思えば、父と兄が少しでも口をきこうものなら母が気を損じて荒れたらしく、ゆえに兄は類に対してもたじろぐところがあったのかもしれない。いずれにしろ、二十一歳も上の兄である。

父の没後の母は、於菟に対する無闇な敵意を徐々にではあるが薄めた。遺産の分配に際して、兄が不当な主張をしなかったからだ。母はそれをひどく恐れていたようだったが、兄の公正さを知るにつれ態度を軟化させたのである。兄の一家が家を出たことには激昂したが、それも母が兄の妻と不仲であったことが因《もと》だった。そんな経緯を杏奴は身近で見てきているので、母が没した直後から兄への敬意を口にするようになった。

あんたは憶えていないでしょうけれど、パッパのお葬式ではお母さんは隅に追いやられて蚊帳の外で、本当に惨めで悔しい思いをしたの。だから、お兄様の心遣いが有難かった。

法事にしろ岩波の全集にしろ、本来であれば森家の男子である於菟と類が相談して進めるのが筋であるそうだが、杏奴は類に代わってすべてを引き受けてくれている。全集は著作の何をどう編んで発行するか販売策というものがあるらしく、杏奴は母の生前から版元の小林勇と親しいこともあって、頻繁にやりとりをしているようだ。

「姉さんは偉いよ。子供を育てながら家庭を切り盛りして、四郎さんの面倒を見ながら出版社と打ち合わせをするんだもの。そのうえ頼まれた原稿も書くんだから」

「四郎さんの面倒を見るなんて言い方は間違ってるわ。私がどれほど、彼に支えられていることか」

顔を正面に戻せば、杏奴の目の下のたるみに細い漣が立っている。

「どうしたんだよ、チャンチャン」

今はまた身重なのだから躰に気をつけてくれよ、と続けるつもりだったのだ。杏奴が血相を変えることなど、何も口にしていない。

「あんたがいつまでもわかんないからよ」

「何を」

「四郎さんをよ」

また四郎さんかと、思わず口の端が下がる。

アンヌ姫は己の城を断固たる態度で守り、己と同じように夫君を尊重しろと要求してくる。新婚当初は一時間もかけて、小田急沿線にある梅ヶ丘の家に遊びに行った。誘われるままに夕飯まで振る舞われ、泊まることもあったほどだ。しかしアトリエにはいつも四郎がいて、杏奴は夫と弟が親密を保っているかどうかに気を注ぐ。四郎は後ろ暗いところの微塵もない、立派な人だ。画家としても筋目が通っているし、教えを請えば何でも熱心に教授してくれる。子供のよき父親で、杏奴を愛してやまないハズバンドだ。そんなことは念を押されずともちゃんとわかっている。

強要されれば、じゃあ、僕は、弟である僕の愛情はどうなると問いたくなるではないか。四郎と三人ではなく、たまには杏奴と二人の時間が欲しいと思ってしまう。やがて梅ヶ丘から足が遠のいた。杏奴は変わったのだ。巴里のアパルトマンから縺《もつ》れるように通りに出て、同じ風景の中で絵筆を揮い、共に日本の母の様子に胸を痛めた杏奴は想い出の中だけだ。

それで母が亡くなってからは、こうして杏奴が一人で買物に出た折に会うようになっている。

「姉さん、今は何を書いてるの」

露西亜ケーキにフォウクを入れながら訊ねると、「やだ」と眉を顰める。

「父上の日記を書き起こしてるのよ。全集の第二十一巻のこと、法事の席でも伝えたでしょう」

「そうだったっけ」

「んもう、暢気ねえ。助手が欲しいほど、私はてんてこまいしてるのに」

「忙しそうなのは知ってるけど」

茉莉が小堀家を訪ねた日の夜は、決まって声が重くなるのだ。

杏奴ちゃんたら私の顔を見るなり、今、頼まれてる原稿があるからちょっとよって言うの。あれ、早く帰ってねっていう意思表示なのよ。

誰に対しても鷹揚《おうよう》で、敵対関係にも気づかない茉莉には珍しい捉え方だった。まして杏奴のことを不満げに口にするなど、かつてはなかったことだ。翻訳家としての仕事は鳴かず飛ばず、雑誌に演劇評を持ち込んでは担当者の機嫌次第で掲載されたりされなかったりの茉莉にとって、杏奴の「頼まれてる原稿」はふと何かを刺激されるらしかった。

「そういえば、お兄様がね」

また、お兄様か。類はクロスに落ちたケーキの屑を指で払い、珈琲のグラスを持ち上げる。氷が溶けて、生ぬるくなっている。白いルパシカを着た給仕に向かって手を上げ、氷を足してくれるように言いつけた。

「ねえ、類ちゃん、聞いていて？」

「聞いてるよ。お兄様が何だい」

「あなたもそろそろ、結婚した方がいいだろうって。その方が落ち着くんじゃないかって」

「結婚」

面喰らい、馬鹿みたいに鸚鵡返しにしていた。

「そりゃあ、来てくれる人があればするけれども」

紙箱から一本を抜き、燐寸で火をつけた。

「二十七だもんねえ、あんたも。ねえ、お嫁さんはどんな人がいいの？」

「どんなって、そんなこと考えたこともないけど。器量にはこだわらないな。でもスタイルは均整がとれている人がいい」

杏奴はずいと、テエブルに両肘をのせる。

「考えたことがないわりには、スラスラと言うじゃないの」

「そっちが訊くからだろう」

「いいから、続けて。まだあるでしょ」

類はもう一服吸い、「そうだなあ」と煙を吐く。

「穏和で、家庭的で、誰にでも好かれる人がいいな。馬鹿は厭だ。頭はやっぱりいいに越したことはないもの。でも頭の良さが鼻先にぶら下がってるようなのは、ごめんだね」

「あちらみたいなのは、ごめんよね」

杏奴は己が敵視している、父方の叔母やその一統を暗に指した。そんなつもりはなかったけれども、否定はしない。腕組みをしてまた煙草を咥えると、杏奴はじっと見つめてくる。

そう、姉さんみたいな人がいれば最高だ。きっと、ずっと幸福だ。巴里の頃のように。

「類ちゃん、絵はちゃんと描いてるんでしょうね」

「描いてるよ」

少し言い淀んでしまったので、煙を吐きながらごまかした。

「藤島先生に見ていただいてるのよね」

給仕が氷を満たしたグラスを運んできて、目の前に置いた。それを持ち上げ、三口ほどで飲み干す。

「見ていただけるように取り組んでいるさ。せっつかないでくれよ。僕がじっくり描きたい方なの、チャンチャンも知ってるだろ」

「じっくりねえ」と、杏奴は類の煙草の箱をツンと指先で突いた。

「類ちゃんのは、じっくりとは言えないんじゃないの。いつも中途で放り出して、完成しないんだもの」

「完成させるよ。僕なりにいろいろ試してるんだ」

そう口にすると、嘘を吐いている気にはならない。実際、試行錯誤は繰り返している。

「でも、僕にだって休息は大切だ」

思わず本音が出て、「いや、こうして街に出ていても、いろんなものをちゃんと見てるんだよ」と言い訳をしたが、杏奴はもう目の端を尖らせている。「あのねえ」と、さらに前のめりになった。

「四郎さんほどの才能がある人でも、毎日、それは修練を重ねてるのよ。アトリエにいったん籠もったら、お茶を運ぶタイミングを見計らうくらい遮二無二《しゃにむに》やってるの。まだ画家として一本立ちできてない類ちゃんが休息云々《うんぬん》なんて、早いわよ。今のままなら、トシを喰った坊ちゃんの手遊びにしか世間は見ない。あんたがここで一念発起しなくちゃ、明るくて頭が良くて、それでいて優しいお嫁さんなんて誰もお世話してくれないことよ」

「面倒だなあ。じゃあ、自分で見つけるさ」

「モデルとか美術学校の女生徒とか、そんなのはやめてちょうだいよ。家の釣り合いってものがあるわ。言っときますけど、森家はまだ文学の世界では五指に入る柄があるのよ。それに、類ちゃんが妙なのをもらったら、うちの娘《こ》の将来にだって障る」

「まだ二歳だろう」

思わず苦笑が洩れたが、杏奴は真面目な面持ちを崩さない。

「あんたの姪でしょう。それにこのお腹の子も、文豪、森鷗外の血と小堀遠州《えんしゅう》の血を引いているの」

「誰だよ、エンシュウって」

「江戸時代の武将よ。茶人。今もあるでしょう、遠州流の茶道が。小堀遠州は四郎さんのご先祖なの。千駄木の家の表庭だって、あれもいわば遠州流よ。作庭家でもあったからね」

「そんな古い人間、知るもんか」

杏奴は黒板の前の教師のような溜息を吐き、そして右腕を立てて頰杖をつく。

「あんたは二十七になっても、甘いってこと」

そこを攻め込まれると、反論のしようもない。煙草の頭でチリリと瞬く赤を見る。そうだと、類はかたわらの椅子に置いてあった紙袋を持ち上げた。杏奴は袋を見て、すぐに判じたようだ。

「紀伊國屋、寄ったの？」

「仏蘭西の絵本が目についたんで買ったんだ。この絵はなかなかいいと思ってね」

「へえ」と相好《そうごう》を崩し、「歓ぶわ」と表紙を眺めている。しばらく会わずとも、やはり姪は可愛くて仕方がない。「そうそう、私も」と、杏奴も紙袋をテエブルの上に置いた。

「茉莉姉さんに」

こちらも紙袋を見て、すぐに察しがついた。この中村屋の並びに、フルウツパーラーの高野がある。

「豪勢だなあ、マスクメロンじゃないか」

「遅くなったけど、姉上にお中元。原稿料が入ったから、ちょっと奮発しちゃった」

杏奴は肩をすくめ、朗らかに白い歯を見せた。

水道橋でバスに乗り換えて白山上で降り、本郷肴町から団子坂に向かって帰る。紙袋は重過ぎず軽過ぎず、ブラブラと前後に揺らしながら歩くのにちょうど具合がいい。ただ、道はまだ油照りで、蟬の声が頭上から降りしきるのも暑い。夕刻に近づいているというのに、今日は風がないのだ。首筋を汗が伝うのが気持ちが悪く、何度も拭ったハンケチは湿って皺くちゃだ。頭文字のLを黄色の糸で刺繡したハンケチで、それをズボンの内隠しに戻す時、ふと思った。

結婚したら、僕の奥さんがハンケチにアイロンをかけてくれるのだろうか。

「結婚かあ」

呟くと、少々照れ臭い。杏奴の心が嬉しく、歩を進めるうちに於菟にも感謝の気持ちが湧いてくる。僕のことを気に懸けてくれていた。兄さんはやっぱり、弟思いの人だったんだ。早く一人前の画家にならなくては縁談を世話してもらえないのだと、殊勝な気持ちも起きてくる。

よし、明日から頑張るぞ。そう思った端から、いや、この時季の画室は灼熱地獄だと思い直す。旧盆が過ぎたら画業に専念しよう。毎日、月曜から金曜までしっかりと取り組めば、この一年の遅れくらいすぐに取り戻せる。茉莉姉さんにつきあって夜更かしをするのは、もうやめだ。朝は早く起きて庭の水やりをする。幼い頃は、夏の早朝の冷たい匂いが好きだったのだ。露草の青の前で屈んでいると、牛乳配達の瓶の揺れる音が響いた。

父の背中がふいに目に泛んだ。褐色の大島に白帯を締めて、少し背を丸めるようにして草花の世話をしている。そろそろ秋草の苗を買ってきて、紫苑《しおん》や撫子《なでしこ》、水引草《みずひきそう》を植える時分だ。篠竹《しのだけ》をたくさん庭師に持ってこさせて、女郎花《おみなえし》や藤袴《ふじばかま》には一本一本、それを立てて添えてやる。

母の横顔も泛ぶ。画室のドアを開けると、紅茶とビスケットをのせた盆を持って立っていた。まるで木芙蓉《もくふよう》の花のような佇まいで、「捗ってるかい」と遠慮がちに中を覗く。その背後を赤蜻蛉が、すいと行き過ぎる。

そうか。僕の結婚式には、パッパもお母さんも列席しないんだ。今さらながら侘びしい気持ちになって、ゆっくりと顔を上げた。

遠くに人だかりが見えて、声もする。首を伸ばせば、彼方の空の色が妙だ。

にわかに胸騒ぎがして、足を速めた。マスクメロンの紙袋を持って走る。近づくほどに動悸が激しくなる。行き過ぎる者の何人もが顔じゅうを動かして、口々に「火事だ」と叫んでいる。煙の臭いがする。

まさか。

人の波をかき分けて、門の前まで出た。

観潮楼がなかった。

炎に包まれているのは、無残に焼かれたその残骸だ。柱や床板や畳、そして見たこともない安手の瀬戸物や瓶のたぐいが転がっている。その隙間からまだ喰い足りぬとばかりに凄まじい音がして、青みがかった炎が噴いた。クリムソンだと、絵具の色名が頭の片隅を過った。

突っ立っていると、印半纏《しるしばんてん》をつけた近所の人や消防署員が入れ替わり立ち替わり焼け跡に現れた。

母屋の借家人は製薬業者の息子で、アルコールの瓶詰作業をしていたらしい。栓を蠟燭で封じていたようで、その際に中身のアルコールに引火し、たちまち周囲に並べたアルコール瓶が爆発した。瞬く間に火の海となったらしかった。

「火勢がひどくて、あたしらが火事に気づいた時にはもう二階が燃えてやした。出火してから、ものの三十分も経たねえうちに燃え落ちたんじゃないですかねえ」

作業をしていた当人は大火傷を負って近所の日本医科大病院に運ばれ、その母親と雇人《やといにん》も火傷を負ったらしい。

「隣家の三戸も半焼ですが、坊ちゃん宅は無事でさ」

類と茉莉が暮らす平屋に飛び火はしたものの、奥の間の天井板を一枚焦がしただけだと説明された。

しかし、父、鷗外の書斎、観潮楼を擁する「賓和閣《ひんわかく》」は焼失したのである。

共に和す家であるように。

パッパはそんな願いを籠めて命名したのだと、あれは誰に聞いたのだったか。諍《いさか》いの多い家だったのだ。於菟の母親を離縁した後に迎えた若く美しい妻は姑を目の敵にし、於菟を少しでも可愛がれば嫉妬して荒れた。茉莉をつれてたびたび実家に帰り、一時は別居していた時もある。

借家人とは母の生前から没交渉で、どこの何某《なにがし》が住んでいるのか、わからないまま今に至っていた。知りたくなかったのだ。本来であれば兄一家が暮らしているはずの家に、人相の悪い、森鷗外の著作の一行たりとも読んだことのないような連中が出入りするのを類も見たくなかった。母はなおさらであっただろう。於菟の妻とは折り合いが悪かったものの、孫らのことは心から可愛がっていた。

長男に捨てられた母親。

借家人を目にすれば、厭でもそのレッテルを思い知らされる。

その挙句《あげく》が、これか。

握りしめた拳が震えた。どの部屋も薄暗くて褐色を帯びるほど古びていた。今の生活には合わない間取りでもある。それでも、あの母屋のどこでアルコールの瓶詰作業をしていたというのだ。

父が書物を繰り、葉巻をくゆらせながら思索し、筆を走らせた書斎。青葉の影がちらつく硝子戸の前では我が子を膝に抱き、雨の雫を眺めた。観潮楼の夜は静かで、夏は谷底に薄墨を流し込んだような町の家々に灯りが順々にともり、やがて蛍の群れに見えた。冬は雪だ。しんしんと降り積んで、暗い森の緑と町の甍もすべてを真新しい白で塗り替えてしまう。汽車の音が時折、高く響いて白を揺らした。

パッパ。

類は目を閉じ、胸の中で呼びかけた。

僕たちの大切な景色が、たった三十分で焼け落ちました。

茉莉が帰ってきた時、茶の間でまだぼんやりと膝を抱えていた。

「類ちゃん」

茉莉はそれだけを言い、膝から崩れるように坐り込んだ。微かに焼け跡の臭いがするので、しばらく外にいたのかもしれない。目の縁や鼻の頭は白粉《おしろい》が剝げ、頰は幾筋もよれて痕がついている。

何かを話し合いたいような、このまま黙っていたいような気持ちが交錯する。茉莉も同じであるのか、横坐りになったまま、じっとあらぬ方を見ている。

ややあって、気配が動いた。

「焼けたのね」

ポツリと言う。

「うん。焼けた」

「もう取り戻せない」

「うん」と咽喉の奥で応えると、茉莉は自身の頬を手で摑むようにしておおった。髪も肩も震えている。類は腰を上げ、茉莉の隣に腰を下ろした。両の脚を投げ出し、茉莉の肩を抱き寄せる。茉莉の頭がこっちに傾いたので、類も頭を傾げて支える。

そのまま電燈の灯りを見るともなしに見ていると、腹が鳴った。女中はもう寝《やす》んでいるので、二人で茶漬けの用意をして啜る。茉莉が齧る沢庵の音が小気味よく、類は飯櫃《めしびつ》から三杯目をよそい、茶を注いだ。

ハタと思い出して、土瓶を持つ手が止まる。高野のマスクメロン。

どこで手を放してしまったのか、まるで思い出せなかった。

昭和十五年の秋を迎え、茉莉と共に上野に出向いた。

杏奴夫婦とは、帝室博物館のロビーで落ち合うことになっている。道々、しきりとカフスが気になって、袖口に指を突っ込んではいじってしまう。

「類ちゃん、落ち着きなさい。挙動不審よ」

茉莉は藤色に有職文様《ゆうそくもんよう》を染め出した三ツ紋付きで、帯は亜剌比亜《アラビア》風の模様を遊ばせた総刺繡だ。半襟は着物より薄い藤色に白菊を刺繡してあり、帯留も菊と葉蘭《はらん》を彫金してある。

類は濃灰《のうかいしょく》色の背広の上下に白襯衣《シャツ》、ネクタイはさんざん迷った末、茉莉に相談し、クリイム色地に赤と白、灰色の馬蹄《ばてい》を織り出した仏蘭西のものにした。

今日、類は見合いをする。相手の父親は画壇の重鎮である安宅安五郎《あたかやすごろう》で、藤島武二先生の高弟の一人だ。気性の激しい者が多い画壇では珍しく温厚柔和な人柄で、「仏様」と慕われている御仁《ごじん》であることくらいは類も知っていた。その安宅夫妻が杏奴の結婚式に出席していたらしい。

話を持ってきた杏奴は、茉莉が子供たちを花畑の庭で遊ばせるのへ時々目をやりながら、弾むように話をした。

「安宅夫人がご長女のご縁を藤島先生に頼みに来られたらしいのよ。画家で、どなたか適当な人をとおっしゃったらしいけれど、その後、森家の類さんはまだお一人でいらっしゃいましょうかとお訊ねになったらしいわ」

「僕のことをご存じなの」

「類ちゃん、私の結婚式で受付をしてくれたでしょう。夫人はその時からあなたのことを気に留めておられたみたい」

「その時からって、姉さんの結婚式から六年も経ってるじゃないか。なぜもっと早く声をかけてくれない」

類は数えで三十歳になっている。

「お嬢さんがまだお若かったもの。まあ、当時は娘婿にとまでは思っておられなかったのかもね。だいいち、あんたも画家として定まってなかったじゃないの」

今も世間的な評価を受けるには至っていない。しかし画室に入れば自身が思うところまでは意を尽くしているし、小品にも本腰を入れて取り組んでいる。

「失恋もしなすったしね」

顔を上げれば、茉莉が硝子戸を開け放した掃き出しに腰を下ろし、類に西洋人のような目配せをした。

「あら、あんたまた失恋したの」と、杏奴は呆れ顔だ。子供らの前では決してそんな下世話な話を許さないのだが、五歳と三歳の姉弟は画室の石段の前にちょこんと坐ってシャボン玉を飛ばしている。

「姉さん、蒸し返すのはよせよ」

「泣いてたくせに」

類は母の主治医だった医師から二科会《にかかい》の元幹部を紹介され、家が近所でもあったことからよく訪ねていくようになった。母屋が焼失して憂鬱に囚われたようになっていた類にとって、画伯の明るさや親切が救いになった。藤島画伯を師と仰いでいるのは変わらないが、その画伯は友人のように接してくれ、気も合ったのだ。

足繁く出入りしているうちに美術学校の女子学生と出会い、言葉を交わすようになった。時々、思わせぶりな目つきをし、物言いも親密さを増すばかりだ。茉莉との暮らしは愉しく自由であるのは変わりなかったが、画業にどうにも気が入らない。

僕を愛してくれる恋人ができたら、今度こそ落ち着いて描けるに違いない。その考えは日増しに強くなった。肉体的な欲求からではない。それはもう母の生前に打ち明けたことがあり、母は玄人のいる吉原に行きなさいと金を渡してくれた。巴里でも杏奴に隠すことなく同様にしていた。

肉欲よりも、まずは存在だ。相愛の相手が欲しかった。心の底から求めていた。

それでついに意を決し、求愛をするつもりで六義園《りくぎえん》の散歩に誘った。歩くうち、彼女に一片の愛情も思いやりもないことを思い知らされた。

「姉さん、僕が死んだら玄さんにお線香を上げてもらって。そんなことを言って泣いたわよ」

「よしてくれよ。あの時、僕がどれほど絶望していたか」

茉莉を睨みつけると、杏奴が「いいじゃないの。笑い話になったんだから」と顔の前で手を振る。

「で、どうする？」と、写真を出したのである。


明るい碧の丸い屋根が見える。

かつて父が総長を務めていた、帝室博物館の表慶館《ひょうけいかん》の屋根だ。ここは幼い頃、杏奴と一緒にいつでも遊びに来られる場所だった。

ロビーに入ると杏奴夫婦と先方一行はもう着到していて、遠慮がちに交わす挨拶も華やかに館内に響く。四郎は紺の背広でラフにスカアフを首許に入れており、杏奴は洋装だ。シックな丁子色《ちょうじいろ》地に葡萄の葉と実を描いた詰襟のワンピイスで、耳飾りと二連の首飾りが真珠である。手足が長く歩き方も颯爽としているので、今をときめく文筆家らしい装いだ。

安宅家の当主、安五郎は海外に写生旅行に出ているとのことで、先方は安宅夫人と当人の二人である。

館内の展示を観ながら、六人はゆっくりと歩いた。時々、拝観順を逆に回ってくる入館者がいて、六人を見るなり見合いと察するのか、銀髪の老婦人の二人連れなどは「時代も変わりましたわねえ、博物館でお見合いなさるなんて」と何やら興味深げだ。

誰がここを選んだのか、類は知らない。だがおそらく、杏奴の発案なのだろうと睨んでいる。神仏よりもパッパを尊崇《そんすう》してやまない杏奴は、縁の深いこの場で類の将来を照らそうとしてくれた、そんな気がしている。

安宅夫人、福美《ふくみ》はすらりと姿のよい女性で、樺茶色《かばちゃいろ》地に流水、菊模様の着物でやはり三ツ紋だ。顔はとくに顎の線が美しく、身ごなしに母のような粋はないが、いかにも良家の夫人らしい淑《しと》やかさが備わっている。

安宅美穂《みほ》のことは写真で見てすぐに気に入ったが、今日はまだ正視していない。ただ、振袖は落ち着いた薄い白茶色の縮緬地に薬玉《くすだま》を裾と袖に配してあるのには好感が持てた。帯は若々しい朱色で、刺繡の花車には牡丹と、やはり菊が盛られている。

拝観順を指す標識は大きな手首の画で、昔と変わっていない。懐かしくてふと足を止めれば、杏奴と目が合った。互いに微笑み、小さくうなずき合う。誰かの咳払いが天井に響いて、また一行で歩く。茉莉は見合いの同伴者とは思えぬ熱心な見学ぶりで、四郎にあれこれと訊ねている。杏奴は夫人と肩を並べて歩き、自ずと類は美穂の手前を行くことになる。

厚い金縁をほどこした額絵の前で立ち止まると、美穂も足を止めて絵画を見上げる。類は腰の後ろに手を回し、ちらりと横顔に目を這わせた。

鼻はあまり高くない。けれど可愛い低さで、欠点とも言えないと思った。それよりも髷を結い上げた額がすっきりと理知的に映え、髪が艶を放って波打っているのも可憐だ。

悪くないな。

そう思いつつ、類は歩く。

展示室を出ると、明るい通路だ。連なる窓の果てに見覚えのある扉が右手に見えた。迷路のような館内を行かずとも、ここから庭を通り抜ければ総長室に入れる。父が教えてくれた「魔法の道」

だ。杏奴に教えてやろうと辺りを見回したが手洗いに行ったのか、姿が見えない。四郎が「どうしたんだい」という目をしてこちらを見たが、類は頭を振った。

窓辺に近づき、中庭を見る。蕗の葉が大きくこんもりと繁ったこの草地を小さな姉と弟が息を弾ませて駈け、父親に会いに行った。ワニスが剝げて木目の現れた廊下を音を立てて走り、大きな扉を開ける。卓上ベルが据えてある円卓で、父は仕事をしていた。

アンヌコ、ボンチコ、来たな。

さぞ忙しかったであろうに竹葉亭《ちくようてい》から鰻重を取ってくれ、木村屋の餡《あん》パンや宮中と同じものだというバタをトーストにたっぷり塗って食べさせてくれたこともある。あれほど滋味の深いバタは、いまだに巴里でしか食べたことがない。

そして父は洋書を手にして庭のベンチに腰を下ろし、姉弟は土筆《つくし》を摘んだり菫を見つけて回った。

「類ちゃん、お食事に行くわよ」

杏奴がいつのまにか戻ってきていて、きびきびとした声で言った。皆はもう歩き始めていて、美穂がこちらを振り返るのが見えた。

食事は博物館の近く、上野山下の風月堂《ふうげつどう》だ。

話題はむろん絵画、そして料理に及ぶ。

「うちの西洋料理は塩胡椒の味だけで、白ソオスもトマトソオスも使わないんですのよ。挽肉から出るスウプだけで食べるキャベツ巻でしょう、それから挽肉と人参のみじん切りをマッシュにした馬鈴薯《ばれいしょ》で包んで揚げたものもよく好んで食べましたわ」

茉莉は少々気取った物言いをして、しかし料理の話となると舌が滑らかになる。

「それは、コロッケにございますか」

「ええ、さようです」

「お母様がお作りになって？」

「ええ。母は西洋料理が苦手で自身は食べませんでしたけれども、父の好むものは何でも作っていましたわ」と、杏奴が応える。

「宅も主人が巴里に遊学しておりましたもので、時々、西洋料理をせがまれるんですけれどなかなか難しくて、近頃は美穂に任せきりでございますの」

柔らかい、少し上方《かみがた》訛りがある話し方だ。

「美穂さん、お料理がお好きなんですってね」

それは系書《つりがき》に書いてあったので、類も承知していた。

安宅美穂は東京郊外の豊多摩《とよたま》郡戸塚町で生まれ、豊島《としま》師範小学部から自由学園で高等部まで学んだと書いてあった。学歴でいえば類は國士館中学を二年まで修了した後中退してしまったので、遥かにこちらの分が悪い。料理は有名な研究家に師事しているほどの腕前らしく、染織も柳悦孝《やなぎよしたか》に六年余り師事しているようだ。きょうだいは美穂の他に五人いて、三男の侃三郎《かんざぶろう》は武者小路実篤《むしやのこうじさねあつ》の次女と結婚、婿入りしている。

「さようです」と、先方も安宅夫人が応える係だ。

この夫人、安宅福美も名の知られた日本画家の家に生まれ、姉はかつて観潮楼を訪れたこともあるという尾竹一枝《おたけかずえ》だ。尾竹紅吉《べによし》の筆名で随筆をものし、裾まであるマントを羽織って「青鞜」に出入りしていた婦人運動家でもある。父、鷗外は彼女が主宰した芸術雑誌「番紅花《さふらん》」を支援していたこともあるとは、杏奴から教えられた。一枝は今は陶芸の大家、富本憲吉《とみもとけんきち》の妻であるらしい。

そして安宅夫人も娘時分は姉と共に文学を志したことがあり、短歌や小説を「番紅花」に発表したことがあるという。

「中江百合子《なかえゆりこ》先生に教えていただいておりまして、家庭料理から玄人料理まで修めておりますのよ。時々、シチュウなどを拵えて主人を喜ばせております。何ですか、近頃は支那料理にも挑んでおりますようで」

目を大きく見開いたのは茉莉で、興味津々の声音だ。

「美穂さん、それはいかなるお献立？」

「鯛の甘酢餡などをやってみました」と答えた。赤面しているが、声は明朗だ。

「でも失敗したのです。それを兄や妹に食べさせたので、以来、大変嫌がられております」

「どう失敗なさったの」と、茉莉はさらに質問を重ねる。杏奴が「姉さん」と小声で窘《たしな》めるが、美穂は緊張をほぐした顔つきになった。

「皮目に熱した油をかけて生臭さを取るべきだったのですが、さっと湯にくぐらせるだけでやってみましたの。そしたら生臭さが残ってしまって」

「鯛は皮と身の間にゼラチン質がありますものねえ。あの触感も曲者《くせもの》です」

「仰せの通りですわ、お姉様」

杏奴は申し訳ありませんとばかりに安宅夫人に頭を下げ、すると向こうも同様で、苦笑混じりに打ち解けた雰囲気が広がっていく。食後のデザートになって、まずメロンを丸くくりぬいて生クリイムをあしらった一品が出た。類と四郎は煙草に火をつけ、珈琲を飲む。女性たちは紅茶で、次から次へと会話が途切れない。

白手袋をつけた給仕が四角い銀盆を捧げるようにして現れた。

「お菓子はいかがでございますか。シュウ・ア・ラ・クレエムに栗のテリイヌ、ショコラ、焼き菓子もお好きなだけどうぞ」

順に席を回るが、皆、「もうたくさん」と首を振る。類もワインを過ごしてしまったので、「結構だ」と手を上げた。

「ではせっかくですから、栗のテリイヌを」

美穂がけろりとした顔つきで注文したので給仕は満足げにうなずき、安宅夫人は「ごめんあそばせ」と頭を下げた。


年が明けて、弥生三月に入った。

塀際で木蓮が白い花をたっぷりとつけ、花畑の庭ではヒュアシントや貝母百合、そして白と紫のサフランも咲き始めた。類は鼻歌をうたいながら腰を上げ、手を払って土を落とす。花畑に面した部屋に上がり、八畳を通り過ぎた。

左手、襖を開け放した六畳を見やれば、二棹の箪笥が目に入る。この家に運び込まれた際は黄土色の地に黒と朱で笹葉を描いた油単《ゆたん》が掛けられ、紅裏《もみうら》の紅い紐で結ばれていた。同じ布を掛けた鏡台は玄関近くの三畳に据えさせた。

今月二十九日に、帝国ホテルで類は結婚式を挙げる。

媒酌人は木下杢太郎夫妻だ。本来であれば類が師事している藤島画伯に頼むのが筋なのだが、先年、夫人を亡くされて喪中だという事情があり、それなら太田正雄《おおたまさお》博士、つまり木下杢太郎先生にお願いしたいと、安宅夫人のたっての希望であった。

むろん当方に否やはない。杏奴が初めての著作を出版した際に新聞で有難い書評をもらい、以降も交誼《こうぎ》をいただいているという縁がある。

そして、類自身にも赤子の頃の縁があった。毎年、端午の節句には観潮楼の座敷の床の間に、疱瘡《ほうそう》除《よ》けと学業成就を願って鍾馗《しょうき》の画が掛けられるのが慣いだった。父は人形や太刀、兜の類は用意せず、その襖ほどの大きさの絵の前にがっしりと頑丈な樫の台を置き、そこに水色縮緬の幟《のぼり》を立てたようだ。薄緑を淡くほどこした画には勢いがあり、帯留の辺りに小さな鬼の面が描いてある。その画を描いて贈ってくれたのが観潮楼に出入りしていた木下先生だった。早くから「スバル」の創刊に参加し、没後も敬愛をもって森鷗外を語ってくれる人だ。父と同じく医学博士であり、今は東京帝国大学医学部教授、詩人、劇作家、翻訳家でもある。

表庭の手入れをするつもりで廊下に出たが、電話のベルが鳴るのが聞こえた。踵を返し、茶の間に入る。

きっと、美穂だ。受話器を取れば予想通りの声が響いた。

「やあ、こんにちは」

秋に見合いをして、婚約が成ったのは十一月に入ってからだった。類としては、一日も早く返事が欲しかった。茉莉と杏奴も美穂を大いに気に入って、とくに「デザートを二つも平らげたのがいい」と、二人で女学生のようにはしゃいでいた。

類も凮月堂を出る時には心を決めていた。自分の妻は、明朗で率直な美穂しか他にいないと思った。しかし父の安五郎の帰朝が十一月になり、それまで正式な返事を待たされたのである。生きた心地がせず、画室に入っても絵筆を握れなかった。

ようやく返事が来て、それからは毎日のように話している。結婚式や披露の祝宴の打ち合わせでホテルに出向き、その帰りには食事をした。むろん二人きりではなく、常に安宅夫人と杏奴が一緒だ。やがて会えぬ日は電話で話をするようになった。

美穂のきょうだいも類に親しんでくれ、元旦はまず長兄から年始の挨拶があり、そして美穂に代わるという恰好だ。毎日、必ず話をする。かかってこなければこちらからかけ、それでもいくらでも話をする種はあるのだった。

「招待状が刷り上がってきましたの。そちらにも届きまして？」

「ええ、届いてますよ」

祝宴では、斎藤茂吉先生や白滝幾之助《しらたきいくのすけ》画伯に祝辞をお願いしてある。

「いつ頃、お出しになりますか」

「一週間以内には出さないと。内諾を下さった方たちばかりだけど、返事を急がせる恰好になるのもどうかと思うし」

「わかりました。では私も一週間以内にお出しします」

「あなたは達筆だから書くのも速いでしょう。僕は心配だなあ。失敗する分も見込んで、少し余分に刷らせたら良かった」

「茉莉お義姉様《ねえさま》に手伝ってもらいになったらいかがです」

「いや、まもなく家移《やうつ》りだから、姉さんも忙しい。今日、契約に行ってるんですよ」

茉莉は類の結婚を機にこの家を出ることを決め、杏奴をわずらわせて浅草下谷、神吉町《かみよしちょう》に居を移すことにした。

すると受話器の向こうが少し黙って、「あの」と継いだ。

「あたくし、本当にご一緒に暮らすつもりでおりましたのに」

「僕もそうでしたよ。でも姉さんがきかないんだ。これを機に、気軽な一人暮らしをしたいって」

茉莉とは何度も話し合ったのだ。釘一本打てない姉さんがどうやって一人で暮らすのかとまで言ったが、決意を翻すことはなかった。

姉弟のパラダイスは、お仕舞い。カアテンコオルに応えるつもりはないから、あとはよろしく。

観潮楼が焼けてしまって、茉莉も思うところがあったのかもしれない。

玄関で音がして、「ただいま」と声がする。杏奴も一緒らしく、女中を呼んでいる。

「帰ってきたようだ。また明日、かけますよ」

「ええ。では、さようなら」「さよなら」

受話器を置く寸前に襖が動いた。「おやおや」と、茉莉が大きな目をさらに剝くようにしている。

「よくもそんなに、話すことがおありだこと」

「結婚式前なんだ。相談事が多い」

茉莉は羽織をふわりと脱ぎ捨て、「ああ、疲れちゃった」と足を投げ出すようにして坐った。

「タクシーに乗ろうって言うのに、杏奴ちゃんたら、ぜいたくは敵だって言って乗せてくれないのよ」

「何だよ、それ」

「標語なんですって」

　茉莉は足袋をのろのろと脱いでいる。そこへ杏奴が入ってきた。煎茶茶碗と菓子皿を重ねて置いた黒漆の盆を、肘を張るようにして持っている。

「今、東京じゅうに立看板があるでしょう。類ちゃん、あなたも世帯を構えるんだから、そういった世の中の動きにも気を配らないと」

「ぜいたくは敵、かい？　それにしても厭な響きだね。何だい、いったい何が目的？」

　盆を受け取り、さっそく煎茶を口に含む。

「知らない。でも、軍国主義が家庭にまで入ってきてるようだって、四郎さんは嘆いてるわ。そのうち、日本はまた世界戦争に参加するんじゃないかって」

　ふうんと類は生返事をして、菓子皿と黒文字に首を傾げた。

「お皿だけ？」

「桜餅を買ってきたのよ。あら、姉さん、包みをどこにやったの」

「その辺りにあるでしょ」

　杏奴は両膝立ちになって見回しているが見当たらず、玄関に戻り、それから台所にも引き返す足音がする。

「ないわよ、どこにもない」

　大声で叫んでいる。

「姉さん、どこに置いてきた」

茉莉は「さあ」と肩をすくめた。

「あっしにわかりゃあ苦労しませんぜ、若旦那」

「違いない」

二人で顔を見合わせ、噴き出した。

9　鶏と蒲公英

突然、箪笥の上のラヂオが勇ましく叫び立てた。

「臨時ニュースを申し上げます、臨時ニュースを申し上げます」

茶の間で煙草を喫《の》みながら新聞を広げていた類は、声に引かれるように顔を上げた。美穂が方形の卓袱台《ちゃぶだい》に白い卓布を広げ、掌で皺をのばしてから箸を置き並べている。今朝もその所作はきびきびとして、肩や腕からは活気が溢れている。

「大本営陸海軍部、十二月八日午前六時発表。帝国陸海軍は本八日未明、西太平洋において亜米利加、英吉利《イギリス》軍と戦闘状態に入《い》れり」

美穂がつと手を止めてラヂオを振り向き、そして顔を戻した。

「やはり戦争になったんですね」

類がうなずく暇もなく、ラヂオは同じ文言をけたたましく繰り返している。「亜米利加、英吉利軍と戦闘状態に入れり。今朝、大本営陸海軍部からこのように発表されました」

「米英を相手にだなんて」

美穂は眉の下を曇らせ、袂を押さえながら盆の上のものを卓袱台へと上げていく。香ばしい匂いを放つ鯵《あじ》の干物に大根おろし、艶々と巻き上げた卵焼きだ。小松菜の胡麻和えの小鉢も並び、そこへ女中が台所から飯櫃と味噌汁の小鍋を運んできた。美穂は茶碗に飯をよそい、女中は火鉢の上に小鍋を移している。給仕はいつも美穂がするので、女中は尻を左右に揺らしながら台所へ引き取ってゆく。

白い湯気の立つ茶碗と味噌汁の椀が揃い、二人で手を合わせてから箸を取った。味噌汁の実は京の生麩で、春菊の葉が添えられている。一口啜れば、春菊の清々しい香りが鼻腔に広がる。飯を一口、それから鰺の干物を箸先でほぐす。

類さんは食べ方もお綺麗ですこと。

いつだったか、美穂の母である安宅福美に感心されたことがある。交互に箸をつけ、汁と菜と飯を同時に食べ終えたように見えるらしい。類は驚いて、「そうなんですか」と訊き返したほどだ。幼い頃から「すぐに汚す」などと母に叱られこそすれ、褒められたことなどついぞなかった。

三月に美穂と結婚してからのち、この千駄木の平屋には義理の父母や妹弟がしじゅう訪ねてきて笑声が絶えない。洋服の見立てがいい、街を歩いていても雰囲気が日本人離れしているなどと、福美に限らず、安宅家の人々は何かにつけて長所を発見するのが巧いのである。そして親しみ、慕ってくれる。

お義兄さん、今度、玉突きに行きましょう。あら、私は映画にお誘いしようと思っていたのに狡いわ。

類を取り合うほどだ。弟や妹の存在は新鮮で、己が逞しく頼もしくなったような気がしてくる。

「これからどうなるんでしょう」と、美穂は胡麻和えを口に入れる。

「どうもならんさ。大丈夫だ」

「そうなの」と不安げな声を出すので、「そうとも」と箸の先で卵焼きを割った。

「戦争なんてそう長く続けられるものじゃない。藪から棒に始めたんだ、すぐに終わるよ」

すると美穂は小首を傾げた。何かを思案する時、これから類に何かを伝えんとする前もこんな仕種をする。

「藪から棒ではありませんでしょう。毎日、新聞に書き立てられていたじゃありませんか。八紘一宇《はっこういちう》なんて古い言葉を持ち出してと、安宅の父が嘆いていましたわ。本来の意味とは異なる用い方だ、政党の覇権主義が軍部の暴走のガソリンにならねばよいがって」

どこかで聞いたような気がした。杏奴だ。夫の小堀四郎が軍国主義を危惧していると、口にしたことがある。それにしても新聞は報じていたのかと、類は膝脇に畳んだ紙面にちらりと目を落とした。若い時分から三面記事と連載小説しか読まないので、政治や社会情勢については不得要領《ふとくようりょう》だ。

「大丈夫だよ。ラヂオも西太平洋って言ってたじゃないか。国民の暮らしに影響が出るわけじゃない」

そこまでを言い、美穂の様子に気がついた。溜息を吐き、肩をすぼめている。

「どうした、箸が進まないようだね。こんなに美味しいのに」

「ええ、美味しく作ったんですもの」

美穂の料理の腕前は触れ込み以上で、類が巴里で食べたクレープを所望してもたちまち再現できるほどだ。デザートの蜜柑でも半分に割って皮をギザギザに切り、実はいったんゼリーにして詰めてある。神吉町の勝栄荘を訪ねる際も心づくしを重箱にずっしりと詰め、一人暮らしの茉莉を喜ばせている。おかげで類はこのところ少し肥ったらしく、茉莉や杏奴に「丸顔の類ちゃんなんて初めて見た。ハッピーで結構ですこと」などとからかわれる始末だ。

「でも、戦争と聞くだけで胸が痞《つか》えちゃったみたい。あなた、よろしければ召し上がって」

「また肥っちまうよ。ズボンの腰回りが少し苦しくなってるんだ」

「どのズボン？」

「全部だよ。冬ものはとくにいけない。クリスマスや正月の年始にも要るから、この際、誂えるとするか」

そのついでにジャケッツもだ。昨日、画廊巡りをした際も腕が動かしにくく、背中が妙に張っているような気がした。お下がりの古着を無理に着ているようで、さすがにみっともない。そうだ、外套もだ。腋の辺りが少し苦しかった。

「やれやれ、経済だな」

言い訳めいた口ぶりになったが、茉莉も誘って三人で銀座に出ようかと思いついた。英國屋《えいこくや》のソファに腰を下ろせば、次から次へと生地見本が並ぶ。生地を吟味し、色柄の取り合わせを考えるひとときは、絵画の色調を計画する興奮にも似ている。帰りは鶏鍋屋に寄ろうか、それとも中華の大成楼にするか。

「私が直しますわ。あとでお寸法を取らせてくださいい」

美穂は横顔を見せたまま言い、給仕盆の上で茶を淹れているような所作だ。やはり焙《ほう》じ茶の湯呑を持ち上げ、類の茶碗の横に差し出した。

「洋服だよ。お前がいくら手がきくと言ったって、さすがに難しいだろう」

「父や兄の洋服の寸法直しもしたことがありますもの。できます」

「そうかい」と渋りつつ、何となく逆らえない。

「じゃあ、頼むとするか」

自ら経済を口にした手前、我を通しにくかった。飯のお代わりを二膳に留め、箸を置いた。啜った茶は味気なく、胡坐ごと後ろに退《すさ》って新聞を再び手にする。この後、煙草を二、三本喫んでから花畑の部屋を通り抜けて庭に下り、画室に入るのが毎朝の慣いだ。しかし十二月に入ってからの冷えは厳しく、ストウブで部屋が温もるまで背筋も伸ばせない。

美穂が手を打って台所の女中を呼び、片づけを始めた。

「珈琲になさいます、それともお紅茶」

「珈琲」

煙草に火をつけた途端、またもラヂオが大声で叫んだ。さっきと全く同じ「臨時ニュース」とやらだ。

「こんなもの、気にするんじゃない。飯、後でちゃんと食べるんだよ」

美穂は「はい」とうなずき、曖昧な笑みを泛べた。


翌年、昭和十七年の八月九日、美穂は初めての子を産んだ。女の子だ。

実感があるようなないような不思議な心持ちで、安宅の母に勧められておくるみごと胸に抱いた時も、赤子は本当に赤いものなんだなと驚いた。茉莉や杏奴の子らで見知っているはずなのに、この世で初めて出会った赤ん坊のような気がする。柔らかくて皺だらけで、プヨプヨとしている。しかし躰いっぱいを使って泣き声を立てていた。

僕の子供なんだ。血を分けた存在がこの腕の中にいる。

安宅家の一家や茉莉や杏奴、四郎にも「おめでとう」と取り囲まれて、不覚にも目頭が熱くなった。結婚式の日よりも感激して、横たわる美穂に頭を下げた。

「有難う」

美穂はまだ声を出すのも物憂《ものう》いようで、やっと微笑した。疲れきった素顔は腫れぼったく眉は薄く、一筋の髪が額から耳のそばを通って首筋に張りついている。出産を終えたばかりの女性は美しさを讃えられるものだが、凄いような気がした。すぐに目をはがし、赤子を抱いたまま皆と言葉を交わした。

さっそく木下杢太郎先生を訪ね、命名を頼んだ。用意してくれていた数案を見比べて美穂や安宅家の義父母にも相談し、父の書いた『澁江抽斎《しぶえちゆうさい》』に登場する天晴《あつぱ》れな妻女の名に決めた。

娘が生まれてから、画室に籠もる時間がなお短くなった。石膏を前にして素描をしていても、泣き声が聞こえればすぐに立ち上がってしまう。そのうち、母子をスケッチするようになった。白く張った乳房を出して娘に含ませている美穂は聖《きよ》らかで、少し猒めいていた出産直後とはまるで違う。

美穂が赤子を寝かしつけている時の姿も描いた。真実の美しさをこの世に留めんと、類は夢中で手を動かす。小さな我が子と向き合う像で、タイトルは『母子』だ。これは額装に出し、座敷の床の間に掛けた。類と目が合うと娘が笑い声を立てるようになれば、なおいけない。天にも昇る心地で、片時も離れていられなくなった。昼寝中の娘を描こうとして、濃紅色や白のダアリアが咲き揃った花畑に簾籠を置いたこともある。

「あなた。蚊が多いのですから、ここは困りますわ」

「蚊なんぞいないよ。僕は刺されたことがない」

「嘘おっしゃい」

子を生《な》してから、美穂の物言いは少々強くなった。そして乳飲み子を抱えながらも、実にこまめに働く。世は統制経済に入り、日増しに物資が乏しくなっているのだ。類の予想に反して、戦争の暗雲は東京の暮らしにも翳を落としつつある。これまで難なく手に入った物が食卓に上らなくなり、献立も一品二品と減っていく。それでも美穂は工夫を凝らし、類の舌を楽しませ続ける。

「怖くてたまりません。こんなことを口にしてはいけないのかもしれないけれど、あなたが兵隊に取られて行ってしまう日を想像するだけで恐ろしい」

夜、床の中で美穂はそう打ち明けたことがある。僕を失うことを恐れていたのだ。いじらしくて、肩を抱き寄せた。

「大丈夫だ。もう三十を過ぎているんだよ。赤紙なんぞ来ない」

何の根拠もないことを言い、美穂の額や頬に唇を寄せる。

守らなくては。僕は夫であり父親だ。この家庭の長として、二人を何が何でも守らねばならない。

暗い天井を睨みながら意を決し、するとたちまち胸底に顔を出すものがある。焦りだ。画家として、まだ芽が出ない。展覧会への出品を請われることも、画廊から誘われることもない。つまり結婚してからこのかた、絵筆で一円も稼げていない。

未だ何者でもないのだ。鷗外の末子であるということの他は。

秋になっても、決意と焦慮《しょうりょ》の間で揺れるばかりの日々が続いた。

「森様、森類様」

窓口の男に呼ばれ、硬い長椅子から腰を上げた。札を財布に仕舞い、扉の外へと出る。銀杏の並木が黄色い焰《ほのお》を上げている。銀行で金を引き出すたび、しがない気持ちに襲われるのはなぜなんだろうと、重い足取りで歩く。収入は父の全集の印税で、それが一年に千円ほどだ。大卒の銀行員の初任給が七十円から七十五円と聞くから、贅沢をしなければ食べてはいける。母が守り抜いてくれた父の遺産も、国庫債券と現金に分けて銀行に預けてある。

けれど気が重い。増やせないからだ。残高が減る一方だからだ。そして思い切って散財できないからだ。

再び市電に乗り、行きつけの画材店のある日本橋を目指した。この頃は輸入画材も品不足で値が高騰し、一枚を仕上げるのに相当な額を注ぎ込まねばならない。類は青と緑、灰色を多用するのでこの三色を以前はまとめ買いしておいたものだが、今は買うのに躊躇《ちゅうちょ》してしまう。緑や灰色は混ぜて作れるが、ブロックスのセピアはどうしても予備が欲しい。でないと落ち着いて描けない。

画材店の中を巡りながら、先だっての会話を思い出した。

「なかなか、苦労な世の中になったものだね」

安宅家を訪ねた日、夕餉を馳走になった後、義父の安五郎と応接間でくつろいでいた。どちらからともなく、物資不足の話になった。衣料に味噌醤油も切符制だ。

「学校帰りの子供たちが、欲しがりません勝つまではなんて大声で行進しているんですよ。ぞっとしますよ」

安五郎は鷹揚にうなずいて、ブランデーのグラスを傾ける。

「カンヴァスや絵具も入手しにくくて、いっこう捗《はか》が行きません」

つい、愚痴とも言い訳ともつかぬ言いようをしてしまう。画家として陽の当たる場所に出られない娘婿を義父はどう思っているだろうと、気を回してしまうのだ。義父は官展の審査員も務めているほどの重鎮である。それゆえかどうか、戦争が始まる前の暮らしがこの家ではまだ保たれていて、帰りがけには義母がいつも小麦粉や到来物の果物を山と持たせてくれ、電車に乗るのも気が引けるほどだ。

「美穂にも苦労のかけ通しです」

「なあに、画業は時がかかる。そんなことは気にせんでもよろしい」

父も「学問なら風呂焚《た》きをやりながらでもできるが、絵ばかりは労働しながらやるのは不可能なことだ」と言っていたらしい。つまり自身に財産があるか、金主が必要になる。

類はこの義父の力を恃《たの》んで引き上げてもらおうなどとは考えたことがないし、できぬ相談でもある。会社勤めとは異なって、絵画の世界には出身校や師匠の筋があり、美校を出ていない類は藤島武二門下だ。その筋を逸脱するわけにはいかず、結婚前、二科会の元幹部と親しく交際して写生旅行にも頻繁に出かけたことがあったが、杏奴などはそれすら心配したほどだ。

藤島先生にちゃんと見ていただかなくては駄目よ。類ちゃんはただでさえ他人の意見に左右されやすいのだから、他門の考えが混じれば先生はすぐに見破ってしまわれてよ。お盆や暮れのご挨拶もしてるの？　お礼状やご機嫌伺いのお手紙は？

事あるごとに、杏奴は「交際が大事だ、ちゃんとしろ」と説く。父の没後、世間が波の引くように森家から遠ざかった衝撃が未だに忘れられないのだろう。ゆえに少しでも評価してくれる相手を後生大事にするし、手紙や訪問、季節の贈物も欠かさないようだ。それは立派だと思うけれども、同じことをする気にはどうしてもなれない。

まずは作品だ。藤島先生に作品を認めてもらわなくては、ご機嫌伺いの文章をしたためたところで何になろう。

義父は「そういえば」と、グラスを持ったまま少し前のめりになった。

「君は文章はやらないのかね」

「文章、ですか」と、とまどった。

「兄上や姉上たちは書いておられるじゃないか」

思わずグラスを洋卓に置いた。君には画才がないと、引導を渡されたような気がする。

「いや、違うよ。画家として立ってくれることを私は心待ちにしている。それは変わらんのだよ」

どうやら顔色を失っていたらしく、類は掌で頬をさすった。

「さような意味ではなくてだね。画材が入手しにくい昨今だ。文筆に手を染めてみるのも悪くはなかろうと思ったまでだよ。いや、失敬した。鉛筆と紙があれば文章は書けるだろうと、門外漢の浅知恵だったよ。気を悪くしないでくれたまえ」

「いいえ、これまで考えたこともなかったもので」

まだ動揺していて、口ごもってしまう。

「でも仰せの通り、絵を描きながらでも文筆はやれるかもしれません」

杏奴は巴里にいた頃、まさにその両方に取り組んだのだ。そして今では、出版社から注文を受けて書く文筆家だ。たしか、小学生の頃は綴方《つづりかた》の時間が苦痛だったと口にしたことがある。「鷗外先生の娘が、こんなものしか書けぬのか」と教師に頭ごなしに腐されて、泣き出してしまったらしい。

「そうだ。君は鷗外先生のご子息じゃないか」

馬鹿では書けないと思っていた。ゆえに母も絵の道を強く勧めたのだろうし、留学までさせてもらった。

でも、母も小説を書いていた時期がある。叔母や兄、姉らも書いている。

類は手に取った絵具を棚に戻し、何も買わずに店を出た。早足で往来を渡り、榛原《はいばら》へと向かった。粋で美しいものが好きな母はここの品が贔屓で、懐紙や四方紅《しほうべに》、便箋や封筒を飽かず求めたものだ。芝居茶屋の女中に渡す心づけも風雅なぽち袋で、雪輪兎《ゆきわうさぎ》や鶴の絵が袂からすっと出て、その刹那、袂の中で襦袢の色が閃いたりした。手妻《てづま》のようだった。

類は店内に入り、香の匂いを存分に味わった。懐かしい品々の陳列はやはり手薄で、しかし奥の棚にはちゃんとあった。四百字詰の原稿用紙を三束摑んで帳場に運ぶ。

包みを小脇に抱えて店を出ると、久しぶりに気持ちが晴れている。

「進めぇ、一億、火の玉だ」

大嫌いな軍歌がどこからともなく流れてきて、その粗暴な詞やメロディにいつもは閉口するのだが、今日は聞き流せる。小さな喫茶店を見つけて中に入り、一服つけた。蝶ネクタイをつけた給仕に珈琲を頼み、また呼び止めた。

「何か、甘いものはあるかい」

戻ってきた給仕は「申し訳ございません」と、巴里のギャルソンのような物腰だ。類はすぐに呑み込んで、「いいよ」と眉を下げた。

「当節は砂糖も品薄だ。無理を言った」

「いえ、林檎のパイしか用意がございませんのです」

「林檎パイ、あるの」

「最後の一切れにございます」

「有難い。いただくよ」

幸先《さいさき》の良さに声が弾んだ。東京は帝都だ。原稿用紙もパイもまだ手に入る。しばらくの辛抱だ。いくら何でも、年が明けたら戦争も終息を見るだろう。そしたら何もかもが元通りになる。いや、元の通りじゃないなと、かたわらの椅子の上に置いた包みに触れた。これで道が開けるかもしれない。画家でありながら、文章も書く。いつまでも肩書のない夫では、美穂も肩身が狭かろう。

書くなら、血と肉をつけること。

母の声が響く。あれはいつ聞いたのだろう。左の指先で束の厚みを感じながら、右手の煙草を口許に近づける。違う。手紙だ。巴里によこした手紙に、それは杏奴に向けての言葉だったが、不思議と胸に残っていた。煙をくゆらせて窓外へと目をやれば、風が出てきたのか、金色の葉が舞っていた。


昭和十九年の梅雨が明けても、戦況は激化の一途を辿った。

類も徴兵検査を受けた。他人前で素裸を晒して立たされたあの屈辱は、今も忘れられない。高低肥瘦《ひそう》の男たちが直立不動でずらりと並んだ景色は、肉体の見本市のようだった。判定は丙種《へい》だ。新婚時にいったん肥ったもののまた元に戻ったので、身長のわりに体重が足りないらしかった。その代わり軍需工場で働かねばならないが、戦場に駆り出されるよりはましだ。不合格がこれほど有難いとは、生まれて初めてだった。

軍人の子だというのに、類は兵隊になりたくない。誰かに命令されて殺生を働くなど御免だ。断じて厭だ。

今は米と大豆粉、小麦粉に麦粉、薩摩芋も配給制となり、貯蔵してあった缶詰も底が見えつつある。

「あなた、疎開しましょう。もうこれ以上、東京では暮らせません」

「大丈夫だって。東京は陛下のお膝元だよ。ここがやられたら、日本はお終《しま》いだ」

「安宅も新潟に疎開すると申していますし、福島なら借家もあるそうですわ。あちらならお米にも困らないでしょうし、お願いします」

赤ん坊を胸に抱いた美穂は、最後は懇願する口調になった。赤子は三月に生まれた次女で、類の胡坐の中で遊んでいる長女は数え三歳だ。甘いものがいくらでも欲しい年齢であるのに近頃は菓子にもサッカリンが用いられ、口の中が苦くなるような代物ばかりだ。可哀想にと、切り下げ髪の頭を撫でる。

「長原さんもおっしゃっていたじゃありませんか。一日も早く東京を離れた方がいいって」

大阪の建設会社に勤めている玄は徳島で徴用されているらしく、久方ぶりに東京に帰ってきた。土産に素麵と葡萄を持参して、美穂を有難がらせた。西瓜やメロンは不急作物《ふきゅうさくもつ》として作付けが禁止されたので、今年はもう口にできない。

類と玄は互いに「痩せたな」と、苦笑し合った。

「似合わないね」と国民服姿を揶揄《やゆ》すれば、玄も「そっちこそ」と片眉を上げる。

「なあに、これは警防団に参加する時だけでね。ふだんは開襟襯衣《シャツ》に膝当て付きのズボンだよ。酒屋の親爺みたいな形《なり》さ」

類は言い訳めかして苦笑した。警防団は敵機来襲に備えて地域に組織されたものだ。類は青年団や警防団など「団」のつく近所交際がどうにも苦手だが、この時世にあっては逃れようもない。逃れたくても、回覧板やお達しを手にした連中が朝夕を問わず顔を出す。

「類君、疎開する気はないのか」

「ないよ。東京を離れるなんぞ考えられない。田舎は苦手だ」

「先月、北九州がやられたの知ってるだろう」

六月の半ばだったか、八幡《やはた》と小倉、若松が空襲を受けた。

「それは製鉄工場が狙われたんだろう。東京は大丈夫だ。それよりも紙の払底《ふってい》がたまらないね。新刊の雑誌を買うのに、古い雑誌と交換せよだよ。世知辛《せちがら》くなった」

「じゃあ、美穂さんと子供たちだけでも疎開させるんだ」

玄にしては珍しく強い言いようをして、そこに美穂が洗った葡萄を運んできた。

「行先がなければ、僕が美校時代の友人に問い合わせてみてもいい」

すると美穂が遠慮がちに、「妹の夫が」と言った。

「福島への転勤の辞令を受けて、移ったようなんです。妹も疎開を勧めてくれているんですけれど」

美穂の、あれほど活気のあった肩や腕は頼りなさげで、疲れが滲み出ている。

「類君、ここに残りたい気持ちもわからんでもないが、現実を考えてみろ。東京が空襲を受けぬ保証など、どこにもないんだぞ」

説得される形で、不承不承うなずいた。

「じゃあ、美穂と子供たちだけ福島に送っていくよ」

「君は行かないのか」

「茉莉姉さんもいるし、僕がここを動くわけにはいかない」


慌ただしく荷作りをして福島へ先に送り、女中には暇を出し、汽車に乗って美穂と子供たちと共に福島の喜多方町《きたかたまち》へと向かった。何かの手違いで、入るはずの借家には先約があり、とりあえず百姓の隠居屋敷に身を落ち着けざるを得ないという。

隠居屋敷と言い条、牛馬の糞尿の臭いが染みついたような八畳と六畳の二間で、古畳はぶかぶかと波打っている。それでも美穂は安堵の面持ちで、「畑を耕して、生れば東京に送りますわ」と気丈なことさえ言った。

義妹夫婦に「よろしく頼む」と頭を下げ、子供たちに「いい子にしてるんだぞ」と頰を寄せた。

「必ず迎えにくるからね」

駅で手を振り、一人で汽車に乗り込んだ。山や田畑が流れ行く車窓を見つめながら、戦地に赴《おもむ》く兵卒もこんな心持ちだろうかと思った。逸《はや》るのではなく、どこかしら厳かな気持ちであるのが奇妙だった。

東京に帰った日の夜から、慣れぬ自炊を始めた。蕎麦屋に出前を頼んでも三度に二度は断られるのでともかく飯だけは炊き、お菜は煮売り屋で調達する。百貨店や大きな喫茶店には雑炊食堂ができているが、とてもじゃないが食べる気になれない混雑だ。

昨秋から詩や散文も手がけてはいるものの、満足できるものはまだ一編も書けていない。一人であれば妻子の気配に気を取られることもなく集中できると思っていたが、来訪者の応対や郵便物、荷の受け取りもすべて自身でしなければならず、その応対で想念が止まるし、静かであればふと姉の様子が気になって外出してしまう。

「美穂と子供たちを疎開させたんだ」

そう告げた時、茉莉は大きな目を押し開くばかりだった。

「姉さんも行くかい。磐梯山《ばんだいさん》の麓《ふもと》で、なかなか風光明媚だよ」

「何を言ってんの。東北なんぞ、わっちはもう真平《まつぴら》でござんすよ」

再婚先の仙台を思い出したようだ。

「三越も寄席もない土地になど、焼かれたって行くものですか」

玄には「現実を考えろ」などと諭《さと》されたが、姉はもっと浮世離れしていた。

毎日顔を合わせる警防団の連中は東京が空襲を受けて焼野原になると真顔で言い交わしているので、取るものもとりあえず衣類や鍋釜を荷にして次々と福島に送りつけた。じっとしていられないのだ。近所で防空壕を造る家が増えたと聞けば杏奴の家に出入りしている植木屋をよこしてもらい、花畑に面した部屋の畳を上げて穴を掘らせた。

爆風から身を守る壕とはいえ、植木屋はそれは丁寧な仕事ぶりだ。黙々と穴を掘り、床に黄色く乾かした竹を並べ、それらが動かぬように棕櫚縄《しゅろなわ》で結わえていく。

　ある日、門前でいつもの立ち話をしていると、立派な自動車が止まった。降り立ったのは斎藤茂吉先生だ。

「近くを通りかかったものですから」

　先生の訪問はいつも不意だが、類にもそれは丁寧な言葉を遣う。「散らかっておりますが、どうぞ」と庭木戸を開いて勧めると、後ろから肘を摑まれた。自動車と先生の風貌の立派さに驚いてか、連中は「どなたです」と小声で訊く。歌人の斎藤茂吉先生ですよと答えようとしたが、歌人ではわかりにくいかもしれぬと思い、言い換えた。

「有名な、青山脳病院の院長先生ですよ」

　すると皆は一斉に顎を引き、「ご診察ですか」と気の毒そうに類を見た。

　先生はもう庭に入っていて、父の大理石の胸像の前に佇んでいた。大袈裟に手を合わせたり頭《こうべ》を垂れるわけでもなく、黙して向かい合っているだけだ。けれどその静謐に、類はいつも胸が一杯になる。

　花畑の庭をゆっくりと通り過ぎ、「じつは今、防空壕を掘らせているんです」と言うと、先生は六十を過ぎているはずであるのに「拝見したいです」と学生のように声を弾ませた。重ねた畳の隅に手をついて、二人で暗い壕を覗き込んだ。仕事は随分と進んで、床から壁に至るまで竹がびっしりと巡らせてある。節と節の間が艶光りしている。

「これは結構ですね。うちにも造りたいです」

　先生の声音は愉快そうで、うらやましそうでもある。

「ねえ、植木屋さん。うちにもお願いしますよ」

すると植木屋は頭の鳥打帽を脱ぎもせずこちらを見上げ、照れたような笑みを泛べて「へい」と応えた。

防空壕が完成してまもなく、類は手と脚と顔が浮腫んでいることに気がついた。近所の医者にかかると、「起立性腎臓炎」だと診断された。気儘な自炊と外食が祟《たた》ったようで、ついに疎開を決心した。東京で頑張り抜くつもりが、半月ほどで白旗を上げることになった。

念願の借家の手筈をつけてから、茉莉を迎えに東京に戻った。

「いやよ。東北だけはご勘弁」

「田圃《たんぼ》ばかりじゃないよ。桜並木がつうっと一本延びていて、その両脇には料理屋や待合の黒板塀が続いてるんだ。清元《きよもと》が聞こえてくる」

そっぽうを向いたままであった茉莉の目玉が、ふと動いた。

「粋筋《いきすじ》がいるの」

「いるさ。疎開者が多いんだ」

粋筋とは言いながら類がそれと見抜いているのは年季の入った婆さんだが、それは言わずにおいた。

「借りた家は傘屋の隣でね。二階から軒先、往来にまで番傘が干してあって、思わず見惚れて立ち止まったよ。明治の頃の、東京の風情があるね」

茉莉をようやく承知させて、荷作りはすべて類が引き受け、そして押し込むように汽車に乗った。

明くる昭和二十年、今朝も町の軍需工場でポスタアを描いている。

粗悪な絵具で、「撃ちてし止まむ」と書く。もはや戦意高揚を通り越して悲愴だと内心で呆れつつも、これも「お国の為」とやらだ。戦地で闘う兵役を免れている身なのだから、勤労で奉仕するのは陛下の赤子《せきし》の務めであるらしい。

文字を強い右肩上がりにして角を鋭く描くと、上役の男が「なかなかよぐ描けた」と偉そうに褒めた。芸術の一片も解さぬ教員崩れで、声が無闇に大きいのも気に障る。一月の末の厳寒で、しかし広い工場内にはストウブが一つあるきりだ。かじかんで紫色を帯びた指先に息を吹きかけ、威勢よくどこかを指差す少年少女の姿に色を差していく。

机の斜め向かいも東京からの疎開組で、今朝はまだ顔を見せない。「おい、遅刻だぞ」と怒鳴り声を浴びながら、当人が入ってきた。机にズックの袋をのせるなり、誰にともなく言った。

「昨夜、東京が大空襲に遭ったらしい。B29の夜襲だ」

「どの辺り」と、絵筆を放り投げていた。

「わからん。だが、相当広範囲にやられたそうだ。うちはもう駄目かもしれん」

その男は本郷に家があると言っていた。本郷が駄目なら千駄木もと思った途端、外へ飛び出していた。工場の植込み脇に置いた自転車に飛び乗り、いくつか角を曲がって往来をひた走る。傘屋の前に、紺木綿のモンペ姿が立っていた。類を認めるなり、小走りで迎えにくる。

「今、工場に行こうかと思っていたところです」

美穂は近所の百姓に着物を差し出しては米や芋、そして種苗を分けてもらい、教えを請うて畑を耕してきた。今では茉莉と共に台所に立つ日もあり、かつての春のような精気を取り戻している。しかし類を見上げた顔には色がない。差し出された電報を類は引っ摑み、目を通した。

センダギノイエヤケタ
打電してきたのは於菟の三男で、用心のために「時々でよいから」と留守番役を頼んであった。

「様子を見に行ってくれるように、弟に電報を打ちましょうか」

美穂は東京に残っている、自身の末弟の名を口にした。

「彼は無事なのか」

「わかりません。ともかく打ってみないことには」と、唇を震わせる。

「僕もすぐ上京するって伝えて」

「上京？　また空襲があるかもしれないんですよ」

「行く」

有無を言わさぬ強さになった。美穂は目瞬きをして、諦めたように息を吐いた。踵を返し、いつも電話を借りている料理屋の方へと駈けてゆく。家に入ると、茉莉が子供たちを両脇に抱えるようにして坐していた。ゆらりと頭を動かして類を見たけれども、焦点が合わぬような目をしている。

美穂の末弟と落ち合い、千駄木の家に向かった。

街はどこもかしこも黒焦げの焦土で、覚悟はできていた。東京の空はこんなにも広かったのかと思いながら走ったほどだ。道か家の跡かも定かではない坂道を上り、けれどやはり我が家の焼跡だということはしかとわかって、足を踏み入れた。信じられぬことに、画室の片側の壁だけが難を逃れていた。

壁一枚だ。火の走った痕と煤《すす》に塗れながらも、一枚で屹立《きつりつ》している。

掌をあてると、こみ上げてくる。何もかもが焼き払われていた。義弟に呼ばれて、類はだらりと両腕を垂らしたまま近づいた。薄暮の中、場違いに蒼白い大理石がそこにある。目を瞠り、一歩、また一歩と近づく。父の胸像が庭の一隅に佇んでいた。

パッパ。

あなたは助かったのか、それともあなたも無残であるのか。

誰も答えてはくれない。類にもわからない。ただ、途方もなく惨めだ。

膝から下の力が抜け、灰燼《かいじん》の中に尻から坐り込んだ。動けない。胸像の足許で焼け残った正木《まさき》が青く、空を仰いだ。焼け爛《ただ》れた木々の梢が風に吹かれて、葉を散らす。空中でハラハラと灰になって、睫毛に引っかかった。

八月十五日、疎開先の簞笥の上のラヂオが家鴨《あひる》に似た雑音を交えながら玉音《ぎょくおん》を流した。敗けた。終わった。

失望と歓びが同時に湧き上がって、言葉もなく茉莉と美穂を見た。二人とも泣き笑いのような顔をしている。

戦禍で家を失い、そして財産も失った。

終戦後、銀行に預けていた国庫債券の値打ちが半分になり、新円と称するものに切り替えられたのである。

こんな手ひどい目に遭うとわかっていたら、手近な衣料や鍋釜なんぞではなく、父の遺品や森家伝来の品々を疎開させておくのだったと臍《ほぞ》を噬《か》んだ。観潮楼が火事で燃えた際、わずかに残った物の置き場に困り、炭を置く物置に入れてあったのだ。鞍や鐙《あぶみ》、手綱《たづな》などの馬具に長持や屛風《びょうぶ》、弓張提灯もあったはずだ。透かし彫りを施した石炭箱に、父がいつも閑雅な手つきで触れていた火鉢や炭取、台十能《だいじゅうのう》も焼けた。

三畳の窓に面して置いた文机に、類は榛原の原稿用紙を置いた。

戦時中、僕はへまばかりをしていたと、息を吐く。

けれど先のことなどわからなかったのだと、煙草に火をつける。世間の動きに鼻をきかせ、先手を打つことなどできようはずもない。一人で東京に残っていた時も大事なものとそうでないものの選別もせず、醬油の空瓶を守ることに懸命であった。それがなければ配給を受けることができなかったからだ。

竹を結い回した防空壕も、後で美穂に言われて気がついた。乾燥させた竹は紙のようによく燃えるのだ。ここに疎開していなければ、あの花畑の庭に面した部屋の底で一家もろとも焼け死んでいただろう。そのさまを想像するだけで悪寒が走る。斎藤先生は郷里の山形に疎開したと聞いていたので、胸を撫で下ろしたものだ。先生を防空壕で死なせずに済んだ。

その後、東京には時々出るものの、どこも人々が黒々と渦を巻いており、皆、物欲しげな目をしている。その中を背の高い亜米利加兵らが颯爽と歩く。そんな街に戻って一家を養うなど、とてもできそうにない。長女は数え五歳、次女は三歳になった。しかも美穂の腹には、三人目の子がいる。

何とかしなければ。何とか、生活を立てなければ。

長女を連れて山に写生に出ても、気がつけばその焦りで頭が占領されている。この絵はものになるのか、誰かが買ってくれる絵になるのか。そんな問いを己に向ければ情趣も失せ、山桜の形さえうまく摑めなくなる。山沿いの蓮華畑で娘を遊ばせ、自身も畔道《くろみち》に腰を下ろして煙草を喫む。それで日が暮れる。

夜は日中の空虚を埋めるかのように、父の著作を片端から読んでいる。千駄木の家にあったものは焼失してしまったので、杏奴に頼んで出版社から送らせたのだ。茉莉が東京から持ってきた文学書、そして茉莉や杏奴の著作や雑誌も空き缶や菓子箱と共に蜜柑箱から出てきたので繙《ひもと》いた。

父と姉たちの書いたものを交互に読む体験は初めてだ。父の小説は若い時分に読んで難解だと思い、敬しこそすれ親しむことはなかった。むろん今も好きなものもあればそうでもないものもあるけれど、『金毘羅《こんぴら》』や『鶏』『雁』などは虚構と実体験が交錯している感じがして、心理の味わいがいつまでも残る。姉たちの随筆は父への想いが幾重にも響いて、何度も涙ぐんだ。

胸を衝《つ》かれたのは、十何年も前の「冬柏」に載った『父と死』という茉莉の随筆だった。言葉が豊饒だ。色と匂いと音とが誌面から立ち昇り、己がそこにいるかのように景色が見える。句読点《くとうてん》の打ち方は独特で、なるほど、これは姉さんの息遣いだと思った。

茉莉は喜多方のこの家で神妙に暮らしている。本能的に、美穂が命綱なのだということがわかっているのだろう。畑仕事も手伝って、子供らと一緒に畦《あぜ》で屈んだり立ったりする。モンペがやけに目立つこと以外は、ごく真っ当な四十過ぎの婦人に見える。茉莉のモンペときたら水色と黄色の太縦縞や灰色に赤の水玉模様が遊んでいたりするのだ。道化師みたいだからやめろと注意したが、聞こえないふりをする。

今ではすべてがつながっていることが、類にはわかる。父と母が良くも悪くも貴族的な趣味で営んだ生活の、その清濁を茉莉はすべて受け継いでいるのだ。ゆえに美しい言葉で紡いだ文章の切っ先が鋭く、杏奴ほど感情を露わにしていないのに深い情に満ちている。

類は茉莉の書いたものを外に持ち出して、郵便局の前に出ている床几《しょうぎ》に坐り、帳面に書き写している。絵は模写から始まるのだ。文章もそうではないかと直観していた。己の躰の中に言葉が少ないことも承知している。十代、二十代の頃にもっと小説や随筆を読んでおけばよかったと悔みながらも、一言一文をひたすら睨んでは筆写する。

それで何か書けるかと期待すれど、何も泛んでこない。また焦る。

「おや、まだ真白じゃないの」

振り向くと、オレンジ色のスカアフを頭に巻いた茉莉が原稿用紙を覗き込んでいる。大きな笊《ざる》に摘みたての青菜が山と盛ってあり、腰に手をあてて鼻を鳴らすところなど、スペインの農婦のようだ。

「まったく、助走が長いわねえ」

「言ってろ。そのうち傑作をものしてやる。志賀直哉《しがなおや》も仰天するようなリアリズムで書いてやる」

「志賀直哉。あんた、近頃こそこそと読んでると思ったら、志賀作品が好きだったの」

本当は森茉莉の作品が一等好きなんだとは、口が裂けても言わない。今、それを白状すれば文筆でも一生、頭が上がらなくなる。

「美穂が織物を習ってたんだよ。志賀さんのお嬢さんとそこで一緒で、今もつきあいがあるらしい」

「それで？」

「使えるものは、何でも使う」

「ハハン、さては思いつきでしょう」

その通りだ。何で今まで、この縁に気がつかなかったのか。

「そういえば志賀氏は、油絵に熱心に取り組んだ時期があったはずよ。ついでに絵も見ていただいたら」

「むろんだとも」と返しながら、思わず小膝を打った。さっそく令嬢に手紙を書かせようと、派手なモンペの向こうに首を伸ばした。志賀直哉の令嬢は、美穂が師事していた料理研究家の子息に嫁いでいるはずだ。たしか、今の自宅は世田谷だと耳にしたことがある。

開け放した土間に、長女と次女が手をつないで入ってくる。それぞれ、片方の手には蒲公英《たんぽぽ》の数本だ。

「おおい、いるのか」

「美穂さんなら、今、吉沢さんちよ」

「養鶏場の？」

「そう。鶏を潰してもらってる。昨日、杏奴ちゃんからバタが届いたのよ。ああ、何年ぶりかしら。鶏のバタ焼き」

杏奴は昨年の夏に長野の蓼科《たてしな》高原に疎開して、終戦後も彼《か》の地で暮らしている。

「お義姉様、二羽潰してくださいましたわ」

土間に入ってきた美穂は羽根を毟《むし》られた鶏の足を両手で摑んでおり、両肘を曲げて戦果のように高く掲げた。

「あの簪《かんざし》で二羽だけ？　業突《ごうつく》ねえ」

台所がにわかに賑やかになって、類はまた煙草に火をつけた。志賀直哉に文章と絵を見せると決めたら、車輪の動き始める音がした。目的地が定まったのだ。

鉛筆を手にし、『初旅』と書いてみる。一行空けて、森類と名を記す。

気配がして、美穂の息の甘酸っぱいような匂いがした。膝をついて番茶の湯呑をそっと置き、窓辺にも何かを置いている。牛乳瓶に活けられた蒲公英だ。

九月十日、類は世田谷の屋敷を訪問した。

美穂から聞いてはいたものの、想像以上に若々しく背丈もある。対《つい》の羽織と着物は黒紬で、洋間や廊下に飾られた絵画を案内してくれる。類が最初に志賀宛ての手紙を出した時、今の身分を画家と記したからだろう。黒田清輝《くろだせいき》や岸田劉生《きしだりゅうせい》、クウルベの油画もある。

そのまま階段を上るので、持参した絵と小説二編の原稿を包んだ風呂敷包みを抱えながら後ろに従った。

「美穂子さんといったかな。お元気かい」

美穂に「子」をつけて訊ねられ、何となく重んじられているような気がして有難くなる。幼い頃から文壇の大家に会うのは慣れているものの、自身の作品を見てもらうのは初めてなのだ。

「来月に出産を控えておりますので、大儀そうです」

「初産だったかね」

「いえ、三人目になります」

「うん、そうか」

二階は広い板間で、右手を半分だけ仕切るような壁が突き出ている。窓に面した飴色の机が見えるので、書斎だろうと察しをつけた。庭木の枝が交差する緑の窓は長方形にくっきりと切り取られ、机に緑の光を落としている。こんなさまは育った家でも見ていたけれども、この屋敷はどことなくモダンだ。今から思えば、観潮楼や平屋の造りは武家屋敷のようだった。簡素で飾り気がなく、古き佳《よ》き匂いがした。

板間の壁には書棚が巡らされ、それに目を馳せる間もなく椅子を勧められた。

「拝見しよう」

世間話も挟むことなく早々に促された。風呂敷包みを洋卓の上にのせて解いた。油画は六号の『磐梯山遠望』と、五号の『母子』だ。美穂が長女を産んだ時に千駄木の家で描いたものだがこれは疎開先に送ってあったので、焼けずに残った。小説は『初旅』と『鼠心《そしん》』、二つとも短編だ。何度も推敲を重ね、これでよしと思ってから清書をし、元の原稿は家に置いてきた。美穂はもちろん茉莉にも一度も読ませていない。隅から隅まで自身で苦しみ、そして仕上げた。

「絵の方は、今月二十二日から個展を開くことになっています」

「そう。どこで？」

「喜多方町です」

銀座の画廊と言いたいところだが、茉莉が知り合った芸術好きの青年らの尽力でようやく漕ぎつけた展覧会だ。会場は画廊ではなく、漆器を扱う店である。

「斎藤茂吉先生がパンフレットに推薦文を寄せてくださいました」

「それは良かったね」

絵にはほとんど興味を示さず、志賀は煙草に火をつけた。

「原稿もよろしいですか」

「うん、拝見しよう」

煙草を咥えたまますぐに手に取り、目を上下に走らせ始める。一枚、二枚とすぐに卓の上に伏せられていく。驚くほど読むのが速い。『初旅』は四百字詰原稿用紙で二十枚余で、疎開先に住む主人公が幼い娘を連れて別の田舎に仮寓している祖父母の許へ行くという話だ。戦中、新潟に疎開していた安宅の義父母を訪問した際の体験を下敷きに書いたもので、実際は美穂も一緒だったが父子の二人旅にした。

車窓の景色や娘のちょっとした表情、仕種もできるだけ写実的に掬い取ったつもりだが、志賀は何も言わぬまま次の『鼠心』へと入った。

これも千駄木の家に暮らしていた頃の実体験が元で、鼠に困って姉から猫をもらったものの、これがいっこうに鼠に関心を示さず、家族の膳のものを盗み喰いするばかりだ。そんなある日、主人公は偶然、生まれたばかりの鼠の子を見つける。これを火箸で摘まみ上げ、猫に見せた。猫は何かを感じたらしく、前肢をひょいと動かした。その刹那、鼠の腹に血の筋が走った。

それから猫は鼠を獲るようになった。が、主人公夫婦は毎夜、猫が鼠を嚙み砕く音に悩まされ、血だらけになった場所を掃除せねばならない。挙句、妻は猫のために人間が神経を使って生活をするのは馬鹿らしいと言い出した。主人公は箱に猫を押し込め、風呂敷に包んで家を出た。

「なかなか、描写が丁寧だね。それでいてテンポもある」

「妻の描き方がちょっと冷淡かなと思うんですが」

「いや、現実《リアル》があるよ。かえってユーモアが引き立つ」

己の息を呑み下した音が聞こえたような気がして、類は慌てて咽喉に手を置いた。

「ただ、猫の名が鼠心とは少々理に落ちる。タイトルは大切だよ。『初旅』にも工夫が感じられない」

「再考してきます」

勢い込んだが、志賀は原稿用紙にコツリと指先を置いた。

「ひとまず預かろう」

「そうですか」

深々と辞儀をしていた。

「有難うございます」

内心で、美穂、やったぞと叫んだ。志賀先生は「預かる」と言ってくれた。おそらく出版社か雑誌社に紹介してくださるおつもりだ。

載るぞ、とうとう森類の小説が世に出るぞ。

頃合いを見計らったかのように女中が上がってきて、紅茶とパン、瓶詰の牛肉と胡瓜の馳走が出た。まともな紅茶と小麦粉だけで焼き上げられたパン、そして牛肉も数年ぶりに口にするものだ。帰りには『豊年蟲《ほうねんむし》』という著作まで進呈され、三等車の硬い椅子の上でも類はずっと反芻《はんすう》し続けた。

訪ねてから辞するまで、どんな表情で何を言ったか、巻紙を繰るように思い泛べる。美穂の友人はそれは美形であるらしいが、先生も端整な顔立ちをしていた。愛想がいいわけではないが、丁重に遇してくれたと思う。そして父、森鷗外の名を一度も出さなかった。そのことが有難いような気がした。

ようやく自立を果たせる。

窓に映る己の顔を見返した途端、くしゃりと頰が崩れて滲んだ。

汽車はやがて福島に入り、吾妻《あづま》連峰、そして磐梯山も姿を現した。九月の空で、茜雲が照り返る。

10 丘の上のプチ・メゾン

西生田《にしいくた》の駅で降り、道に踏み出した。

銀色を帯びた若葉の群れがどこまでも続き、空を透かして春陽が光る。小楢《こなら》の林がもうすっかりと芽吹いたらしい。雑木林はこの季節が最も美しい。

歩くうち、小川沿いの畦道に家鴨が並んでいるのに出会った。三羽とも菫色の細紐を首飾りのようにつけているので、うちの連中であることは間違いない。しかし背後から近づいてもいっかな気がつかず、乙の字にくびれた首を動かしてはせっせと水を飲んでいる。

「お前たち、こんな所まで遠征してきたのかい」

中腰になって声をかければようやく一羽が首を巡らせ、飼い主の姿を認めた途端、翼を上下に盛り上げながら足許に寄ってきた。黄色い嘴《くちばし》をンガ、ンガと動かして、はしゃぐ。他の二羽もたちまち一緒になって大歓迎だ。

「ただいま」

三羽に順に目を合わせてうなずき、「さ、帰るぞ」と顎をしゃくった。一列になって、尻を振りながらちゃんと従いてくる。

目の前には草緑《くさみどり》のなだらかな丘が広がっている。その頂に向かって、類は大股で上り始めた。

丘の斜面はほぼ我が家の庭で、敷地は二百二十坪余りある。東京でそんな話をすれば随分と豪勢に聞こえるが、家自体は十坪のバラックだ。

茉莉と杏奴は丘の下で家を見上げた時、目を丸くしていた。

「あれが家？　馬小屋かと思った」

茉莉がそう呟けば、杏奴も情けなさそうな声を出す。

「千駄木の馬小屋はもっと立派だったわ」

だが丘を上るうち、こうして家の様子がだんだんと見えてくるのだ。屋根は木端《こっぱ》葺きで、樋といえば孟宗竹《もうそうちく》を割って水平に架けてあるきり、硝子戸のレエルまでが竹でできている。家の裏手に孟宗竹の林があるからで、建築物資が払底していた戦後の混乱の中で急拵えしたので材のほとんどが現場調達だった。

姉二人は声を揃えて、フウンと鼻の奥を鳴らしたものだ。

「悪くないわね」

「だろう？　僕も気に入ってるんだ。ちょっと、トロワイヨンの描く田園風景に似ている」

「トロワイヨンとは、ルヰチン、大きく出ましたね」

からかうように言った杏奴は首を伸ばし、目を細めた。

「柿の木が、ひい、ふう……あら、六本もあるのね。その隣は？」

「あれは栗、栗の木が二本。台所の窓の外には紅梅もある」

たとえバラックであろうと、木々に守られるようにして建っている家だ。

「類ちゃん、よくやったわ」

杏奴がつくづくと感じ入ったように息を吐いた。何を指しているのかすぐに察しがついたが、わざと「何だよ」と前髪をかき上げた。

「争い事が嫌いなのに、と言おうか、争いになる前に泣き出して白旗上げちゃう子なのに、本当によく踏ん張ったわ。お姉さん、そう思わないこと？」

茉莉は「そうねえ」と、腰の後ろで手を組んで足を運ぶ。二人ともまだモンペ姿だ。杏奴は紺地に紫の絣が入ったごく尋常なものだが、茉莉は鴇色《ときいろ》地に墨で流水文様を殴り描きしたような色柄だ。小田急線の車内でもさぞ目立ったに違いない。

杏奴は我が事のように、「類ちゃんは無断の耕作者と闘ったのよ」と口吻《こうふん》を強めた。

「ええと、何という百姓だったかしら」

「田中だよ」

「そうよ、その田中に四分の一もくれてやることになったのは実に忌々しいけれど、でもこのバラックを建てていなかったらと思うと、ぞっとするわね。せっかくお母さんが買っておいてくれた土地が、いけ図々しい輩に全部かっ攫われてしまうところだったんですもの」

「へえ、そう」

茉莉は判然とせぬ相槌《あいづち》を打つばかりだ。たぶん遠くで鳴く鳥の声にでも耳を澄ませているのだろう。そもそもこういった話に関心がなく対抗する世間知《せけんち》も持たないので、疎開先の喜多方で同居している最中も茉莉には相談を持ちかけなかったのだ。あれこれと教えを請うたのは美穂の実家の安宅家で、とくに義兄が親身になってくれた。

ただ、今回の土地争いについては誰に焚きつけられたわけでもなく、自身で決めて立ち上がった。

争いの相手は、この土地の前の所有者だ。母は仲介者があってか、田中から三百坪ほどの土地を買って類の名義にしていた。二十年も前の昭和三年のことで、類は数えの十八歳だった。花畑に面したアトリエで絵を描いていては、長原先生に教えを受けていた頃だ。

この西生田の土地については生前の母に礼を言った憶えがない。土地があると茶の間で耳にしたことはあったが、自分の所有だとはしかと認識していなかった。そもそも財産に無関心だったのだ。未来永劫、目減りすることのない天与のもので、目配りの必要があるものだとは思っていなかった。それは母が懸命に守り抜いてくれたおかげであったのだと身に沁みて感じたのは、何もかもを失ってからのことだ。

ただ、この土地の管理については母も鷹揚で、何しろ田舎のことではあり、口さがない親戚も絡んでいない。ゆえに売却後も近所に住む田中が土地に好きに出入りし、柿や栗の実をどうしようと気にもしていなかったようだ。

果実は三越や高野で桜桃や桃、西洋梨を選りすぐって購う主義であったし、我が土地で生る木の実の一切に誰も触れるな、すべて千駄木へ送れなどという吝嗇《けち》な料簡も母は持ち合わせていなかった。たまに様子を見にくることはあってもほぼ素通りで、田中が無断で豚小屋を造っていた時だけは仲介者を通じて取り壊させたという。

つまり畑を耕して青菜を作ることは大目に見ていた。杏奴が母からそのように聞いていたし、何よりも田中自身がそれを主張した。

「おらが丹精して、菜っ葉を拵えてきたんだ」

真っ当な世の中であれば、これは罪の告白だ。大袈裟な言いようかもしれないが、自分の家の庭を勝手に掘り返されて種や肥料をまかれたら誰だって怒る。ところが戦後の「農地改革」とやらで、「所有者が耕していない農地は、小作人に売り渡すこと」とされた。田中はその馬鹿げた政策にまんまと便乗したのだ。無断で菜っ葉を作ってきた所業を盾に、先祖伝来の土地を取り戻そうと目論んだ。

戦争が終われば、何もかも元通りだ。

類はそう思い込んで耐えてきた。けれど千駄木の家は空襲で焼かれ、戦前に持っていた預金資産はほぼ紙屑になった。父の著作の印税収入はようやく入り出したものの、兄、姉たちと四等分しているのでそれだけでは生活が成り立たない。戦後の物価高騰は凄まじいものがある。このうえ西生田の土地まで二束三文で取り上げられるのは我慢ならない。

勝手に戦争を始めて国民を犬死にさせて、勝手に敗けて財産を消してしまった。で、政権が変わるや、今度は土地まで消しにかかる。

類は喜多方から度々上京して農地委員会に書類を提出し、この地にも足を運んで田中にかけ合った。しかしまったく埒が明かない。しかも畑は拡大していた。初めは丘の端のささやかな点であったものが、短冊を撒いたように広がっている。

「あなたは土地を手放したんですよ。母は正当な取引によってここを購い、あなたもそれによって代価を得たのでしょう」

委員会の手前、直に揉めるわけにはいかなかったが、あまりのことに田中の家を訪ねて抗議した。一言ぶつけねば腹の虫が治まらなかった。すると田中は類を若造扱いして、ふてぶてしく居直った。

「そうさ、売ったださよ。祖父さん祖母さんの頃から住んで耕してきたこの土地を、売らねばならぬ事情があってあんたのおっ母《か》さんに売った。けんど、お前さんがたは他人の土地を買うだけ買って、草ぼうぼうの放ったらかしだべ。おらの一家は、昔の水車小屋に住んでるだよ。小屋ん中で精米と鶏舎もやらねば喰っていけねえ。そんな身の上でも、土地が放置されて荒《すさ》んでいくのを目の当たりにするのは忍びねえだ。土地が可哀想だァ」

「他人の土地を可哀想だのと、善人ぶった言い方はよしていただきたい」

「したっけさ、一度でもここに足を運んで草引きをしたことがあるだか。冬は枯れた柿の葉や笹の葉が降って降って、凄まじいだよ。あんたのおっ母さんだって、立派なタクシーに乗って窓から眺めるだけだったべ。いったい、誰がこの土地を手入れしてきたと思ってる。柿や筍《たけのこ》もな、勝手にできると思うておったら大間違いだァ。お前さんがたみたいな手合いが多いから、食糧不足で慌てて畑作ったって間に合わねえんだ。まったく、使うつもりのない土地を何で手に入れる。気が知れねえ」

「僕は今、福島に住んでるんです。畑を耕しにこようにも、そうもいかないじゃありませんか」

「それを不在地主って言うんだべ」

田中はまるで犯罪の現場を押さえたかのような、「そら、見つけた」とでも言いたげな笑みを泛べた。

本当に土地を奪うつもりなのだ。

心底、気味が悪くなった。そして決意した。

住まなくては。何をどう工面してでも、あの土地に引き移らなくては。

玄の後輩の建築家に相談して、類は丘の上にバラックを建てた。茉莉には「後で必ず迎えにくるから、ともかく西生田に行く」と言い置き、身重の美穂と三人の娘を連れて上京し、新宿から小田急に乗り換えてここに辿り着いたのである。

着いて早々、美穂は東京の病院に入って長男を産んだ。女の子が続いたので類はしみじみと嬉しかったが、戦後の混乱がいつ終息するのか、誰にも見通しが立たない。周囲の者は祝うというより、今後の美穂の苦労を案じた。

田中とは結局、土地の四分の一を渡すことで落着した。彼にとっては先祖の土地の一部を取り返したのだろうが、類には収奪されたに等しい。ただ、四分の三は何とか守れた。

丘の上の、プチ・メゾンだ。


「お父さんだ」

長女の声がして、駈け下りてきた。数え七歳で、来年はもう小学校に上がる。その後ろを追いかけてくる次女は五歳で、三女は三歳だ。

「よお、お嬢さんたち。今日は何をして遊んでいた?」

片膝をついて両腕を広げると、長女と次女が次々と飛び込んでくる。三女は転んでしまったが、何しろ躰が柔らかい。泣きもせずにまた起き上がり、よちよちと姉の背中に這い上がった。三人が押しくら饅頭のようになって、類の頬に掌を当て、頰を寄せてくる。一緒に丘に上がってきた家鴨も騒ぎ、やたらと翼をばたつかせる。今度は犬が長い舌を見せながら駈け下りてきて、顔じゅうを舐めにかかる。

「よし、よぉし、皆、お利口だ」

それぞれの頭や背中を撫でてやるのに忙しいが、帰宅してしばらくはだいたいがこんな騒ぎになる。

長男を背中におぶった美穂と茉莉が家から出てきた。黒兎と鶏たちもついてくる。

「こんな童話、独逸にあったわね」

雉猫《きじねこ》を抱いた茉莉が、「ディ、ブレー」と口の中で小さく破裂させるような音を連ねた。

「ブレーメンの音楽隊」

美穂が弾むように言い、茉莉と顔を見合わせて笑った。

茉莉はこの丘が気に入ってか、こうしてしばしば訪れている。

杏奴の世田谷の家は焼けずに残ったが、家を持たない茉莉は今、杉並の永福町《えいふくちよう》に間借りしている。窓には細いベランダがついていて、近くの猫がよく訪れている。

ちょうど銀行に行く用があったので今日は新宿で待ち合わせようと誘ったのに、「一人で乗るわ」と殊勝なことを言った。

「もう一人で何でもできるのよ」

戦前は、市電に乗るにもまごつく姉だったのだ。切符の買い方がわからず車掌にせっつかれ、財布の中身を乗客の足許にばら撒いたりした。黄色い銅貨に交じって、英吉利や仏蘭西の銀貨を拾い回るのは類の役割だ。姉は大正時代、最初の結婚をしていた時に欧羅巴を周遊して、当時の旅先の硬貨を財布に入れたままにしている。未だに行先を間違えてとんでもない町に行ってしまうことはしじゅうであるにしろ、あの頃に比べたら、確かに移動はできるようになった。ただし「一人で何でもできる」わけではない。電球一個替えられるわけでなく、類が交換してやるまでは何日でもりモウジュの茶碗に蠟燭を立てて過ごしている。

昔のようにこってりと厚化粧をすることはなく、戦時中のまま素顔を通している。化粧品が手に入らないからだ。売ってはいるのだが、ごく普通の品でも五百円はするらしい。長持や簞笥にあれほど詰まっていた美術品並みの着物も随分と売り払ってしまったようだが、本人はなぜか平気な顔つきをしている。

「さあ、みんな、家に入ろう」

類は左腕に三女を抱き上げ、右の腕で長女と次女の肩を寄せる。犬に家鴨、鶏、黒兎らが思い思いに跳ねたり鳴いたりしながら一斉に動く。

柿の木の枝も黄緑に芽吹いていて、皆の額を照らした。


木々が葉を落とし切った冬の午後、雑誌「天平《てんぴょう》」が届いた。

郵便受けでそれを見つけた時、地から足が浮きそうになった。玄関の三和土《たたき》で庭下駄がひっくり返るのにも構わずに上がり、そのまま板間を突っ切って奥の三畳へと駈け込んだ。

バラックの間取りは六畳の板間に三畳の和室、そして台所だ。板間には喜多方の職人に作らせた素木のテエブルと椅子を運び込み、夏には木々を透かした陽射しと風が渡った。しかし冬の寒さはさすがに厳しく、薪ストウブを焚き続けても冷える。幸いにして子供たちは滅多と風邪をひかず、茶色く枯れた丘でも縄跳びやかくれんぼをして、丘を転がっても楽しげだ。

類も水汲みや薪割りをしている時はすぐに汗ばむのだが、奥の三畳で詩や短編を書いている時は手焙りが欠かせない。兵隊襯衣《シャツ》に糸の痩せた麻色のスウェーターを重ね、その上に古い黒のカーデイガンを重ねている。ズボンは軍の放出物資の軍袴《ぐんこ》だ。

文机は北窓に面して置いてある。その前にきちんと坐るのももどかしく、胡坐を組んだ。大判の封筒の端を鋏も使わずに手で破って開く。

疎開中に書いた『鼠心』がついに掲載された。指が震える。

そもそもは白樺派の雑誌に載るはずだった。安宅の義母が志賀邸を訪問した際に聞かされたらしく、志賀先生はやはりこの小説を気に入って旧知の作家に渡してくれたらしい。吉報がもたらされたのはまだここに移る前、昨昭和二十二年十一月も末頃のことで、田中や農地委員会、建築家、それに千駄木の家の焼跡の始末もあって東京と神奈川の間を往復していた。その合間を縫って安宅家を訪ねた際、義母が告げたのだ。

類さんの御作、「日廻り」という雑誌の二月号に載ることが決まったそうですよ。

胸の中が膨れ上がって、手足も別人のもののように感じた。杏奴を訪ねて報告すると、頭ごなしにやられた。

志賀さんはパッパのことを批判した白樺派じゃないの。そんな人に文章を見てもらうなんて、不見識極まりないわ。

正義感の強い杏奴は父への批判も決して許さず、誰がいつ、何という雑誌や新聞で森鷗外をこき下ろしたかまですべて把握している。

それでも類は、喜び勇んだ。焼野原の東京で、皆、垢じみたひどい身形《みなり》をしている。敗戦のやり切れなさと一抹の安堵とが交互に泛んでは、頼りなく消えていく。毎日を生き抜くために己の心には頓着していられない、そんな顔つきをしている。しかし類は久しぶりに、感情そのものを味わっていた。嬉しかった。土地の件で赤の他人と争う、闘うといった、不慣れな仕業が報われたとさえ思った。

ところが何の事情が出来《しゅったい》してか、二月号には掲載されなかった。三月号にも四月号にも。それでも信じて待っていた。そして季節が変わって、奈良で発行されているこの雑誌に載ったのだ。奈良は帝室博物館総長であった父が亡くなる前、正倉院の仕事で滞在していた地でもある。

板間で皿が触れ合う音がして顔を上げると、どうやら引戸を閉めるのを忘れていたらしい。しおらしく母の手伝いをしている長女が近づいてきて、小首を傾げるようにして類を見た。

「お父さん、そろそろお夕飯ですよって」

「ん、そうかい。有難う」

雑誌を閉じて指先で表紙を撫でてから、板間へ出ていく。

娘三人が椅子に腰を下ろし、類は美穂の背中に回ってねんねこをはずし、長男を抱き上げる。もうすぐ数え二歳の誕生日だ。頭がぐらぐらするほど寝てしまっているので、姉たちのお下がりの揺り籠に入れてやる。

食卓を見回せば、お菜は茸のソオスがかかったオムレツに豆のスウプ、大根のサラドだ。西洋皿はバラックにふさわしからぬ白磁で、小さな薔薇とリボンが精緻に施されている。疎開前、千駄木の家の庭に埋めておいたので、幾揃いかは助かったのだ。類が巴里で買った絵具箱も部隊長をしていた軍人の家に預かってもらい、これも失わずに済んだ。

「朝食みたいなメニュウだな」

娘らはゲラゲラと笑い、美穂は黙って立ち上がった。待っていると台所から小鉢を持って戻ってきて、どうやら手製のマイヨネイズだ。

「いただきます」

類の合図で皆が手を合わせ、食事が始まった。すぐにでも雑誌のことを美穂に話してやりたくて様子を窺うが、三女の食事の世話でなかなか落ち着けない。箸遣いや茶碗の持ち方、お菜の食べ方に至るまで躾《しつけ》をきちんとしていて、それは茉莉も感心している。

「そういえば、姉さん、クリスマスはどうするって?」

美穂は三女にスウプの飲み方を教えながら、「さあ」とだけ呟く。

「何も聞いてないのかい」「ええ」

「ああ、そう。じゃ、明日にでも訪ねてみよう」

雑誌を見せた時の茉莉の反応が目に泛んで、また心が浮き立ってくる。

「この辺りに樅《もみ》ノ木はあるかなあ」

ややあって、「どうでしょう」と目を伏せたままだ。

「どうしたんだい。食欲、ないようだね」

心なしか頬も蒼い。まさか、またできたのではあるまいなと、ドキリとした。

「大丈夫なのか」とお代わりの茶碗を差し出すと、飯櫃の蓋を取って「何がです」と訊き返す。

「いや、体調だよ」「いつも通りですわ」と、茶碗が戻ってくる。話が続かないので、娘らへと視線を移した。

「今年はクリスマスツリーを作ろう」

すると娘らは目瞬きをするのみだ。

「そうか。お前たちはろくにクリスマスを祝ってこられなかったものなあ。お父さんが子供の頃はね、それは立派な樅ノ木を植木屋が運んできて、独逸から取り寄せた銀細工や硝子細工をたくさん飾りつけたものなんだよ。蠟燭をたくさん立てて、それは綺麗だった。今度、茉莉おばちゃんと一緒に飾ろう」

茉莉のことが大好きな娘たちは途端に頰を盛り上げ、ウフフと小さな粒のような歯を見せる。

「美穂、クリスマスプディングは作れるかい。いや、いっそ奮発してケーキを買うか。アイスでもいい」

「アイスですか」

「新宿のモンパルナスがようやく復活したのさ。ヴァニラ・アイスもちゃんとやってる」

類は銀行や買物の帰りに立ち寄って、その喫茶店で過ごすのが何よりの楽しみだ。珈琲を飲みながら煙草をくゆらせ、口直しにアイスを食べる。木枯らしの季節になってもそれは変わらない。ストウブのそばの席で脚を組み、甘く冷たいアイスを味わう。そのさまが日本人には見えぬのか、先だっては化粧の濃い女に英語で話しかけられた。進駐軍の通訳にでも間違われたようだ。

「ノン。ジュ、スィ、ジャポネ」と、仏蘭西語で追っ払ってやった。

気がつけば娘たちは「プディング」、「ケーキ」、「アイス」と目を輝かせている。オムレツの黄色で口の周囲を汚しながら、うっとりとしている。甘いものに飢えているのだ。

「ごはんをいただきながら他の食べ物の話をしてはいけません」

美穂が鋭い声を発して、次女がひくりと肩を動かした。

「それはマナー違反ですよ」

三女もスプウンを持ったまま母を見上げている。長女が「だって、お父さんがおっしゃるから」と、珍しく口ごたえをした。

「お父さんはいいのです」

「どうして」

「お父さんだからです」

長女は腑に落ちない顔つきをするが、それ以上は逆らわない。せっかくの食卓が静まり返った。この頃、時々こういうことが起きる。類の思いついた楽しい話題が楽しいまま広がらず、古い電球のように薄暗くなる。

「いや、ごめんよ。お父さんが悪かった」

サラドもお代わりをして、茶を飲み干した。美穂は食が進まないようで、細い溜息を吐いている。やはり疲れているのだ。明日、薬局に寄って相談してみよう。


後片付けが済んだのか、美穂がようやく奥へ入ってきた。娘たちは板間に蒲団を敷いて寝ている。息子も揺り籠だ。

煙草を灰皿で揉み消し、文机の上の「天平」に指で触れた。ところが美穂は腰を下ろしもせず、押し入れの戸を引く。

「蒲団は後でいいから、ここに坐りなさい。大事な話がある」

しかし返事をせぬまま、腰から上を押し入れの中に突っ込んだままだ。

「美穂」「少しお待ちになって」

また語尾が強い。苛々と煙草に火をつけて、文机を爪の先で叩き続ける。美穂がようやく躰を元に戻したと思えば音を立てて風呂敷を広げ、そこに着物を何枚も重ねた。

「夜にいったい何をしている」

「明日、東京にお出になるんでしょう」「そうだが」

「たまにはあなたがこれをお持ちになってください」と手早く着物を包み、キュッと音がするほど風呂敷の端を結んだ。胡坐の前に差し出されて、ようやくわかった。

「質屋に僕が行くのか」

するとと美穂は今夜、初めて類の目を見た。いつも溌溂《はつらつ》と活気に溢れていた妻の肩は薄くなり、豊かだった黒髪も艶を失っている。

「嫁入り支度を一枚、二枚と包んであの暖簾《のれん》を潜る私の気持ちにもなってみてください」

「今はそういう時世だ。そのうち、物価も収まる。だいたい、アイスが二十五円もするのが異常なんだ。鰻重なんぞ二百五十円だぞ」

美穂の頬がふいに強張って、口の端が下がった。

「食べたのね。アイスや鰻重を、一人で」

「そりゃ、たまには。東京はひどい混雑なんだ。腹も減るし、咽喉も渇く」

「二十五円もするアイスをよくも平気で食べられますね」

「煙草よりは安いさ。今、ピースが六十円なんだぞ」

「あなたはその両方を味わっていらっしゃるんだわ」

「子供たちにも土産は買って帰っているだろう」

「ええ、青くて酸っぱくて、お馬鹿さんな白雪姫だって齧らない林檎をね」

「お前は、喰い物のことなんぞで僕を責めるのか」

信じられない思いで、妻を見返した。

「食べ物のことなんぞで責めたくないから、倹約しながらも精一杯のお膳を調えてきたんです。育ち盛りの子供が四人いるんですよ。ひもじい思いをさせないように、栄養が不足しないようにと考えて工夫して、なのに朝食みたいなメニュウだなんておっしゃって」

「何だ、そんなこと」と、首を振った。

「そういう意味じゃない。不足があって言ったわけじゃない。ただ、そう感じたまでのことだ」

「あなたは銀行の帰りに好きなものを食べて買物をなさって、家計にはいつも知らんぷりじゃありませんか」

「僕だって襯衣《シャツ》一枚買っていないじゃないか。本や鉛筆、便箋を買うくらいだ。あとはすべて君に渡している」

「そうじゃありませんでしょう。東京に行き来するたび喫茶店でアイスを楽しむ余裕は手許に残しておられるでしょう。いえ、それをとやかく申しているんじゃありませんわ。ですが、私は生活の足らずをこうして着物を売ってしのいできたんです。ああ、これでお砂糖と小豆が買える、子供たちに甘いものを拵えてあげられるって思いながら駅を降りて、道々、草を見たら食べられるかどうかを見て取って。それで蓬《よもぎ》も子供たちに摘ませるんですよ。なのに、お義姉様は蓬団子や牡丹餅《ぼたもち》もごく当たり前みたいにいくつも食べておしまいになって、それだけでも何だか侘びしくなってくるのに、あなたは帰りに重箱に詰めてやれとおっしゃる」

「茉莉姉さんはそういう人じゃないか。今さら、何ということを言い出す。だいいち、姉さんだって手ぶらじゃない。いつも何がしかは持ってきてくれるじゃないか」

「ええ。杏奴お義姉様はバタや果物を持ってきてくださるわ。ちゃんと子供たちの口に入るものを。でも、茉莉お義姉様は違うでしょう。この間も、ブリキのジョウロだったじゃありませんか。こんな雨ざらしみたいな家にジョウロだなんて」

「あれは形がモダンだったんだ。貴族の館の庭師が持っていたのとそっくりのが見つかったって、掘り出し物だって歓んで。君だって、有難がっていたじゃないか」

　美穂の唇が歪んだ。

「お願いだから食べられるものを持ってきてくださいって、私が言えますか。あなたがおっしゃらないのに」

「そうか、わかったぞ。君は姉さんを招いてクリスマスをするのが厭なんだ。それで突然、こういう耳障りなことを言い出す」

「厭だなんて、これっぱかりも思ってませんわ。少し型破りなところがおありになるけれど、私は茉莉お義姉様のことは好きです」

「じゃあ、何なんだ」

　思わず声が大きくなっていた。美穂は膝の上に重ねた手を揉んでいて、指の節の骨が薄黄色く突き出しては引っ込む。

「あなたも私も、貧困を知らずに育ちました。慣れていません。いえ、あなたはご自分の家庭がかくも貧しいということすらおわかりになっていない」

「貧しい」と言いさして、腕を組んだ。そんな言葉、頭を過ったことすらない。たとえバラックに住もうと、これは時世ゆえのことであって、僕が貧しいからだとは思ったことがない。

「じゃあ、僕の子供たちは困窮している家の子なのか」

「ええ」と、真顔だ。「今の収入のままでは、たとえ物価が下がっても立ち行きません。子供たちはどんどん大きくなって、学校に上げてやらねばならないんですよ」

「それはわかっている。絵がもう少し売れるようになったら。いや、それよりも」と肩を回し、雑誌を手にした時、美穂が「あなた」と言った。

「働いてくださいませんか」

ひしと、切羽詰まった声だ。

「もう限界なんです」

裏の竹林を風が渡り、屋根を打つ音がする。雨だと思って窓を振り向いた途端、硝子が震えた。竹の葉が、思い思いの音を鳴らし続けた。


翌朝、竹籠を持って丘を下りた。ゆうべの雨で足許が滑るので、用心深く足を運ぶ。駅向こうに肉屋があると記憶していて、果たしてその店はあった。曇り硝子には屋号が白字で書かれている。中に足を踏み入れると、「いらっしゃい」と声がした。振り向いた男は五十がらみで、辛子色《からしいろ》の繻袢の上に白い上っ張りをつけている。類の手許に目を留めるなり、愛想笑いは無駄だと悟ったようだ。

「これ」と、竹籠の中を見せた。

「うん、家鴨が一羽だべ。見りゃわかる」

「いや、そうじゃなくて、これは拾ったものでも盗んだものでもない。新宿の三越裏に禽獣《きんじゅう》店があるでしょう。そこで購って、僕が育てた家鴨だ」

親爺は値踏みをするような目つきになった。ただし籠の中ではなく、類に対してだ。

「旦那、どこで買おうが盗もうが、家鴨は家鴨。だいいち、そいつは歳を喰ってるね。脂が薄くて肉が硬い。五十円だ」

「ちょっと待ってくれ。たったそれだけかい」

「厭ならいいだよ」

親爺に背を向けられて、顔が紅潮してきた。たった五十円を得るのに、目眩《めまい》がするほど恥を忍ばねばならない。竹籠の中は何を察してか、羽音一つ立てない。

帰り道、軽くなってしまった竹籠を振り回しながら丘を駆け上がった。


木々がまた新芽を吹き、やがて葉を広げ、青々と繁るようになった。

「あなた、お急ぎになって。もう時間よ」

美穂に急かされて茶を飲み干し、玄関へと出る。丘の上から駅の様子がよく見えるのだ。踏切のベルが鳴るのも聞こえる。進駐軍用の列車と急行は停まらない駅なので、七時四十分発に乗り遅れると三十分後しか次がない。そうなると遅刻だ。靴紐を結びながら鞄を受け取り、丘を滑るように下りる。

「行ってらっしゃあい」

子供たちの声を背中で聞きながら腕を上げて横に振り、走りに走る。改札口を通らずに上りのホームによじ登り、ドアの中に身を押し込む。毎朝、何とか間に合って、しかし息が切れて仕方がない。今の季節は汗も厄介だ。通勤者らしくネクタイを締めているものの襟ぐりがもう汗ばんで、このまま一日を過ごすのかと思うだけでうんざりとしてくる。それでもゴトゴトと左右に揺られながら、東京に運ばれる。

類はまったく、朝から不愉快になる。父の生前はそうでもなかったが、亡くなってからは朝の遅い家で暮らしてきた。急《せ》くのも急かされるのも苦手なのだ。目覚めてまずは一服して、それからゆっくりと洗面し、着替えてから珈琲とパンを味わう。もう一杯珈琲をお代わりし、新聞に目を通す。庭に出て動物たちに餌をやり、木蔭で写生をしたり子供たちと遊んでやったりする。それでもう十一時近くになっているが、手紙を書いたり本を開いて昨日の続きを読む。しかし今は朝食から着替えまで何もかもが慌ただしく、いつも追われている。

本当は働きたくなかった。会社勤めなど、何をどうすればいいのか見当がつかない。が、身を切られるような思いで家鴨を売ったところで、結句は美穂の着物を抱えて質屋に行くしかないのである。質屋の硝子戸に映った己の姿を見て、観念した。そして杏奴の家に相談に出向いた。

勤め先は杏奴の知人の紹介で、評論社という出版社だ。御茶ノ水駅の近くの本屋の二階に社はあって、路地から裏に回って階段を上がる。八畳二間で、手前が事務所、奥が社長一家の住居だ。編集部員は二名、営業部員も二名で、営業の女性は珍しい動物でも見るような目をして類を見上げた。

森さん、本当にお勤めなさったことないの？

初めて命じられた仕事は校正作業で、分厚い校正刷りを渡され、校正の記号も社長が直々に教えてくれた。頭髪を撫でつけたポマードが臭うので困ったが、物言いは至って穏やかだ。

「まずは誤植、脱字を見つけてください」

「はい」と答えた声が掠れた。ここでしくじったらと思うだけで美穂の顔がちらつき、杏奴の顔も潰せない。余計に肩に力が入って息が詰まってくる。しかも社会科学系の学術書を出す硬い出版社だと聞いていただけあって、法律についての論文らしい。

「内容を味わおうと思っては校正になりません。間違い探しのつもりで、目を皿のようにして取り組むんです」

社長が時々、机のそばにきてはアドヴァイスをくれるが、内容を味わうような文章ではない。用語がわからず、正しいのか間違っているのかすら判別できないのだ。それでも鉛筆で文字を追い続け、夕方五時に引けて家に帰った時は六時半で、疲労困憊していた。

「いかがでした？」

美穂が胸の前で手を組み合わせ、それがまるで祈る人のように見える。類は「うん」と、懸命に声を励ました。

「勤め人もやってみるもんだね。社長さんも社員も存外、親切だ」

そのうち、本当に親切であることが知れた。慣れぬ校正に手間取って期限に間に合わなくとも、社長は顔色一つ変えない。他の編集部員を呼んで「急いで」と渡す。彼らは黙って引き取り、瞬く間に仕上げてしまう。ある日、皆が出払う時があって、留守番を命じられた。

「とりつぎやが来たら、しちはんで渡してください。伝票とかあぼんしはここにありますから」

女性の営業部員が告げた言葉のほうぼうも、チンプンカンプンだ。とりつぎや、しちはん、かあぼんし。狼狽えているうちにその客が来てしまい、取引先であるらしいことはわかった。

「これですね」と、机の上に積んだ本の山を慣れた様子で手に取る。「はい、そうです」と、よくわからぬのに首肯してしまった。どうすればいいんだ。今さら、あなたは誰だとも用件は何だとも訊けない。棒立ちになっていると奥の襖が動いて、社長の夫人が現れた。

「やあ、どうも奥さん」「いつもお世話様です」

夫人は類を見上げ、「しちはんでと言ってるのが聞こえてましたけど、それでよろしい？」と確認してくる。

「しちはん……ええ、そうおっしゃっていました」

夫人は伝票を開いて紺色の薄紙のようなものを挟み、日付や数字をさっと書き込んだ。どうやら相手は出版社と書店の間に入っている問屋のような業者であるらしく、「しちはん」は卸《おろし》の歩合《ぶあい》を指しているようだ。しかし類が驚いたのは、紺色の薄紙の威力だ。ひとたび書いたものの写しがもう一枚できている。業者を見送った後、誰にともなく呟いていた。

「大変なものがあるんですね」「何？」と、夫人は本の山のあとを羽箒《はねぼうき》で払っている。

「その、伝票の下に敷いておられた、たちまち写しができる」

「ああ、かあぼんのこと。森さん、面白いものに感激するわねえ」

夫人は笑い、手招きをする。近寄ると、例の薄紙をひらりと指で摘まんで見せる。

「こちらがかあぼんインクを塗った面だから、下向きにして挟むのよ。逆にすると転写できませんから、ご注意を」

「なるほど。有難うございます」頭を掻くと、夫人は眉を下げた。

「慣れるまでは、お大変でしょう」

「いえ。早くお役に立てるように励みます」

夫妻ともども親切だ。

やがて外への遣いも頼まれるようになった。印刷屋に走って「急いでくれ」と言うだけだという。

ところが印刷にも専門用語があって、それを使ってまくし立てられると類は引き下がらざるをえない。

「あともう三日くれと言ってます」

さすがに社長は眉間に縦皺を刻み、別の若い社員を走らせた。大学を出てまだ数年であるらしいのに、帰ってきた時は「明日、夕刻になりますが何とか仕上げると、約束させました」と社長に報告した。何をどうかけ合えば工程が半分も縮まるのか、類にはわからない。

僕は本当は画家なんです。小説も書いているんです。

心の中で表明して、何とか己を支える。

雑誌に『鼠心』が載ったことで、どこかの出版社から執筆の依頼が来はすまいか、密かに期するものがあった。さあ、そうなれば大変だ、日曜は疲れて半日は寝て過ごしてしまうが、そうもいかなくなる。そんなふうに構えてもいたが、依頼も感想も来ない。仕事にも慣れない。

それでも初給が出て、八千円を受け取った。今、東京都の小学校教員の月俸が諸手当を入れて五千円ほどであるらしいので、申し訳ないような気がする。だが懐に入ったぬくもりは、月曜から土曜までのほぼすべての時間を費やした成果だ。新しい小説を手がけたい気持ちも封じ込めた、その引き換えだ。

新宿の紀伊國屋に寄って荷風散人《かふうさんじん》の単行本を購い、それを自身への褒美にした。そして牛肉を買い込んでまた電車に揺られ、丘の上に上がった。

夕飯は板間で小さな焜炉《こんろ》を囲み、すき焼きだ。美穂は久しぶりにビヰルを用意していた。

子供たちは「おいしい」と何度も言い、もりもりと食べる。美穂は葱や白滝を足しながら、類に微笑みかけた。

「考えたらこの子たち、すき焼きを食べるの、初めてですね」

「そうだったかい」

「初めてですわ。大変な時代に生まれてきたんですもの」

「もう大丈夫だ。これからは何もかも、きっと良くなる」

ビヰルも旨かった。

夏の終わりに、文化学院から美術科講師の口がかかった。

喜多方で絵を教えてやった青年が戦後上京して、文化学院の学生になったのだ。彼が類のことを学院側に話したようで、週に二回の教授で月に二千円くれるという。勤めがあるので引き受けることはかなわないのだが、画家として報酬を得られる機会を逃すのは惜しい。美穂に相談してみた。

「いいお話じゃありませんか」

大乗り気だ。

「でも、講師なんぞ僕に勤まるかなあ」

「喜多方でも教えていらしたじゃないの。その時の生徒さんが推薦なさったんですもの。あなた、いい先生なんだわ」

「展覧会への入選実績もないんだぞ」

「肩書には事欠かないわ。長原孝太郎先生に教えを受けて、藤島武二先生の弟子筋で、巴里に留学経験がある。父は森鷗外、義兄は小堀四郎、義父は安宅安五郎ですよ」

美穂は歯切れよく並べ立てた。

「それに、近頃は絵筆を持つ暇もないでしょう。私、少し気の毒に思っていたの。社長さんにお話だけでもなさってみたら？　週に二度、ほんの数時間抜けさせていただくだけですからって。他のことじゃないんですもの。芸術を教えるのだから、理解を示してくださるかもしれませんわ」

「そうだな。仕事の遅れは、社に戻ってから取り戻せばいいんだ」

この頃は校正よりも、入稿前の原稿に鉛筆を入れる仕事が主になっている。

「発行書籍の執筆者はほとんどが法学博士、大学の教授でね。仮名も新旧取り交ぜてお遣いになる。それを僕が新仮名に統一していくんだ」

「原稿の全部をそうなさっているの？」

「二百字詰の原稿用紙で三百枚、四百枚とあるからね。なかなか骨が折れる」

「でも、そういうお仕事ならあなたご自身の裁量で運べますもの。ともかく、社長さんにかけ合ってみられたらいかがです」

何日か後、社長の手がすいたらしき様子を見て取って申し出てみた。心苦しくはあるが、やはり美穂の言う通り、芸術への理解に縋《すが》るしかない。すると、「いいですよ」と言った。

「よろしいのですか」

迷いもせずに首肯する。他の社員から聞いたところによると神保町でも有名な出版社の社長夫人の弟であるらしく、人間がこせついていないのだ。

文化学院の仕事は十月から始まって、週に二度、午前中は社を抜けるようになった。最初は授業を終えるや、上着の袖に手を通すのももどかしいほどに走って戻ったが、まもなく喫茶店で生徒たちと珈琲を飲んでから帰るのが習慣になった。石膏素描を教えるだけでは足りないのだ。問われるまま、長原先生の思い出や巴里の町角の夕暮れの様子、ルーヴルの近くに現れる栗鼠《リス》や黒兎の話をしてやった。

学生らは双眸《そうぼう》を輝かせて聞き入る。類も愉しい。そして、やはり芸術こそが己の本領だと思う。いっそ勤めを辞めて講師一本で食べていけないものだろうかと、夢想する日もある。

社に帰ると、ちょうど校正刷りの初校が上がってくる頃合いだ。それを持って執筆者の大学に届けるのも類の仕事で、教授が大学を出た後であったりすると教授の住む鎌倉の自宅にまで訪ねなければならない。そして、前日渡した校正刷りを受け取って社に引き返す。

鎌倉から江ノ島へ出て小田急に乗れば丘の上の我が家に帰れるというのに、直帰は許されていない。夜になっても社に持ち帰り、印刷屋に渡してやらねばならないというのがその理由だ。むろん万一の紛失を防ぐ意味もあるらしい。だが日によっては事務所の灯りはもう落ちていて、奥に声をかければ晩酌を傾けている最中の社長が赤い顔をしている。結局、翌朝、類が印刷屋まで運ぶことになる。

出版社勤めといえば世間に聞こえはいいが、受け持っている仕事は郵便配達員と何の違いもなかった。情けないが仕方がない。教授に何を訊かれても応えられず、印刷屋にもずぶの素人だと知られている。社長はもう、校正作業も仮名遣い統一も類に回してこない。必ず誰かがやり直さねば、印刷の直しも増える。それは一冊の制作費の費えにかかわるらしかった。

十二月も半ばになって、奥に呼ばれた。

一カ月分の給与とほぼ同額の退職金を差し出され、頭を下げるしかなかった。どこかで覚悟はしていたのだ。これでようやく身の置き所のない辛さから解放される。懸命にそう思うのに、落胆は隠しようもなかった。美穂や杏奴に何と説明すればよいのか。文化学院もいつまで続けられるか覚《おぼ》束《つか》なくなっている。

森先生のお喋りは楽しいが、絵が上達する教え方じゃありません。

生徒からそんな声が上がっていると聞かされたばかりだ。もっと実践的な教授をしてくれと、事務局長は渋面《じゅうめん》であった。

「お世話になりました」

社長は黙ってうなずいた。夫人も黙っていた。

部員らにも言葉少なに挨拶をして、外へ出てから外套を着た。路地を抜けると、「森さん」と背後から呼ばれた。若い編集部員だ。類がどれほどのへまをしても厭な顔一つせず、侮るような素振りも見せたことがない。何となく玄を思わせる体軀《たいく》で、髪も黒々と豊かだ。

「最後に、珈琲くらいご一緒しましょう」

喫茶店に誘われて、断る理由もなかった。珈琲を待つ間、煙草を喫んだ。味がしない。

「お子さん、おられるんでしょう」

「四人います」

「そうですか」と、眉が動く。「社長、それを知っているんですか」

「むろんご存じです。履歴書に書きましたから」

「これから、どうなさるんです」

「わかりません。妻とも相談してみませんと」

思うままを打ち明けた。上辺を言い繕《つくろ》ったところで、当方の働きがいかほどのものであったか、何もかもを承知している相手だ。しばらく沈黙して、珈琲が運ばれてきた。互いに啜り、また煙草に火をつける。

「森さん、働いたことがないというの、本当だったんですね」

「冗談かとお思いでしたか」

「いや。そんな人が身近にいたのは初めてだったもので」

「自信はなかったんです。最初から」

彼はおもむろに茶碗を口から離し、微かに笑った。

「何か？」

「いや。妙なことを堂々と言うと思って」

「そうですか」と、類も苦笑する。「自信はなかったんですが、ここまで役に立たない人間だとは思っていませんでした」

また本音を口にしていた。しかし彼は頭を振る。

「役に立つ、立たないじゃないんですよ。あなたのような人が生きること自体が、現代では無理なんです」

どういう意味だろうと思ったが、訊き返しはしなかった。茶碗が空になって、澱《おり》が黒い。喫茶店を出て、「さよなら」と言って別れた。

風が冷たくて、首をすくめそうになるのをこらえて歩く。彼の最後の言葉が轍《わだち》のように胸に残っている。非難めいた響きはなかった。同情でもない。そんなものは断固として、この心が拒否する。反射的にだ。そうではなくて、何かを言い当てられたような気がした。

僕のような人間とは、生まれや育ちを指しているのだろうか。しかし、社会は変わってしまったと言ったのか。そんなことはわかっている。父が生きた明治ではない。今は昭和だ。敗戦後の日本だ。そして僕には妻子を養う貯えも、職もない。

町を行けば、やがて人々の雑踏に紛れ込んだ。それでも彷徨《さまよ》い続ける。ジングルベルが鳴っている。

11　文学の家

細長いささやかなベランダに、小さな薔薇の鉢が並んでいる。花の蕾はまだ硬そうだが、五月の陽射しが窓辺を流れるたび葉は揺れて緑の光を返す。

ベランダの中央には一匹の三毛猫が前肢《まえあし》を揃えていて、鼻先は桜色だ。左目に黒い目やにがついているので取ってやりたいが、指先を伸ばしても嫌がって顔をそむける。それでいて逃げはせず、猫からすれば類が侵入者であって、去るのはお前だという料簡なのだろう。猫はふいに肢を踏みかえ、顎を上げた。茉莉が皿を持って引き返してきたからだ。

「ボナペティ」

皿が供されるや、顔を突っ込んでいる。頭を小刻みに動かし、旺盛な咀嚼ぶりだ。皿は鮮やかなオレンジ色の琺瑯《ほうろう》びきで、無雑作な筆致で赤花や黄花が描いてある。

「今日のメニュウは何だい」

「煮干しとチイズの細切れに、牛肉の缶詰の煮凝《にこご》りを少し」

「こいつは驚いた。うちの子よりいいものを食べてるぞ」

「ゆうべの残りものよ」

「煮干しとチイズが？」と掃き出し窓の敷居をまたぎ、懐から煙草を出した。燐寸を擦って火をつけ、いつもの灰皿を膝脇に引き寄せる。深い紅色がデコ調に配された硝子の器で、もとはボンボン容れなのだろう。

「コンソメが手に入らないんだもの」と、茉莉はまだ猫を眺めている。

「それで、煮干しで出汁《だし》をとったスウプ？」

「具は缶詰の牛肉とキャベツで、味つけはフィレンツェ」

あいかわらず独創的だ。煙草を喫みながら、ベランダの向こうに視線を投げた。

畑地の中に、焼け残った家がぽつぽつと点在している。ここもそのうちの一軒で、茉莉は疎開先の福島から引き上げてこの二階を間借りした。井の頭線の永福町駅から歩いて十分ほどで、春には蓮華畑や菜種の畑越しにこのベランダが見える。白い蝶がひらひらと長閑だった。ただ、陽気と共に肥壺《こえつぼ》の臭いも部屋に侵入してくる。雨上がりには水溜まりが泥濘と化して、跳ねを上げぬように歩くのもひと苦労だ。

「こんな家の二階で暮らしにくくないかい」

「こんな家とは、言ってくれるわね。類ちゃんと周旋屋《しゆうせんや》がここを勧めたんでしょう」

「違いない」と、類も笑って煙をくゆらせる。

茉莉はゆるりと立ち上がり、また炊事場に向かった。水音がするので湯を沸かすのだろう。もうモンペではなくスカアトで、濃灰色に白の縦縞が細く走っており、上は梔子色《くちなしいろ》のブラウスだ。丸い襟は二枚仕立てで縁には小さなレエスが巡り、首筋が上品に見える。

戻ってきた茉莉はソファがわりにしているベッドに腰を下ろし、少女のように躰を弾ませた。

「私、仏蘭西文学をやり直そうと思ってるのよ」

「仏蘭西文学？」「ええ」と今度はくっきりと、大きな目を瞠ってうなずいた。

茉莉は最初の夫、山田珠樹と破鏡した際、二人の子供を連れて出ることを許されなかった。上の息子は長じて東京帝国大学仏文科を卒業し、父親と同じ仏文学者となっている。一時は関西の同志社大学に勤めていたが二年前の昭和二十三年に東京へ戻り、母校の教養学部で教鞭《きょうべん》を執っているらしい。今はもう三十一だ。東京に戻ってきた際に手紙がきて、いつか再会を果たしたいと書いてあったようだ。

茉莉はその日を心待ちにしていて、学者になった息子との会話のために仏文を勉強しておこうという決意なのだろう。

珠樹は肺を患って勤め先の東大を休職し、後に退官して鎌倉のサナトリウムで養生していたようだ。亡くなったのは七年前の戦時中で、五十一歳だったと聞いた。

昼食を終えた猫は満足げに姿勢を戻し、前肢を舐めては口の周りを拭いている。茉莉はベッドから腰を上げ、炊事場に引き返した。盛んに湯気を立てている薬罐の火を止め、小ぶりなティーポットを温めている。さらに食器を出す音がして、やがて何やら香ばしい匂いが漂ってきた。ごくりと生唾を呑む音を立てそうになって、「トースト？」と訊いた。

「ええ。私、お昼まだなの」

壁の古時計を見れば、もう二時半だ。たぶん朝食を兼ねての昼食がまだだったのだろう。腹の虫が鳴きそうになって、「おやつの時間じゃないか」と笑いに紛らす。

「僕にも一枚」

「食べるの？」「食べるさ」

「図々しいわねえ」

「痩《や》せ我慢をせぬのが、唯一の取柄でござれば」

剽《ひょう》げながら腰を上げ、ベッドの足許に仕舞ってある卓袱台《ちゃぶだい》を注意深く引っ張り出す。

壁際は書物や雑誌が山積みで、迂闊《うかつ》に触れると大事故になりそうだ。山の上には空き瓶や空き箱が大小取り交ぜて置かれ、茉莉いわく「飾っている」らしいのだが、書物の合間からは包装紙やスカアフや風呂敷のたぐいもはみ出している。

類の住まっている家もバラックだが美穂はいつも丹念に掃除しているし、子供たちにも整理整頓を躾けているので、床に玩具や絵本が落ちていることなど滅多とない。類自身、神経質だった母にうるさく言われて育ったせいか、文机の上も常に綺麗に拭いてから執筆に取りかかるのが常だ。

しかしここはいつも雑然としていて、巴里の画家のアトリエを思い出させる。ベッドにかかった大判の布カバーの幾何学模様と空き瓶のラベルの模様、包装紙の空色と壁に貼った古い仏蘭西映画のポスタア、各々が無関係に見えながら絶妙に配置されているのだ。炊事場を兼ねた三畳の板間も同様で、食器簞笥と鏡台が並んでいる景色は奇妙だが不快ではない。好もしい無秩序だ。

これは茉莉がそうと企んだのではなく、自然とこうなってしまう趣味があるのだろう。そして何より、この部屋での暮らしを大切にしているのが類にはわかる。

茉莉は母から譲られたダイアモンドを売って、ここを借りた。母の嫁入り道具であったそのダイアを戦時中も肌身離さず、小さな袋に入れて帯揚《おびあげ》に結んでいたほどだ。戦後を生きていく資金を作るために売る決心をつけたものの、一年以上も迷っていた。つまらぬ店に売って騙されると事だから御木本《みきもと》あたりで見せた方がいいと類は勧めたが、結句は違う店で引き取ってもらったようだ。美穂が言うには、一カラットの上物のダイアが店頭では四十万くらいであるらしい。果たしていくらで売れたものか、それは聞いていない。

折り畳んである卓袱台の脚を広げ、茉莉が運んできた盆を迎えた。バタが艶々と動くトーストは一口大に切って古伊万里に盛られ、紅茶の茶碗は深い青の深川製磁だ。いずれも戦時中に庭に埋めて焼失を免れたもので、引越し祝いにバラックの納屋から類が運んできた。

トーストを口に入れると、肉桂《シナモン》の香りがする。

「こんなの、よく手に入ったなあ」

「杏奴ちゃんが送ってきてくれたのよ。出版社からですって」

「岩波かい」

「聞かなかったけど、あなたのもちゃんと預かってるわよ。ご安心召され」

「心配なんぞしてないさ。それに、身分が違う」

口の中にバタの脂分が広がって、甘みもある。

「これ、砂糖もかけてあるの」「そうだけど」

「こんな贅沢、久しぶりだ。メルスィ、ボクーだ」

「ジュヴゾン、プリ」と、茉莉の「どういたしまして」はさすがに滑らかだ。

「まだ、先行きが見えないの」と訊かれ、「まあね」と類は猫のように顎を上下左右に動かす。

「どん底ってのは、果てがないことを言うんだね。もうこれ以上の貧乏はなかろうと思っても、翌月はもっとひどいや」

勤めていた出版社を馘《くび》になったのは、去年の十二月二十四日だった。よりによってクリスマスイヴ。以来、収入は父の印税のみで、逼塞《ひっそく》を極めている。バラックの周りで畑を耕して自給自足を始めたものの、素人農業で一家六人の口が養えるはずもなく、質屋に持ち込む美穂の着物や装身具も尽きた。美穂はたびたび実家の安宅家に都合をつけてもらい、そして類はしばしばここを訪れて融通を頼んでいる。

杏奴にはどうしても言い出せない。せっかく紹介してくれた勤め口をしくじって、その詫びを入れるだけで精一杯だった。このうえ借金など申し込んだら門前払いを喰らうか、さもなくばこっぴどく説教されるだろう。その点、茉莉が相手であれば気が楽かというとそうでもなく、電車に揺られ、駅の改札を出る際も気が重く、溜息が出る。

しかも茉莉は用件がわかっていながら、快く迎え入れてくれるのだ。類が思い切って「少し貸してください」と切り出せば、眉を額の真ん中まで上げて睨む。

もうすぐ乞食《こじき》になる人から、持ってかないでちょうだいな。

半分笑いながらであるけれども、あながち大袈裟でもない。ダイアモンドを手放した茉莉にはもう、財産といえるものがないのだ。父の著作物の権利は死後三十年で消滅すると決まっているから、再来年の昭和二十七年になれば印税収入も途絶える。杏奴のように夫君がいるわけでなし、執筆の依頼が頻繁にあるわけでもない。ダイアを売った金の貯えがなくなれば、無一文になる可能性は充分にある。

けれど類も切羽詰まっている。五十近い姉に申し訳ないと思いつつ、妻子を飢えさせるわけにはいかない。そして茉莉は一度たりとも断ったことがなく、「はい」と綺麗な封筒を差し出す。「すみません」と、類は押しいただく。

「ねえ、さっきの、何よ」

茉莉は紅茶茶碗を皿に戻し、上目遣いになった。

「さっきって？」

「身分だなんて、時代がかっちゃって」

ああと、もう一切れを口に入れて紅茶を飲む。「姉さんも食べなよ。旨い」

「美味しいのはわかってるわよ。私はまた後で焼けるから、好きなだけ食べなさい」と、指先で皿を押してくる。

「いや、岩波の編集者に僕も会ったからさ。つい何日か前」

「そうなの。全集のことで？」

「僕なんぞにパッパの全集の相談なんぞしないだろう。まあ、杏奴姉さんの家を訪ねるのは、岩波でも専務や役員だ。僕はこちらから一ツ橋に出向いて、平《ひら》の編集者に頭を下げて会ってもらう側」

「出向いたの」

「そう。原稿を持ち込んだ」「へえ」と、茉莉はようやく一切れを摘まんで口に入れた。

「岩波だけじゃないよ。疎開中に書いた小説、以前、志賀先生に見てもらった『初旅』ってのがあるんだけど、今、耕《こう》さんを通じて新潮社に渡ってるんだ」

「コウ？」

「耕治人《はると》だよ。私小説で売り出し中の。知らないの」

茉莉は興味がないらしく、気のない返事をよこしてまた紅茶茶碗を持ち上げた。類は立ち上がって炊事場で手を洗い、自身のハンケチで拭きながら戻る。

「行っちゃったわね」

茉莉が呟いた。猫が去った後のベランダを見ている。硝子窓は片側に寄せたままで、カアテンの裾が風で動く。水色の地に、黒の線が縦横に不規則に描かれた意匠だ。

「また来るさ。あんな馳走に与《あずか》れる家は滅多とない」

「ええ」と、小さく笑う。類は「それよりも」と、ベッドの上に脱いだ上着のポケットから折り畳んだ原稿用紙を取り出した。

「この詩、どうかな」

茉莉は「夏」と、声に出して題を読んだ。「蚊いぶしの香《かほり》、しみわたる宵」と、続ける。類はもうすっかり憶えているので、共に朗誦《ろうしよう》する。

「田舎の町はづれ、しづか、祭礼の稽古の太鼓、ひとり聞くは我……」

読み終えた後、茉莉はしばらく黙し、視線を再び冒頭に戻した。類は煙草に火をつけ、窓外を眺める。耳の奥を、村祭の小太鼓や笛の音が過る。

「わりあいと、いいわね。もの悲しくて」

「そうかい」と、煙草を指にはさんだまま蟀谷《こめかみ》を掻いた。これが類の作であることは、原稿用紙に名を記してあるので茉莉も承知しているはずだ。

「姉さんは、そう言ってくれるような気がしていた」

弟の詩であるからといって、評を水増ししたりはしないはずだ。芸術的良心というものがある。それは絵画についても同様で、茉莉は妹や弟の絵にも率直な意見を述べた。そして杏奴よりも類の画才に期待してくれた、ただ一人の人である。

けれど類は今、絵画の修練を止め、詩と小説に気を入れている。絵画は仕上げるまでに時間と費用がかかり過ぎ、戦後は個展を開くどころか絵具やカンヴァス代の捻出《ねんしゅつ》も厳しい。文筆であれば、費えは原稿用紙と鉛筆だけで済む。もっとも、いつまでも日本橋の榛原で購うわけにはいかず、コクヨのものに切り替えた。

「じつは、佐藤《さとう》先生もいいと言ってくれた」

「ああ、このあいだ、私が留守番を頼まれた日ね」

先月の末、目白坂の佐藤春夫《はるお》邸を安宅の母と美穂の三人で訪問し、詩の習作をいくつか見てもらった。美穂の母、福美は若い頃から佐藤先生と見知りであるらしく、わざわざ挨拶に出向いて類への指導を頼んでくれたのだ。

「褒めてくださったと美穂さんから聞いたけど、その顔つきはかなりの評だったのね。そういえばあの日は取り紛れて、詳しく聞き損ねていたわ」

「姉さんと二人きりの場で報告したかった」

あえて伝えなかったのだ。こうして茉莉と二人きりの場で大切に報告したかった。

「この、香の振り仮名は指摘を受けた」と、類は指で示した。

「香を『かほり』と読ませるのは間違いで『かをり』が真実、お父様のお叱りを受けますとおっしゃった」

「そう」と、茉莉は目を細める。

「漢字仮名遣いに厳しかったものねえ。便利さや読みやすさを優先して言葉の由緒や筋目をないがしろにする態度には、厳として反対だった。差別的な言葉や、それから何かと言葉を省略する風潮も戒めていたわ」

「考えれば、パッパは省略しない人だったね。学問も著作も」

そして人生も。どうしたらあんなことができるのだろう。仕事を持ちながら思索し、書き、論じ、そして子供たちをあれほどまでに愛した。何一つ忽《ゆるが》せにすることなく、省略しなかった。

茉莉は類の言葉に少し驚いたように口を開いたが、小さくうなずいた。

「それから、ここも指摘されたよ。『しづか』は『静か』と、漢字で表すようにと」

茉莉は再び原稿用紙に目を凝らし、もう冷えてしまったはずのトーストを口に入れる。

そして、あともう一つ。削除する方がいいとおっしゃった一行がある。姉さんはどこだと思う?」

頬を動かしながら考えている。

「この、『死せる蚊』かしら。一行目の『蚊いぶしの香』と、イメージが重複する」

なるほどと、煙を吐く。

「違うけれど、姉さんの意見にもうなずけるね」

「じらさないで。佐藤氏は、どこを削除するようにとおっしゃったの」

「最後の一行だよ。『賑へる夜の吉原』だ」

茉莉にはそれが意外だったようで、「へえ」とまた視線を原稿に落とす。

「確かに、『想ふはその昔の夢』で終わった方が綺麗だわね。この一行で、舞台が突然変わるという唐突感も否めないわ」

そのまま口を噤んで考え込んだので、類は煙草を消して炊事場に立った。薬罐に水を足して火をつける。

「でも、私はこの『賑へる夜の吉原』で情景が目に泛んだわ。窓の欄干《らんかん》に寄りかかって、幼い頃過ごした郷里の祭を思い出す女の姿が見えた。つまり歳月の流れが感じられる」

「そいつは嬉しい感想だ」

「座敷の賑わいがかえって切なく響くのよ。でも吉原と書いてしまうと、詩想を限定してしまうのかしら。佐藤氏は何とおっしゃったの」

「理由は何も。なぜですかと訊くわけにもいかないだろう。自分で考えることだからね」

この季節なので、薬罐の中ですぐに水が踊り始める。

「グラグラ沸かさないと、駄目よ」「わかってる。今、待ってる」

「この終わり方は、いっそ小説的ということなのかもしれないわね。それがよいことか悪いことか、私にはわからないけれど」

「なるほど」と、類はまた感じ入る。そう言われれば、そんな気がする。火を止めた。ティーポットにそろそろと湯を入れて戻り、茉莉の茶碗と自身のそれにも注いだ。

「氏は、何と言って褒めてくださったの」

「他にも何作か見てもらったんだけど、勘所《かんどころ》はできてきているから、ともかくたくさん作るようにとおっしゃった。以前はまだものにならぬから、たくさん作るようにって言われたから、大いなる進歩だ」

「よくわからない褒め方。どのみち、たくさん作らねばならないのね」と、茉莉は肩をすくめる。

「そうらしい。だから作ってるよ。毎日ね。小説も書いてる」

本当は、まだ続きがある。佐藤先生はこう言ったのだ。

文学に才能がある。あなたの詩はお父様の血を受けて、地味なロマンチシズムがある。

姉さん、信じられるかい。僕に才能があると、詩はパッパの血を受け継いでいると言われたんだ。あの佐藤春夫に。

でも類はまだそれを言わぬことに決めていた。口にすれば、煙になって消えてしまう気がする。

「書いては、出版社に原稿を持ち込んでるってわけさ。掲載にはなかなか漕ぎ着けないけど、いつか必ず日の目を見ると思ってる。手応えがあるんだ」

茉莉は二杯目を口に含み、「渋い」と鼻に皺を寄せた。

「それで姉さん、今日は折り入って相談がある」

一瞬、正坐に直ろうかと思ったが、わざとらしく見えそうで胡坐のまま頭を下げた。

「そうも改まらなくても、わかってるわよ」

いつもの頼み事だろうと心得顔だが、類は「聞いて」と掌を顔の前に立てる。

「僕、本屋を開くことにした」

「本屋って、え、どういうこと？」

「姉さんたちが不賛成だろうことは承知している。僕だって不安さ。勤め人にもなれなかった僕に商いなんぞできるのだろうかと、何度も考えた。でも商いといっても、食べものを扱う水商売じゃないからね。もともと、書物に縁の深い家で生まれ育ったんだ。稼業にするなら最もふさわしいのかもしれない」

茉莉は噴水でも浴びたような顔つきで、目をしばたたかせるばかりだ。

文京区が史跡の保存に乗り出し、その手始めとして森鷗外の旧居と観潮楼の焼跡に記念館を建設する計画が持ち上がったのである。発案は「鷗外記念会組織準備会」で、発起人には斎藤茂吉先生や佐藤春夫先生が名を連ねている。建設資金は組織準備会が寄金を募り、敷地は於菟と類が区に譲渡することになった。ただ、生まれ育った土地のすべてと縁を切ってしまう決断をしかねて、類は手許に四十坪ほどを残すことにした。

「店は千駄木の、あの敷地に建てる。むろん大きな家は無理だが、道に面しては店、奥が自宅というのが町の本屋の形態らしい」

「美穂さんは承知しているの?」

「ああ。家事をしながら店番ができるし、子供たちの世話もできるからね。僕も執筆を続けられる。本屋稼業であれば」

森家はむろんのこと、安宅家にとっても眷族《けんぞく》から商人を出すなど不名誉なことであって、誰も歓びはしない。けれど「本屋を開く」という思案が出たのは、美穂の里からだった。さして難しい勤めもまともにできぬ婿を見て、こうなれば家の名に拘泥《こうでい》している場合ではない、このままでは一家心中しかねない、何か、素人でもできそうな商いをさせるしかなかろうと考えたようだ。里とすれば、手をこまねいて静観するわけにはいかなかったのだろう。美穂もまじえて、何度か相談を重ねたのではないかと類は推している。

「もう暮らし向きのことで、喧嘩するのも厭なんだ」

「喧嘩、したの」

「そりゃあするさ。貧しくさえなければ、しなくていい喧嘩だってある」

美穂と話し合っても、はじめは「無理だ」としか思えなかった。頭を振るつど、美穂は顔色を変えた。

「働くのは無理だ、商いも無理だ。では、あなたがおっしゃる、絵と文章で世にお出になる時がいずれ来るとしましょう。その時まで、子供たちに何を食べさせろ、何を着させろとおっしゃるんですか。税金も払えない、電気もいつ止められたっておかしくないんですよ」

「わかってる。僕だって始末してるじゃないか。美術館に行く電車賃も工夫して乗っている」

「そのたび、珈琲や煙草を召し上がる」

「また、些細なことを言う」

「私だって申したくありません。でも入ってくるものがないのに、出ていくばかりなんです。もう、どこでいくら借りているのか、考えるのもうんざり」

皸《あかぎれ》だらけの指で額を摑むようにして泣く姿を目の前にして、「無理だ」と言い張る気力を失った。本屋稼業については自信の欠片もない。商いが甘くないことくらいはわかっている。

恃《たの》みは、文学だ。あるかなきかの才能が真にものになれば、赤貧の苦しさから脱け出せる。それまでの辛抱だ。

観念して、美穂に同意を告げた。

「それで」と、茉莉が先を促した。「私に、何をしろと」

「建築費は、住宅金融公庫というのができるらしいから、そこで借りることになると思う。でも費用すべてを貸してはくれないらしいし、あの敷地にバラックを建てて、さあ、本屋ですとやるわけにもいかないだろう。美穂が大工に見積もらせたら、結構かかるそうなんだ。それで、こうして援助をお願いに上がった。於菟兄さんには、保証人になってもらえまいかと思ってる」

己でも驚くほど、すらすらと繰り出せた。於菟はすでに台湾から引き上げ、小林町に住んで東邦大学医学部教授を務めている。前身は帝国女子医学薬学専門学校で、戦後、総合大学に変わった。

「大金になりそうね。杏奴ちゃんには？」

「開店の件は報告するけど、金は頼めない」

「それがいい。心配させるだけでしょう」

「姉さん、お願いします。資金の一部を助けてくれませんか」

頭を下げると、「そんな真似、やめてちょうだい」と肩に手を置かれた。

「用意するわよ」

茉莉は「持って、いきぁがれ」と節をつけ、役者のように首を回した。


低い洋卓がカタカタと鳴っている。

対坐する編集者がひどい貧乏揺すりで、膝で卓の裏側を小突き続けているのだ。さして歴史はなく大きくもない社だが戦後の文学雑誌の中では新人の発掘に力を入れているとの評があるので、今年に入ってから何度か原稿を携えて訪問している。

ここは玄関ホオル脇で洋卓と肘掛椅子の対が三つほど並び、観葉植物を一つ隔てた向こうにも痩せぎすの男が坐っている。類とほぼ同じ頃に入って受付嬢に呼び出してもらっていたのでかれこれ一時間も経っているはずだが、相手は一向に現れない。まだ詩人でも小説家でもない者への応対はここがもっぱらで、やたらと待たされるのが常だ。

男はしばしば奥のドアに首を伸ばし、そして膝の上に肘を置いて俯く。短髪に白髪が交じっているることに気づいて、類は顔を戻した。ズボンのポケットに手を入れたが、何の感触もない。そういえば、夜明け前に最後の一本を喫んでしまったのだった。

一編でいいから、真によい文章を書いて発表したい。その念願だけで、毎日、夜中の二時に起きて文机に向かっている。日中は本屋開業のためにすることが山とある。そのほとんどの段取りは美穂がつけ、類は背中を押されて住宅金融公庫に出かけ、取次《とりつぎ》の会社に会い、町の本屋をも訪ねて商いの事どもの教えを請うている。

六月に入って公庫から二十四万円を借りることが決定して、もう事は進んでいるのだ。しかし棟《とう》梁《りょう》から上がってきた見積では資金がまだ足りない。本はとても重いものであるから棚の材料費などを無闇に落とすわけにもいかず、せっかく新築するのであるから奥の住居部分も便利に心地よくと考える。高望みをしているわけではなく、建築美や芸術性云々は端《はな》から放擲《ほうてき》している。にもかかわらず、見積の金高は頃合いで納まってくれない。

それをいかに工面するかと考えても埒が明かず、気がつけば丘の上で拳を握り締めている。一家六人で細い綱の上を渡るような心地なのだ。停車場で電車を待っていて、いきなり膝頭が震え出したこともあった。梅雨が明けたら、工事が始まる。

その昂りと不安から解放されるのが、唯一、原稿用紙に向かっている時だ。いかに眠かろうと、目覚まし時計が鳴れば蒲団をはねのけ、顔を洗ってから珈琲茶碗を持って文机の前に坐る。そして書き上げた詩や小説を抱え、出版社を回っている。門前払いはされず原稿も読んでくれるが、そこには厚い扉がある。

鷗外の息子、小堀杏奴の弟という金看板があろうと、森類自身はどうしようもなく無名の作家だ。灰皿には編集者の吸いさしが置かれたままで、灰と化して零れていく。編集者の目の動きと原稿用紙のめくり方は大変な速さだ。頼むから、もっと大切に読んではくれまいか。類は不精髭《ぶしょうひげ》の顎を摑み、そんな言葉を吞み込む。最後の一枚に入ったかと思えばさっと目を潜らせるようなさまで、原稿用紙を手荒に重ねた。新しい煙草を口の端に咥え、火をつけぬまま息を吐く。

「面白みが失せましたねえ。それに、うちの雑誌に載せるには長過ぎる」

「先だっては短いとおっしゃったので、方々を詳細にして膨らませたんですが」

「ああ、だから冗長なんだなあ。分量がちょうど良くなったって核心から遠ざかっちゃあ、わざわざ手を入れて悪くしたも同然ですよ」

「まだ駄目ですか」

落胆を隠す気力も残っていない。

「駄目というより、小説になっていませんね。いっそ題材を変えて、別のものを新しく書かれた方がいいかもしれない」

「待ってください。あなたがこの作品は見込みがあるとおっしゃったから手を入れ続けてきたんじゃありませんか。最初は長いと言われたから方々を削って、そしたら今度は描写が性急だ、こうも短くては載せにくいと言われたから改稿したんです」

「一作にこだわっているお立場ではないと思いますよ。今は果敢に書かれるしかありません」

編集者は「じゃ、失礼」と言って立ち上がり、類のかたわらを忙しなく通り過ぎる。廊下を行く靴音が響き、入れ替わりのように「やあ、お待たせしました」と大きな声がした。待っていた男に声をかけている。途端に気配が騒がしくなる。

「これ、いいですよ」

「本当ですか」と、男は椅子から跳ね上がった。類はのろのろと卓の上の原稿用紙をまとめる。

「嘘なんぞ言うものですか。いや、よくここまでお書きになった。これはいけますよ」

「これまでご指導いただいたおかげです」

ちらりと目を這わせれば、礼を言う男の顔には血色が広がっていた。いかにも寝食の足りていない様子であったのに、生気を取り戻している。

「秋の号には載せたいと思うので、少し手直ししましょうか。まず冒頭の三枚は余計だと思うんですよ。それから、ここも要らないなあ。印象が分散するんですよ、こういう独白《モノローグ》は。登場人物ももう少し整理しないと」

「書き留めます。すみませんが、もう一度お願いします」

男は手帳を取り出し、鉛筆の先を舐めた。「はい」「はい」と神妙な返事をして、けれど声が細くなっていく。編集者の言う通りに直したら、ズタズタの小刻み死体だ。類は鞄の中に原稿用紙をしまい、立ち上がった。

「題も変えるんですか」

「いや、僕はこれでいいと思うんだけど、編集長の意向でね。どうしても気に入らないみたい。でも安心してください。僕も一緒に考えますよ」

そうやって厚い扉の前で小突き回されて、挙句の果てには「悪くなった」と言われて原稿を返されるのだ。返してくれるのはまだいい方で、類に「載せる」と約束しながらそのままになっている原稿も方々にある。問い合わせるために社を訪ねれば三度に二度は留守で、やっと会えたと思ったら「上の者の意見が入ったので」という結論だ。つまり編集長のせいにして追い払う。外へ出ると、竹棒の先にペン先を取りつけた男が煙草の吸殻を突き刺しては拾っている。背後から「号外、号外」と叫び声が聞こえて、類の躰すれすれに走り去る。手には何も持っていない。ただ叫んで、東京を走り回っているのだろう。

類も何か叫んでやろうと思ったが、空き腹で声も出ない。極貧の躰から捻り出せるものは、言葉のみだというのに。

雨に降り籠められて、出版社に出向こうと思っていたのを止《よ》した。

類が久しぶりに日中も家にいるので、三女と長男ははしゃいでまとわりついてくる。三女は数え五歳、長男は四歳だ。一緒にてるてる坊主を作り、窓の軒に吊るした。小さな肩を抱き寄せて童歌を口ずさみ、竹林から流れてくる雨を見上げる。子供らの頭の匂いがする。

犬や黒兎は姿を見せぬので、庭の小屋で寝ているのだろう。家鴨はもう一羽も残っておらず、雉猫は仔を何匹か産んだ後、ふっつりといなくなった。

茉莉からもらった紅茶の葉を脱脂粉乳で煮て砂糖を入れ、卓の上に出してやる。二人は小さな唇を茶碗に吸いつかせ、大事そうに頰を動かす。そのさまを見るにつけ、胸が痛む。

パッパとお母さんがこの子らの手首の細さを目にしたら、どんな顔をするだろう。とんでもない時代に生まれ合わせたと悲しむだろうか。それとも、僕の不甲斐なさを嘆くだろうか。

奥に向かって、「おおい」と呼ぶ。「美穂、一休みしないか。ミルクティー」

返事がないので襖を引くと、横坐りの後ろ姿が行李の群れに埋もれている。

「何をしている」

「整理です。疎開先から持ち帰って、そのままになっていましたから」

「こんな雨の日にしなくてもいいんじゃないか」

「でも、晴れたら晴れたでするこがたくさんあるのよ。洗濯も溜まっていますし、買物も。それに明日は棟梁が打ち合わせに見えるわ。銀行にも行かないと、そろそろ着手金が欲しいと言われているんです」


そう言いつつ、前掛けをつけた背中が何となく揺れている。近寄って覗き込めば腕をだらりと伸ばし、目を瞑っている。

「美穂、具合が悪いんじゃないか」

「大丈夫よ。少しだるいだけで。それより、あなた、千駄木の家にあった医学書をご存じない？」

「医学書？　そんなもの、どうする」

「どうもしませんけれど、家庭用のものがあったでしょう。今、小学校で麻疹《はしか》が流行っているみたいで、いざという時に取り出せないと困るかしらと思って。ここはお医者様の往診もすぐに頼めないし」

「千駄木に戻れば、僕が子供の頃にかかっていた医者がある。ご子息が跡を継いでいるはずだ」

「でも、越すまで半年もありますもの。ああ、これ、どうしたものかしら」


美穂は新聞紙を開いては、古い裁《た》ち鋏や歌舞伎役者の配り物の手拭い、杏奴の編み棒を見せる。処分するかどうかの判断をしながら整理していたんでは、明日になっても片づかない。とくに類が拵えた行李は、手当たり次第に詰めただけなのだ。運賃を使って、どうでもいい物ばかり疎開させた。

「だから、越してからゆっくり整理すればいいだろう。向こうの方が広いんだから。ともかく、ミルクティー。子供たちが学校から帰ってきたら、てんやわんやだぞ。どうせ濡れて帰ってくる」

長女と次女が帰ってきたら合羽《かっぱ》を玄関口の土間で脱がし、拭いてやらねばならない。その前にお茶を飲んでひと眠りしたかった。この頃は寝不足がこたえてか、目の奥が痛む。

「でも、医学書」

「わかった。それは僕が捜すよ。書物が入ってる行李は桁外《けたはず》れに重いから、仕舞いながら見当をつけられる。このままじゃ横になれないし、文机も使えない」

美穂を立たせて一緒に卓を囲んでいると、長女と次女が帰ってきた。子供は傘が上手にさせぬもので、あんのじょう、髪も肩も濡れて色が変わっている。頭を拭いてやろうとタオルを持てば、美穂が「あなた、すみませんけれど」と言った。

「着替えのお洋服がまだ洗濯できていないんです。簞笥に杏奴お義姉様から譲っていただいたお古の浴衣がありますから、それを取ってくださいませんか」

「浴衣」

「ええ。桃色の朝顔模様と、鬱金色《うこんいろ》の金魚模様」

「よし、合点だ」

おどけて言うと、子供らが賑やかに笑う。「どの簞笥だい。君の嫁入り道具？」

「いいえ。千駄木の茶の間にあった簞笥です」

「ああ、お母さんの嫁入り道具ね。年季の入ったおんぼろ箪笥だ」

今度は美穂が笑った。

「心にもないことおっしゃって。あんな立派な品、もう材料がないんですってよ」

「何段目だい」

「一番上だと思います。下の方は一杯詰まったままで、私は触れてませんから」

「これも整理しなくちゃなあ。いや、越してからだよ。このまま運んで、落ち着いてから」と、いくつもの行李をまたぎ、箪笥の前に立って鐶《かん》に指を入れた。母の生家の荒木家の紋を象《かたど》ってある。

「懐かしいなあ。お母さん、パッパに腹を立てたらすぐにわかるんだ。この鐶が甲高く響く」

一段目を捜したものの、それらしいものが見当たらない。二段目の抽斗《ひきだし》を引けば手応えが重く、すっと前に引けない。いかにものがいいといえども、さすがにガタが来ているようだ。

「明日、棟梁が来たら二段目を見てもらってくれよ。いや、蠟をひいたら何とかなるかな」

「あなた、早く。風邪ひいちゃいますよ」

「わかってるって」と、手前の風呂敷包みを持ち上げてみた。それらしい色が見えて「あったぞ」と板間に取って返し、美穂に渡す。長女と次女にすぐさま羽織らせると、三女が「あたちも」と言い出した。

「お姉ちゃんたちは、お洋服の替えがないのよ。あなたはこうして着ているでしょう。ほら、この釦《ボタン》、大好きな蛙ちゃんが描いてある」

美穂が宥めても羨ましがるばかりであるので、「出してやれよ」と類は言う。

「でも、夏の衣類はまだ出し揃えていないんですよ。このところ、忙しくて」

「わかった」と類は畳間に戻り、抽斗の中にあった風呂敷の数枚をひっ摑んで戻る。柿色地に羊羹屋の屋号が入っているので、引出物でも包んであったのだろう。肩に回して首の下で結んでやり、「そうら、魔法のマントだ」と褒めそやす。しかしまだ不服げで、今にも泣き出しそうだ。

するとと長女が父の意を汲んでか、「いいわねえ」と妹の肩に手を置いた。次女も同様にして、三女はたちまち機嫌を直したが、今度は末子の長男がぐずり出した。

「そう来ると思ってたよ」と類はニヤリと笑い、新聞紙で兜を折って頭にのせてやる。

「これも魔法の兜だぞ。ほら、剣もある」

新聞紙を丸めて持たせ、「本屋の武将だ」などと言い含める。しばらく一緒に遊んでやるうち、ようやく四人でキャアキャアと声を立て始めた。

美穂は濡れたものをまとめて盥《たらい》に入れ、玄関口に出している。類も「さて、行李を片づけよう」と畳間に入った。ひと寝入りする時間はなくなったが、己の頬が緩んでいるのがわかる。

抽斗を引いたままになっていた簞笥の前に立って元に戻そうと押し、またさっきの重さが気になった。歪みが出ているとか、滑りが悪くなっている状態ではないような気がしてきた。上半身を屈め、奥を見てみる。昔の上物だけあって抽斗の一段が深く、一目では見渡せない。いくつもの桐箱や袱紗《ふくさ》の束、賞状を納めた円筒をかき分けてまさぐると紙の感触があって、そのまま引っ張り出せば嵩《かさ》のある四角い包みだ。

きっちりと油紙に包まれている。相当に古い紙のようで飴色だ。簞笥の中にあるのが不思議な代物で、畳の上に腰を下ろし、胡坐の中で包みを解いてみた。

茶褐色の紙で表装された一冊が現れた。半紙の和綴《わと》じ本だ。手にして、中を開く。墨で、「明治三十二年六月十六日。午後六時新橋を発す」と記してあるのが読めた。

——根本通明氏餞《せん》するに藤四郎吉光の短刀を以てす。

何だこれはと、目を凝らす。

——十九日。午前三時門司港に至る。小倉に至りて、黒木、井上、仲木の三将官、川俣監督監等を訪ふ。

小倉という地名に気づいて、息を呑んだ。まさかと思いつつ頁を繰る。

——二十六日。始て小倉軍医学会に臨む。

先を繰れば、違う月の記述だ。

——二十日。日曜日に丁《あた》る。天始て晴る。薄暑雷雨。夜月明。聞く今宵長浜に盆踊ありて夜を徹すと。小倉男女の高く笑ひ高く歌ひて門を過ぐるもの暁に至るまで絶えず。

読み進めるうち、憶えのある筆跡が目につく。父は独逸時代の日記をいったん清書させ、そこに自身の手で補筆修正する方式を取っていた。これもひょっとしてと手にしたまま腰を上げ、行李をいくつもまたいで文机脇の書棚に向かった。父の全集を下ろして、片端から目次を繰る。指先が痺れたように震えている。

「どうなさったの。片づけるとおっしゃってたのに、余計に散らかしているじゃありませんか」

美穂を見上げた途端、「大変だ」とわめいていた。

「血相を変えて、いったい」最後まで言わせずに、ひと思いに「日記だよ」と告げる。美穂は怪訝そうに眉根を寄せ、積み上げた全集の前に膝を畳んだ。

「もしや、お義父様の日記なんですか」

「そうだ。たぶん、これまで未発見だった分だ。鷗外の日記のうち一部に不足の部分があると、何かで読んだことがある。小倉に赴任していた時期も日記をつけていたことは他の著述で明らかなのに、現物がなかった」

「どこにあったんです。どの行李？」

「箪笥だよ」と、類は指で示した。声が掠れる。

「お母さんの箪笥から出てきた。丹念に目を通してみないとまだ断定できないけれど、これはたぶん『小倉日記』だ」

美穂は「大変」と、手に手を重ねてくる。類は訳もなく、ウン、ウンと何度もうなずいた。


七夕の日になって、世田谷は梅ヶ丘の杏奴の家に出向いた。

美穂と三女が一緒で、長男は安宅家で過ごしている。今頃、祖父に教えられて西瓜や算盤《そろばん》の絵を色紙に描き、短冊と共に吊るしているだろう。小堀家の庭にも以前は立派な笹が立ててあったものだが、「うちの子たち、もう中学生なのよ」と杏奴は白い歯を見せて笑う。

煙草を勧めてくれたので、遠慮なく一本を抜いて火をつけた。

「姉さん、今年は何を刊行するんだい」

「今年は出さないわね。新潮から頼まれて、中勘助《なかかんすけ》さんの著作を私が編者になってまとめている最中なのよ。文庫だけど、今は分厚いものより手軽で好まれるみたい。通勤電車の中でも読めるものね」

一度夢中になるととことん貫く性分は若い頃のままで、戦時中は永井《ながい》荷風先生を戦火からいかに守るかに腐心し、今では夏目漱石の教え子である中勘助と親しく交際している。

十四年前、杏奴が初めて岩波書店から『晩年の父』という単行本を刊行した時、中氏が好意的に評していたと版元の小林勇から聞いて大感激したのだ。そして当人にわざわざ会いに行き、交際が始まった。戦中戦後と夫の四郎と共に交流を続けていたことは聞いていたが、ついに『中勘助集』の編者まで引き受けることになったらしい。

「お義姉様には、本当に感服いたしますわ」

四郎は疎開していた蓼科高原の家に残って画業に専念し、杏奴と子供たちだけでこの家に戻って暮らしているのである。せっかく空襲を免れた家を放置しておくわけにはいかず、子供たちの学校もあるからだ。杏奴は蓼科に頻繁に行き来しつつ、自身の執筆も続けて家を守っている。しかも戦後しばらくは戦争で家を失った四郎の兄一家と同居していた。自分の家であるのに嫂《あによめ》に気を遣って消耗し、まったく杏奴のお人好しには恐れ入る。

「いくつになっても杏奴姫は騎士のごとき精神を失わない。孤軍奮闘だね」

するとたちまち唇の端がめくれ上がり、「孤軍だなんて言わないで」と不服を露わにした。

「私だけが頑張っているような言われ方をするのは心外だわ」

「わかってるよ。家族と離れてアトリエに独り立て籠もるなんて、真の芸術家なればこそだ」

杏奴は自分のことよりも、自分が心酔している人間の価値が目減りするのをひどく嫌う。言う側に悪気がないとわかっていても敏感に反応するのだ。美穂に目配せされて、類は頭を掻く。杏奴の嫌うことを誰よりも承知しているのに、つい口が滑った。

「そう言う類ちゃんはどうなのよ」

「どうって、本屋の方は着々と準備を進めてるよ。それより、僕の作品が掲載されることになった。『心』という文学誌」

杏奴は顔つきだけで、知らないと言ってよこす。

「同心会の先生方が創刊した冊子だよ。志賀先生に山本有三《やまもとゆうぞう》、和辻哲郎《わつじてつろう》や谷川徹三《たにかわてつぞう》、柳宗悦《むねよし》も同心会のメンバーだ」

言ってから、また杏奴が嫌悪する白樺派を持ち出したことに気がついて肩をすくめた。今日はどうも調子が悪い。

「ともかく九月号に載る。題は『不肖の子』だ」

杏奴は片眉を顰め、「おやおや」と細くしなる指先で煙草を喫む。

「それは小説、それとも随筆？」

「随筆。短いものだけど、編集者に初めてあれこれ指図されずに済んだ原稿だ」

「指図って何よ」

「チャンチャンは言われたことないの？　ここを削れとか、長いとか短いとか、題が悪いとか」

「ないわねえ。もちろん校閲《こうえつ》を受けて漢字の間違いの指摘は受けるけど、内容についてあれこれ言われるなんて経験はしたことがないわ。小林専務から叱られるのは筆が遅いってことだけよ。あまり他社で書かないでもらいたいなあって、この間も皮肉られたわね。小堀杏奴を発掘したのは、この小林ですぞって」

思わず「厭になるなあ」とぼやくと、杏奴の機嫌が直ってくる。

「御作、楽しみにしていてよ」

勢いよく立ち上がり、「お祝いに珈琲をご馳走しましょう」と両腕を広げた。床に坐って熊のぬいぐるみと遊んでいる三女を抱き上げ、「重くなったわねえ。アイスクリイム食べに行こうか」と朗らかに居間を横切る。美穂と共に後に従って、廊下に出た。

「あなた、ちゃんとおっしゃらないと」

肘を摑まれ、「わかってるよ。タイミングを見計らってるんだ」と小声で返した。

杏奴が向かったのは帰り道の豪徳寺《ごうとくじ》駅の下で、希望という名の喫茶店だ。窓際の四人席がちょうど空いていたので、杏奴と三女が並び、対面に類夫婦が腰を下ろした。

「旨いね。ここの珈琲」「でしょう」と、杏奴は三女がアイスを食べるのを見守りながら満足げだ。美穂も「よかったわねえ」と娘に笑いかけつつ、緊張しているのが腕越しに伝わってくる。

「チャンチャン、じつはこの間、パッパの日記が出てきた」

すると杏奴は首を巡らせ、類の目を見た。そのままゆっくりと躰を立て、「日記」と小首を傾げる。

「未発表の、『小倉日記』だ」

「そう」と指先を丸めて唇に当て、「あったのね」と言った。

「私、ひょっとして焼けてしまったんじゃないかと思ってたのよ。観潮楼の階下で爆発事故があったでしょう。あの時に」

杏奴は「よかった」と何度も繰り返した。

「お母さんの、あの簞笥の抽斗の中にあったんだよ。きっちりと油紙で包まれて。姉さん、憶えある？」

「ないけれど、全集に載せる手紙の写しは私が引き受けていたでしょう。その時に小倉時代の日記の行方が気になって、於菟兄さんに手紙でお訊ねしたことがあるのよ。台北の帝大にお勤めだった頃。でも全く知らないというご返事で、諦めていた」

杏奴は居ずまいを正して、深々と頭を下げた。

「類ちゃん、美穂さん。よく守ってくれたわね。恩に着る。お母さん、さぞ歓んでると思うわ。小倉時代は、お母さんが最も幸せだった時期だもの」

指先で目尻を拭っている。類も胸の中が熱くなって、しばらく黙した。

「早く見たいわ。今日は持ってきていないの？」

「あんな貴重なもの、簡単に持ち出せないよ」

「そうね。まずは写しを作らないと、小林専務にも相談できないわね。その前に、於菟兄さんと姉さんにも。もう報告に上がった？」

「いや、まだ。ただ、話した出版社はある」

「話したって、どこに」

「今度、僕の随筆を載せてくれる文学誌を出している社さ」

初めて編集部に通されて、『不肖の子』の掲載が決まったと聞かされた。どれほど嬉しかったことか。父の日記が幸運を運んできてくれたような気がした。編集長まで挨拶に出てきて褒めてくれたので、それで「発見」のことを話したのだ。相手の目の色が変わった。

「勝手なことをしちゃ困るわ」

杏奴の声がいきなり硬くなって、かたわらの美穂が身揺るぎした。

「全集には収めるさ。でも、その前にどこかで発表するのもいいだろう。全文でなくても、話題になる」

「駄目、駄目。あなたはこれだから、もう。岩波の『世界』で採り上げるというのならまだしも、違う出版社の、しかも同人誌の延長みたいな雑誌で発表するなんて、パッパに申し訳が立たないわ。パッパの著作については、長男であるお兄様から岩波に正式に報告してもらうべきよ。発表の方法はその後に検討すべきだし、玄人に任せるべきだと思うわね。むろん意見を求められたら発言はするけれども。ああ、もう本当に、とんでもないこと」

杏奴の白い皮膚に、仄暗い翳が広がってゆく。

「類ちゃん、いいこと？　森鷗外の作品の著作権は私たちきょうだいに存しているけれど、『小倉日記』は日本の文学史上、欠くべからざるものよ。つまり公《おおやけ》のものでもあるの。そこをちゃんと弁《わきま》えてちょうだい」

斬り込むような声で言い放った。

三女を膝に抱きながら、黙然《もくねん》として電車に揺られる。

美穂も膝の上に置いたハンドバッグの上で手を重ね、ハンケチをいじるばかりだ。

「夕飯の後、相談しましょう」

いったん長女と次女を迎えに帰り、夕食は安宅家で摂ることになっている。子供たちを寝かせた後は酒も振る舞われるので、泊まることになるかもしれない。美穂はまた両親や兄の意見を仰ぐつもりなのだと察した途端、顎を撥ね上げた。

「いや、この件は安宅には相談しない」

本屋商いのレエルを敷いてもらい、美穂に引っ張られるようにしてここまで進んできた。そのうえ父の日記のことまで尻を持ち込むわけにはいかない。

「安宅は美術の家じゃないか。文学の家で育ったのは僕だ。僕が於菟兄さんにかけ合うよ。心配しなくていい。ちゃんと打ち明けるさ。建築費と開業資金に不足を生じている、全集に収めるんならいくばくかを前借りさせてもらえまいか、岩波の意向を訊いてもらう。チャンチャンの言う通りさ。『心』の編集部が大金を前借りさせてくれるかどうか心許ないし、その気があるならもうとっくに返事があるだろう。たぶん二の足を踏んでるんだ」

「大丈夫なんですか」

「ともかく、日記の写しを作ろう。まずはそれを用意しないことには、兄さんに話ができない」

美穂はハンケチをバッグにしまい、パチンと小気味のよい音を立てて口金を閉じた。

「わかりました。浄書《じょうしょ》は私がお手伝いします」

夕陽が車内を黄色く照らし、窓枠の形をした影が差し込む。娘は腕の中で寝てしまい、ワンピイスの裾が捲れ上がってズロウスが丸見えだ。美穂が手を伸ばして裾を整えてやっている。

類は腕を組み、目を閉じた。

12 森家のきょうだい

七時前に店を開けるとまもなく、オート三輪の音がする。

手にしていた箒を戸口に立てかけ、外の大観音《おおがんのん》通りへと出た。古物商の多い界隈であるので、屋号を記した硝子戸には暗色のカアテンが掛かったままだ。道の土や小石がタイヤに踏まれて弾かれる音がして、店前に立てた「主婦之友」の幟《のぼり》が風ではためく。

配達員の青年はいつものように口の中で朝の挨拶を告げるが、ぞんざいな「おはようす」としか聞こえない。こちらも適当に返しながら三輪の横腹に立ち、荷を受け取っては店先で下ろす。本に囲まれて育ったような身の上であるので紙の重さは知っているつもりであったが、町の本屋となればじつに重労働だ。毎朝こうして、取次会社から書籍と雑誌の山が入荷する。

オート三輪が去り際に吐いたガソリン臭さを手拭いで払いながら、晴れ上がった空を見上げる。暦ではそろそろ梅雨入りの季節だ。そういえば長いこと、紫陽花を見ていない。店先に一鉢なりとも飾りたいものだと思いながら床を掃いて塵取りを使い、荷のかたわらに片膝をつく。麻紐をほどいて伝票と照合するうち、もう汗ばんできた。

類がこの千駄木の屋敷跡に「千朶《せんだ》書房」を開いたのは、昭和二十六年の一月二十一日である。開店してもう二年半近くになろうか。

店の名は、斎藤茂吉先生にお願いした。自宅に伺って決意を伝えると、「そ」と白い眉を下げた。

「それは結構で」

いつに変わらぬ温顔で、楽しげに笑う。そして四十を過ぎた類に「坊ちゃん」と呼びかけ、観潮楼でのさまざまを懐かしそうに語るのだ。

「鷗外先生とお話をしている前を、坊ちゃんはよく行ったり来たりなさいました」

いつもの話だが、いつものごとく類は「そうでしたか」と曖昧に応えることにしている。

「ほう、憶えておいでない。先生はちっともお咎めにならないでね、右へ左へちらちらする坊ちゃんの間から、こう、顔をお出しになってお話しになりましたよ」

自身も白髪の頭をゆらゆらと動かしてみせる。この、愉快な仙人のごとき御仁の前に坐すと、類は何もかもがうまくいくという気がしてくる。

案ができたと連絡を受けて再訪すると、茂吉先生はまた楽しそうに笑んでいた。

「鷗外書店、千朶書房、どちらがおよろしいでしょう」

パッパの号を店名にしていいんだろうか。それはさすがにためらわれて、いったん決めた後でまた杏奴に叱られるのもかなわない。類は「千朶書房」を選んだ。父は若い頃に住んだ家を「千朶山房」と称し、それはむろんこの千駄木町という地名に由来している。家に帰って辞書を引けば「朶」は花枝を指し、花や雲を数える語でもある。久しぶりに、観潮楼の庭に咲いていた花々を思い出した。白木蓮や海棠、山萩や山百合の匂いに包まれて、千朶万朶《ばんだ》のごとき賑わいを茂吉先生が祈ってくれたような気がした。

開店の案内状は、佐藤春夫先生が筆を執ってくれた。葉書には、類を「わたくしの詩歌《しいか》の友」と紹介し、もとより商人の資質ではないけれども、その人柄と平素の志から見て「今に美しいよい店になると存じます」と書かれていた。

店名といい案内状といい、千朶書房は美しき佳きものを含んでいた。それは父の持つ美しさ、佳さである。だから二人の先生は願ってくれたのだ。

たとえ商人になろうとも、鷗外の子としてかくあるべし、と。

雑誌と週刊誌の種類、冊数も伝票と照合し、通りから最も目立つ陳列台に並べていく。書棚の間を通って帳場に引き返すと、ふとした拍子に木材や接着剤の匂いがまだ立ち昇ることがある。

類はそんな時、晩年の父が散歩がてらによく立ち寄っていた本屋のように、うちも早く古びてくれないものかと思う。薄暗く煙るような店内には知というものの結実した香りがそこかしこに蹲《うずくま》っていて、父はステッキを抱えてそこに同化するように屈み込み、一冊を膝の上で広げて頁を繰っていた。

静かに、それは大切に。千朶書房はそんな本屋になりたいのだ。

けれど類が内容や装丁を目利きした本は、なかなか動かない。世の中の人間は想像していたよりも遥かに読書をせず、新聞や週刊誌で事足れりとしているらしかった。にもかかわらず、本屋の数はむやみに多い。そのうえ、書評を目にしてふらりと店を覗いてくれた客があっても、それがうまい具合に入荷しているとは限らない。客が読みたい本と当方が揃えている本の乖離《かいり》は甚だしく、やがて類は周辺の家々を訪ねて注文を取るようになった。総合雑誌や婦人雑誌を定期購読してもらい、それを届ける際に一冊、二冊と単行本も注文してもらえれば御《おん》の字だ。

そのために中古の自転車を五千円で買った。

「東京じゅうの本の注文は、千朶書房がいただきだ」

八百屋で買ったオレンヂの木箱を荷台に括りつけて奮起すると、子供たちは類を囲んではしゃいだ。実態は御用聞きであっても、子供の目には父親の働く姿がたくましく映るものらしい。西生田の家では畑の野菜苗や生きものたちの世話をしている他は、家の前で紅茶を飲みながら新聞を読み、丘を散歩し、皆が寝静まってから文机に取りついていた。いつだったたか、小学校の教室で父親の職業を教師に順に問われたことがあって、長女は答えられなかったらしい。

今も、詩作や小説の執筆は続けている。洋机も三越で新調した。淡い灰白色の桐材で幅は一メートル五十ほどあり、両袖の抽斗が多いのも気に入った。執筆にはペンや鉛筆、文鎮と、小さな文房具が常に供をする。

今年の一月からは、岩波書店の総合雑誌「世界」で随筆の連載を開始した。『森家の兄弟』という題で、三年前に発表した『不肖の子』を読んだ編集者からの声がかりだった。類の著作が世間で名の通る雑誌に載った最初であるので美穂はたいそう歓び、実家の安宅家にも面目をほどこした。佐藤春夫先生も「文章がよろしい」と褒めてくれた。

続きの『森家の兄弟（2）』はすでに書き上げて、編集者に渡してある。多少の手直しはあるにしても、八月発行の九月号に掲載される予定だと聞いている。今はゲラと呼ばれる校正刷りが上がるのを待つばかりだが、さらに（3）の構想に着手している。

眠気と疲れがいかほど凄まじかろうと、父や母、姉たちのことは不思議なほど筆が進む。家族の風景は次から次へと泛び、手が追いつかないほどだ。一つの記憶が次の記憶を呼び覚まし、自身の文章でさらに記憶の風景が鮮やかになる。

母に叱られて泣きべそをかいていると、書斎から父の声が響く。子供に対しては怒らないで優しく言い聞かすがよいと母を窘《たしな》め、類には「よしよし」と言うのだ。

よしよし。坊ちゃんも泣くな。

その後、父はさも面白そうに、咽喉を鳴らすような笑い声を立てる。

幼い頃の類は母を恐れ、父を愛した。それを一筋の思いと共に書く。今の季節は庭の木々の葉が開いて、大きな硝子窓まで匂うように青かった。

皆で暮らした屋敷はもう跡形もない。けれど僕はここに戻ってきた。そして書いている。

原稿用紙を埋めた一言、一文が、類の日々を支えている。

さて、今日の配達分はと、客の注文票を取り出して荷を仕分けする。婦人雑誌を定期購読してくれている老婦人は、数年前に刊行された『みそっかす』を注文してくれていた。著者の幸田文《こうだあや》は露《ろ》伴《はん》博士の令嬢で、酒問屋に嫁いでいたが家業が傾いて自ら店先に立つことになったと、新聞で報じられたことがある。その後、破鏡して実家に戻り、父上を看取り、今は随筆家として世に出ている。書くことを勧めたのは岩波書店の小林勇であるらしく、若い時分から幸田家にも出入りしていたようだ。

小林の顔を思い出すたび、肚《はら》の底でチクリと棘《とげ》のようなものが動く。

三年前、類は父の『小倉日記』を発見した。それをどこの出版社に託すかは類なりの考えがあったが、杏奴の強い意向によって長男である於菟を代表者とすることになり、日記の一部の写しを於菟に預けた。まだ西生田の家に住んでいた頃だ。そしてこれも杏奴の考えによって、まずは父の全集を刊行している岩波書店に事の次第を話してもらうことになった。

美穂はさっそく浄書を開始して、しかしこの本屋の開店準備も重なっていたので、一時、体調を崩すほど根《こん》を詰めた。ところが、兄は岩波の担当者に写しをそっくり渡してしまったのだ。

「兄さん、『小倉日記』を岩波で出させるとお決めになったんですか」

これは森家のきょうだいのみならず、日本の文学史にとっても重大な「発見」なのだ。版元は充分吟味してしかるべきであるし、まずはそのための相談をする段階だ。齢《よわい》六十一の、しかもすでにいくつかの著作物もある大学教授なら、先方が提示する条件によっては他の出版社で出す可能性も残しておくくらいのことはするだろう。

しかし兄は類よりもさらに世事《せじ》、俗事に疎《うと》かった。

「いや、決めたということではないんだがね。先方が預かりたいと言うから渡したまでだよ」

兄は安気な駱駝《らくだ》のように口の周囲を動かしながら、硝子の洋灰皿に煙草の灰を落とすだけだった。僕に相談してほしかったですねと詰め寄りたい気持ちをこらえたのは、住宅金融公庫から建築資金を借りるのに保証人になってくれたことを恩に着ていたからだ。何もかもが安宅家のお膳立てで進んでいたので、長年、隔たって生きてきた腹違いの兄に情のようなものさえ感じて有難かった。

類は「まずいことになった」と美穂に話をして、すぐさま岩波書店に出向くことにした。対応に出てきたのは全集の担当者とその上司で、しかも「今、小林も参りますので」と用向きを告げるのを止められた。

三十分はたっぷりと待たせて応接室に現れた小林は、ソファに深く坐して脚を組んだ。類には最初に「お久しぶりですな」と会釈をするのみで、勃発してまもない朝鮮戦争についての話が内輪で繰り広げられ、こちらは置き去りだ。よっし、持久戦だと類も坐り直し、ぬるくなった茶を口に含む。すると小林の視線が動き、「で？」と顎が上向いた。

「類さん、今日は何？」

「父の日記の件です。兄が写しをお渡しした」と、湯呑を茶托に戻した。

「あれは大変な発見でしたな。本当に存在していたのかと、社内でも騒然となりましたよ」

「僕が見つけたんです」「そうでしたか」

それがどうしたと言わぬばかりだ。

「妻は浄書を始めています」「なるほど」

「あの日記は兄や姉たち、そして僕にも権利があります」

「さよう。ごきょうだい平等に」

「しかし僕が発見し、浄書もしています」

同じことを繰り返していると自覚しながら、他に言いようが見つからない。小林は呆れたように他の社員を見回し、そして類に軽く視線を戻した。

「承知しました。発見料という項目では経理が通りませんから、印税の前渡しということでいかがですか。浄書の費用も含めて」と、洋靴の尖った爪先を何度か動かした。

「十万円お支払いしましょう」

たじろいで、息をそっと呑み下す。いきなり金の話になるとは想像もしていなかった。

「それでご承服いただけるなら、すぐさま契約書を用意させますよ」

傲岸なその顔つきに、頭の中が冷たくなった。

僕は札束で横面を張られて、「黙れ」と言われているのか。

いや、どのみち岩波に決まる話じゃないか。印税の前借りということなら、兄さんや姉さんたちに相談しなくても済む。馬鹿な。人の足許につけ込むような真似をされて、黙っていられるか。無礼者。そう言い捨てて席を立つべきだ。

待てよ、類。僕の気持ちなんぞ、どうだっていいのだ。毎夜遅くまで日記を浄書している美穂に、これで少しでも報いてやろうという気にならないのか。美穂、やったぞ。十万円、小林からぶんどってやった。そう告げたら、どれほど歓ぶことか。たまには役に立つのだ、この夫も。

「よろしくお願いします」

提示額を受け容れた。せめて頭を下げることはすまいと、昂然《こうぜん》と顔を上げたままに。

そもそも、類も小林とは古い間柄で、父の死後、巴里に留学する前頃から知っている。刊行したばかりの岩波文庫に父の著作を収めさせてくれと通ってきていたのだが、母はあまり歓迎していなかった。恰幅《かっぷく》のよい、見ようによっては美丈夫なのだが、しじゅう酔っぱらっていた。母はその応対に難儀して、杏奴に命じて小林の自宅に電話させ、妻女が迎えに来たこともあったほどだ。母は出版社のことを本屋と呼んでいたので、「本屋が来るとやだね」と三度に二度は居留守を使い、杏奴も「大江山の酒呑童子《しゅてんどうじ》みたいだわ」と嫌がっていたのだ。

それが今では出版界でも有名な大立者《おおだてもの》で、杏奴の文才の庇護者のような立場だ。小堀杏奴といい幸田文といい、小林は文豪の娘に道を開くらしい。

「行ってまいります」

朝食を終えたらしき娘たちが、次々と玄関から出る音がする。

「自動車に気をつけるのよ」

水音がするので、美穂は台所で食器を片づけているのだろう。娘三人はたちまち店の前の通りに出て、類にもついでのように、ぴょこりと頭を下げる。

「ああ、行っといで」手を止める暇もなく、朝陽の道へ向かって声をかける。奥では、小学校にまだ上がっていない長男が美穂に何やら叱られている。

「早くお食べなさい。お母さんはお店があるの」

本屋はともかく店番をしなければ始まらないので、類がこうして店にいる間に美穂は家の事と子供たちの世話をして、類が配達に出ている間は美穂が店に坐る。帳場の足許に洗濯物を入れた盥《たらい》を置き、時々、手をのばして揉むという芸当もいつしか身につけて、類が帰ったら奥に飛び込んで食事の支度をするといった忙しなさだ。近頃、美穂は洗い物の音まで荒くなった。

「お外で遊んでなさい。帽子をちゃんとかぶって。遠くへ行き過ぎないのよ」

店は朝七時に開けて夜十時に仕舞うので、一家揃って食卓を囲むなどもう長い間できていない。一度、どうしても夫婦で外出しないといけない用ができて茉莉に留守番を頼んだことがあるのだが、雑誌の定価がわからず客の前で狼狽えた挙句、適当な値で売ってしまった。特別企画の豪華雑誌であったのに、歯ブラシ一本ほどの値段だ。

ただでさえ薄利《はくり》の商いなのに、損をさせられたのではたまらない。姉さんがあそこまで金銭に無頓着だとは思わなかった。

茉莉を駅まで送った帰りの夜道で類がこぼせば、美穂は溜息を返した。

仕方ありませんわ。明治の、筋金入りのお嬢様ですもの。

ようやく美穂が店に出てきた。白い前掛けで手を拭きながら、「遅くなりました」と急いた物言いをする。首筋でまとめた髪は艶が失せ、唇には紅もつけていない。化粧くらいしてくればいいと言いかけて、類はその言葉を呑み込んだ。

そんな暇があったら、おやつを用意してあげます。

美穂はきっとそんなことを言う。戦時中、そして戦後の食糧難であっても子供たちのおやつは何かしら、たとえ道端の草を工夫してでも用意していたものを、このところは子供たちが帰ってから何もないことに気づく始末だ。ゆっくり買物に出る時間などどこにもなく、ある夜、美穂はとんでもない罪を告白するような面持ちで打ち明けた。

もう帰ってきたの。

子供たちの気配を認めた途端、そんな気持ちになってしまったのだと、指先で蟀谷《こめかみ》を押さえた。しかしそれ以上を美穂は言わず、類も黙って煙草を喫むばかりだ。美穂にすれば、自らの実家の強い勧めによって始めた商いだ。後には引けず、愚痴を吐くのも憚られるのだろう。そして類も、子供たちの行儀が崩れていることに気づいていた。板間に寝転がって何かを読み、食卓でも肘をついていたりする。

素人夫婦でも家にいながらできる商いをと選んだはずであったのに、本屋がこうも家族の時間を奪うとは予想だにしていなかった。思い余って去年の春に小僧を一人置いたが、他人を使うことに夫婦で気疲れし、店の経済だけが圧迫された。結句、一年も経たぬうちに小僧は別の店に移りたいと自ら言い出した。

美穂に何か明るいことを言ってやりたくて、出入口の硝子戸に手をかけた。

「例の随筆が載れば、原稿料が入るよ」

連載が続けば、いずれ幸田文のように随筆集として一冊にまとまるかもしれない。そうなれば印税も入る。しかしそれは口には出せず、「雀の涙だろうが」と原稿料のことを言い添え、「いや」と頭を振った。

「今度は結構な枚数を書いたんだ。掲載されたら、久しぶりに洋食屋に行こうじゃないか。一家六人で」

帳場に入った美穂は「もうお出かけになって」と、算盤をジャッと鳴らした。

「お昼にかかったら、お客様のお宅にご迷惑ですわ」

「心得てるさ。昼餉の支度の匂いがしたら他の家を先に回れ、だろ」

もう立派な、本屋の女房だ。

「今日は帰りに取次に寄るから、三時は回る。子供たちに何か甘いものを買って帰るから、おやつの心配はしなくていいよ」

美穂はようやく顔を上げ、「行ってらっしゃい」と言った。

木箱に配達品を積み込み、類は自転車にまたがった。ペダルは重く、チェーンに油を注《さ》そうと思っていたのを忘れていたことに気づく。キイ、ギイと情けない音がしても漕ぎ続けるしかない。たちまち汗が噴き上がる。

ふと、古びた光が過った。幼い頃から、小学生になっても乗り回していた舶来ものの三輪車だ。銀色をしていた。きれいな三輪車だったと思いながら前のめりになって、足の裏に力を籠めた。

呼び鈴の釦を押すと、ややあって四郎が出てきた。

ふだんは蓼科のアトリエに籠もっているというのに、たぶん杏奴が騒いで呼び寄せたのだろう。硬い面持ちで目礼だけをよこすので、類も黙って玄関に入って靴を脱いだ。

今朝、帳場に置いてある電話に出たのは美穂で、杏奴はたぶん切口上だったのだろう、挨拶も早々に「梅ヶ丘のお義姉様」と類に受話器を差し出した。不安げな目で類を見上げながらも奥から「お母さん」と呼ぶ声がして、引き返していく。

「もしもし、おはよう」と出ると、束の間、沈黙だ。もう一度「もしもし」と言いかけた時、遮るように杏奴の声がした。

「茉莉姉さんのことで心配事ができたのよ。すぐに来てちょうだい」

「何だよ、朝っぱらから」

つい何日か前にも茉莉はここを訪ねてきて、一泊したばかりだ。夕方には美穂と並んで台所に立ち、食後は子供たちの宿題も見てくれたようだ。夜、帳場に坐って本を読んでいても、奥から笑い声が途切れずに流れてくる。茉莉が老いたらいずれこの家に引き取ることになるだろうと、覚悟めいた想像をした。

「いいから、すぐにいらっしゃい」

「すぐは無理だよ。配達がある」

「何時なら来られるのよ」

「三時過ぎなら、何とか都合をつける」

「じゃあ、三時で結構」

電話はそれで切れた。電線ごとぶった切るような勢いだ。その直後にまた鳴って、今度は岩波の担当編集者だ。

「少しお耳に入れておきたいことがありまして」

出版社は朝が遅いもので、こんな時間に電話をしてくることは珍しい。まして本屋商いの毎日を多少なりとも把握しているので、連絡はたいていが葉書か封書、電話があっても夕方以降だ。急に厭な予感が差して、「何でしょう」と身構えた。

「じつは御原稿のことです。先だっては早々に初校をお戻しくださり、有難うございました。森さんから頂戴した朱字の直しも済ませまして、この数日は再校ゲラを編集部で読んでいたところです。そこで編集長も拝読したんですが」

掲載誌の「世界」の編集長は吉野源三郎《よしのげんざぶろう》という五十代半ばの男で、反戦と平和を説く論客としても知られている。

「編集長が、何か」

「お姉様をこうも書いて大丈夫かと、危惧いたしまして」

「こうも書いてとは、聞き捨てなりませんね。編集長はどこを指しておっしゃっているんです」

編集者に向かって、こうも剣呑《けんのん》な声を出すのは初めてだ。

「具体的な箇所を申しているわけではありませんが、小堀先生の担当者がご自宅にゲラをお届けしたらしいのです。いえ、あくまでも念の為お目通しくださいというお願いでして」

受話器を強く握りしめていた。杏奴の用向きは「茉莉姉さんのこと」だった。「心配事」だ、と。有無を言わせぬ威圧的な言いようで、それは類に対して珍しいことではなかったが、あれは立腹していたのだ。となれば、やはり僕が書いたものが姉たちの間で問題になっている。

察しをつけた途端、黒々と肚から噴き上がるものがある。

「僕の了解を得ずに姉に読ませるとは、おかしいじゃありませんか。いつです」

「お届けに上がったのは昨日の午後のようです。私も打ち合わせで外出していたものですから、顚末を聞かされたのは昨夜でして」

「で、姉が何か申しましたか」

「上のお姉様にも相談して改めて返答するとおっしゃったので、ゲラはお預けしてきたようです。私はもちろん、ご了解いただけるものと思っています。森さん、大丈夫ですよ。とてもよい御作ですし、初回のものも好評でした。ですがもしかしたら小堀先生から何かおっしゃってこられるやもしれませんので、お耳に入れておこうと存じまして」

お耳に入れるのが遅いのだと呶鳴《どな》りつけてやりたかったが、もう手遅れだ。

あれは僕の原稿、僕の連載じゃないか。そこになぜ、「小堀先生」が出てくるんだ。

腹立たしさが逆巻いて、今すぐ梅ヶ丘に走ってゲラを奪い返したくなる。奥歯を嚙みしめるようにして配達を済ませ、奥で着替える時には落ち着きを取り戻していた。淡い灰色に細い群青の縦縞を織り込んだネクタイを選び、髪も整えて玄関を出て、店先から帳場を見やった。

「行ってくるよ」

編集者からの電話の件は、美穂には伝えていない。けれど客の肩越しに眼差しを交わし合うと、我知らず胴震いをしていた。

四郎に従って応接間に入った。いつものように暗い鳶色《とびいろ》の部屋だ。少し変わった設計で、六角形ほどに角張り、天井や扉の意匠もどこかしらゴシック調だ。壁には四郎の描いた風景や白馬の油画が大小取り交ぜて掲げられ、いくつかの人物画もある。窓は部屋の二方に大きく穿《うが》たれ、裏手の雑木林が繁った枝々の緑を映している。時々、葉裏も動く。

長椅子には茉莉がいた。坐しているのか倒れているのか判然とせぬ姿勢で、上半身を斜めにして頭を垂れている。気配を感じてか、類を見上げるなり両の腕で己の躰をかき抱いた。

杏奴は突っ立っている。矢をぎりぎりとつがえた弓弦《ゆづる》のように総身を勁く張って、類を見据えた。

「よくもこんなことを書いたわね。気の毒に、姉さんはもう生きていけないと泣いたのよ。失神も同然だったのよ」

茉莉姉さんについての箇所が問題になっているのかと、肘掛椅子に腰を下ろす。低い洋卓の上には、件《くだん》のゲラがのっていた。そこだけが蒼褪めて、まるで下手人だ。

「実の姉をこうも露わに書くなんて、しかも実名じゃないの。非常識だわ。アブノーマルよ。ねえ、わかるでしょ。それとも、あんたはこんなこともわからないの。どっちよ」

矢は鋭く放たれたが、類は口を開く気になれない。常識を云々するなど、文筆家とも思えぬ態度だ。しかも実名で書いたのは、一月に掲載された『森家の兄弟（1）』も同様である。掲載誌を送ったが杏奴は何も言わず、そういえば感想もよこさなかった。茉莉は出来については触れなかったが、「よく観察していたのね。驚いた」と悪戯っぽく片目を瞑った。

もっとも、前回の原稿に茉莉はほとんど登場していない。主に父の没後を書いたので、父の想い出も少し挿入してあるくらいで、母と杏奴と類、この三人での暮らしが主題になっている。世間からヒステリックな悪妻と見られていた母の苦悩と、母が杏奴をいかほど愛し、一家の先行きを賭けていたかを描いた。ゆえに、嫁いでいた茉莉はほとんど登場していない。

しかし茉莉は離婚して、母子三人の暮らしの中に入ってきた。類にとっては、物心ついた時にはすでに嫁いでいた姉だ。嫁ぎ先にはよく遊びに行ったけれども、生活を共にするのは初めてに等しく、世の中にはこんな人間もいるのかという驚きの方が大きかった。続きの『森家の兄弟（2）』では、その頃の一家を主に描いている。

「茉莉姉さんは綺麗だったわ。あんたが姉さんをこうも醜く曲げて書くのは、あんた自身が醜いからよ」

「醜い？」

ポツリと返した。茉莉を曲げて書こうなどという意図など微塵もない。母の没後、類が結婚するまではあの千駄木の家で共に暮らしたのだ。福島にも一緒に疎開した。杏奴の知らぬ茉莉を知っている。きょうだいの中で杏奴が先頭を切って著述で名が売れ始めた、その後ろ姿を茉莉がどんな気持ちで眺めていたかということも。

けれど茉莉はおおどかで、やはり貴族的で、世間の女とはまるで拍子が違うのだ。その振舞いに呆れながらも、類はずっと愛してきた。

今も姉さんを愛している。だから心を澄まして写実したんだ。

目を上げると、杏奴が立ったまま煙草に火をつけている。いつも綺麗にしなる指が微かに震えている。顔は蒼く膨らんで、目の下が暗い。その背後の壁際で、四郎が椅子に身を沈めている。額絵を横積みにしてある片隅で、苦り切った表情だ。時折、窓に目をやって息を吐いている。

窓辺にはいくつもの大きさの小卓が並べられていて、硝子の鉢で金魚が泳いでいる。紅い鰭《ひれ》を動かして、水草の若緑も揺れる。茉莉の半裸の姿をふいに思い出して、「化粧か」と思った。

あの頃、茉莉は鏡台の前に坐すと諸肌脱《もろはだぬ》ぎになり、きゅっと立膝で己の顔に取り組んだ。類は町の銭湯にはほとんど縁がなく育ったが、昔の下町では乳房も露わにして働く女たちが珍しくなかった。ゆえにそのさまには驚かなかった。茉莉は下町の風情や滑稽を好んで寄席に足繁く通ったし、半裸で化粧をする姿には顔を作る歌舞伎役者のような活気があった。

しかも母や杏奴の少年のような、神経質な躰つきとは異なって、茉莉の半裸はたっぷりとしていた。茶色くくすんだ乳輪には長い毛が生えていて、しかしそれを抜こうとはせず、鼻の頭にばかり気を取られる。茉莉は鼻頭《はながしら》の皮膚の粗さをひどく気にしていて、類は「誰も気づかないよ」と何度も言ってやったことがある。

そういえば、パッパの鼻の頭も少し凸凹していやしなかったかい。

するとなおむきになって、あらゆる手段を講じるのだ。黒い毛穴の中を裁縫針で突き、紅いメリンスの布を指に巻いて懸命に摩擦する。その上から白粉を念入りに叩き込む。鼻頭から目をそらすためか、頰は紅で真赤に仕上げる。額は陽に灼けているので、何とも奇妙なだんだら模様になる。

しかし人によっては、茉莉をとても美しい人だと言う。だからこそ茉莉の可笑しみとして、小さな劣等感と切実な努力を描いたのだ。戦前の、仏蘭西映画と芝居と落語までその身に取り込む通人《つうじん》の、人生の挫折を乗り越えんとする女の化粧だ。

杏奴は真っ直ぐ過ぎてこの諧謔《かいぎゃく》がわからぬかもしれないが、茉莉は読んで笑うだろうと思っていた。優しく善良なあの目を大きく見開いて。

書いたわね。今に見てらっしゃい。

「類、姉さんの様子が見えないの。いったい、どこまで無神経なの」

僕は真率《しんそつ》に、よいものを書こうとしただけだ。書くなら、血と肉をつけねばならない。なのに姉さん、何をそうも嘆いている。

「もう印刷に回ったはずだ」

強張った舌で告げた。掛けられた嫌疑はあまりに思いがけず、類に悪意があると決めてかかっていることも耐えがたい。たとえ他人がそんな読み方をしようとも、きょうだいであれば「そんなつもりは本人にはないはずだ、あの子はそんな人間ではない」と抗弁してくれるものではないか。

だが姉たちは、髪を逆立てて非難している。

アブノーマルで非常識で、無神経。そして醜い。

僕はそういう弟だったのか。

「類、逃げるの？」

杏奴に嚙みつかれて、己が立ち上がっていることに気がついた。

「こんな暴露文が出たら、茉莉姉さんは滅亡よ。姉さんの悪い噂に、身内のあんたが証明書を付けたようなものなの。どうして、そんな仕打ちをあんたがするの」

いったい、いつの話をしているのだと、杏奴を見返した。知識階級の間で最初の夫がいろいろと悪口を流したことも、それに母と杏奴がどれほど苦しんだかもよく知っている。しかし相手はもう鬼籍に入った人だ。茉莉は生き別れになった長男とも再会を果たし、その様子をそれは愛おしそうに詳細に語る。

だが杏奴は忘れていないのだ。ひとを全身で愛するこの姉は、憎むのも全身だ。

「帰って、考えてみる」

頭の中が痺れたようになって、応接間を横切った。

玄関を出れば、夕暮れの中で雑木の群れが一斉に葉擦れの音を立てた。


店の前に黒塗りの高級車が迎えに来て、浅草の鶏料理屋に上がった。

その昔、茉莉が再婚相手と食事をした時、同じ屋号の店にお供したことがあった。見合いをした後であったか、すでに婚約していたかはよく憶えていない。店のあるじは戦後に変わったらしいが鍋の具材や盛りつけ方は似ていて、懐かしい味がする。

小林が麦酒瓶《ビール》の先を突き出して顎をしゃくるので、それをコップで受ける。小林の顔はもう黒ずんだ赤に変じており、自身のコップにも盛大に注ぐ。こちらから酌をする筋合いではないので、類は麦酒瓶に手を触れぬままだ。

鍋をつつきながら、小林は「よろしくないよ」と言った。

「お姉さんをああまで書くのは、よろしくない」

やはり半裸と鼻の頭の化粧を問題視しているようで、しかし当該の箇所を口に出すのは憚ってか、「よくない」と繰り返すばかりだ。ただ、言葉の端々で窺い知ったこともある。おそらく、吉野編集長がまず小林に伺いを立て、一読した小林の指示で杏奴の許にゲラが届けられた。チャンチャン、大したものだ。岩波がご注進に及び、こうして重役が僕に馳走までして懐柔《かいじゅう》にかかっている。

小林は社名の入った茶封筒を手にしていた。おそらくゲラが入っているのだろうが、中を出して指摘するわけではなく、今は胡坐の脇に放置されている。

「於菟さんについても、感心しない書き方だね。母上が違うとはいえ、あなたの兄上じゃないか。森家のご長男だ。その人を『家には、於菟兄さんという人が住んでいた』などと、常識外れも甚だしい、不道徳だ。君は実際、兄上に世話になっているんじゃないのかね」

恩知らずとでも言いたげだ。その言葉の向こうで、俺も世話をしてやったぞという暗い手札がちらつく。『小倉日記』の印税の前借りとして、十万もの金を払ってやったではないか、と。

小林から食事の誘いの電話がかかってきた日の夜、美穂にはかいつまんで話をしておいた。美穂は類の腕に手をあて、深く溜息を吐いた。

私は読んでいないので何とも言えませんけれども、女性にとってはやはり辛いことだと思いますわ。あなたに悪意がないことは、私にはよくわかります。でも、お義姉様は泣いておられたのでしょう。

類はグツグツと煮え滾《たぎ》る鍋を見つめながら、麦酒を干した。今の今まで一歩も退《ひ》く気はなかったが、姉を苦しめたいわけではない。森家のきょうだいのありのままを、この手で文章にしたかっただけだ。

「そうまでおっしゃるんなら、問題の箇所は削除します。それで掲載してもらえませんか」

小林はコップを口許に近づけたまま、ヌッと眉を上げた。類は怯《ひる》まずに続けた。

「校正をして、細々《こまごま》と手も入れてここまで進んだ原稿です。著者なりの愛着がありますし、そもそも連載の約束で始めた執筆です。第三回の原稿にもすでに着手している」

小林が卓上にコップを打ちつけるように置いた。

「威張るんじゃない」

大声だ。周囲の客が箸を止めてこちらを注視している。

「何様のつもりなんだ。そういうことを言うんなら、絶対に載せんぞ。ああ、ぶっ潰してやる。いいか、肝に銘じておきたまえ。鷗外が偉いんであって、君が偉いんじゃない」

立ち上がりざまに茶封筒をひっ摑み、類の面前に突き出した。


数日後の夜、そろそろ店仕舞いという時分に茉莉が訪ねてきた。

足許の覚束ない老女のような歩き方で、美穂が手を差し出して玄関まで誘っている。あえて急ぐことなく店を閉め、片づけをしてから奥へ入った。小林に突き返されたゲラは今も手許にあり、担当の編集者とは連絡がつかないままだ。明日にでも茉莉を訪ねてみようと思っていたところだった。

茉莉は八畳の食堂の椅子に坐していた。躰が斜めに揺れて危なっかしげであるので、背凭れのある椅子に移らせた。美穂は台所で茶の用意をしているようだ。

「来てくれて有難う」

類が言うと、茉莉は壊れかけの玩具のような、ぎごちない笑みを返してくる。

「今回の一件は、チャンチャンの差し金だよ。このあいだ、岩波の小林と会ってそれがよくわかった。茉莉姉さんが気の毒だというのが彼らの立派な理由だけど、僕がその箇所を削ると折れて出ても承服しない。それからずっと、考えに考えを重ねた。チャンチャンは僕が文筆家として世を渡るのが気に入らないんだ。そうとしか思えない」

食卓の上に肘を置き、茉莉を真正面から見る。

「僕、どうしてもあきらめられないよ。書かずにはいられないし、書いたものは世に問いたい。姉さん、姉さんも芸術家じゃないか。この気持ち、わかるだろう」

美穂が茶を出し、子供たちの寝間へと引き取った。しばらく小声が聞こえていたが、やがて静まった。美穂も洗濯物を畳んでいるのか、こちらには出てこない。

「杏奴ちゃんもね、困っているのよ」

茉莉がようやく囁くように言った。夢の中で聞くような、なぜか遠い声だ。

「あの子には結婚に対する理想があるの。私の離婚やらあなたの学歴やらで苦労したでしょう。四郎さんと巡り合えたからよかったものの、すんでのところで奈落に落ちるところだったと、今でも身震いをするような心地なのよ。だから自分の子供たちには、しかるべき名家と縁を結ばせたいと考えている」

「それとあの原稿と、何の関係がある」

茉莉は待ってとでも言うように、掌をゆらりと動かした。

「杏奴ちゃんが築いた家庭は、杏奴ちゃんの作品なの。一点の瑕《きず》も曇りも許さない。だからね、あなたの書いた伯父様の言葉。あんなことを白日《はくじつ》の下《もと》に曝《さら》されて、ひどく不安になったのよ。もちろん私のことを思ってあなたに抗議してくれたことは真実だと思うわ。でも、それだけじゃない。杏奴ちゃん自身も憤《いきどお》って、そして怯えている」

伯父とは、母の兄のことだ。類が世田谷の中学に通うために、母が持つ家作の一軒に住んでいた時期がある。確かに、その頃のことを書いた。

女子供だけの暮らしであったから、近所に住む伯父が時々、立ち寄ってくれたものだ。そして伯父の娘である従妹《いとこ》もよく遊びにきて、そのうち家の周りを散歩していても気がつけばその従妹がそばに立っていて、黙って笑っているのだった。やがて従妹は類の胸の辺りを摘まんだり、腕を引っ張ったりするようになった。ある日、背後に母が立っていた。

すまないけど、類につかまらないでちょうだいな。

硬い声で命じた。従妹は「ええ」と何事もなかったように笑い、しばらく母と話しさえして立ち去った。その翌日のことだ。伯父の家に呼ばれた。伯父は煙草の吸口を指で潰して、随分と不機嫌だった。そして突然、母に言った。

杏奴に気をつけるんだね。あれは、男を知っている歩き方をしているよ。

母は口を閉じぬまま伯父を見つめ返した。血の気が引いていく音が聞こえるほどに、顔色が紙白になった。類は伯父の言葉の意味がわからなかったが、じつに厭な、下卑《げび》た響きを持っていた。やがて、中学生にもなって野原をブラブラしているような者とは遊ばせぬという達しがきて、ようやく腑に落ちた。

娘が注意を受けたことに伯父は腹を立て、その意趣返しをしたのだ。

「チャンチャンを貶《おとし》めるために書いたんじゃない。未亡人になったお母さんがどれほど寄辺《よるべ》がなかったか、苦労だったかを書いたものだ。だいいち、あれは今度の原稿じゃない。二月号に掲載された第一回分だ。何も言ってこなかった」

「杏奴ちゃんは今回の件で初めて、二月号も読んだのよ。もう世間に出回ってしまったものをね。あなたは大人の意地の悪さを採り上げただけでしょうけれど、杏奴ちゃんの身になってごらんなさい。あれほど曲がったことの嫌いな、真っ直ぐな心の持ち主なのよ。四郎さんに対して、いずれ結婚する子供たちに対しても申し訳ないと思い詰めているに違いないわ。それに、伯父様にそんなひどいことを言われていたなんて、お母さんが当人に伝えるかしら。お母さんが死ぬまで口にしなかったことを、あなたがいきなり暴露した」

「だったら、そう言えばいいじゃないか。傷つけたんなら僕も詫びる。でも僕がチャンチャンのことをどう理解しているか、今後の連載を読んでもらえばわかるはずなんだ」

「杏奴ちゃんはあなたに絶望したんだわ。決して許さない」

茉莉はそう呟いて、目を伏せた。類は苛々と煙草を喫み、茶を啜り、また煙を吐く。混乱するばかりだ。

なぜ、こんな大事になるんだ。

誰かを貶めたり傷つけたりするために書くのはよくないが、四方八方を立てつつ、森家の家族はこんなに素晴らしかった、皆、品行よろしく正しいことだけをして、誰にも後ろ指一つ指されずに生きてきました、そう書けば歓んでくれるのか。それとも、僕は自身のことだけに絞って書くべきだったのか。

でも僕は息子であり、弟だ。そのかかわりの中で生きてきた。

「姉さん、頼むよ。岩波に一緒に行ってくれないか。姉さんが厭な箇所は削除するから、何なりと意見を出してくれ」

茉莉はゆっくりと顔を上げ、探るような目をした。

「本当に、私の描写は抜いてくれるんでしょうね」

「約束する」

校正ゲラに手を入れた。いったんは大幅に、茉莉の望むままに一段落丸ごと削除するつもりで鉛筆を入れたが、すると前後の流れが嚙み合わなくなる。削り方を変えて言葉を加え、するとごく近くに同じような言い回しがあってまた手を入れる。そんなことを繰り返すうちに窓外の色が薄くなり、雀が鳴いている。

茉莉は居眠りをすることもなく、凝然《ぎょうぜん》としている。類はようやく鉛筆を卓に置き、「できたよ」と茉莉に渡した。黙って受け取り、目を走らせている。期待した笑みは一向に現れることなく、眉間の皺も用心深く刻まれたままだ。

「ほとんど元のままじゃないの」

「何を言う。どれほど手を入れたか、一目瞭然じゃないか」

頭の中が熱いような冷たいような妙な疲れ方で、口調が荒くなった。茉莉はゲラを食卓に置き、椅子に戻ろうとする。つと足を止め、顔を動かした。戸襖の向こうを見ている。

「いつか大きくなってこれを読んだら、どう思うだろうね」

「大きくなって？　誰のことだ」

茉莉の口から長女の名が出て、類は咄嗟に椅子を後ろに引いた。茉莉の前へと動き、立ち塞がり、その頰を平手で打った。互いに無言で睨み合い、痺れたように唇を震わせた。

茉莉はやがてのろのろと頰を手で押さえ、その場に蹲った。類も自身の右の手首を、左手で摑んでいた。

今、僕は何をしたのだ。

岩波の応接室に小林と吉野編集長、担当の編集者が現れた途端、茉莉は挨拶もおざなりにして切り出した。

「私もあの描写には驚いたのでございます。私が類の兄で、いっぱしの不良書生でもありましたなら、何をどう書かれましょうが申すこともないのでございましょうが」

小林は煙草を喫いながら、珍しい生きものでも見るような顔をしている。杏奴の明瞭な物言いや頭の回転の速さとは、まるで異質なのだ。やけに丁寧な話しぶりで、たどたどしいほどだ。

「私は歳はとっておりましても、それに、これからどこへ嫁ぐわけでもありませんけれども、女でございますから、あれは困るのでございます」

茉莉の左の頬が少し赤く膨らんでいるように思え、類は腿の上に置いた右手を手前に引き寄せた。幼い頃から暴力が大嫌いだった。大声を出して弱い者を黙らせる、無理に従わせる。そんな男どものしざまも嫌悪していた。むろん四十三のこの歳まで、ひとに手を上げたことなどない。それがまさか姉を打《ぶ》つとはと、目を伏せる。

あの時、閃光のように躰を貫いたものがあったのだ。途轍もなく大切なものを盾にされたと思った。もうお終いだ。一縷《いちる》の望みを失い、茉莉にまで憎まれる。

だが茉莉は去ることをしなかった。朝食を済ませた後、類が配達を終えるのを待って一緒に電車に乗った。何を考えてのことか、今、こうして述べ立てるまでわからなかった。ずっと口許を引き結んだままで、類も黙ってここまで来た。

「けれども、類はどうしてもあれを出したいと申します。私も今日は、亡くなった母のつもりで同道いたしました。母は私や杏奴だけでなく、類にも文章を出させたいだろうと思うのでございます」

そこで息をついて、ハンケチを頬にあてた。

「類の文章を、どうぞよろしくお願いいたします」

小林は目を剝いた。そのまま類に一瞥《いちべつ》もくれることはなく、組んだ脚を解いて膝頭を揃えた。

「わかりました」

反論があるだろうと覚悟して身を硬くしていただけに、拍子抜けがするほど呆気なかった。


九月に入っても暑さが長引く町を、類は配達で走り回る。

アスファルトで舗装された道は熱を容赦なく反射させ、土の道は昔ながらの起伏や石塊《いしくれ》でハンドルの自由を奪う。道端の草は乾いている。自動車やオート三輪が向かってきたり横切ったりするのを避けながら、前屈みになってペダルを踏み続ける。

あと十五軒、あと十軒、六軒。

茉莉が我を折ってくれたにもかかわらず、『森家の兄弟（2）』は八月刊の九月号に掲載されなかった。次号に回るのか、それとも小林がいつか言ったように本当に潰されたのか。電話で問い合わせても担当の編集者にはつながらず、いつしか異動になっていた。かけ合う相手もいない。

「これは暴露文というものではないよ。アブノーマルでもない」

佐藤春夫先生のところに夫婦で中元の挨拶に伺った際、類は原稿の控えを持参して読んでもらった。そうでもしないと、気持ちの治め方がわからなかった。

誰に対して、何をどう感じるべきなんだ。それとも、何もかも僕が悪いのか。

佐藤先生は長い煙管《キセル》の先にアメリカの紙巻き煙草を挿し、悠然と煙を吐いた。

「類さん、ひとと喧嘩をしたら好きに言わせておかないで、しっかり争うんだね。もし今度喧嘩を売られたら、僕が代わって買ってあげよう」

僕は誰と喧嘩をしたのか。意気地がないから、争う前に位負けしたのか。

夫人は「あなた」と窘めながら、「類さん、本気になすっちゃ駄目ですよ」と親身な声で言った。夫妻が迷惑顔もせず、家の中に迎え入れてくれたのが有難かった。千朶書房の名付け親である斎藤茂吉先生は今年の二月に亡くなった。「坊ちゃん」と呼んでくれる人は、この世にもう一人も残っていない。

茉莉を訪ねて、「載らなかったよ」と扉越しに報告した。返答は「そう」の一言だったから、杏奴からすでに聞いていたのかもしれない。家に上げてくれるつもりはないらしく、美穂が用意したシチュウと茄子のマリネを扉の前に置いて帰ってきた。杏奴とはあれから一度も会わず、電話でも話していない。

最後の一軒への配達を済ませ、新しい注文も受けた。子供の学習雑誌を定期購読してくれるという。

「来月からお届けしますので、今後もひとつご贔屓に願います」

三十路《みそじ》頃の夫人は「よろしくね」と、ハキハキしている。奥からオルガンを練習する音が聞こえてきて、「あら、また間違えた」と立ち上がった。犬が鳴いている。

類は門先につけた自転車のハンドルを握り、後輪の車止めを足で撥ね上げる。荷台の木箱はもう空であるので、手応えも少し軽くなった。数歩駈けて飛び乗り、ひび割れたサドルに尻を置いた。曲がりくねった道を上り下りするうち、息が切れてくる。しかし喫茶店の青い洋瓦が目に入っても、一服しようかと迷うことなく足を動かし続ける。

早く帰って、美穂と帳場を代わってやらないと。

今朝は顔が浮腫んでいたのだ。病院へ行けと言ってやりたかったが、「お店を休むわけにはいきません」と応えるのはわかっていた。一日休めば、その分の売上げを棒に振る。互いにそう考えることがやるせない。

風が妙に生温かいと思ったら、灰色の雲が空を蔽《おお》っている。雨になるなと急いで団子坂を上り始めた時、ポツリと額に当たった。たちまち辺りが昏《くら》くなり、トタン屋根を打つ音が凄まじくなった。雨の線が明瞭に見えるほどの降りぶりで、シャツの首筋や胸許にも入り込んでくる。

目を凝らして、類は上り続ける。幾筋もの雫が胸を伝い、臍《へそ》の下にまで落ちてきた。

母がパチリと碁を打つ音がする。雨の日は類もアトリエに入らず、母の自室で素描をした。杏奴もそのかたわらで、トルストイを読んでいた。降り籠められて、誰もが静かだった。さまざまな不安を抱えながらも、肩を寄せ合って暮らしていた。

僕はやはり書きたい。書いて、それを人々に読んでもらいたい。

無性にそう思う。いっそ諦めてしまえばらくであろうに。誰も傷つけず、憎まれもしないだろうに。

でもこの一念は、捨ててはいけないものだ。

類は「そうだ」と口を開き、今度は声に出して「そうなんだ」と叫んだ。

雨の坂に挑むように、自転車を漕ぎ続ける。

13 七光り族

店の時計が午後二時半を回った頃、類はやっと食卓についた。いつもながら不規則な昼食だ。妻の美穂は濡れた手をエプロンで拭きながら、躰はもう店の方に向いている。ほんの少しでも帳場を空けると不安なのだ。この頃は万引きも多く、しかも高校生が大人の雑誌を鞄に滑り込ませたりする。

「子供たちは？」「まだ学校ですよ」

「あれ、今日は日曜じゃなかったのか」

「日曜は済みました」

千朶書房は不定休にしているので、曜日の感覚がずれてきている。そうだ、月曜じゃないか。ついさっきも店のカレンダーを見てわかっていたはずなのにと、顎を掻く。美穂はもう後ろ姿を見せていて、忙しなく店に出ていく。「いらっしゃいませ」と繕った声がして、類は椅子を前に動かし、食卓に向き直った。

鶏の照焼きに蕪の即席漬け、そして昨夜の残りもののポテトサラドだ。味噌汁はモヤシと椎茸で、汁の中に卵を落としたくなって台所に立ったが、小籠の中は空だ。仕方なく食卓の椅子に戻り、箸を手にした。

「あいすみません。手前どもも入荷待ちなんですよ」と、美穂が詫びている。

「どうにか、なんないの」客の声はくぐもっているが、物言いからして若そうだ。

「入荷次第、配達させていただきます。ここに、住所とお名前を」

「いいよ、よそで買うよ。ああいう小説は、遅れて読んだって意味がない」

周囲に遅れて読むと意味を喪失する小説とは何なんだ。だいいち、この頃の若者は年長者に対する礼儀がなっていない。いかな客といえども四十前の女性に舌打ちをするとはと、照焼きに齧りつく。甘辛さが舌の上に広がって、鶏肉も柔らかい。旨い。旨いが、それを伝える相手がいない食卓はやはり味気ない。

口の中はまだ卵の味に未練が残っていてか、ふいにサンドウィッチを思い出した。甘く焼き上げた卵焼きに薄く切った胡瓜を挟んだだけの簡単な一品だ。しかしあれは妙に旨かったと、味噌汁を啜る。

バタとケチャップ、辛子の塩梅が絶妙だね。

類が唸ると、茉莉はフフと頰を綻ばせた。

姉さんはこの頃、何を食べて暮らしているのだろう。

飯櫃の蓋を動かし、茶碗に二杯目をよそった。面倒な時はパンとチイズ、ソーセージだけで何日も過ごして、平然としている姉だ。

と、その顔が歪んだ。頰を押さえて類を見上げ、あの大きな目を見開いている。

三年前、昭和二十八年に類が書いた『森家の兄弟』は姉たちの激しい怒りを招いた。

手ひどい裏切り。

人づてにそんな言葉も聞こえてきて、飼い主に噛みついた犬のごとき扱いを受けた。杏奴に憎まれ、茉莉には怯えられている。しかし書いたことは一片たりとも後悔しておらず、続編が雑誌に掲載されなかった屈辱は今も忘れない。けれど姉たちはいつか許してくれると思っていた。間柄がこうも修復できないとは、想像だにしていなかった。

いつだったか、あれは二年前の秋だっただろうか。そうだ、観潮楼跡に鷗外記念碑が建立《こんりゆう》された年で、戦災を免れた銀杏の木が色づいていた。

観潮楼跡は昭和二十五年に鷗外生誕八十八年を記念して「鷗外記念公園」となり、東京都の史跡指定を受けた。そもそもは記念館を建設する計画で於菟と類は敷地を譲渡したのだが、その建設計画を進める間に敷地を放置しておくわけにもいかぬと、いったんは市民のために公園が造成されたのである。

この家の居間に面した庭には三尺ほどの塀が巡らせてあり、隔たったその向こうが公園というわけだ。類は店番の合間に箒と塵取りを手にして、公園の入口に回る。門や玄関のあった場所、庭石の位置も克明に憶えているので、そこに枯葉や吸殻、塵紙が吹き寄せている景色はたまらない。

伯母ちゃあん。

あの日も類は公園の掃除をしていて、後で聞いたことには、店の前で遊んでいた長男が気づいて茉莉に声をかけたらしい。大好きだった伯母ちゃんが急に訪れなくなったことが子供心にも不思議であったのか、それともただ姿を見つけて嬉しかったのか。しかし茉莉はそそくさと通り過ぎた。長男はその後を追った。類も気がついて、公園の木蔭から遠目に見た。

姉さん、来てくれたのかい。お寄りよ。遠慮することはない。

そんな言葉が口まで出かかって足を踏み出した時、茉莉の後ろ姿が遠のいた。長男はまだ追っている。その後、随分先で茉莉は足を止めて頭を振ったらしい。

こんな所までついてきちゃいけない。お母ちゃんが心配するよ。お帰り。どうしてって、私はこの近くの仕立て屋に用があって来ただけなの。戦争未亡人がね、洋服の仕立てを請け負っていなさるのよ。スカアトもワンピイスも着心地がいいの。

これから寒くなるというのに、涼しげな水色の生地を風呂敷包みのすき間から見せたらしい。そして茉莉は小学校の裏門の前を曲がった。幾度か振り返り、「さよなら」と言った。

「伯母ちゃん、変なんだ。うちに寄らないなんて、変なんだ」

長男は頰を膨らませ、美穂を困らせていた。

「お義姉様、和解に見えたのかしら」

「どうかな」と、類は長男の頭を撫でるのみだ。茉莉が訪れる日は、美穂も忙しい稼業の合間を縫って台所に立っていた。子供たちにとって、茉莉の訪問はご馳走が食べられる日でもあった。

その夜、茉莉の姿が頭から離れなかった。和解するつもりを持っているとは、とうてい考えられない。茉莉も気位が高い。しかしどこか底が抜けているような善良さを持つ人間だ。今は世田谷の下代田町《しもだいたちょう》に転居しているにもかかわらず、わざわざこの近くの仕立て屋まで足を運んできたということは、姪や甥の様子を見にきたのではないかと思えて仕方がなかった。

茉莉は先《せん》の原稿の件で揉めた年に、「暮しの手帖」という雑誌を発行している出版社に客員執筆者として通うようになった。美穂の縁戚の女性が同社にいたので、杏奴の紹介らしいことも耳に入ってきていた。

初めは俯いて恥ずかしげで、いたたまれない様子で坐っていたらしい。が、偏屈で知られる編集長の花森安治《はなもりやすじ》という人が茉莉の文章を気に入ってくれたことで自信を得たようだ。

杏奴は周囲が敵だらけの逆境でも敢然と立っていられるが、茉莉は己のことを認めてくれる者の中でこそ真価を発揮する。随筆めいた記事をものするうちに女性社員らとも打ち解け、時には月給の二十分の一ほどもするアメリカのボンボンを買って振る舞ったりしたらしい。

千朶書房でもその雑誌を置いているので、類はそっと頁を繰ってみたことがある。茉莉の文章は独特で、署名がなくてもすぐにわかる。

匂いと生活、音と生活、空と花と生活、光と色と生活。

博物館ではなく、日常の美へのまなざしだ。華やかでどこか淋しげな文章も懐かしく、けれどいつも半分も読まぬうちに閉じてしまった。美穂に見つかればバツが悪いような気がした。

その後、茉莉は出版社を辞めたようだ。小説の執筆に専念したいとの理由であったらしく、働かずとも生活には困らないだろうけれども少々心配になった。いや、心配は体のよい言い訳で、交際の断絶に耐えきれなくなっていた。思いきって倉運荘《そううんそう》というアパートに出向くと、黙って中に上げてくれた。部屋の中は寝台がほとんどを占め、本棚や化粧瓶、鍋にもすぐに手が届きそうだ。ほんの少しの平場で膝詰め談判のような恰好で坐したものの、茉莉は口を引き結んだままでいる。

「ここで書いてるの？」

黙して返事をしないが、目の色で「違う」と察せられた。

「ああ、駅前に凬月堂があったから、珈琲を飲みながら書いているんだね」

どうやら図星であることも、目の動きで判じるのみだ。その後もいっこう会話にならず、類は煙草を一本吸っただけでアパートを出た。

しかしその年の暮れには歳暮を持って参じ、翌年には中元も受け取ってくれた。きょうだいなのだから、盆暮れの交際だけはしてやってもよろしいという考えに至ったようだ。言葉数を惜しむのは相変わらずで、類もこうしてしばしば、あの明け方を思い出してしまう。

弟に頬を打たれた茉莉は泣いていた。類は茫然と、薄暗い部屋の中で突っ立っていた。しかし結局は岩波書店に同行し、原稿を載せてやってくれと頭を下げてくれた。

類は茶碗の飯に味噌汁をかけ、慌ただしくかき込んだ。

一方、杏奴は断固たる態度を崩さない。盆暮れの挨拶に参上したいと美穂に電話をさせても、「手前どものことはご放念くださいな」とにべもない。何が何でも顔を合わせまいと突っぱねている。やむを得ず百貨店から品物を送らせたが、手短な礼状が四郎の筆跡で届いただけだ。

飯粒に噎《む》せながら箸を遣い、お菜も平らげた。奥の部屋で着替えを済ませ、といっても長年新調などしていないのでシャツにネクタイ、ズボンも年季が入っている。腰に巻いたベルトも革が毛羽立って色が掠れているが、いかんともしがたい。靴だけは昨夜のうちに磨いておいたので素早く足を入れ、裏口の玄関から出た。通りから店に顔を出し、帳場に声をかける。

「行ってくるよ」

美穂は顔を上げ、疲れた眼差しを投げる。

「お出かけになるんですか」

「佐藤先生のお宅に伺うと言ってあっただろう。ほんの一、二時間だ。君が夕飯の支度をする頃には帰る」

「まだ入ってこないんですよ」「何がだい」

「『太陽の季節』ですわ。あなたからも念を押してくださいな。お客様が買いに見えるのはあの本ばかりなのに、うちにはちっとも回ってこないんですもの」

「何度も頼んでるさ。今、版元が大増刷をかけているらしいから、そのうち入る」

言い捨てて、大股でバス停に向かった。

今年の一月、石原慎太郎《いしはらしんたろう》という若者が書いた『太陽の季節』という短編が第三十四回芥川賞を受賞した。まだ大学生だ。その単行本が先月、三月中旬に新潮社から刊行されるや大変なベストセラーになっている。しかし美穂が嘆く通り千朶書房には数冊入ったきりで、次はいつ入荷するのか、取次の担当者も明確な返答をよこさない。このところ支払いを待ってもらっているせいもあるかと、類はバスに乗り込む。ブスウと重い音がしてドアが閉まり、バスは走り出す。

吊革を持ち、曇った窓硝子を見やりながら溜息を吐いた。いつからだったか、日々の暮らしの入用に前日の売上げを使うようになっていた。美穂は小銭を浚《さら》うようにしてガマ口に入れ、葱や海苔やキャベツ、子供たちの靴下を購う。類も煙草や原稿用紙、鉛筆を買う。当然、帳尻が合わなくなる。最初は焦って立て直そうと努めたが、やがて感覚が鈍麻して慣れた。一冊百円前後の雑誌や薄い本を売っていかほどの口銭を稼ぎ得ているのか、もう知りたくもない。

去年は四千五百円もする電気釜を買った。配達帰りの商店街で人だかりがしていたので周囲に訊いてみると、電気釜を売り出し中だという。発売以来爆発的に売れていることは新聞でも報じられていたので、その列に並んだ。

「こんな、お高いものを」

美穂はあんのじょう、いい顔をしなかった。

「突飛な買物に見えるだろうが、こいつは主婦の味方だ。電器屋も月賦《げっぷ》払いでいいと言ったし」

「方々の払いを待っていただいているのに、このうえ月賦だなんて」

「気に入らないのなら返品してくる」

「今さら返すなんて、およしになって。商店街の皆さんはあなたの素性をご存じなんですのよ。みっともないじゃありませんか」

いざ使い始めると熱湯を噴いたり生煮えだったりと手を焼いたようだが、ともかく米をしかけておけば自動で炊いてくれ、炊き上がればサーモスタットが働いて電熱が切れる。やがて「便利ね」と宗旨替えをして、昨日は「電気トースターが欲しいわね」と長女に話していた。

長女と次女は中学生、三女と長男は小学校の中学年になった。母親の家事の手伝いはしているようだが、向後《こうご》ますます学費がかかる。

結句、飯は昔ながらの釜の方が旨いじゃないかと思うが、それは口にしていない。

目白坂の佐藤春夫邸に着いて、類は応接室の大窓から庭の桜を見上げた。

枝垂《しだ》れが満開だ。ここに来るバスの中でも花を目にしたはずであるのに、何も感じていなかったらしい。配達の道々にも桜並木は多く、しかしいつも黄色い土を睨んで自転車を漕いでいる。この家だけが季節の景色を取り戻させてくれる。

「少しお待ちくださいましね。今、手が止められないようで」

夫人がわざわざ断りにみえた。類は「いいえ、かまいません」と顔だけで見返り、また洋椅子に深く身を沈める。執筆中はこうして待たされることも多いが、類は寛《くつろ》いで過ごす。洋卓の上に置かれた来客用の煙草入れから洋物の一本を摘まみ、これも来客用のデュポンで火をつけた。カチリと石の確かな音がして、葉の匂いが立ち昇る。先生が留守の際でも紅茶や珈琲を馳走になり、夫人と小一時間ほど話をして帰ることもある。

三本目を喫み終えた頃に背後の扉が開いて、先生がゆるりと現れた。

和服の下に縞の襟なしシャツを着込み、いつもながら明治風の伊達者《だてもの》ぶりだ。そしていつものように渋面で、愛想笑いも見せない。小説という異界から魂が抜けきっていないのだ。眉間には「こやつを門前払いにすべきだった」との後悔めいた皺が刻まれている。

「どうも。こんにちは」と、類も簡単な挨拶しかしない。しかしいざ話を始めれば、先生の顔に生気が戻ってくる。声を立てずに厚い唇の端を緩め、そのうち冗談めいた口調になる。

「次は電気トースターとは、美穂さんも肝玉《きもたま》が大きくなったものだね」

パイプを咥え、「そのうち、洗濯もアメリカ式に電気まかせにするんじゃないのかね」と笑いながら煙をくゆらせる。類もまた煙草入れに手を伸ばし、断りもせずに火をつけた。

「ところで、今はどういったものを書いておられるんです?」

「渦中のものは訊いてくれるなと言っただろう。誰かに話すとそれで気が済んで、書くのが厭になってしまうじゃないか。それより類さん、次の作だ」

興が乗ればこうして次作の構想を話してくれることもあって、先生は何かに目覚めるように瞳を輝かせる。

「どうだね」「感心しませんね。倦怠が過ぎやしませんか」

類は真っ当に扱われる交際が嬉しいので、率直に意見を言う。それで先生が機嫌を損じたことは一度もない。

「そうかい。じゃあ、こういうのはどうだ」

先生は芥川賞の選考委員を務めており、『太陽の季節』の受賞についても内幕を話してくれた。まだ寒さの厳しい頃で、この応接室の暖炉が暖かかった。選考会での評価は芳しいものではなく、賛成と反対で票が分かれ、先生は強硬な反対派であったようだ。

反倫理的であることは、さほど問題じゃないんだよ。芸術は巧拙よりも品格だ。僕は品格を重視する。

しかし版元は反対派の多かったことを逆手に取り、帯文では「芥川賞受賞の問題作」と煽《あお》っている。なおのこと世間の関心が集まり、映画まで製作されて五月には封切られるらしい。

類はしばらく映画館にも入っていない。今も夜を費やして随筆や小説を書いてはいるが、あの騒動以来、注文は年に一回程度だ。一昨年は『斎藤茂吉全集』の月報に『防空壕』を書いた。岩波書店からの依頼であったが、「お前のところでなんぞ書くものか」と意地を張れる立場でもない。注文を受ければ胸の奥の頼りない燈心もポッと炎を伸ばし、僕はまだ存在しているのだと胸の裡を照らす。『防空壕』は戦時中の斎藤先生との想い出を綴った小品で、あんな酷い時代に老師と小僧のような滑稽なやりとりをしたものだと、自身でも久しぶりに可笑しかった。

去年は角川書店の『昭和文学全集』の月報に、『父』を書いた。

冒頭は、暮れに得意先の家を訪ね、美術全集五冊の残金を受け取りに行く場面から始めた。その家では先に半金を払い済みで、何もこんな大晦日に残りを催促に行かずともと気が重かった。けれど妻は冷たい風が絶え間なく入る店で坐っていて、子供たちはどんどん大きくなる。己が不甲斐なく、やるせない気持ちを淡々と書いた。配達の帰りに諏訪《すわ》神社の境内で自転車を止めて父の面影を探してしまうことも、いまだに父の夢を見ることも書いた。

夢ではいつも、どこか遠くへ行っていた父が何年ぶりかで帰ってくる。母と杏奴が慌ただしく出迎え、それぞれの声が嬉しさで弾んでいる。父の横顔を見て、類の総身もあたたかいもので満たされてゆく。

パッパ、死んでいなかったんだね。生きていた。

けれど声にならず、躰も動かない。父の脚に身をすり寄せて泣きたいのに、ひとたび触れれば消えてしまいそうだ。そのうち父は仄暗い影になり、母と杏奴も消えている。目が覚めた時には痛みしか残っていない。声を殺して泣く。

そんな日常をありのままに書いた。原稿を読んだ編集者は息子にここまで愛される文豪を敬してか、「偉大なる父性ですな」と口にした。反論はしなかったが、類は少し違った感触を持っている。子供の人格をどこまでも尊重し、親切を尽くしてくれた父だ。子供たちにとっては慈愛そのものだった。どちらかといえば母が世間の父親のような役割で、子供が最初に直面する現実の不条理や理不尽を引き受けていた。考えれば、母は損な役回りであった。

窓外の春空の色が薄くなっていることに気がついて、そろそろ引き上げることにした。

「お邪魔いたしました」

先生は黒のロイド眼鏡を指先で整えながら、「もうちょっといたまえ」と引き留める。珍しいこともあるものだととりあえず坐り直し、もう一本吸うことにした。

「まもなく『群像』の編集長が来るんだよ」

講談社の雑誌の名を口にして、鐘形の鈴を鳴らして女中を呼んだ。

「紅茶を。類さんも紅茶でいいかい。ん。じゃあ、二人とも。ブランデーも持ってきておくれ。それから大久保《おおくぼ》君が来たらね、ここに通して」

先生は酒をやらないが、夕暮れには紅茶にブランデーを数滴垂らすことがある。洋酒は何でも揃っていて、夫人は時々、葡萄酒を土産に持たせてくれる。果物や菓子、瓶詰のたぐいも包んでくれるので、類は巣に餌を運び帰る親鳥の気分になる。

女中が退がってまもなくノックの音がして、夫人が顔を覗かせた。

「大久保さんがお見えになりましたわ。こちらにお通しして、およろしいんですのね」

「そうだよ。やあ、来たね」

入ってきたのは、三十代半ばに見える男だ。

「大久保君、以前、話しただろう。森類さんだ」

この家に出入りする編集者や新進作家は多く、世間では門弟三千人などと謳われている。それはさすがに大仰だろうが、井伏鱒二《いぶせますじ》や太宰治《だざいおさむ》、そして「第三の新人」と名づけられた若手の安岡章太郎《やすおかしょうたろう》に吉行淳之介《よしゆきじゅんのすけ》、遠藤周作《えんどうしゅうさく》らも出入りしていたようだ。夫人が言うには上戸《じょうご》の者にはいくらでも呑ませて食べさせるようで、そういえば類がごく幼い頃の生家も客が多かった。仕出し屋や酒屋が引きも切らず勝手口を訪れて、母は騒然とする台所を差配していた。夏に黒っぽい薄物を涼しげに着て、大鍋の中を覗く横顔は真剣できりりとしていた。

ただ、類が佐藤邸で他の客と引き合わせられることは珍しく、玄関ですれ違っても誰かわからぬまま目礼を交わす程度だ。

男は脇に抱えた茶封筒と重たげな鞄を床に置き、名刺を差し出した。

「大久保です。初めまして」「森です。よろしく」

名刺には「群像」編集長、大久保房男《ふさお》と記されている。類は名刺を持っていないので頭を下げるのみだ。大久保は類の隣の椅子に腰を下ろし、背広の胸許から煙草を出して火をつけた。

「君、編集長はいつからだい」と、先生が訊く。

「昨年からです」

先生は「類さん」と、顔を動かした。

「この人は慶應で折口信夫《おりくちしのぶ》先生に師事していてね、民俗学をやるつもりだったんだよ。だが学徒出陣で学業を中断してね。君、海軍では大尉まで行ったんだったか」

「いえ、少尉止まりです」

「慶應には復学したのか」

「大学には敗戦後に戻りました。卒業後も民俗学をやるつもりでしたが、たまたま講談社の入社試験を受けてみたら合格しちまいましてね。以来、文学に逸脱したままです」

「逸脱とは恐れ入る。しかし類さん、彼の批評眼はなかなかのものだよ。時流に阿《おもね》らず、浮かれた文士なんぞ鼻息でノックアウトだ。今に名編集長になって、鬼神のごとく文壇を睨《ね》め回すだろう」

大久保は謙遜するわけでもなく、黙って煙を吐いている。紅茶とブランデーが運ばれてきて、夫人もその後から入ってきた。

「類さん、今日はゆっくりお過ごしになれますの」

「いえ。もうお暇しなければなりません」

外は暮れかかっている。美穂が帳場に釘付けになって待ちかねているだろう。事情をわかっている夫人は「さようですか」と引き取り、天井と壁の照明をつけた。茶碗の中も紅く灯る。

「そうかい、もう帰るかい」「はい」と先生に応えつつ、ブランデーの瓶を回されると遠慮なく数滴を垂らした。

「類さんね。例の原稿、大久保君に読んでもらいたまえ」

紅茶を一口飲んで、先生を見返した。

「残してあるんだろう」

とまどいながら首肯した。

「はい。ゲラも取ってはありますが」

「岩波のゲラを渡すわけにはいかんよ。原稿用紙に書き直しなさい。何枚だね」

「五十枚です」

その視線が「大久保君」と、隣に移る。

「この人の詩魂は並じゃないよ。鷗外の文章にいちばん似ている」

たぶん森鷗外の肉親の中でという意味なのだろう。兄や姉たちはもとより、父方の叔父である森潤三郎は『鷗外森林太郎』を、叔母の小金井喜美子も『森鷗外の系族』を上梓《じょうし》している。いずれも戦時中のことだ。

「類さん。おやりなさい」

先生は豊かな顎をぐいと引いた。

勝負をかけたまえ。君も打って出るがいい。

そんな言葉が響いた。


原稿を整え、『鷗外の子供たち』と題を変更して、「群像」の担当編集者に渡した。茉莉との約束の部分は省いてある。またも卒倒させるわけにはいかなかった。校閲を通していくつかの問い合わせがあったものの、大久保や担当の編集者からは何の注文も出なかった。

そして五月刊行の「群像」六月号で、とうとう日の目を見た。美穂は見本誌を待ち受けて類に手渡した。

「あなた、おめでとうございます」

声が潤んでいた。

それからまもなく、一冊の本として刊行しないかという話が舞い込んだ。ただし訪ねてきたのは講談社ではなく、系列の光文社の編集者だ。

「あなたの目を通した鷗外一家の内実が、じつに繊細に描かれている。神格化されていない、森林太郎という人間の声や匂いを感じることができました。しかも森さんの文章には企みのない、品のいいユーモアがある。描写も緻密《ちみつ》です。これは生来のものでしょうな」

六十前に見える白髪の編集者は居間で類と向き合うや、訥々《とつとつ》と述べた。言葉を弄するわけではないが、熱心さが伝わってくる。

「むろんこの五十枚のみでは一冊に仕立てられません。四百字詰め原稿用紙にして、総数四百枚ほどは必要です」

「長編にするのですか」

「それでも結構ですし、この原稿を一章として、あと何章かを新たに書き下ろしてみませんか」

編集者は鞄から数冊を取り出して、小卓の上の湯呑を動かしてそれらを並べた。

「手前どもの新書、カッパ・ブックスです」

「新書判ですか」

落胆は隠せなかった。岩波新書やカッパ・ブックスは千朶書房でも売れ筋ではあるが、気軽な教養書といった趣のものが多い。

「お気持ちはわからぬでもありませんが、廉価《れんか》であるぶん部数が刷れます。森さん、立派な装丁の単行本を二千部、三千部刷ったところで全国の書店には行き渡りません。同じ予算でたくさん刷りましょう。町の書店にも並べてもらって、大勢の人に読んでもらいましょう。森鷗外は日本の宝ともいうべき偉人ですよ。私は、そんな文豪を父上に持ったご子息の幸福と不幸を、ご家族の真実を、記録文学として世に残していただきたいのです」

記録文学と、茶の間に面した初夏の庭を類は見やった。ささやかな庭だが今年も緑の中でカンナが蕾を膨らませ、真赤な花弁を少しばかり覗かせている。矢車草が青紫の花を揺らし、青条揚羽《あおすじ》が記念公園の方へと舞い去った。

「私は昔、あなたと会ったことがあるのですよ。もう三十年以上前になるかしらん。雑誌の記者をしていたことがありましてね、あなたのおかげで、記者嫌いの鷗外先生に会うことができました」

卓の上に置かれた名刺を見れば、佐野忠《ただし》と記されている。三十年以上前であれば大正の頃だ。まったく憶えがない。

「いや、無理もありません。あなたは五年生だとおっしゃっていました。三輪車に乗っておられた」

「この近所で五年生にもなって三輪車を乗り回していたのは、僕しかいませんね」

照れ隠しに首筋に手をあてると、老編集者は眩しそうに目を細めた。

「あの草花の庭は、本当にいいお庭でした。厳《いか》めしい軍服を脱いだ森鷗外がいったい何を愛したのか、私は今もあの庭を思い出しながら考えることがあるのです。『森家の兄弟』も拝読しましたし、岩波や姉上たちと多少の経緯があったことも承知しています。ですが此度の『群像』で、私はあなたに書いていただきたいと思いました。父上のことに限らずともいいんですよ。章によっては、この千朶書房での明け暮れをお書きになればいい。父上を書く章においても、つまるところはあなた自身を語ることになるのですから」

佐野は淡々と言い継ぎ、麦茶の湯呑を手にした。皺深い首で、咽喉仏が遠慮がちに動く。

とまどっていた。こうも望んでくれ、理解もしてくれている。迷うことなく飛びつきたい気持ちで腰を浮かせながら、咳払いをして坐り直す。やはり新書という体裁がひっかかる。

「ご返事は少し待ってもらえませんか」

勿体《もったい》をつけていると思われるのは本意ではなかったが、森類として初めての著書になる。言いにくいことも言わねば仕方がない。

杏奴の出した単行本がしきりと目の中を過る。木下杢太郎が装丁を引き受けたものもあって、さすがに杏奴らしい風趣がある。書物の佇まいが美しいか否か、それは類にとってもゆるがせにできない事柄だった。一度は画家を目指した身である。父と母、姉たちにも独自の審美眼があった。そういう家で育ったのだ。本屋商いをするようになってからは一冊ごとに感動することは減ったが、それでも書棚にハタキをかけていると、ふと気を惹かれる背表紙がある。何年も棚から動かない本であっても丁寧に作られたものには気配があって、色や文字が語りかけてくる。

佐野は「もちろんお待ちします」と静かに肯《うべな》い、暇《いとま》を告げた。

数日後、目白坂の佐藤邸を訪ねた。

光文社からの申し出を話し、自身の気持ちも正直に打ち明けた。佐藤先生は黙って、小刻みに顎を動かすのみだ。話し終えると、「類さん」と目を上げた。

「どこからでもいい。出すと言うところから、出してもらいなさい」

たぶんこの言葉が聞きたくて僕は会いに来たのだろうと思いながら、類は煙草を灰皿に押しつけた。「そうですね」と、首を縦に振った。


昭和三十二年が明け、松も取れてまもなく祝日を迎えた。美穂と相談して久しぶりに店を休みにした。

「お父さんの写真がまた出てる」

「え、どこ、どこ」「ここよ。ほら」

長女が新聞を開いて指で指し示し、次女と三女、長男がそこに顔を突っ込む。四色のセーターが一つところにかたまって、ムクムクしている。

「すぐにご飯よ。手を洗っていらっしゃい」

美穂が台所で声を張り上げる。そして類を振り向き、眉を下げた。苦笑めいた笑顔だ。類は「さあ、みんな。朝食を始めよう」と手を叩いて新聞を取り上げた。

「こいつは後だ。お母さんをお手伝いしなさい」

「だってお父さんたら、新聞を切り刻んでおしまいになるじゃないの」

「あれはスクラップと言うんだよ。ほら、朝日に読売、毎日、東京」と、奥の机の上からスクラップ帖を持ってきて長女に見せた。

「こうしておくと一望できるじゃないか」

几帳面なところのあった母の習慣をいつから受け継いだものか、類は戦災を免れた写真や手紙、そして自身に関する新聞記事も整理して保管している。

初めての著書『鷗外の子供たち　あとに残されたものの記録』は昨年の十二月、光文社カッパ・ブックスから刊行された。評判は上々で、年内に幾度も版を重ねた。同時期に夏目漱石の子息、夏目伸六《しんろく》の『父・夏目漱石』が文藝春秋新社から刊行されたことも相俟《あいま》って、新聞や雑誌にも盛んに採り上げられた。一月になってもまだ記者が取材に訪れるほどで、類や佐野の予想を遥かに超えた反響だ。

本編の構成は十章立てとし、本書が出版されるまでの経緯を前書きに据えた。出版されればどのみち、騒動のことは世間に知れ渡る。醜聞めいて扱われるのは何としても避けたかったし、岩波側からの一方口《いっぽうぐち》でやられるよりはと先手を打つ気持ちもあった。姉たちとの内輪揉めも含めて〝鷗外の子供たち〟なのだと、自身が感じたままを正直に述べた。

本編の冒頭は『森家のきょうだい』と題した章で、次に『父、鷗外のこと』という章、そして『茉莉の結婚・父の死』『母の位置』と、大まかな時系列に沿って新たに書き下ろした。学校が嫌いで勉強も不出来であった自身のことも『不肖の子』という章で包み隠さず書いたし、杏奴と共に留学していたパリ時代や画家を目指して暗中模索を続けた青年時代、美穂との結婚に戦争、そして最終章では千朶書房開店にまつわる悲喜こもごもを書いた。

朝食が始まっても子供たちははしゃいでいて、美穂も窘めようとしない。叱言《こごと》も休日にしたようだ。

「ねえ、お父さん、今度はどこに載るの」

「それはわからないよ。評論家が読んでこれは面白いと思ったら、批評を書いてくれる」

評論家は佐野いわく当代一級の面々で、玄人の読書人はここまで深く読み取って文章にするものかと、類も舌を巻いた。

——鷗外研究上の一重要資料だ。しかしまた一種の文学作品として読んでも面白い。

——偉い人を父親に持たなかった一般の読者は、なるほど人生にこんな地獄もあるのだ、と驚かされる。私小説を上回る面白さだ。

むろん賛辞ばかりではなく、「実の子によってこんなことまであばき立てられてはたまらない」という評も受けた。それは覚悟の上で、一筋も動揺しなかった。むしろわけもなく落ち着きをなくしてしまったのは、類の文章について言及した箇処だ。

——何だか不思議な味のある文体だ。

——いくらか小説風の美しい筆致で、感覚が若い。

幼い頃、飴玉を口に入れては指で取り出して眺めた。母にそれを叱られたものだが、やはり文体や筆致、感覚について評されたことが嬉しい。店番や配達の最中、そして夜、寝床に入っても口の中で転がして、その甘みを味わっている。

「お父さんの本はそんなに面白いの?」

長男が無邪気に訊いたので、類は「さてね」と肩をすくめた。皆で笑った。

「私、お父さんの写真は素敵だと思うわ」「私も」

娘たちは裏表紙に載っている著者近影を気に入っているらしい。撮影の前には上着とシャツを新調し、散髪にも行った。しかし届いた写真を目にして驚いた。髪が薄く額も広がっている。いつのまにこんな風貌にと、がっかりしたものだ。

装丁は黒の背景に煉瓦色の卍のような図を配した油の抽象画で、美穂は「少し地味じゃありませんこと?」と心配したが、類は一目で気に入った。他の新書にはないモダンな配色で、鷗外の名前と異質な感じを放っているのも新鮮だ。

本編の文章の合間には、佐野のアイデアで家族の写真を掲載した。

父の顔写真は斜め前方を見ている、おそらく大正二年頃のものだ。森林太郎としては臨時宮内省御用掛を仰せつけられ、鷗外としては『阿部一族』や『青年』を書いた頃である。さも厳格そうな写真だが、可笑しい一言を口にする寸前の面持ちであることを類は知っている。母の志げの写真は結婚後まもなくの明治三十五年頃に撮ったと思われる裲襠《うちかけ》姿で、息子の目から見ても惚れ惚れするほど美しい。

兄や姉たちの写真も載せたが、校正刷りで茉莉と杏奴の顔を目にするたび胸の奥が鳴った。

類ちゃん、本当に私たちを売るのね。

そうまでして世に出たいのね。

正月には日本読書新聞でも批評が出て、それは佐野が年始に訪れた際に持参してくれた。

「着眼点が他の書評とは異なりましてね。三人のごきょうだいの多少食い違う性格が互いに愛しながら争う、その葛藤を執拗に追求したと評価してくれています」

類も一読して、しかし何となく引っかかる。

「執拗とは、厭な響きの言葉ですね」

「そうじゃありませんよ」と、佐野は静かに否定した。

「この評は、あなたの本質を射貫《いぬ》いています。執拗なほどの意志、妄執こそが書く人間の根本、正体です。そもそも、書く人間は罪深いものでしょう」

正月らしからぬ話題であったが、佐野の言葉は妙な動き方をした。日を経て、徐々に背骨を通っていく。飴玉とは異なる苦みと痛みを伴うが、類はそれを少しずつ受け容れている。

「子供たちは？」

食後の珈琲を飲んでいるうち、家の中がやけに静かなことに気がついた。首を伸ばして庭を見ても姿がない。

「遊びに出ましたわ。バドミントンや野球に夢中ですから」

「何だ。今日は動物園か植物園にでも連れて行ってやろうと思ってたのに」

「いくつだとお思いです。そんなところ、もう歓びやしませんよ」と美穂もエプロンをはずし、類の向かいに坐って珈琲を飲み始める。

「でも、あの子たち、考えたら大変な時代に生まれ育ちましたわね。戦時中は動物園そのものが酷いことになっていましたし、戦後は私たちも生きるのに必死でどこにも連れて行ってあげられませんでしたもの」

「とうとう、戦後ですらなくなったのになあ」

昨年、政府の経済白書に「もはや『戦後』ではない」という宣言めいた文言が記されたことで、世の中は戦後復興も完了したとの風潮で沸いている。この二、三年というもの、ずっと好景気が続いていることも手伝ってのことだろう。千朶書房の景気は一向に上向かず、『鷗外の子供たち』の末尾では自分の子供たちの将来を案じることになった。

――先行きに望みを持てない生活を送る者としては、子供が同じ暗い道をたどらねばよいがという心配を抱く。いっそ革命でも起きれば、今よりはましになろうというものだ。

そんなことを正直に記した。「週刊朝日」の特集では「昔は革命ほど恐ろしいものがなかったが、今では革命大賛成」とした末尾に対して、得手勝手《えてかって》なお坊ちゃん気質が抜けていないと指摘を受けた。

その通り、革命が怖いのは〝持てる者〟だ。貴族や資産家だ。類はそこに属していた。そして親から受け継いだ家を爆撃機に焼かれ、財産は国に紙屑にされた。そこから労働者階級に墜落したからといって革命大賛成だとは、たしかに身勝手な理屈に聞こえるだろう。しかも自身が躰を張るのではなく、誰かが起こしてくれる革命を待っているだけなのだから。けれど、これが庶民なのだと類は居直った。

革命の何たるかを知らず、誰に何を搾取《さくしゅ》されているかもわからず、ただ額に汗して働くのに報われない。

「週刊サンケイ」などは、その大衆にわかりやすい特集を組んだ。タイトルは「〝親〟を食う子供たち――ドライ時代の〝七光り族〟」と、毒々しい。折しも、著名人の息女である三人娘が結成した七光会が評判になっている。東郷青児《とうごうせいじ》画伯の娘である東郷たまみ、伊東深水《いとうしんすい》画伯の娘である朝《あさ》丘雪路《おかゆきじ》、女優の水谷八重子《みずたにやえこ》の娘である水谷良重《よしえ》のトリオだ。

そこに、森鷗外と夏目漱石の息子が同時期に親についての著書を刊行した。「週刊サンケイ」は五人を一括りにし、さらには『太陽の季節』の影響を受けた太陽族と絡めて〝七光り族〟とぶち上げた。三人娘と共に伸六や類の写真も掲載され、記事のためのインタビューを類も受けた。

質問は、前書きに記した部分に集中した。

「お姉様方から毛虫のように忌みきらわれていると吐露なさっていますが、それでもこの本をお出しになったのはどういう心境ですか」

その心境をこそ書いたというのに、さらに言葉を引き出したいのか。記者を黙って見返したが、喰い下がってくる。

「書き下ろされた部分も、随分とあからさまですね」

「書くか書かないかという、ギリギリのところでした。書くのなら徹底的に、生半可に書くんならやめよう、そういう心境でした。私は、書かずにはいられませんでした」

絞り出した返答は記事になり、語尾は多少違うが、文脈は違えずに載せてくれていた。ただ、類のこの言葉の前に、兄の於菟の見解が紹介されている。

――世間ではよくあり勝ちな家庭内のトラブルを新聞、雑誌に書くということは困ったことだ。一族の皆が迷惑するので今後は慎んでほしいとの言葉も添えられている。その後ろには、杏奴の見解もあった。

——こんど弟の書いたものは読まないことにしている。

一刀のもとに斬り下ろす。そして返す刀で「姉が可愛想でならない」と、止《とど》めを刺した。

「あなた、安宅からまた署名をお願いしてきたんですが、よろしいかしら」

珈琲茶碗がいつのまにか片づけられていて、美穂が四角い紙包みを抱えている。

「いいよ。歓んで」

安宅家は一冊百三十円の本を何十冊と購入し、周囲に配ってくれているらしい。美穂も実家に少しは顔向けのできる心地になったようで、しばしば直筆の署名を頼まれてくる。二人で奥の部屋に移り、洋机の前に腰を下ろした。

万年筆を手に取ると、美穂が表紙をめくって手で押さえる。たった二文字の姓名であるだけにバランスを崩しやすく、息を詰めて丁寧に書く。

「あなた」「ん」

「この本、子供たちにも読ませたいとお思いになっています？」

「そうだね。いつか、大人になったら読んでもらいたいね」

僕もやっと、子供に残せるものができた。

たとえ微かな光であっても、彼らの行く末を照らしてやりたい。


刊行から半年以上も経てば、新聞や雑誌の関心は他へと移る。

インタビューや撮影の依頼も潮が引くようになくなり、佐野からは「次を書きましょう」と励まされているが、千朶書房の商いも放ってはおけない。印税を前借りして帳面を綺麗にしたので、日が暮れるまではせっせと労働する他はないのである。

配達先のお客や商店街の連中も刊行直後は新聞で読んだか人に聞いたかして出版をたいそうめでたがってくれ、「写真写りがいいね」「偉い人を父親に持つと苦労だねえ」などと肩を叩かれたりしたものだ。しかし今は、ただの本屋に逆戻りだ。

雨もよいの空の下を猛烈に自転車を漕いで帰ると、帳場の前に男が立っていた。

「先生、お帰りなさい」

見れば取次の営業社員で、明るいのはいいがお調子者だ。

「先生はよしてくれと言っただろう。僕はしがない本屋のあるじだよ」

「でも先生、このたびはおめでとうございます」

「何かあったの」と、少しばかり胸が躍る。また誰かが論評してくれたのだろうか。しかし帳場の中の美穂は浮かない顔つきで、営業が「お姉様ですよ」と返した。

茉莉が『父の帽子』という随筆集で、第五回日本エッセイスト・クラブ賞を受賞したという。先月の五月に発表があったらしい。

「初めての随筆集で受賞とはさすがに文豪のお嬢さん、血は争えませんね」

たぶん記事になっていただろうに、この頃は新聞を読むのも間が空きがちで気づいていなかった。

「明日は行かれるんでしょう」「明日?」

「授賞式とパーティーですよ。あら、違ってましたか。いいえ、明日ですよ」と、手帳を繰っている。

「僕は行かないよ。招かれていないからね」

なぜかきっぱりと、乾いた声が出た。相手は「はあ」と笑みを泛べたまま頭を掻く。

「さ、替わるよ」と美穂を促して帳場に入り、胡坐を組んだ。算盤の位置を動かし、伝票を繰りながら「あのね」と目だけを上げた。

「三島由紀夫《みしまゆきお》の『金閣寺』、早く持ってきてよ。お客様を待たせると、よそで買ってしまわれるんだよ。皆さん、平気で裏切っちゃうんだから。それからね、これとこれ、それから創刊したてのこの雑誌もてんで動かないよ。内容が硬すぎるんじゃないかい」

営業はぺこぺこと頭を下げたものの明確な返答をせず、「先生、また参ります」とそそくさと店を出ていく。類は帳場から出て追い、丸めた背中に向かって大声を出した。

「先生なんぞと呼ぶな」

雑誌スタンドの前で、白い夏服の中学生らが一斉に顔を上げた。いつも立ち読みだけをしていく図々しい連中だが、「やあ、いらっしゃい」と笑顔を振り向けてみた。

子供は過去で飯を喰わない。今だ。いつも今が大切だ。

中学生らは首を傾げながら小声で何かしら呟き合い、また雑誌に取りついている。「少年」という表紙が見えた。

やがて空が晴れてきて、流れる雲が赤い。買物籠を提げた主婦や豆腐売りが通りを行き交い、夕飯前の賑わいが始まった。

14 芥川賞

十一月にしては、光の暖かい朝だ。

いつものカアキ色のシャツに亜麻色のセーター一枚だけを重ねて、庭の濡縁《ぬれえん》に腰を下ろした。珈琲を飲みながら煙草を吸う。六間《けん》先は鷗外記念公園との地境で、この店舗付きの家を建てた頃は申し訳ばかりの木柵を巡らせているのみだった。庭は整地したままで、すうすうしていた。ゆえに家の中で過ごしていても、公園で過ごす人の姿がよく見える。すなわち、公園からも家の中が丸見えであるということだ。

いつの夏であったか、土曜日の午下《ひるさ》がり、店番を美穂と替わって慌ただしく食卓について蕎麦をたぐっていると、うら若い二人の姿が目に入った。大学生らしい若者と喫茶店のウエイトレスらしき身形《みなり》の娘で、休憩時間を利用しての逢瀬《おうせ》であるらしい。さして興味もないので蕎麦を啜り終え、小さな塩結びを手にした。頰張って麦茶の茶瓶に手を伸ばすと、恋人たちは木柵にほど近い百日紅《さるすべり》の下に移ってきている。

若者が娘の前を塞ぐようにして回り込み、娘の躰を灰白色の幹に押しつけて顔を寄せていく。今にも接吻するという刹那《せつな》、視線が動いて類と目が合った。実際には視線まで察せられる距離ではないというのにそう感じ、若者も同様であったらしい。

近所の親爺が覗き見してる。よそへ行こう。

腕を取り、若い背中がそそくさと遠ざかっていく。若者の舌打ちまで聞こえたような気がして、類は湯吞を持ったまま鼻を鳴らした。

覗き見とは、何たる言い種《ぐさ》だ。僕はここで生活しているのだ。侵入者は君たちじゃないか。まして僕はここで生まれた人間だぞ。君たちがずかずかと横切っているその土地に、住んでいたんだぞ。

その日、二度目の配達に出ても、奥歯にいつまでも薬味の葱臭さが残って閉口した。

けれど木柵の前に脇にと草木を植えていくうちに、白々と素っ気ない土地が徐々に緑を帯びた。三越の園芸部で買った半纏木《はんてんぼく》など、三年ほどで梢が空に届かんばかりに育っている。最初は頼りない苗木であったのだ。初夏に薄い黄緑色の花をつけると聞かされたがいっこうに咲かず、ただひたすら空を目指して伸びた。むしろ類が好きなのは、今の季節の黄葉だ。まるで巴里の街のように、金色の葉が風に靡いては降ってくる。

夏は夾竹桃が薄桃色の花と濃緑で木蔭を作るので、美穂の末の弟などは「街路樹じゃないか」と驚いていた。「今に鬱蒼《うっそう》と繁って、家の中が暗くなっちまうよ」

呆れ半分のからかい方だったが、義弟の言う通り、庭はささやかな森のごとくになった。公園からの目隠しになりつつ、冬は落葉樹が空を透かして居間にも陽射しが届く。早春は何といっても連翹《れんぎょう》だ。枝々に蠟びきめいた黄花をつけ、辛夷《こぶし》はポッ、ポッと幼女が笑うように蕾を広げる。そのうちアカシアが黄色の砂糖菓子のような花をつけ、銀葉もまた美しい。やがて白いリラが咲き、次いで紫のリラが清い香りを漂わせる。

ろくろく眺めてこなかったのになあ。

濡縁に後ろ手をつき、また煙草に火をつけてくゆらせる。夏に水をやるにも大慌てで、子供たちに草むしりを命じれば露草なども引き抜いてしまうのでいつしか放置して、種を蒔いた覚えのない草花が咲いていると「これも風情だ」と美穂に言い訳をした。それでも毎朝毎夕と目にしてきた季節の数瞬は胸中に降り積もり、景色を描いていたらしい。

もう一度しみじみと庭を見渡し、家の壁際へと目を下ろした。水引草や秋明菊《しゅうめいぎく》が勝手放題に咲くそばに、木作りの小屋がある。

「次郎、行こうか」

声をかけても、小屋の入口からはみ出した尾をほんの少し左右に揺らすばかりだ。

次郎は西生田の家から連れてきた犬猫や兎たちの、唯一の生き残りである。他の連中は皆、木々の足許に埋まっている。

「今日はちゃんと散歩させてやる」

千駄木に戻ってきてからというもの、犬猫の世話は美穂と子供たちにまかせきりにしてきた。ただ、次郎の散歩だけは類が係だ。大型犬ではないが中型よりも躰が大きく、夜の散歩ではシェパアドに間違われることもあった。しかも己の行きたい道をぐんぐんと進み、気に入らぬ道に入ればその場に坐り込んで梃子《てこ》でも動こうとしない。

町中では子供のある家が狂犬病を怖がったし、美穂や子供たちに綱を持たせては危険でもある。仔犬の頃に、主人のそばに付いて歩くという躾を行なわなかったのだ。いや、正しくは、躾を行なえなかった。相手が人間であろうと犬であろうと命令するのが好きではない。次郎がのびのびと西生田の丘を走り回る姿が好きだった。

時々、丘を下りて散歩すると、道行く人にも声をかけられたものだ。

いい秋田犬ですな。大事になさい。

正面に向けた耳の立て方はいかにも勇ましく、胸回りもどっしりと張りがあった。それに声がいい。甲高さがなく、遠くまで大きくよく通る。あの頃は戦後の混乱がようやく収束しつつある時期で、立派な日本犬に育ってほしいと、あえて洋風の名をつけなかった。誰も彼もが急に親米派になって、ジョンやエレンなどと呼んでいるのが何となく気に喰わなかったせいもある。かくて飼い主がルヰ、犬が次郎というコンビになった。

「今日はゆっくり、どこにでも行けるんだぞ」

次郎は外に出るのが大好きで、庭先に類がちょっと下り立つだけで尾をちぎれんばかりに振って吠える。だが、ひとたび散歩に出れば何時間も店を空けることになる。頭を適当に撫でてやるだけですぐに背を向け、店や家の中に舞い戻る日が増えた。本屋商いに追われ、夜は原稿の執筆に呻吟する毎日だったのだ。朝は五分でも余分に寝ていたかったし、夕食後は机の上に広げた原稿用紙へと気が急いた。

やがて、排泄のためだけにほんの十分ほど外に連れ出すのみになった。この数年は便が大変に臭うので庭の中でさせるわけにはいかず、道端に落としたそれをスコップで取って畠や空地の隅に穴を掘って埋めるのを常としている。

次郎がもっそりと躰の向きを変え、小屋から顔を出した。鼻筋はもはや曖昧で、髭にも張りが無い。ぼんやりと欠伸をして、腐った牛乳のような臭いが吐き出された。薄くなった瞳を動かすのも面倒そうで、尾をだらりと下げたままだ。

類は首輪から鎖を外し、散歩用の綱に付け替えた。「さ、行こう」と励ますように促す。渋々ながらも、ようやく小屋の外へ出た。

「お父さん、朝ごはんよ」

振り向くと、長女が濡縁に身を乗り出すようにしている。

「ちょっと行ってくる」

「今日は早く帰っていらして。あなたの机の上が片づかないと困るわ」

長女の肩越しに美穂の声が聞こえ、類は長女と顔を見合わせた。

「わかってるよ。あのくらい、すぐさ。お茶の子だ」

返しつつ、長女とウインクを交わした。裏木戸から家の玄関前を抜け、大観音通りへと出た。

団子坂に入っても、次郎はほちほちと、まるで雲の上を歩いているような覚束なさで歩く。電信柱に駈け寄ることもせず、引っ掛けたばかりであろう他の犬の小便の臭いにもまったく興味を示さない。尿意を催しても片足を上げて立つことができないので雌犬のようにいきなり腰を落とし、土の上を小さく濡らすのみだ。

好きに歩かせてやろうと思っても、類が立ち止まれば次郎も歩を止める。団子坂から右に折れ、ようやく藪下道に入った。根津権現《ねづごんげん》の裏門に通ずる古い道だ。

「根津に行くか。商店街でお前の好きなチイズを買おう。何なら、不忍池《しのばずのいけ》の畔《ほとり》にまで足を延ばすぞ」

しかし次郎はいくらも歩かぬうちに、また動かなくなった。何のことはない、ちょうど観潮楼の門前であった場所だ。今は公園の塀越しに、懐かしい銀杏の木が見える。門を入って敷石伝いに玄関に向かえば、左手にこの銀杏、右手に槐《えんじゅ》があった。

「一服するか」

次郎はゆっくりと肢《あし》を踏みかえ、顎を少しばかり上げた。藪下道の東側は崖地で、その下は広い谷だ。朝の陽射しでことのほか明るく、見晴らしがいい。次郎はその東に頭を向けた。

類は煙草に火をつけて一服吸い、口の端に咥えたまま身を折り曲げて片膝をついた。次郎の顔を撫で、指先で目脂《めやに》をぬぐい取ってやる。ブラシを長らくかけてこなかったので背中や腹の毛が束になって固まり、手触りがざらついている。撫でさするうち、痩せた背中の骨がゴツゴツと掌にあたる。

次郎はさして心地よさそうではなく迷惑げでもなく、微かに鼻をひくつかせながら目を細めた。谷を渡る風を見ているかのようだ。

類も顔を上げた。幼い頃の崖下には田畑が広がり、人家の瓦屋根が波のごとく光っていた。夜ともなれば家々のささやかな燈火が無数に瞬いて、胸がしめつけられた。若い時分は巴里の寺院の鐘の音が好きだったが、今は上野寛永寺《かんえいじ》の鐘音《しょうおん》も慕わしい。深く静かに響いて、逝ってしまった人々の面影を慰める。

杏奴、西洋に行っておいで。

母、志げがそう告げた時も杏奴と三人でここに立ち、遠い空と海を見ていた。あれからもう三十年になる。

「そこのけ、そこのけ」

自転車の出前持ちが猛烈な勢いで坂道を上ってきて、すれ違いざまに「馬鹿野郎」と叫んで行った。昔であれば何をそうまでして急ぐのだと首をひねったものだが、今はわかる。この辺りは道幅が狭く、いったん自転車を止めて降りたら何もかもを放棄したくなる。脇目も振らずに走らねばならない仕事、身の上が世間にはあるのだ。類も重い荷を後ろに括りつけてこの道を何度も往来した。下りはまだいいが、帰りの上り坂は喘《あえ》いだ。遠回りをすれば躰が楽だとわかっていても、急ぐ日は無闇に挑んだ。

「次郎、そろそろ行こうか」

促しても、腰を上げようとしない。久しぶりに共に散策する姿を思い描いていたというのに、もう歩けないのだ。散歩への期待に気づかぬふりをして、愛情が単なる義務になり果てたと気づいた時、次郎は老い切っていた。

「帰りたいのか。いいよ、そうしよう。お母さんもヤキモキしてるだろう。だが帰るにしても、歩かないことにはどうにもならないよ。お前は男だろう。歩け」

我ながら似合わぬ言葉で宥めすかすが、いっかな動こうとしない。

「あらあら、こんなとこに居ついちゃって」

首を巡らせば、割烹着をつけた中年の女が坂を上がってくる。額の上と頭の左右を膨らませて結い上げた髷《まげ》は人形のように黒々として、髪油で光っている。蔓《つる》で編んだ買物籠を腕にかけ、腰を屈めて次郎を覗き込んだ。

「種類は何でござんしょうか。紀州犬。でも立耳で尾が巻いてるから、秋田犬かしら」

どうやら犬好きであるらしい。類は立ち上がり、ズボンの膝下を手で払った。

「雑種ですよ。買った時は、秋田だと太鼓判を捺《お》されたんですがね」

次郎はいくつかの病を得て、獣医師にかかった。診てもらうついでに訊ねたら、これは雑種ですよとすげなく告げられた。

「おや、犬をお買いになったの」

真白な割烹着がいきなり膨れ上がった。腰を伸ばして類を見上げ、呆れたように口を開いている。

「買いましたよ。新宿の犬屋で」

へえぇと妙な節をつけ、汚れた金歯が覗く。この付近の主婦かと思っていたが、粋筋で奉公している女なのかもしれない。

「犬は貰うか、拾うものでしょう。おいくら?」

「二千円」

あまりにもすらりと訊ねられたので、つい口にしていた。二千円は、珍しく懐にしていた金だった。詩の雑誌の表紙絵を頼まれて描いた、その礼金だったのだ。次郎を連れて帰った時、美穂は一瞥して「また?」という顔をした。

また病気が出たのね。

金のことで夫婦喧嘩になれば、美穂はしばしば類の金遣いを浪費だと言い、その癖はもはや病に等しいものだと決めつけた。

手にした金子は費消してしまわねば、気が済まないのね。その時、家で待つ妻子のことなどあなたは寸分もお考えにならない。ええ、結構よ。唸るほどお稼ぎになって、思うさまお遣いになればいい。

あの時、何と言い返したのだったか。「今に見ていろ」だったか、「夫に向かって、言いたいだけを言うな」だったか。

「馬鹿ねえ。雑種をつかまされて二千円も払うなんざ、何とかに追銭《おいせん》、捨て金もいいとこですよ」

口許に手の甲をあてて笑いながら馬鹿者扱いをして、「じゃ、ごめんなさい」と会釈をして去っていく。

「そら、帰ろう」と類は躰の向きを変え、綱を引いた。

「他人に二度も馬鹿と言われるとは、とんだ散歩だ。最後だったのに」

次郎は緩慢に尻を持ち上げ、また欠伸をして臭い息を吐いた。

「明日は引越しちまうんだぞ。お前もトラックに乗るんだ。この道を歩くのは最後なんだ」

むろん次郎にわかるはずもなく、おそらく耳も遠くなっているのだろう。


文京区が鷗外記念本郷図書館を建てるという計画がようやく進んだのは一年前、十一月のことだった。

そもそもは区の史跡保存事業の一つとして鷗外記念館を建設する計画で、発案は「鷗外記念館建設委員会」、発起人には斎藤茂吉先生や佐藤春夫先生が名を連ねていた。於菟と類が敷地を譲渡し、式典の後には座談会も開かれ、記事は「朝日評論」に掲載された。司会は詩人で文芸評論家の野田《のだ》宇太郎《うたろう》先生、座談したのは於菟と茉莉、美穂の父で画家の安宅安五郎、佐藤春夫先生と類を含む総勢七人だ。それが昭和二十五年七月のことだった。

その後、建設計画中の敷地を放置させるわけにもいかぬという判断で市民のための鷗外記念公園が造成された。そして類は手許に残した土地に千朶書房を開いたのである。

ところが建設計画は遅々として進まなかった。公園は小学生や中学生がキャッチボールをするのに絶好の遊び場となり、父の胸像は飛球にやられて片耳になっている。腹立たしいやら情けないやら、竹箒を持つ手つきもつい乱暴になり、近所の子供らには「本屋の親爺は怖い」と嫌われるようになった。

鷗外記念会組織準備会の事務局窓口は類が引き受けていたのだが、役所から連絡が来なくなり、しかし忙しさに紛れてそのままにしていた。窓口はいつのまにやら「本家」である於菟に代わっていて、区の発意によって記念館が図書館へと計画変更されてから俄かに話が具体的になったらしい。敷地決定から、かれこれ十年を経ていた。

そしてある日、図書館の設計についての相談会に招かれた。区の担当者から慇懃《いんぎん》に、「立ち退き」を切り出された。

驚きのあまり、啞然と担当者の顔を見返した。千朶書房は大観音通りに面しており、なるほど、その土地も使えば立派な建物が設計できる。元々、森家の所有地は団子坂と藪下道にも面した歪《いびつ》な形をしており、大工の使う曲尺《かねじやく》のごときだ。そのうえ千朶書房に一角を塞がれては、さらに鉤裂《かぎざ》きになる。図書館の設計や費用に影響することは想像がついたが、なにせ立ち退くなど考えもしなかったことだ。

ご本家からは、ご快諾を頂戴しております。

於菟は「父、鷗外の蔵書を大切に後世に伝えていただきたい」と、早々に同意を示したという。類には一言の相談もなかった。

兄さん、こんな大事なことを。あんまりじゃありませんか。

役所を出てからも於菟への不満が頭を占め、この足で家まで抗議しに行こうかと駅に向かいかけた。が、たぶん忘れていたのだろうと思い直した。

兄は常に忘れているのだ。類という弟がこの世に存在することを。

正月の年始の席でも、他の客に驚かれたことがあった。

森さん、弟さんがいらしたんですか。

於菟は駱駝のように口の周りを動かして、つまり黙って笑んでいた。

悪気がないことはもう承知している。人間の本性で言えば、おそらく二人の姉たちよりも兄は善人なのだろう。少年の頃に生《な》さぬ仲である義母、すなわち類らの母である志げに毛嫌いされて、心の装置の電源をいくつか切ってしまったのかもしれない。だが母は晩年、目の敵にしてきた於菟を何かと頼りにした。ことに三人の妹弟に残された財産を守るために助力を惜しまなかった誠実さ、社会的分別に感謝していた。母の感情を強く引き継ぐ杏奴もやがて於菟との距離を縮め、「お兄様」、そして「本家」を口にして重んじるようになった。

類自身は望んだことなど一度もないが、母と杏奴の意志によっては類が本家の役割を担っていたかもしれない。母は老いて病人になるまで、前妻の産んだ男子を決して認めようとしなかった。自身が産んだ類だけが、「鷗外の息子」であってほしかったのだろう。しかし、類は母の願いをかなえられぬ息子だった。学歴と地位、名声と経済力、そのどれ一つとして持たず、今も毎月の支払いに汲々《きゆうきゆう》としている。

相談会に出向いた夜、奥の部屋に美穂を呼んで事情を話した。

さすがに動揺を隠さず、「立ち退きですか」と俯いた。台所の布巾を手にしたままで、膝のエプロンの上で畳んでは広げ、また畳む。古びたセーターは袖が寸足らずで、細い手首の骨が突き出ている。画家の娘だけあって、若い時分は芸術への感覚も豊かだったのだ。染色を手がけ、柳悦孝に六年余りも師事していた。嫁いだ相手が違っていたら、今頃は一廉の染色家になっていたかもしれない。ふっくらと優しかった手は本商いの紙に水分を奪われ、爪も黄味がかっている。

「どう思う」

「あなたはどうなさりたいの」

「まだ心が決まらない。ただ、ああまで話が進んでいるとなると、うちがノーと言ったところでどうにもならないだろうね。僕も数え五十だ。いつまで自転車に乗れるだろうと考えたら、今が退き際かもしれない。君も疲れ果てているだろう」

美穂はゆっくりと顔を上げ、居間や自室にいる子供たちの気配に耳を澄ますような顔をした。

「私はいいんです。あなたが千朶書房を続けるとお決めになるんだったら、ついて行くまでですわ。でも、子供たちのことを考えると」

そこで声を詰まらせた。泣くまいとしてか顎を持ち上げ、口を一文字に引き結ぶ。ややあって、長女の名が出た。

「私は進学しない、就職するわとあの子に告げられた時、何とも言えない気持ちになりました。あの子、何もかも一人で考えて、一人でさっと決めていたんですよ。短大になりとも進みたかったでしょうし、そんなことを口にしていたこともあったのに、いつのまにか決めていて。ちっとも深刻ぶらずに、いつも通りの朗らかさで就職すると言いました」

美穂は首を少し傾げ、類の背後にともる机上の洋燈《ランプ》を見ている。

「誇らしいのが半分、あとの半分は、何と言えばいいのか。そう、切なかった。しっかりせざるを得なかったあの子が、私は悲しかったんです」

数日後、類は佐藤邸を訪ねて決意を告げた。先生は「そうかい」とうなずいて、黙って洋煙草の一本を差し出した。

覚悟を決めた以上、問題は売却額だった。区民のための図書館を建てるのであるから、一円でも高くなどとは考えない。公共に利することの大切さは、戦中戦後の生活で身に沁みている。だが千朶書房の廃業は、今後の生活の手立てを失うことを意味する。兄のように「よきに計らえ」と言える身分ではない。

結句、佐藤先生と野田先生が区との交渉の間に入ってくれることになった。

ちょうどその頃、庭の半纏木が突如として花をつけた。地上からはよくわからぬ地味な花で、半纏の形に似た緑葉に埋もれてひっそりとしていた。

庭の木々は新居に運ぶことができないので、やがて半纏木やアカシア、リラも伐採されてしまうことになる。犬猫や兎の骸《むくろ》はもう土に還っているだろうが、地中深く掘られて鉄骨や鉄筋のたぐいが立ち並び、白いコンクリイトが流し込まれるのだろう。

譲渡額の折り合いがついたのは今年の三月末で、四月に受け取った。千朶書房は四月三十日に閉じた。戸に貼紙をして、廃業の理由を記した。

――このたび、文京区鷗外図書館建設に伴い、父祖の代から住み慣れた団子坂を離れ、十年の間お引き立ていただきました千朶書房を廃業いたすことと相成りました。

「父祖の代から住み慣れた団子坂を離れ」

その文言を口の中で呟き、綱を引く。次郎は前肢をふと前に出し、歩き始めた。

電車に揺られながら、うずうずとする。

今日、「小説と詩と評論」創刊号の見本誌を受け取ったのだ。いつもならすぐさま喫茶店に入り、旨い珈琲を飲みながら表紙を繰るだろう。だが待てよ、まっさらな状態で美穂に見せてやろうと思い直し、新宿から中央線に乗った。

平日の日中であるので、車輛には老人と親子連れがほとんどだ。類はきちんと膝頭を合わせ、その上に二冊の入った封筒を置いた。電車は青梅《おうめ》街道に従うように、東京の西へと走る。揺れるたびカサ、コソと、枯葉色の封筒が鳴る。大して厚みのある冊子ではない。タイトル通り、小説と詩と評論の同人誌だ。けれど封筒の中は生き物のような嵩と体温を持ち、類はそれが膝から滑り落ちぬようにと何度も手の指に力を籠める。

窓の外は都心から離れるにつれて徐々に風景が鄙《ひな》び、田畑の向こうには森や林、溜池が見える。まさに武蔵野だ。

杉並区の今川町《いまがわちょう》に越してから、一年と四月ほどになる。田舎暮らしは福島の喜多方町への疎開で経験済みであったし、西生田では貧しくも田園生活を送った。けれどそれは旅のようなものだったのだ。父祖伝来の土地が千駄木にある、その動かしがたい財産は自覚しないほど太い根を張っていた。

暗い喪失感で気分が沈みそうになった時、美穂が「アパートを建てませんか」と言い出した。

「この頃は都心の会社に勤める人や学生が増え続けているでしょう。実家の兄や弟が言うには、日本の経済は右肩上がりなんですって。下宿住まいが窮屈だと言って嫌がる若い人も多いらしいし、自由に暮らせるアパートがいいらしいのよ」

「アパート」

鸚鵡返しにして、が、さほど時を置かずして「なるほど」と煙草に火をつけた。一服、二服して、頭の中に筋道を描いた。

「区から受け取った金を資金にして、アパートを建てる。すると月々、家賃が入る」

夫婦で死に物狂いになって働いても、家計は楽にならずじまいだった。家賃収入で生活費が捻出できれば、これほど有難いことはない。母は実家から相続した土地に長屋を建てて家賃を副収入にしていたし、西生田の丘も類の名義で買っておいてくれたものだ。土地を所有している安心感は、何物にも代えがたいような気がした。

「あなたがお厭でなかったらの話ですけれども」

「厭なはずがあるもんか。銀行に預けたままにしておいたら、たぶん目減りする一方になるだろう。専門家に頼んで、頃合いのいい土地を見つけてもらおうじゃないか」

方々を見て回った末、国電の恵比寿《えびす》駅から十分ほどの高台に土地を購った。建物は二階建てで、上下に四部屋ずつ、それぞれ台所と風呂場を備え、二階の部屋には専用の階段を設ける。これは設計士の発案で、一階に各戸のドアが並び、誰にも顔を合わさずに階段を上がって自分の部屋へ入れる方式だ。

一家六人の住まいは、杉並区の都営住宅を購入した。コンクリイトの二階建てで、一棟に二軒ずつ、長屋のように棟割りされている。手狭ではあるが庭は広い。ましてこの先も学費がかかる、いずれ結婚もと美穂に機先を制されたら否やは口にできなかった。

周辺には畑が多いが屋敷林に囲まれた庄屋屋敷や鎮守《ちんじゅ》の森が残り、流れの穏やかな川も巡っている。

荻窪《おぎくぼ》駅で降り、石神井《しゃくじい》公園行きのバスを待って乗り込む。杉並高校の学舎が見え始めたらドア付近にまで移動して、運転手に「有難う」と言って道に降り立った。卒業式の練習だろうか、「仰げば尊し」が聞こえてくる。いくつか角を折れ、するとそっくり同じ屋根が続く住宅地に入る。

蒲公英《たんぽぽ》の生い始めた芝生の前庭で、しゃがんだ美穂の背中が見えた。自ら縫ったエプロンを腰でしっかりと蝶結びにして、紐の先にも小花が刺繍してある。以前よりは少し肉もついて、肩の辺りもふっくらとしてきた。類が声をかける前に振り向いて、スコップを持ったまま立ち上がった。

「お帰りなさい」

春陽を浴びている。足許は白いソックスで、女学生のように足首できちんと折り畳んでいる。サンダルは町の履物屋で買った濃紅色だ。

「何を植えてるんだい」

「球根よ。グラジオラスとダアリア」

「薔薇は？」「まだ。駅前のお花屋さんに、苗木を見繕ってもらってるの」

「三越の園芸部に訊いてみようか」

「地元で結構よ。虫がついたり病気になっても、すぐに相談できるもの。それより、あなた」

美穂は音を立てて両手を擦り、エプロンで拭いてから「さあ」と腕を突き出した。

「見せてください」「ここでかい」

「もったいぶらないでよ」

身を翻して庭に面した居間の硝子戸を引き、ちょこんと腰を下ろす。さあ、ここにお坐りなさいとばかりに、掌で床を叩く。こういう時、美穂はじつに可愛い顔をする。喧嘩になればこうも憎い形相がこの世にあろうかと思うのにと、類は苦笑しながら並んで坐った。

茶封筒から冊子を取り出して一冊を美穂に渡し、もう一冊は自身で持つ。

「あなた、『驟雨《しゅうう》』が巻頭じゃありませんか」「そうだねえ」

「やだ、私に隠してらしたのね」

美穂は冊子から目を離さぬままで、サンダルの足を子供のように踏み鳴らす。

「それにしても凄いメンバーねえ。主宰があの木々高太郎《きぎたかたろう》さんでしょう。童門冬二《どうもんふゆじ》に城夏子《じょうなつこ》、今官一《こんかんいち》、田辺茂一《たなべもいち》、それに柴田錬三郎《しばたれんざぶろう》に松本清張《まつもとせいちょう》」

美穂が顔を巡らせ、目を合わせてきた。

「松本さんって、あの小倉日記の方でしたね」

二人とも、父の日記について口にする時は背筋を立て、粛《しゅく》とした声音になる。類が発見し、美穂が浄書した日記なのだ。美穂は体調を崩していたにもかかわらず、蒼黒い顔をして筆を走らせ続けた。それが昭和二十五年のことで、三年後の昭和二十八年一月、松本清張は『或る「小倉日記」伝』という短編小説で第二十八回芥川賞を受賞した。

候補作となったのは前年の「三田文學」九月号に掲載されたものであったと知り、思わず唸ったものだ。日記の発見が公表されて二年ほどしか経っておらず、着想を得てすぐさま執筆にかかったのではないかと推したからだ。類は折しも岩波書店の「世界」で『森家の兄弟』の連載を開始したばかりであったので、執筆の動機や手法に敏感になっていたような気がする。そして才能への羨望と自らへの落胆で、肩を落とした。

僕はなぜ、こういう小説を思いつかなかったのだろう。

僕こそが当事者であったのに。

かたや、美穂は髪の生え際まで真赤に上気させていた。千朶書房の帳場で受賞作を読み終えるや、一気に駈け上るような話し方をしたのだ。

この小説の主人公、鷗外の小倉日記の行方を捜して生涯を懸けてしまったのでしょう。それで彼が息を引き取った後、鷗外の遺族が日記を発見するという筋立てだわ。この遺族って、私たちのことですよね。

美穂は「あなたのことですよね」ではなく、「私たち」と言ったのだ。自身が小説の中に登場したという興奮で、子供たちにも「芥川賞は」と教えていた。類は奥の部屋に逃げ、腕組みをして宙を睨むばかりだった。

しかし今は、同じ雑誌のメンバーだ。出版社の編集者に木々高太郎を紹介され、挨拶を交わして早々に「参加しないか」と誘われた。

「ここいらでひとつ、『三田文學』をしのぐ同人誌をやってやろうじゃないかと有志が集まってね。つまり新しい文学運動を起こそうという志だね。すでに名のある連中もぜひ参加させてほしいと言ってるんだが、我々は新しい方向を模索したいんだよ。仲良しこよし倶楽部《クラブ》じゃなくってね、既成の文学を一寸でも越えたいわけだ」

推理小説、探偵小説で有名な木々は、慶應の医学部出身の大脳生理学者でもある。すぐに泛んだのは、父、鷗外の威光だった。父への尊敬や親近感から類に近づいてくる人間は未だにいるので、それで声をかけてくれたのかと察しをつけた。

「新人の育成と支援に力を入れるつもりですよ。直木賞でも芥川賞でも遠慮なく、どんどん獲らせる」

いや、小林氏に似ているから僕は用心しているのかと、頭の隅が動いた。顔や姿ではなく、権力が持つ独特の匂い、威圧感が岩波の小林勇に似ている。だが、木々は思わぬことを口にした。「群像」に掲載された『鷗外の子供たち』を読んだのだと言う。

「読んでくださったのですか」

「マスコミも随分採り上げたからねえ。取材の対応、大変だったでしょう」

「はい」と首肯する。

「見当違いの書評も多かったがね。しかし僕は評価していますよ。あれは良かった。哀しくてね。でもユーモアがあるんだな。だから余計に哀しい」

いわくがついたあの作品への理解は有難かった。

「あなたには期待しているんだ。ぜひ、うちで腕を磨きたまえ」

類は「よろしくお願いします」と、頭を下げた。

やがて名簿が届いて、目を疑った。同人は六十名もいて、直木賞作家である柴田錬三郎、そして松本清張が名を連ねていたからだ。光栄で恐ろしくて、何度も息を呑み下した。

そして書き上げた中編が、『驟雨』だ。

主人公は中年の画家で、犬をこよなく愛している。雑種の老犬を飼い、さらにはスパニエル種も買ってきて可愛がるのだが、血統書付きの犬と交配させて一儲けしようと欲を出した。結果、愛犬は孕《はら》んで仔犬を何匹も産んだものの、ジステンパーに罹《かか》って次々と死んでしまう。

雑種の老犬は次郎がモデルで、名を五郎として登場させた。実物の次郎は、杉並に越して半年ほどで死んだ。庭の芝生を叩きつけるような雨が降る夕暮れ、突然、力強く起き上がったかと思ったら横ざまに倒れた。ひどい痙攣を起こしていた。目を開き、唇の裏側を見せているが、呼吸はまだある。類は夜中に何度も床から出て、小屋を覗いた。息子も起きていて、「次郎」と呼び続けた。朝になって見に行くと、すでに目と口を閉じていた。いつもの、丸くなって眠る姿勢のままだった。

小説として意識して書いたのはこの作が初めてで、自身では随筆との区別がつかないまま最後の一行を書き終えた。事件や登場人物の名は変えてあるが、身辺で起きたことのさまざまを材にしている。そうでないと書けないのだ。たとえ一瞬であっても、自身で見て聞いて感じたことをデッサンするつもりで手を動かせば、何とか文章になる。出来事の細部を穿ち、人の心情をも写せば、言葉が次の言葉を見つけて連れてくる。文章が文章を呼ぶ。

「あなた、ここ、お読みになった？」

美穂が声を高めている。開いた頁は編集の「後記」で、木々高太郎の名が目に入った。

「注目していただきたいのは、森類の小説『驟雨』である、ですって」「そうかい」

類は自身の膝上の冊子に目を落としているのだが、何も頭に入ってこない。目を閉じ、美穂が読み上げるのを聞く。

「本誌創刊号にこの小説を得たのは、同人の最も誇りとするところ。あなた、最上の賛辞をいただいたじゃありませんか、木々先生が誇りだとおっしゃるなんて。ごめんなさい、私、そこまで凄い作品だと気づいていなかった」

　原稿を書き上げた時点で、美穂にはいちど読ませている。「描写が回りくどいような気もするけれど、これはあなたの文章の持ち味ですものね」との前置きつきで、「なかなか、よろしいんじゃないでしょうか」だ。

　なかなかとは、随分と見くびった言い方をしてくれる。鼻白みつつ、まだ手始めだ、今はこれが精一杯、ともかく書き上げたものを掲載してもらえれば万々歳だと、原稿用紙を封筒に入れた。ところが編集委員らの協議によって、巻頭を飾る作品として扱われたのだ。しかも後記では、こうして絶賛とも言える後押しを得た。

「お父さん、大変よ」と、今度は腕を摑んでくる。美穂は亭主を「あなた」と呼んだり「お父さん」と呼んだりするので、使い分けの基準はどこにあるのかと訊いたことがある。「そんなもの、あるわけないじゃありませんか。いやねえ」と、にべもなかった。

「この同人誌の役割は、若い人を文壇に出すこと。一、二年のうちに芥川賞か直木賞を出したい、ですって」

「それは僕にもおっしゃったことがある。でも僕は若くない。五十過ぎだ」と目を開き、笑い声を立てた。

「違うのよ。続きがあるの。それだけでも、森類は読むに足るであろう、ですって」

　フウンととぼけながら、木々の「期待している」との言葉は本気だったのだと胸が鳴る。

「森類は受賞も夢ではない作家だと、おっしゃってるんだわ」

　そう言われても、こんな嬉しさを表現する術を持ち合わせていない。レエスのカアテンが風にあおられて、淡い白を広げる。その向こうに美穂の横顔と、庭の若い緑が透ける。

軒の浅い、簡素な造りの家だ。アトリエほどに小さなドアを引くと、すぐに台所と食堂を兼ねた板間が目につく。子供たちが会社や大学、高校に出る前の朝は大変な騒々しさで、卓の上にパン屑や珈琲の雫が点々と散っている。そこで類は珈琲を淹れる。洗面所で電気洗濯機が回る音を聞きながら美穂と二人で新聞を回し読みし、珈琲を飲む。

そんな家族の生活を、僕はまた書くだろうか。書きおおせて、ここを小説家の家にできるだろうかと、流れるような白と緑を見た。


宴が果てて来賓客を見送った後、美穂や子供たちは花嫁に付き添って控室に入ると言う。

こういう時、男親は何の役にも立たない。茉莉を誘い、ホワイエに向かった。元は宮邸だったというホテルだけあって、庭園の緑を切り取った窓が絵画の額縁のように続く。大理石のマントルピイスの上は彫刻を施した大鏡で、桃花心木《マホガニィ》の壁には洋書を納めた書棚や伊万里の大花瓶だ。絨毯は濃茶色地に藤色と浅緑、白で、天平文様《てんぴょうもんよう》を思わせる。

低い黒革のソファに身を落ち着けると、どこからともなく給仕が現れた。

「何かお持ちしましょうか。ブランデーか、ワインでも」

「いや、酒はもういい。紅茶にしよう。姉さん、ケーキはどう?」

「フルコースをすべていただいたもの。紅茶だけで結構よ」

執事のような物腰の給仕に指を二本立てて注文し、煙草に火をつけた。茉莉に勧めると、黙って細い指で抜き取る。母に譲られたダイアモンドは戦後の生活費を確保するために売ってしまったので、小粒の真珠だけだ。しかし留袖姿はやはり貫禄が違っていて、あんな老鳥の巣のようなアパート暮らしだとは誰も思わないだろう。かつてこの邸宅に住んでいた人々の縁続きだと話せば、うっかり信じる者がいるかもしれない。

「今日は有難う。列席してくれて嬉しかったよ」

森家のきょうだいのうち於菟は出席してくれたが、杏奴は「欠席」との返事だった。杏奴の長女は七年も前に嫁いだらしいが、類には招待状も来なかった。何年も経ってから、人づてに耳にした。

茉莉は瞼を持ち上げるようにして見開く。

「変なひと」

「礼を言ってるんじゃないか。何が可笑しいの」

「モーニングで正装した花嫁の父親が脚を組んで、煙草を吹かしながら嬉しかったよだなんて、お芝居みたいじゃないの」

「僕は俳優になるべきだったかなあ」

紅茶が運ばれてきて、茉莉は早々に灰皿を引き寄せ、「でも」と煙草を消した。

「私も嬉しかったわ。あんなにしっかりとした女性になって、でも子供の頃のままの可愛らしさもちゃんとあるんだもの。可愛くて靭《つよ》くて、しなやかなひとになったわ。お婿さんも立派で、それも茉莉おばちゃんとしては大変に嬉しかったです。以上」

大きな眼がだんだんに潤んで、最後は照れ笑いをまじえた。「校長先生の訓示みたいだ」と言うと、笑みながら睨んでくる。

「どうなの？　花嫁の父の気分は」

「淋しいよ。淋しいに決まってるじゃないか。いっそ腹立たしい。今からでもこの結婚は認めん、おじゃんだと言いたい」

芝居めかして腕を広げ、天井のシャンデリアを見上げた。

就職を一人で決めた長女は生涯の伴侶も自身で見つけ、「私、結婚します」とまたも朗らかに告げたのだった。美穂はすでに相談や報告を受けていたらしいが、類には寝耳に水だった。狼狽《うろた》えたり歓んだりしながら話は進み、式場の下見について回った。本当は自身が挙げた帝国ホテルを選ばせたかったが、嫁入り道具を調えるにも何かとかかる。しかも本人は貯金をしてきたからと言い、親に負担をかけまいとするのだ。

せめて結婚式の費用くらいは出させてくれとこちらが頭を下げ、この高輪《たかなわ》のホテルに決めた。招待状の文章も類が引き受け、何度も書き直した。森家側の主賓《しゅひん》は木々高太郎先生だ。

佐藤春夫先生は二年前、昭和三十九年の五月に亡くなっている。訃報に接した時は実感というものがなく、涙も出ない。悲しさや淋しさを感じる心そのものをどこかに落としてきたような感覚で、ただ茫然として過ごした。同人誌に発表した小説は必ず目を通してくれ、指南してくれた。

筆にまかせて書く癖がついているね。もっと言葉を吟味したまえ。

文章だけでなく、類の身に絶え間なく降りかかる難儀にも親身に相談に乗り、骨折りを願うことになった。あの偉大な詩人、文学者を何とつまらぬ俗事で煩《わずら》わせ続けたことかと、今さらながら胸が痛む。親鳥のごとく大きな翼で、類を守ってくれた人だった。

「三島さんがね、今度対談をしましょうとおっしゃっているのよ」

「いいね。ぜひ拝読したい」

茉莉が本格的に小説を執筆するようになって、かれこれ七年ほどになる。昭和三十四年、「新潮」に発表した『禿鷹《はげたか》』が注目を集め、その年のうちに他の作品と併せた『濃灰色の魚』が筑摩書房から刊行された。

その際、『禿鷹』は『クレオの顔』と改題されていた。

主人公の弟である暮尾《クレオ》は幼少時から陰気な植物のように姉たちにまとわりつき、女中の会話を盗み聞いては母親に言挙《ことあ》げするような子供だ。長じてからは二人の姉の間を立ち回り、長姉には次姉夫妻の生活ぶりを巧妙に伝えて嫌悪を催すように仕向け、次姉夫妻には長姉の欠点を面白可笑しく吹き込んだ。

つまり微かな、水ほどに薄い毒を双方の耳に流し込み続けて仲を裂き、双方の愛情を独り占めにして手懐《てなず》けた卑劣漢だ。しかし主人公は弟の醜い横顔を知らず、ただひたすらに信じ、愛していた。

ところが主人公は、長い間生き別れになっていた息子と再会を果たした。夫と離婚する際、泣く泣く婚家に置いてこざるを得なかった我が子だ。血肉を分けた息子は美しい青年学者となって、生母の前に現れた。

それからは蜜月ともいえる時を持ち、弟は疎外されていく。一身に集めていた姉の愛情を奪われて危機感を抱いた弟は、文筆でもって反撃に出た。

主人公が何よりも大切にしていたもの、それは容貌の美しさだった。物心ついた時から父親に「美しい子」として溺愛され、自身でもそう信じて疑ったことがなかった。弟はその化粧を剝ぎ取って、世間に晒したのだ。醜怪な半裸の女が、異常なまでに克明に描かれていた。姉と弟は憎悪に満ちた対立に至る。

美穂はその小説を読んで、気分が悪くなった。バスに酔ったような気持ち悪さだと、何度もおくびを洩らす。作品は暮尾の周辺人物も詳細に描かれていて、名を変えてはいるが、類の親友である長原玄や美穂とその母、安宅一族にも筆が及んでいた。

「これは小説だよ。ほら、後記にもそう書いてある」

強張る頬を無理に動かして、平静を装った。

「『クレオの顔』の方は、自分で読みかえす度に長くてまずいのに愕《おどろ》かなくてはならない小説である、だってさ」

わかっていますと言うように、美穂は胸に手を置いた。

「私は書けないけれど、小説はいろいろと読んできましたもの。気分が悪くなったのは内容ではなくて、文章ですわ。読点《とうてん》の打ち方が独特でしょう。リズムが合わなくて、それで目眩がしそうになっただけです。お気になさらないで」

「姉さんは朗詠するような書き方なんだよ。話し言葉と書き言葉が近いんだ。だから、あんな読点になる」

その時、店の電話が鳴ったのだったか、話はそれきりになった。が、類は夜の帳場に坐って、後記の続きを読んだ。茉莉は後記の最後に、『クレオの顔』は事実の小説であると記していた。

弟、暮尾の事実の中から、暗いところだけを取り出して書いたのだ。本人は小説のように陰惨な相貌を呈して遊泳しているわけではないし、他の副人物についても読者に誤解が生じる不安があると、正直に打ち明けている。しかしその直後、こう宣言する。

——事実を小説に仕立てる時、感心なことや健気さ、常識や道徳、そういうものを書きたいとは思わない。

帳場の中で、類はブルリと身を震わせた。

小説家の誕生だ。そう直観した。茉莉が書いた暮尾の「事実」とやらよりも遥かに強く打ちのめされ、そして感激したのである。きょうだいで筆禍《ひっか》のごとき事態を引き起こして、僕は何にこうも感激しているのか。わけがわからなかった。

そのことに気づいたのは、今の家に移ってからだ。あくせくと時間に追われることなく、存分に書いて読むことができる。父の全集も一から読み返し、好きな文章はノートに書き留めるようになった。書くのに倦《う》んだら読み、読書に疲れたら庭に出て草花の手入れをし、また執筆に戻る。

そんな日々の合間は、父と母のことに思いが至る。

父も書いたのだ。妻と母親との深刻な不仲に悩まされ、それを『半日』という短編にした。母は死ぬまで、その作品を全集に収めることを拒んだ。哀願に近かった。それほど小説に描かれた悪妻像に苦しめられたのだ。現代よりもモデル小説に対する理解が少ない時代で、小説に書かれていることはすべて真実だと思う読者が大半だった。父もよくぞ書いたものだと思う。その心境を時々推量したことはあったが、わからなかった。今も判然としない。

ただ、若く美しい妻が泣いて抗議した時、父は「お前も書け」と勧めたらしい。そして母は書いた。父と結婚する前の、初婚の相手のことから父との閨《ねや》の模様まで書いた。月経、避妊、妊娠、出産と、己の躰を通した父への愛情をありていに細やかに、流麗に綴った。

しかし作品の一群れは世間に認められることなく、母はやがて筆を折った。巧過ぎたのだ。あまりに作品としての出来が整っていて、父が代作したのではないかと噂された。公然とそれを指摘する文学者も出て、女流作家、森志げは水子《みずこ》のように流された。

けれどこうして、茉莉が小説家になった。そこに、母の血が脈搏《みやくう》つのを類は感じる。

紅茶を飲み干してしまい、給仕を呼んでやはりブランデーを注文することにした。茉莉は「じゃあ、私も同じものを」とうなずく。

「姉さん、『甘い蜜の部屋』、よかったよ」

昭和三十六年に発表した『恋人たちの森』で茉莉は第二回田村俊子《たむらとしこ》賞を受賞し、三島由紀夫に絶賛された。そして昨年、「新潮」に掲載された『甘い蜜の部屋』も注目を集めた。一般の読者の反応は知らないが、類の同人仲間はいわば玄人だ。皆が舌を巻くのが誇らしかった。

「まだほんのとば口なのよ。この先も時間がかかるだろうけれど、書き継いでいくつもり」

「姉さん、脱皮しつつあるね」

「おやおや、芋虫みたい」

「いや、虚構の度合いが深まっているだろう。主人公は明らかに姉さんで、父親はパッパだ。このままた随筆風に行くのかなあと思ったらとんでもない。文章も甘美で、エロティシズムを感じるね。森茉莉はあの作品で独自の世界を開く。僕はそう確信しているよ」

茉莉の文名はもはや、杏奴をしのいでいる。

「立派な同人誌に参加して、評も上手になられたこと」

グラスを持ち上げ、「どういたしまして」と茉莉の顔に向けて掲げた。

「お父さん」背後から呼ばれて振り返ると、学生服の長男が廊下の暗がりに立っている。

「こんな所にいたの。捜したんだぜ。姉さんたち、もうタクシーに乗っちまうよ」

「そうか」とグラスを卓に戻し、懐に手を入れたが今日は財布など持ってきていない。

「いいわよ。私が済ませておくから見送っておやりなさい」

「いや、それは悪いよ。姉さんも行こう。淡島《あわしま》まで送るから」

「早くお行きなさいってば。汽車の時間に間に合わなくなったら、新郎新婦にうらまれるわよ」

あたふたと立ち上がり、「じゃ」と茉莉に会釈をした。


恵比寿のアパートの集金を済ませて、家に帰った。

長女が嫁いでふた月が経ち、一家五人の暮らしにそろそろ慣れつつある。前庭の敷石を踏んで玄関ドアに向かうと、薔薇が蕾を膨らませていることに気がついた。微かに緑を帯びた黄色の蕾は花弁がしっかりと巻いて硬く、先端も初々しく尖っている。

父が愛さなかったこの花に、頬はもう長年、親しんでいる。少し不思議な気がする。

「ただいま」

集金に用いている深緑の革鞄を食堂の卓に置き、洗面所で手を洗ってから引き返す。

「ご苦労さまでした」

美穂が麦茶を出し、それを一口含んでから煙草に火をつけた。集金の日は喫茶店や書店にも寄らず、真っ直ぐ帰ると決めている。落としたりひったくりに遭いでもしたら大事だ。

「国民健康保険でしょ」「電燈料が二千円でしょう」「今月の水道料はたぶん千五百円くらい」と美穂は呟きながら実用袋に小分けし、「はい、お父さん」と今月の小遣いを渡された。電燈料と変わらぬ金額だが、交渉しても却下されるのは目に見えている。同人誌の会費が月に千円で、それは小遣いとは別勘定にしてもらっているからだ。出版社や新聞社から依頼されて書けば原稿料が入るが、同人誌ではこちらの持ち出しである。

「郵便、机の上に置いておきましたよ」

「ん」と立ち上がり、書斎と寝室を兼ねた六畳に入った。母から譲られた簞笥や美穂の嫁入り道具の簞笥もここに置いてあるので、床をのべたら頭が机の脚に当たりそうになる。鋏と郵便物を手にして、明るい食堂に戻った。

デパートの催事の案内や古いつきあいになった画廊の主人からの音信、どこで住所を知ったものか、自費出版を大仰に勧める薄いパンフレットも届いている。その大判封筒や葉書にまじって、「小説と詩と評論」と表に刷った封筒がある。四月の合評会で顔を合わせたばかりだし、急用なら電話をかけてくるはずだ。首を傾げながら、封筒の端に鋏を入れた。

一枚の葉書と一筆箋が入っていた。一筆箋には太い万年筆で、走り書きだ。

森さん、おめでとう。いよいよね。

見覚えのある文字とサインは、編集を担当している女流作家のものだ。まったく見当のつかないメッセージに何の冗談かと思いながら、葉書を見た。「小説と詩と評論」宛てで、差出人は榛《しん》葉《ば》英《えい》治《じ》とある。

「榛葉って、あの榛葉さんだろうか」

独り言を洩らし、掌の中の葉書を裏返した。森氏の『柿・栗・筍』に敬服いたしましたと書かれてあり、続いてこう記されている。

芥川賞予選作品に一票を投じておきました。

束の間、何か得体の知れないものが過った。いや、待て。落ち着け。

榛葉英治はやはり作家のその人で、たしか昭和三十三年の直木賞受賞者だ。芥川賞が大江健三郎《おおえけんざぶろう》の『飼育』で、直木賞は榛葉の『赤い雪』ともう一人、女流の山崎豊子《やまさきとよこ》が『花のれん』で受賞した。ふだん文芸作品に親しんでいない客でも発表後は「受賞作を」と訪れることが多いので、本屋にとっては大事な飯の種、類も美穂もラヂオの速報に耳を澄ませ、新聞記事も必ず確認していた。

その榛葉が、一票を投じた。

「美穂、大変なことになったぞ。『柿・栗・筍』が大変だ」

息せき切って、口と手足がバラバラに動く。椅子が音を立てて倒れた。

随筆風のタイトルを持つ『柿・栗・筍』は、戦後まもない頃、西生田の土地を巡って元の持ち主と揉めた騒動を題材に書いた小説だ。農地解放の実情を不在地主の立場から描いたが、土地に根差す百姓のふてぶてしいまでの執着とこすからさ、都会の者の傲慢とあてどなさまで泛び上がらせることになった。

これが「小説と詩と評論」三十号に掲載され、発行は長女が嫁いだ頃だった。同人の間では好評であったが、『驟雨』のように新聞の雑誌評に採り上げられるには至っていない。手応えがさほどなかっただけに、髪が磁気を帯びて逆立ちそうだ。

胸が大きく波打ち、息と共に「ああ」と音が洩れる。

「あなた、どうなすったの。大丈夫ですか」

美穂がそばに立っていて、類の背中をさする。思わず躰をひねり、抱きしめていた。

六月はイギリスのビートルズが初来日するというので、世間の若者たちは大変な狂騒ぶりだ。類も生きた心地がしない。候補作になれば電話で連絡があるのか、それとも郵便物か。

「そんなこと、同人のどなたかにお訊きになったらいいじゃありませんか」

美穂は何とも簡単なことを言う。

「一票の件はもう知れ渡ってるんだ。僕は黙っていたかったが、葉書を転送してくれた女流さんが喋っちゃったんだよ。今になって連絡方法を訊ねるなんぞ、しょってると思われかねない」

「でも、柴田さんや松本さんは直木賞の選考委員でいらっしゃるんでしょう。同人の誼《よしみ》で、ちょいとお教え願ったら」

「誼なんぞ通じてもらってないよ」

「じゃあ、文藝春秋に直に問い合わせたらどうです？」

「とんでもない。いかにも物欲しげじゃないか」

「なら、吉報を静かにお待ちになることね」

美穂はこの頃、料理を教えるようになっていて、自ら材料を目利きして買い込み、両手に荷物を持って生徒の家に出向いていく。その家には有閑の夫人や嫁入り前の令嬢らがエプロンを持って集まってくるらしい。束脩《そくしゆう》をいかほど受け取っているのか類は知らないが、レシピの準備もそれは周到、絵もまじえて丁寧だ。

出版社からは何の沙汰もないまま六月に入り、第五十五回芥川賞の候補八作が発表された。萩原《はぎわら》朔太郎《さくたろう》の令嬢である萩原葉子《ようこ》の作品が入って注目されたが、結果は「受賞作なし」だった。直木賞は立原正秋《たちはらまさあき》の『白い罌粟《けし》』だ。

類は早々に立ち直りを図り、「受賞作なしとはねえ。本屋さんたちは拍子抜けだろうなあ」と高みの見物を決め込んだ。内心ではどこかホッとしていた。

まだ芽がある。書いてさえいれば、そのうち必ず何とかなる。

「いっそ森茉莉と森類、きょうだいで候補になったらどうだろう。さぞ話題になるんじゃないか」

笑ってみたりした。

「冗談でもおよしになって」

レシピを作っている最中の美穂は不機嫌に押し黙り、計量カップから小麦粉が零れた。

15
窓

色褪せた枯葉を踏みながら、病院への道を行く。

右手には長女が洗濯してくれた下着や浴衣を入れたいつもの布製の鞄、左手には和菓子屋の紙袋だ。迷った末、錦秋《きんしゅう》などという名がつけられた練切《ねりきり》を六つ購ってきた。昨日、正面玄関まで見送りに出てきた美穂に頼まれたのだ。

「今日もお裾分けをいただいたんです。うちもちょっと、お願い」

「いいけど」と類は返しつつ、「奇妙な習慣だなあ」と気のない声になった。

「差し上げたら、またくれるんじゃないのか。だいいち、皆、病人なのにそうも食べられるのかい」

二日後に手術が迫っているというのに美穂は元気そうな様子で、点滴が終われば看護婦に自ら知らせてやり、布巾や手拭いなどは自ら洗って屋上に干しに行くらしい。そして何かにつけて、相部屋の女たちに気を配る。

「食べられない人はご家族に持って帰らせるから、いいのよ。ともかくお返しを済ませておかないと気を兼ねるの。ね、さりげないもので結構ですから。銀座までわざわざ出向かないでくださいね。駅前で見繕ってきてください」

白く四角い一室にも、小さな社会ができているらしい。入院して八日の美穂はまだ新入りで、古株らしき女らがいつも大声で喋っている。

「わかった」と引き受けると、美穂は己の胸を抱くように肘を寄せ、淡い黄身色のガウンの前を合わせた。

「皆さんに冷やかされているのよ。毎日、ご主人が通ってこられるなんて、森さんはお倖せねえって」

痩せた頬を見つめながら、類は精一杯の笑みを泛べた。こんなことなら無理をしてでも個室を取ってやればよかったと少し悔いている。しかし入院時は部屋を云々するどころではなかったし、本当は個室どころか入院費の工面も厳しかった。アパートの家賃収入だけでは、ふいの大きな出費は賄えない。手術が決まったと長女に電話をすると、すぐさま返ってきたのも金のことだった。

お父さん、入院費は私が払いますから。お母さんにそう伝えて、安心させてあげて。

長女は共働きをする必要がないのに家で夫の帰りを待つだけの生活は性に合わないと言い、またさっさと勤め先を見つけた。働きのない亭主を持った母親の苦労を見て育ったせいもあるのだろう。そして時折、きょうだいや母親の庇護者のごとき判断を示す。

類に対しては一言も不平を言わない。口にしても仕方のないことは言わない性分なのだ。今、何が必要かを見て取って、あくまでも穏やかに行動を起こす。

今、大切なのは、お母さんを安心させること。

長女はそう思ったのだろう。お腹の中には子供がいて、来年の夏には母親になる。類と美穂はお祖父ちゃん、お祖母ちゃんだ。

美穂は孫をその手に抱くことができるのだろうか。

顔を上向ければ、銀杏の並木はすっかりと葉を落としていて、やけに空が広い。もっと早く、ちゃんとした医者に診せてやればよかったと、鞄の持ち手を握り締める。

思い返せば、西生田に住んでいる頃から兆《きざし》はあったのだ。やけにだるそうで顔色も悪く、疎開先から運んだ荷物を開いて医学書を探していた日があった。その時は子供たちのためと言った。父の『小倉日記』の浄書をする時も体調が芳しくない様子だった。一人で病院に行き、「胆嚢《たんのう》が少し悪いらしいわ」と軽い口調で報告した。その後はさしたる不調を訴えなかったので、類も深くは考えなかった。

敗戦後は生きることに必死だったのだ。水中でもがくような日々から、何とか水面に顔を出して息をつきたかった。美穂は四人の子供を育てながら、料理や掃除や洗濯に精を出した。やがて本屋の開業に向けては実家に何度も足を運んで相談し、四方を駈けずり回った。

そういえばと、思い返す姿がある。千朶書房のあの帳場の中だ。時々、物憂げに躰を斜めにして坐っていた。疲れが溜まっているのだろうと思い込んでいた。類自身、死に物狂いで自転車に乗っていたからだ。商いの現実に締め上げられ、世間に浮上できない息苦しさに苦しんだ。

僕はあの家で、美穂の顔をちゃんと見たことがあっただろうか。もしかしたらあの頃からずっと、病を抱えていたのではないか。

そして五年ほど前であったか、本屋を畳んで荻窪に越してまもなくのことだ。美穂は激烈な痛みを訴えた。

痛いわ。締めつけられるみたいに痛い。

辛抱強い美穂が身を折り曲げて「痛い、痛い」と呻いた。左の脇腹から背中を回って右の脇腹に至るまでが激烈な痛みに締め上げられるらしく、しかし奇妙なことに、電話で呼んだ医者が訪れる頃には治まっている。さっきまでの苦しみようは仮病であったのかと思われるほどケロリとしてエプロンをつけ、玉葱の皮を剝く。

美穂は大丈夫だった。

しかしそれはまた訪れた。昭和四十一年の三月に長女が嫁いで、一家五人の暮らしにようやく慣れ始めた夏のことだ。またも激痛に襲われて声を軋《きし》ませた。

かかりつけの医者はとりあえずのように痛み止めの注射を打ち、「まもなく落ち着くでしょう」と繰り返すばかりだ。紹介を受けて別の内科医を招き、他の病院も受診した。胆石との診断が下り、石を動かすための注射が打たれた。ところがまたも苦しむので別の医者にかかれば、「そんな注射を打って、石が胆囊を破れば死にますよ」と脅された。

よくもそんな処置を承知したものだと類を責めるような口調だったが、医者は患者とその家族に相談などしてくれない。質問をひとたび発すれば不機嫌にそっぽを向かれ、「無知な素人にそれを言ったとて何がわかる。黙っておれ」との台詞が横顔に刻まれる。

美穂はいったん痛み出したら手のつけようがなく、けれどやはり以前のように、痛みが引けば何事もなかったかのように日常に戻るのだ。そしてまた突然苦しみ出す。その間隔がだんだん狭くなった。やがて黄疸《おうだん》らしい症状が出て、痛みは間断なく続く。しかし美穂と類が納得できる診断と処置をしてくれる医者がいない。いったん入院したものの退院して、また別の病院へと放浪した末、ようやっと代々木《よよぎ》の病院に辿り着いた。美穂の妹の、嫁ぎ先の紹介であった。

内科医の診察では「もはや内科の診療範囲を超えています」と告げられ、外科に回された。担当の医者はまだ五十前くらいであるのに副院長だという。面高《おもだか》で文学者のような風貌だが、美穂と類を見つめる目許は柔和だ。

「切って、石を取り除くしかありませんね」

「手術になるんですか」

我知らず、かたわらの美穂の膝に手を伸ばしていた。かつては子供のように丸かった小さな手を握り締める。

「切った方がよろしいんでしょうか」

副院長の周囲を何人もの看護婦が取り巻き、目まぐるしくカルテを捌《さば》くのを手伝っている。

「石を放置したら、癌《がん》になるのを待つようなものですよ」

どことなく東北訛りがあって、冷たくはない。けれど夫婦を黙らせるのに充分な切り札だった。

歩道から敷地に入れば、ここにも銀杏や桜の枯葉が吹き溜まっている。建物の中に足を踏み入れた途端、薄暗いと感じた。消毒液や薬、アンモニアの臭いが幾筋も流れ、そこに後悔や心配、絶望と希望が泡のように漂っている。下足箱の前に立って靴を脱ぎ、スリッパに履き替えた。床は妙に艶を帯びたリノリウムで、角を曲がるたびスリッパが床に引っ張られて脱げそうになる。

エレベーターで五階まで上がり、廊下を進んで出入口の前に立った。左右三列に並んだ右下に、森美穂の名がある。ぞんざいな字だ。

引戸を引けば、まず正面の大窓が目に入る。澄んだ冬空は四角く切り取られていて、歩いてきた道で目にしたそれよりも貴重な色に思える。灰色に傾きそうになるのを踏み止まっているような、刹那の青だ。陽射しはぼんやりと床を照らし、白い敷布や上掛けを照らしている。

美穂は出入口に最も近いベッドで、本人も窓を見ていた。ベッドに腰かけ、所在なげに背中を丸めている。

私はなぜこんなことになっているのかしら。これから、どうなっちゃうのかしら。

その背中に近づいて掌《て》を置き、「来たよ」と告げた。美穂は知っているわとばかりに、ふわりとうなずく。

「具合はどうだい」「昨日と変わらないわ」

「買ってきたよ」と紙袋を持ち上げてみせたものの、そういえば相部屋の連中がいない。

「珍しく静かだね。皆、どうした」

「窓際のお二人は検査。田村さんは下の売店に電話をかけに行って、久保田さんはお見舞い客と屋上。きっと煙草を喫ってくるわ」

類はベッド脇に進んで小簞笥の上に紙袋を置き、鞄の中に手を入れた。

「それは後で私がしますから」

美穂が右手を後ろ手につき、振り返っている。「そうかい。じゃあ、洗濯物」と抽斗を引けば、何も入っていない。美穂は次女の名を出し、出勤前に顔を出したのだと言った。

「帰りにお姉さんの家に寄るから預かりますって」

「会社に汚れ物を持ってったのか」

美穂は黙って口角を上げた。黄疸が治まるまでは手術はできないと薬を投与されただけあって、面窶《おもやつ》れは少し治まったような気がする。

「お父さん」美穂は隣に坐れと、敷布の上を軽く叩いた。類は古いカシミヤのマフラアを首から抜き、濃灰色のコートも脱いで上掛けの上に置いた。

「毎日、ごめんなさいね」

隣に腰を下ろせば殊勝なことを言う。病院でこんな声音は厭だ。こんな、しんと優しい声は胸にくる。

「皆、あなたに興味津々なのよ。何のお仕事をしてらっしゃるのって訊かれて困っちゃった。お父さん、とても会社員には見えないものねえ」

美穂は窓を見つめたままで、類を励ますような声を出す。

自身を見下ろせばベージュのズボンに、上は黄色のセーターだ。明るいカドミウム・イエロウで、次女が何年も前に学校の教科で習って編んでくれた。息子は「派手だなあ」と呆れていたが、類は「なあに」とおどけたものだ。

フランスのムッシュウもマダムも、歳を取れば取るほど明るい色を着るんだぞ。

「そりゃそうだろう。勤め人が毎日、昼から夕方まで妻を見舞っていたんじゃ馘になる。で、僕の素性を何と言ったの」

「不動産を少しばかり持っておりますって」

「何だよ。作家だと言えばいいじゃないか。著書だってあるんだぞ」

臍《へそ》を曲げたのがわかったのか、「ええ、今度訊かれたら打ち明けるわ」と薄い眉を下げる。

「どこからも注文の来ない、売れない作家だと言ってやればいいんだよ。堂々とな」

痩せ我慢めいた主張をして、類は力んだ。

アパートの経営も安泰ではない。住人は家賃を出し渋る、何カ月も溜める、電気や水道、下水の些細な不具合でも修繕を要求してくる。そのたび呼び出されて、修繕の費えも馬鹿にならない額だ。本屋商いをしていた頃に比べれば躰は楽になったが、それ以上に物価が上がった。すなわち、貯えというものをほとんどできない。

ゆえにほんのちょっとしたきっかけで、同人誌の会費程度のことでも夫婦喧嘩が始まる。まず、「お父さんはお坊ちゃんだから、自分の足で立つってことを知らずに育ったのよ」と、お見舞いされる。

「離屋《はなれ》のアトリエで絵を描いて、女中がお食事でございますって呼びにくるまで、外の世界のことは何も考えずに生きていられたんだもの。歳頃になったからお見合いをして妻を娶《めと》って、でも親譲りの財産があるからそのまま安閑《あんかん》として生きていけるはずだったのよね。死ぬまでね。そんな境遇が戦争で続かなくなって、それで不幸になったんだわ。でもご自分が不幸なだけで、妻と子の不幸は僕のせいじゃない」

まるで新派の女優みたいな口説《くぜつ》だ。こちらもつい、声が大きくなる。

「不幸、結構じゃないか。芸術家に不幸はつきものだ。幸福でたまらん作家が傑作をものするもんか」

だが敵は言葉尻を素早く捉えて、二の矢を放つ。

「その、傑作を書こうっていう気概よ。それがお父さんにあるんですか。あなた、僕ももっと本を出すぞ、芥川賞なんぞいつでも獲ってやる、金の心配はするなって、私に言ってくれたことがあって？　いいえ、売れる作家になって欲しいわけじゃないんです。僕にはこれしかない、死んでもやり抜くという決意、あなたにはそれがないのよ。何が何でも書いて今に見ていろって覇気《はき》があれば、それは周囲にもわかるはずだわ。私にも、子供たちにも。そしたらお金がなくっても活気が出ると思うの。肩から背中から、光のようなものが出ると思うの」

覇気だの活気だのと口にされれば目の前の妻が心底憎くなって、「莫迦《ばか》」と呶鳴ってしまう。

「そんなら、覇気と活気と野心だらけの男に嫁げばよかったんだ。今からでも遅くないさ。悠々と養ってくれそうな、ペカペカの俗物のところへ行けばいい」

私は相手を間違えたのだ。この結婚は失敗だった。

妻はそれを認めるのを最も恐れている。ひとたび認めれば何もかもが崩れてしまう。しかし類もそれを知りながら、刺し違えるしか術がない。あんのじょう美穂はぐっと唇を結び、血だらけの胸を押さえるような顔をする。泣いたりはしない。目を赤くして、唇を微かに震わせるだけだ。

類は振り上げた拳を収めようがなく、外に出てしまう。近所をぐるぐると歩きながら、煙草を何本も立て続けに喫う。味がせず、舌が苦くなるだけだ。その日の夕飯は気まずいままほとんど言葉を交わさず、翌朝は類が珈琲を淹れ、やがてふだん通りの会話が始まる。そしてまた、金がきっかけで美穂が攻め込んでくる。

「お金がないから家の中に燻《くすぶ》ってる、こんな生活じゃいい小説なんぞ書けるはずがない、荷風先生は毎日出歩いてたからいい題材に巡り合ったんだなんておっしゃったわね。だから、お小遣いを随分と回したでしょう。結局、それで書けた小説ってあるんですか」

「あるさ。一つはある。それに今は『小説と詩と評論』の編集を担当してる。その大変さがお前には見えんだけだ」

「絵でも小説でもいいわ。お父さんが一番好きなもの、そういうものに朝から晩まで打ち込んでくださいよ。だいいち本当に才能のある人は、書きたいものが頭の中からぐんぐんと湧いてきて書かずにはいられないものだと思うわ。創意に突き動かされて眠らずに書いて、それが因《もと》で病気になっても死ぬまで書くのよ。寡作家《かさくか》だなんて体裁のいいことをおっしゃるけど、才能があって努力家ならいつのまにか一人前の文士になっているわ」

「何だと。評論家みたいな口をきくな」

「評論家気取りでもっと言わせてもらえば、お父さんの小説、面白いものはちょっと面白いのよ。いいものはちょっといい。そこから一寸も抜け出せないでいるのよ。こんないい季節に、一日じゅう長椅子に坐ってぼんやりしてるだけなんだもの。庭の花を漫然と眺めて、まるで病気のない病人みたい。でも硝子戸に止まった蠅を見つけたらわざわざ殺虫剤を取りに洗面所まで動いて、それでシュウと狙い澄まして殺すんだわ。そんな姿を見ていると、私はたまらなくなる」

のたうち回るほど苦しみ抜いて書いたものはまだ一作もないことを、美穂はちゃんと見て取っている。すらすらと書ける題材を身近で選んで、呻吟もほどほどにして筆を擱《お》いてしまうことを。

しかし苦しみ抜かぬこともまた、苦しいのだ。やるせなくて重苦しくて、殺虫剤を探す。

「小説が向いていないと思ったら、思い切って他のことをなさってみたらどうなんです？　書けない書けないってハイライトばかりお喫いになってちゃ、躰に毒よ」

そして美穂は、ずいと類の急所を突く。

「ねえ。お父さんの夢って何なの？　本当の夢」

妻の顔を見返しながら、己に問う。

僕は本当に書きたくて、小説や随筆を書いているのだろうか。書いても報われない、どの出版社からも声がかからないものを一生書き続けて、それでも本望と思って死ねるのだろうか。

「あなたは生存競争に参加せずに、悠然と暮らしたいだけの人なのよ。森鷗外というお人が充実し過ぎていたんだわ。あなた、お父様に全部持っていかれてしまったのよ」

病院からの帰り道に喫茶店に入ると、ふとその言葉を思い返す日がある。夫婦喧嘩の果てに出た言葉だ。けれど美穂の眼差しは、類の本性を真っ直ぐに射貫く。

父親が偉大過ぎて、息子は何一つその天資を受け継がなかった。

喫茶店の窓際で、類は煙草の煙を吐く。

どうして何もしないで、ただ風に吹かれて生きていてはいけないのだろう。どうして誰も彼もが、何かを為《な》さねばならないのだろう。

僕の、本当の夢。

それは何も望まず、何も達しようとしないことだ。質素に、ひっそりと暮らすことだ。

たとえば？

そう、たとえばごく上等の背広が古くなったのをわざと着て、ネクタイだけは時々新調して、シャツと靴下は洗い立てでだ。小さな家には何の装飾もなく、古びた簞笥とテエブルが無雑作に置かれている。窓には蔦が青々と絡んで、木の床まで青い。

そして楓の林に囲まれた庭に出て、ゆっくりとシガレット・ジョンヌを喫む。梨の大木は白銀の花に埋もれ、空木《うつぎ》は若葉で萌え、やがて低い石積みのかたわらでアイリスの群れが薄紫の蕾を伸ばすだろう。擬宝珠《ぎぼうし》の葉は銀色に光り、風は木々の葉を鳴らして潮騒にも似た音を奏でる。季節の中で、雲が流れるのをただ眺める。

かたわらの美穂に目を移せば、ガウンは昨日と同じ色だ。中は牛乳色に赤の縁取りをしたネルのパジャマで、子供たちが金を出し合って買ってきたらしい。

「似合ってるよ、それ」

「肌触りがいいの」と俯いて、指先で襟を撫でる。

子供たちがこの母親に寄せる愛情と信頼は、類がたじろぐほどに深い。生活能力と野心に欠けた夫を支え、旨い飯を拵え、清潔な衣服と寝床を常に整え続けてきた。子供たちが会社や学校であったことを話したがれば夫婦喧嘩の直後でも、たちまち目を輝かせて聞いてやる母親だ。

手術はきっとうまく行くよと言いかけて、美穂の肩を抱き寄せた。骨ばった腕を擦り、頭を寄せると美穂も傾けてくる。

遠くで薄い冬雲が流れていくのを、二人で黙って見ていた。


手術室の隣の通路で待った。

長女は妊娠中であるので家で留守番役とし、あとの三人が勤めと学校を休んで類と共に病院に入った。息子は友達も連れてきていて、輸血のためだった。検査の結果、美穂の血液型に適合するのは類以外の三人だった。

手術は一時間以上も遅れて始まった。通路は硝子の扉で区切られており、数人が一列に坐れるほどの長椅子と電話がある。家族の待機室として兼用しているらしい。類は外套と上着を脱いで腰を下ろし、皆も坐らせた。しばらくして、三女を家に帰すことにした。長女が悪阻《つわり》で気分が悪いと言っていたからだ。

息子は立ったり坐ったりして、時折、手術の様子を硝子越しに覗き込んでいる。医者の一人がまもなく出てきたが家族には一瞥もくれず、まさに通路として足早に出て行った。

石、ちゃんと取れたかい。

息子に手真似をして訊いてみたが、腕組みをして首を傾げるのみだ。

膝の上で外套と上着を抱えたまま、長椅子が溜息を吐いているような時間が続く。看護婦が出入りするたび身揺るぎするのだが、こちらの姿はまったく眼中にないらしい。サンダルの音を見送って、また坐り直す。待機室は異様に暖かく、咽喉が渇いて仕方がない。そして頭の中は不吉な予感でどんどんと冷えていく。

手術が失敗したら。麻酔から覚めなかったら。

どのくらい時間が経ったのか、「ご家族ですね」と呼びかけられた。顔はマスクで覆われて眼しか見えないが、おそらく部長だと紹介された医者だ。手術着には血が飛び散ってか、どす黒い飛沫《ひまつ》が描かれている。

「手術の結果ですが」

類は「はい」と返事をして立ち上がった。皆も同じ気配を立てる。

「石は発見できませんでした」

「なかったのですか？」

石さえ取れたら、もうあんな辛い目に遭わずに済むんじゃなかったのか。

「どういうことでしょう」

「長年、黄疸を繰り返して肝硬変《かんこうへん》を起こしています。一面に腫瘍が見受けられますし、しかし胆嚢が肝臓に喰い込んで手のつけようがありませんでした。悪くなっていた盲腸と筋腫は取りましたが、後は」

マスクの中で声がくぐもって、よく聴き取れない。「先生、後はどうなさったんです」と、次女が先を促した。

「そのまま閉じました。肝臓の三十パーセントが悪くなっています。腹水でも溜まれば、もうどうにも」

類は外套と上着を胸に抱き締めて、半歩前に出た。

「そうしますと、もう駄目ということなのですか」

すると、部長の背後に立っていた別の医者が前に出た。

「退院されてから、普通に家事ができなくなるという意味ですよ。駅やデパートでも階段を使わずにね、エレベーターを利用してください。非常に疲れやすくなる病気ですから」

相手を不憫に思って宥めるような物言いで、声と背格好からしてあの副院長だ。名札を見れば「中田」と記してある。今日初めて与えられた、医者の気遣いだった。

「お嬢さん、泣いちゃ駄目だよ、泣がねえの」

医者の声で振り向くと、次女がハンカチーフで顔を押さえていた。そこへ美穂の妹が訪れて、「患者の妹でございます」と挨拶をした。部長から同じ説明が繰り返された。

観音開きの扉が開き、台の上にのせられた美穂が出てきた。鼻の穴に護謨管《ゴムかん》を入れられている。

まるで死体だ。覚悟を決めて腹を切ってもらったのに、肝心なところには手の施しようもなく閉じられた。

「そろそろ麻酔が切れる時分です。森さん、わかりますか。わかりますね」

部長が美穂の頰を叩いた。微かに瞼が震えた。


長女に電話をしたものの、「手術は無事に終わったよ」としか報告できなかった。息子と付き添いを代わり、見舞いに訪れていた美穂の弟の車に乗り込んだ。義妹も一緒だったが、類は助手席にどっと身を埋めた。

「義兄《にい》さん、元気を出して。癌と言われたわけじゃないんでしょう。そうも力を落とすことはないですよ」

義妹から結果をすでに聞いたようで、肥った大きな躰にふさわしい力強い声を出す。けれど怖かった。自分が死ぬまで元気でいるはずだと思い込んでいた妻が、いつ容体が悪化してもおかしくない重病人になった。

「癌じゃないけど、長生きは難しいんだよ」

これからいったい、どうすればいいのか。

こんな時でも、金の不安が胸を塞ぐ。恢復が長引いて入院が続くにしろ、いったん退院してまた再入院になるにしろ、これまでの工面は美穂がしてきた。「ない、ない」と言いながらどこからともなく引っ張ってきて、「お父さん」と食卓の上に差し出したのだ。それを今後は、自身でしなければならない。

あの一件以来、茉莉に頼むことはできかねるし、茉莉に財産がないことは承知している。於菟や杏奴に頼むなど論外だ。森家のきょうだいは一人として、見舞いに来なかった。

「こんなことなら、もっとよくしてやりたかった」

現実の心配で頭が一杯であるのに、そんな言葉を口にしていた。二日前の、二人で空を見た時の肩のぬくもりが掌に残っている。薄くなってしまった髪の毛の感触も。

「僕は、美穂に何もしてやらなかった」

「まあね」と、義弟が低い声を出した。

「暮らしが大変だったから、姉さんも満足ではなかったでしょうよ。でもね。実家《さと》で義兄さんの悪口を言ったことなど、一度たりともありませんでしたよ。姉さんは、あなたに一生懸命だったんだ」

夜闇の中で、交差点の色が滲む。

赤は止まるんだったか。それとも青だったか。黄色は何だ。

さまざまな色が流れていく。今頃、雨が降っていることに気がついた。


美穂が手術を受けた一年後の冬、類は黒いスーツを着た。

於菟が亡くなったのだ。兄弟らしい会話は交わさずじまいで相親しむことはついぞなかったが、著作物を繙いてみれば何度も目を見開かされる条《くだり》に出会った。

父がまだ若き頃、独逸から追ってきた女性がいたこと、独身時代に隠し妻のような存在の女性がいたこと、そして父の死因に結核があったことも書いている。いずれも森家の禁忌《タブー》であり、それが現実の処世では事なかれ主義を通した於菟によって明かされたことに驚いた。みそっかすの森類ならいざ知らず、本家である森於菟が著《あらわ》したことで抹殺されずに済んだのだ。鷗外研究のためには貴重な証言になるであろうし、兄らしく穏やかな、そして明晰《めいせき》な筆致には父の文体の脈動も感じられた。

どうしてもっと早く読んでおかなかったのだろう。少しばかり悔いたが、「新聞や雑誌で連載するよ」などと一々知らせてくれるわけもないので、没後、筑摩書房から刊行された一冊を購ったのだった。

もう十年ほど前になるだろうか、兄と二人きりになったことがある。

森鷗外生誕百年記念祭に出席するために津和野《つわの》を訪れ、気がつけば旅館の部屋で灰皿を挟んで坐っていた。他愛のない世間話もわざとらしいし、父の故郷に共に思いを馳せるには育った環境も年齢も違い過ぎる。二十一も歳の離れた兄弟は二人して黙って、煙草の煙を吹かしていた。

今思えば少し滑稽で、可笑しい。同じ父親の血を引きながら兄は祖母峰子と叔父叔母一家に取り囲まれ、こなたは母の志げが睨みをきかせていた。互いの間には黒々と深い川が横たわっていると思い込んでいたが、あの小さな萩焼の灰皿がぽつと置かれていただけなのかもしれない。

美穂が昭和四十一年に代々木の病院で手術を受けてから、まもなく五年になろうとしている。昭和四十三年の秋に次女が嫁ぎ、今年の春には息子が大学の同級生と結婚した。今では孫も増え、長女の上の子はもうすぐ小学生になる。

三女は東京都の教職員として勤めており、念願の巴里旅行を果たした。類自身は覚えがないが美穂いわく「お父さんが事あるごとに巴里を語った」ので、憧れの都になってしまったらしい。旅行前に類が描いてやった地図や細々とした記憶がほとんど正確であったことで、類は先輩としての面目を施した。

巴里は高尚《シック》だ。四十年経っても森や河岸、美術館から帽子屋、花売りの姿まで変わらないらしい。

あのアパルトマンの向かいのキャフェで、もう一度珈琲を飲めたら。

そんな夢を胸に仕舞い、夫婦でごく当たり前の顔をして暮らしている。美穂も通院しながら、家族の日常を崩したがらない。料理教室を続けながら孫の洋服を縫い、ケーキを焼き、爪先立って洗濯物を干す。

そして今日の昼食は、ハヤシライスと胡瓜のピクルスだ。

「お父さん、裁判なんて大丈夫なんですか？」

美穂は食卓で心配そうな顔をする。

「裁判というよりも、共産党にかかわることを心配してるんだろう？」

「森鷗外の息子が共産党の裁判を支援することを、ですわ」

新聞に書かれでもしたら、また姉たちと悶着《もんちゃく》が起きることを案じているのだろう。

共産党は天皇制を否定している。父があの世でどんな顔をしているだろうと思いつつも、類はイデオロギーに拠《よ》って活動しているわけではない。

そういえば去年、息子の就職が決まり、大阪で万博が開かれ、十一月に三島由紀夫が割腹自殺をした。茉莉はその死を惜しんで、身悶《みもだ》えせんばかりに悼んだ。

パッパが生きていたら、三島さんを死なせずに済んだはずよ。

天皇とその制度にまつわる事どもについて、天皇を信奉してやまなかった父なら、三島と実《じつ》のある論が交わせたはずだと言いたいようだった。

「思想を弾圧してはいけない。勉強しなければならない。パッパはそう言っていたと、お母さんが話してくれたことがある。美穂、大丈夫だよ。何か批判するなら、『裁量権』を読んでからにしろと言ってやる」

契機は、美穂が手術を受けた病院の中田副院長だった。検査や診察のつど顔を見せてくれ、そのうち互いに犬好きであることが知れて言葉を交わすようになった。そして、公職選挙法違反に問われていることを当人から聞かされた。

森さん。よがったら、裁判を傍聴しに来ませんか。

生まれてこのかた、法廷に入ったことがない。好奇心めいたものが動いた。何か他のことに気を動かさなければ、美穂の病気のことばかり考えてしまう日々でもあった。

中田は参議院議員の選挙前に何軒かの家を訪問し、共産党候補者への投票を依頼したという嫌疑をかけられ、昭和四十年に起訴されていた。類が誘われた時点ですでに第一回公判から二年を経ており、第十二回公判を傍聴しに出向いた。紹介された弁護団や支援者らからは「中田事件」と呼ばれているらしい。

病院の医者仲間や看護婦らに囲まれて目の当たりにしたのは、裁判官と検察官が「有罪」を前提に動く姿だった。政府与党である自民党、対、共産党であり、被告人側からすれば予断と偏見に満ちた弾圧そのものに見える。類は傍聴に通い続けた。弁護側は起訴そのものを不当としているにもかかわらず、検察官は恐るべき暴論を展開した。

中田被告人の起訴は違法、不当なものではない。検察官の行なった起訴は検察官の自由裁量に属することであり、法律に縛られることではない。

聞いているうちに肚の底が熱くなった。もう若くはない。総身の血が滾《たぎ》るような熱さではなく、目に見えぬ権力の臭いを嗅ぎ取ったのだ。

父が亡くなった翌年、関東大震災が起きた。その混乱の最中、後に甘粕事件と呼ばれる殺戮《さつりく》が行なわれた。アナキストとして当局に睨まれていた大杉栄と愛人の伊藤野枝《いとうのえ》、そしてまだ幼い大杉の甥も殺された。

あの時感じたのは総毛立つような恐怖だったが、今はそれだけではない。国民は検察官にいったん起訴されたら「被告人」になってしまうのだ。検察側が起訴か不起訴かを決める裁量権が法律に縛られず自由なものであったとしたら、気に入らない人間をも自在に起訴できることになる。公訴権を私物化することさえできるのだ。

当然、法廷は紛糾する。弁護側は検察官の公訴権の私物化を追及した。すると裁判長は業を煮やしてか、「検察官の公訴権濫用《らんよう》が事実であっても、実体審理に入らなければならない」と宣言した。ともかく審理に入らせようと、弁護側の主張を振り払ったのである。

類は鉛筆を手にし、小説を書いた。

窮地に陥った検察官に、裁判長が手を貸したのだ。裁判の公正さを根底から揺るがしてしまった。であれば、社会の正義はどうやって担保されるのか。権力を持つ者がその力を濫用すれば、甘粕事件が起きた大正時代の日本と何が変わったと言えるのか。

大東亜戦争に突入してその戦に敗けたというのに、敗戦後二十四年も経ったというのに、権力者の独善は厳然と存在する。

――検察官の起訴、不起訴の自由裁量権の解釈を広くすればする程、国民の身辺は不安になる。如何しても其処には限界がなくてはならない。

小説は『裁量権』と題し、「小説と詩と評論」誌上で発表した。これを共産党の「赤旗」はむろん採り上げてくれたが、他は一紙、サンケイだけが同人誌評の欄で扱ってくれるに留まった。同人メンバーの評も辛いものだった。

森さん、社会派に転向するのであれば止めないけど、もっと創意工夫が要るよ。

つまり、小説として面白くなかったのだろう。法律用語は生硬《せいこう》だ。けれども類は小説という形式を通して事件の本質を世の中に投げかけたかった。不当な権力の行使に抗議したかった。それを芸術でしてはいけないという法はないはずだ。裁判は今も続いている。

匙を持つ手を止めて、できるだけ穏やかな声を繕った。

「いつも言ってるだろう。僕はこの社会に属する人間として、思想弾圧への抵抗を続けるだけなんだ。子供の頃に、軍と警察を身震いするほど怖いと思った事件があったんだよ。あの恐怖は一生消えない。権力を持つ側が公平さを放擲《ほうてき》して都合の悪い相手を弾圧するのを見逃したら、日本はどうなる。断固として抗議し続けるべきなんだ。だから『裁量権』を書いたし、僕なりに真実を見つめた大事な作品だ」

「引くに引けなくなったわけじゃないんですね」と、美穂もピクルスを摘まんで咀嚼する。

「もちろんだ。考えてもごらんよ。僕が誰かさんたちの顔色を窺って阿《おもね》ることができる人間だったら、『鷗外の子供たち』の後、もう少し出版社から声がかかったはずだろう。いや、もういいんだ。蒸し返すつもりはない。今も随筆の依頼はあるんだから。パッパのことを書いてくれって注文ばかりだけどね」

片目を瞑ってみせると、美穂の眉間も緩んだ。

何が何でも小説で世に出ねばという切迫した気持ちは、もう薄くなっている。今は年に数回、求めに応じて随筆を書く程度で、「小説と詩と評論」も主宰の木々高太郎が亡くなったのを機に、同人から退いた。佐藤春夫先生と同じく、木々先生も類の才能を買ってくれた数少ない人だった。期待に応えられぬまま、また師を喪った。

類が書かずとも誰も困らず、むしろほっとしている人間の方が多いのだ。美穂も病身であるからか、それとも類が生気を取り戻したことを良しとしてくれているのか、尻を叩くような言葉を口にしなくなった。

やがてびっしりと苔のように生えていた重圧感や焦燥感から解放され、胸が空いた。あと何年残っているかわからぬ美穂の生気と、類が取り戻したそれを撚《よ》り合わせるようにして暮らしている。

二本の蠟燭の炎を寄せ合い、一つの灯にしている。

この頃、美穂はまた躰の方々に浮腫《むくみ》が出てだるさがひどく、夜もよく眠れないようだ。日中、庭に出てスヰイトピイに竹やぐらを組んでいるかと思えば、長椅子でぐったりと横になる日も多い。類が声をかければ「大丈夫よ」とばかりに眉を下げる。しかし隠れて痛み止めの薬を飲んでいる。類はそれを知っているが、知らぬふりを通している。あの、全身で突き刺し合うような、あからさまな喧嘩が懐かしい。

「そうだ。今夜は久しぶりに昆布の天麩羅が食べたい」

「戦後の、あれですか？」

あの食糧が不足した時代にあって、そして今から思えば極貧とも言える内情で、美穂は出汁用の昆布を天麩羅にし、それがじつに旨いものだった。

団子坂の家で本屋商いの最中にあっても、子供たちの遠足や運動会ともなると朝も明けきらぬうちから起きて台所に立っていた。デミグラスソオスをからめた野菜の牛肉巻きに、筑前煮には柚子を散らし、茹で卵もギザギザに切ってあるので子供たちは「チューリップ」と呼んで歓ぶ。しかも黄身はいったん裏漉しをして塩胡椒で味をつけ、クリイム状にしたものを中心に詰め直してあるという手の込みようだ。ちらし鮓《ずし》など飯の上に鯖を甘辛く煮たそぼろを敷き詰め、その上に錦糸卵と紅生姜、木の芽が散らしてあり、印象派のごとき色遣いであった。

弁当は毎日、級友を唸らせるらしく、ああも忙しく家計が苦しかったというのに、子供たちの部活動仲間がいつも訪れて賑やかで、美穂はこのハヤシライスを寸胴鍋《ずんどうなべ》にたくさん作って食べさせていた。

子供たちの洋服も、家庭科の女教師が「参考に」と教室までよく見にきたものらしい。美穂の母方の伯母が富本憲吉の妻であるので、趣味の良い生地が回ってくる。古い背広であっても美穂はそれを解いて、娘たちのジャンパースカートに仕立て直してしまうのだ。至って上物の生地であるので、まるで三越で誂えたもののように見える。

まったく、美穂は生活の芸術家だ。

「旨いなあ。美穂さんが料理上手で、類さんは倖せだ」

痩せた頬を精一杯の笑みで膨らませて、美穂は麦茶を注ぎ足した。

昭和四十九年の九月、中田医師はようやく無罪判決を勝ち取った。

ただし、類が小説で指摘した公訴権の濫用は認められなかった。だが足かけ七年も傍聴を続け、被告人と弁護側を応援し続けた身だ。気がつけば支援者たちと親しくなり、被告人を守る会の会長に推されていた。無罪判決後も会は存続することになり、引き続き会長に就任することになった。

そして翌五十年の七月頃から、美穂の病状が悪化し始めた。

激しい痛みと黄疸が出て代々木の病院に入院したのは、十二月初旬のことだ。類は日参している。同室の患者に分ける菓子を、唐饅頭《とうまんじゅう》や蒸し菓子のたぐいを頼まれては運ぶ。

「ねえ、お父さん。巴里に行きたいわ」

三女が巴里で日本語を教えながら暮らしているので、美穂はベッドの上でしきりと「行きたい」と口にする。

「来年の四月か、五月」

「いい季節だ。行こう」

日によっては元気に見えるのだ。あと半年は保《も》つかもしれない。

「一緒に、巴里に行こうな」

三女から帰国するという電話があった十二月十六日、病室の窓外の夕焼けが美しかった。美穂の躰を抱えて起こしてやり、「ほら」と指をさした。

赤々と陽に染まる富士山が見える。

「綺麗ね」

「ああ、綺麗だね」

腕の中の躰は薄く小さく、けなげな息を吐いていた。

昭和五十一年正月二日、美穂は逝った。

棺《ひつぎ》は家の中で最も陽の差す、庭に面した部屋に置かれた。遺影は白のカアネエションに彩られ、棺の中の美穂は色とりどりの菊や百合に埋もれていた。庭で茉莉と長女が抱き合って泣いているのが目の端で見えた。

類は棺の前に立ち、美穂の額の髪に掌をあてた。躰が前に撓《たわ》み、嗚咽《おえつ》が洩れた。

葬礼の挨拶文は自ら起草した。

——妻は子供達から森類家の太陽と言はれて居りました。才気の為めに美しく見える、明るく健康であつた妻との、三十五年間の暮しを振返つて、寂しい限りです。

享年六十だった。


お父さん、一緒に暮らしましょう。

長女が声をかけてくれたので、着替えだけを持って車に乗り込んだ。葬儀の晩のことだ。以来、国分寺《こくぶんじ》の家の二階に同居させてもらっている。

後で聞けば夫に相談もせずに発した言葉であったようで、父親の姿がそれだけ憐れだったのだろう。類も何の迷いもなく息子にも相談せず、長女に従った。何かを考えられる状態ではなかったのだ。打ちひしがれて溺れ死にしそうになっていたところに一本の細綱を投げてもらい、ただ縋ったのである。

長女一家はよくしてくれるが、思った以上に気を兼ねる暮らしだ。荻窪の家はそのままにしてあるので、時々、着替えを取りに帰りがてら風を通す。

壁には、額絵のさまざまを掛けてある。その中には、類が描いた『母子』もある。長女を産んだばかりの美穂を描いたものだ。しかし美穂はそばにいない。不思議な気がした。

駅前に買物に出れば、靴磨きをしている老人も花屋も皆、変わらぬ様子で働いている。同じ帽子をかぶって、髭の形も同じだ。バスの停留所の梧桐《あおぎり》も大きく枝を伸ばして葉をそよがせている。不思議だ。

それで時々、ここ日在《ひあり》の別荘で過ごしている。犬を飼い、古い道を散歩する。時には自転車に乗って、潮の匂いのする林を犬と共に走る。

実際には別荘と呼ぶには憚られるほどの、いわば掘っ立て小屋だ。昭和四十七年の六月、かつては「鷗荘《おうそう》」と呼ばれた森家の別荘跡地に類は手造りで建てた。

地所は、母、志げが父から受け取った唯一といえる遺産であった。明治の頃、軍人が別荘を持つことが流行り、父がここに鷗荘を建ててからというもの、松林に覆われた丘陵がやがて広大な別荘地になったらしい。母の没後は類が相続した。しかし戦前は滅多と足を運べず、管理と税金の捻出にも困って売ってしまっていた。

その申し訳のなさはずっと胸に残っていた。それで美穂の生前、夫婦で話し合って買い戻したのである。折しも恵比寿のアパートが老朽化し、不動産屋の勧めを受けて売却に踏み切った。東京の地価が年々上昇しているとかで想像以上の金額になり、美穂にも安宅家の遺産相続があった。

別荘跡地は五十年近く放置されており、松林の庭も笹と薄《すすき》で荒れ果てていた。東京から通って大工の真似事をし、小屋ができてからは泊まり込んで庭の草を刈った。急ぐ仕事ではない。時折、適当な石や倒木に腰を下ろし、蟹の子が横切るのを眺めながら一服する。四ツ目垣も手ずから拵えた。正木《まさき》と柊《ひいらぎ》、藪椿《やぶつばき》や岩南天《いわなんてん》の混ぜ垣にするつもりで苗木を植え、木々が育ったら四ツ目を取り除く寸法だ。

あの頃は美穂が後で東京から来て、そうするとやっとまともな食事にありつける。料理は未だに不得手で、以前は飯が炊けるまで電気釜の前でじっと立っていて娘たちに笑われたものだ。町の肉屋まで出かけて買物もする。牛肉は売っていないので豚肉を買い、法蓮草やキャベツを適当に切ってバタ炒めにするくらいはできるようになった。けれど独身生活は六日が限度だ。美穂の訪れが待ち遠しくて、着く日には早々に駅まで迎えに行った。

百葉箱を少し大きくしたようなだけの、木造の駅舎だ。木のベンチに腰かけて、煙草を喫いながら電車が着くのを待つ。ささやかな、夏の午後だった。

今はいくら待っても、美穂は電車から降りてこない。

「君、再婚する気はあるかい？」

玄の家を訪ねて飯を馳走になっていると、やにわにそんな話になった。手塩皿を食卓に配った妻女が「あなた」と、小声で窘める。

「失礼じゃありませんか。美穂さんを亡くされてまだ二年も経たないのですよ」

「つまり、類さんはまだ六十代半ばということだ。今流の満年齢でいえば六十六じゃないか。再婚する意志があるなら早い方がいい」

何につけても我関せずであった青年は会社勤めを経て、世話好きの親友になっていた。類は「ん」と応え、鶏の唐揚げを口に入れた。玄が麦酒を注いでくれたので、それも呷《あお》る。油と水分が腹の中で二色になる。

「変な気持ちなんだ。子供たちは僕によくしてくれる。仕事や家庭のことで忙しいのに有難いよ。

独りで過ごす時間には慣れつつあるし、日在の小屋にいると気も紛れる。だけどふとした拍子に、誰もいないことに胸が締めつけられるんだ。美穂が死んだというのに僕はまだ生きていることを思い知らされて、たまらなくなる」

独りきりの時間ばかりではない。長女の家では夫婦や孫たちとテレヴィを囲み、笑う日もあるのだ。けれど団欒《だんらん》の茶の間は淋しい。なごやかで賑やかなほど、胸の空虚が大きくなる。

グラスを口に運びかけていた玄が、片眉を上げた。

「美穂さんの代わりをもらいたいと言うのなら反対だね。相手に気の毒だし、あんな奥さん、他にいるものか」

「わかってるさ、わかってる」

妻女が「まあ」と、ポテトサラドの入った洋鉢を類の前に押し出した。

「話し相手になってくださる、気の良い方がいらしたらねえ」

「そうなんだよ」と、類は肘を張って食卓に手をついた。

「子供たちの心情を思えば、とても再婚なんてと思うよ。でも僕は話がしたいんだ」

妻という女性と。

「どういうひとがいいんだ」と、玄がスプウンでサラドを取り分ける。

「そうだな。知的で、でもそれを鼻先にぶら下げたりしないで控えめで、金銭的には慎ましく、容貌は問わないが、ま、可愛い方がいいかなあ。花と犬が好きで料理が上手で、いつもにこと笑ってお帰りなさいと言ってもらいたい」

「おい」と、玄が目を丸くしている。「白髪頭のくせに、注文が多いぞ」

そう言いつつも、見合いの仲介を買ってでてくれた。久しぶりに声を出して、心から笑ったような気がする。

十一月の下旬、系書《つりがき》と写真を交わし合った。相手は偶然にも美穂が出た自由学園の後輩にあたり、ピアノの教師をしているらしい。クリスマスイヴに、池袋のデパートの食堂で見合いをすることに決まった。写真を横目で見ながら、美穂の三回忌法要の招待状の宛名を書いた。

当日、類の付き添いは玄夫妻で、先方にも母親の付き添いがあった。昼食の後、相手と二人で新宿に出て、高野ビルの上にある独逸料理屋でクリスマスを祝った。長女の家に帰ってすぐ、玄に電話をした。

「すまないが、お断りしてくれないか」

玄は「気に入らなかったか」と訊く。「話がどうにも弾まなかった」

相手は音楽家だと思って芸術の話をとっかかりにしたつもりだったが、「ええ」と「いいえ」も曖昧なままだった。

「わかった。いいさ、ここで妙な遠慮をしたらば一生の不覚を取るからな。断ろう」

翌昭和五十三年の一月半ば、よく晴れて風もない日に二度目の見合いをした。前回と同じ池袋のデパートの食堂で会食し、その後、二人で新宿の高野に移り、今度は伊太利料理にした。類はひと目見た時から気に入っていた。歳は五十をいくつか過ぎたばかりで、服装に持物、喋り方や身ごなしからも育ちの良さがわかる。

「あの人はいいと思った。しばらくおつき合いしてみたい。先方も同じ気持ちだと有難いが」

帰り道に玄に電話をして、その日は荻窪の家に犬を置いていたので夕飯を与えがてら帰った。

「うまくいくといいがなあ」

犬の頭を撫でながらも、笑みが湧いてくる。

期待通り、相手からも交際を肯う返事がきた。上天気の日曜日だ。犬の散歩も遠出をした。その日のうちに相手の女性に直接電話をして、芝居に誘った。

鼻歌まじりで一週間を過ごし、長女の家で午下がり、孫たちとテレヴィを観ていると「お父さん」と呼ばれた。目配せをして階段を示すので、二階に上がる。類が住まっている和室に入る。行ったり来たりする日々を重ねているので、未だに仮宿《かりやど》の心地が抜けない。着替えや本もいざとなるとここに置いていなかったり、何かと不便だ。

「再婚のお話、進んでるの？」

長女が腰を下ろすなり訊いてきた。長女にはむろん最初の見合いをする前に話はしてある。悲しげな目をして聞いていたが、面と向かって否やは唱えなかった。

「先方も交際に乗り気でね。早ければ、夏までにはと思ってる」

「そう」と表情を崩さぬまま、「あのね」と継いだ。

「今後、あの子たちに家を用意してあげないといけなくなったり現金が必要になったら、どうしてあげるおつもりですか」

妹や弟のことを指して言っている。「どうって」と、美穂によく似た面差しを見返した。

「それは、財産のことを言ってるのか」

「新しい奥さんをおもらいになるなら」と、率直に認める。

「揉めたりするの、厭ですもの」

「つまり、僕が死んだ後のことを明瞭にしろということかい」

思いも寄らなかった。火の気のない和室で、セーターの肘を手で擦っていた。

玄に相談すると「それは当然だ」と言下《げんか》に応える。しかし類としては何となく腑に落ちない。死んだ後のことを頓着されるほどの年齢ではない。

「揉めるのが厭だというのは、僕もわかるさ。でもパッパじゃあるまいし、僕に大した財産がないのは皆、わかってるはずだがなあ」

「それでもだよ。荻窪の家があるし、日在に別荘もあるだろう。君が金銭管理が得意でないことは、子供たちも知ってるはずだ。誰と再婚するにしろ、この際、はっきりさせておいた方がいいんじゃないか？　再婚相手だってその方が安心だ。向こうからは言い出しにくいことだし、君の老後を看《み》るのはその新しい奥さんなんだぜ。子供たちとよく話し合って、縺《もつ》れんようにしておくんだな」

そうか、僕の老後を世話してくれるのはあの人なのかと、彼女の顔を思い泛べた。

二月に入ってまもなく、長女と折り入った話をした。詳細は決まらない。ただ、息子が妻の実家に「父が再婚するかもしれない」と話したらしいことを教えられた。乗り出した舟は前に進んでいる。ほっとして、二月十一日の誕生日も相手の女性と共に過ごすことにした。

前夜に外套と上着に丁寧にブラシをかけ、靴も磨き上げてある。街では猫背にならぬよう、颯爽を心がけて歩く。明治生まれにしては背が高いので、彼女が言うには「日本人の男性には珍しいタイプ」らしい。新橋演舞場で芝居を観て、彼女から手製のショートケーキをプレゼントされた。満六十七歳の誕生日としては上々、気持ちが弾んで幾回りも若くなったような気がした。長女の夫は目を細めて言ったものだ。

お義父《とう》さんを見てると、歳を取るのも悪くないなあと思いますよ。

しかし三月に入っても、彼女は結婚への意思を判然とさせない。

「もう少し、お時間をくださいな」

一緒にいれば楽しいし、相手も同じだと思っていた。独逸料理や仏蘭西料理や鰻を食べ、食後は珈琲を飲み、雨の日には相合傘で駅まで歩く。けれど正式に話を進めたいと申し出るたび、するりと躱《かわ》される。そのうち玄から「どうなっている？」と電話があった。

「婚約の日取りは決まったのか」

「いや、それが煮え切らない。もう少し考えさせて欲しいと言うばかりだ」

「ここまで交際して、まだ心を決めんのか？」と、玄は声を荒らげた。「理由を訊いたのか」

「いや」としか答えられない。おおかたの察しはついているが、風向きが変わってイエスとなる可能性も捨てきれない。これからの夫婦づき合いを考えると、玄の不評は買いたくない。

「僕とは歳が離れているから、いざとなれば二の足を踏むんだろう」

彼女を庇うような言いようをしたからか、玄はとうとう怒り出した。

「見合いをして交際をして、それでも返事を先に延ばすというのは、己を高く売ろうという計算だ。足許に跪いてどうしても結婚してくれと懇願するなら、してあげないこともないってぇ肚だ。まったく、何様のつもりだ。類さん、もう断ってしまえ。僕は彼女を支持しないぞ。君が交際を続けたければ勝手にすればいいが、僕は無関係にしてもらう」

受話器を置いて、玄の言うことはたぶん中《あた》っていると思った。だんだん首を傾げることが増えていたのだ。芝居の感想もそこそこに、根掘り葉掘り財産のことを訊いてくる。

十五も歳上の老人の妻になってあげるのだから、相応の用意はして迎えてくれるおつもりでしょう？　それが、世間の常識というものですわね。

はっきりとは口にしないが、本音が透けていた。

決心して、彼女と会うことにした。朝から晴れていたので傘を干し、褐色の革ジャケッツをはおって下はジーンズを穿《は》いた。花屋でアネモネの花束を購い、待ち合わせていた高野の上の店に上がった。彼女はすでに待っていた。

「結婚の申し込みは忘れてもらいたい。あなたは交際を続けて僕を見定めたいのだろうが、僕はこれ以上引き延ばされるのは困るんだ。結婚を前提とした見合いだったはずだから」

正直に打ち明けた。こちらは時が経てば経つほど、見合いの条件として不利になる。

「わかりました。今日を最後にしましょう」

彼女はあっさりと受け容れた。それからは打ち解けた話をして、笑いもし、別れ際に花束を捧げた。彼女はその花束を胸に抱き、「でも、私」と類を見上げた。

「また、考え直すかもしれませんわ」

それから一週間後、玄の家で三人目の見合い相手の系書と写真を受け取った。まだ四十代だ。そのうち、四人目の見合い話も舞い込んできた。平凡な顔立ちだが明るそうな笑顔で、こちらも四十代だ。

三人目とは国立近代美術館で見合いをし、パレスホテルで一服した後、銀座の資生堂で夕食を摂った。だが気持ちは四人目の写真に傾いていた。三人目を断り、四月に入って四人目と会った。銀座の千疋屋《せんびきや》に現れた彼女は洒落た縞柄のワンピースで、白地に緑の格子のスカアフを首に巻いている。色の感覚もなかなかだと思った。昼食は銀座の三越の裏にある仏蘭西料理店を選び、帰りは日比谷公園のベンチに腰かけて語り合った。

一週間後、昼食を共にし、帰りに思いつきで渋谷の西武劇場に入った。茉莉原作の『枯葉の寝床』の芝居が掛かっていたからで、受付で「森茉莉の弟です」と言えば招待券を二枚くれた。

長女とは話し合いを重ね、常識的なところに落ち着いている。すなわち、結婚前に子供たちへの配分と妻への配分をはっきりさせればいいだけだ。

「お父さんが亡くなったら奥さんの暮らしは安泰じゃないでしょうけれど、それでも来てくださるとおっしゃるなら、来ていただく方が良さそうね」

ようやく、お墨付きを得た。ところが玄からの電話で、断るという返事を告げられた。

「親子ほど歳が違うからね」

玄らしくもない。そんなことは系書を交わした時点でわかっていたことだ。四月も下旬だというのに薄ら寒くなって、風呂を立てて入った。


「へえ、それで、今度は何人目なのよ」

茉莉の電話の声は面白がっている。

「五人目。正確に言えば六人目の写真と系書も来たんだが、その人とは会わずじまいだ」

「もうふた月も会ってるってことは、その五人目で決まりそうってこと?」

「いや、それが困ったことになった」と、頭を掻く。相手に顔が見えないので、我知らず零れる笑みを抑える必要もない。

「いったん別れたはずの彼女から暑中見舞いが来てね、それを放置するのも妙だから返事を出した」

「その人、何人目？」

「二人目。交際したのに返事を引き延ばしていた相手だよ。でもこの間、旧盆の暑い盛りにお鮓を持ってきてくれたんだ。暑中見舞いの住所を頼りに荻窪の家までわざわざ。僕は留守にしていたものだから、隣の奥さんが預かってくれていた」

受話器の向こうから何も聞こえてこない。

「もしもし、姉さん、聞こえてる？」

ややあって、「類ちゃん」と呼ばれた。

「あんた、お鮓で鼻毛を読まれたね」

「何だよ、そういうのじゃないよ。親切なんだって。根は優しい人なんだ」

「五人目を断るつもりでしょう。でもって、そのお鮓に乗り換えるつもりでしょう」

図星だった。

「ま、どなたでもいいわ。類ちゃんを機嫌よく暮らさせてくれるならね」

老魔女そのものの声で、ふふと笑った。

茉莉は昭和五十年の夏、ちょうど美穂の病状が悪化し始めた頃、『甘い蜜の部屋』という作品を新潮社から刊行し、第三回泉鏡花《いずみきようか》文学賞を受賞した。かつて三島由紀夫に絶賛された作で、断続的に十年もの間書き継いで完成させたのだった。今は満七十五になっているが、冷たく冷やしたコカ・コーラが大好きだ。レモンを数滴と蜂蜜を溶かして飲むのが常で、「こうすると品がよく、柔らかくなる」と主張する。アパートの部屋も凍えるほど冷房を効かせて、真冬でも裸足だ。そういえば若い時分から足袋や靴下が嫌いで、素足で出歩いていた。

秋になって、毎日のように二人目の彼女と会う日が続いた。婚約日、挙式の日取りも具体的に進め、荻窪の家の台所はもはや古いので流し台だけでもステンレスの物に替えたいと言う。外壁のペンキも塗り替える。そんな様々の打ち合わせを兼ねたデートを重ねた。天麩羅屋に仏蘭西料理屋で昼食、夕食を摂り、ジーンズの腰回りがきつくなってきたほどだ。

「今は建売住宅というものがあって、不動産屋さんに電話をしたんですけれど、世田谷辺りにもいい出物があるっておっしゃるんですよ」

食後の珈琲を飲んでいる時、彼女が卓の上に書類を差し出した。新しそうな住宅の写真も添えられている。

「この家を買おうってこと?」

「もちろん実際に見てからでないと、決められませんわ。不動産屋さんはどれでも好物件だと言いますものね」

彼女は紅茶茶碗を皿の上に戻し、ちらりと類の顔色を窺う。彼女の何もかもが気に入って交際を復活させ、結婚も決めたのだったが、この目の使い方はどうも好きになれない。育ちも顔立ちもいいのに、やけに功利的な目をする。

「今の家に手を入れているのに、もう建売を検討するの」

「荻窪にしばらく住むにしても、年々、古くなっていくばかりでしょう。やだわ。この間、不動産取引の手引きという冊子をお渡ししたじゃありませんか。あれにも書いてありましたでしょう、そういうこと。今は古い建物のお値打ちは二束三文で、土地のお値段だけらしいんですのよ。でもあの辺りも坪単価が鰻上りで、買いたいと言う業者はいくらでもあるんですって。地価が下がってしまう前に売り抜けて現金に換えておけば、先々が安心でしょう」

「あの家は売らない」

美穂と共に暮らした家だ。子供たちもあの家から巣立った。

「ですから、まだ先の話ですわ」と、機嫌を取るように笑い濁した。類は窓外に眼差しを移して、煙草の煙を吐いた。

用意周到が過ぎる。先回りをして、何の計算だ。これから僕と始める生活よりも、僕が死んだ後のことばかり考えているんじゃないのか。

後悔していた。昨日、窓からの出入りが困るとペンキ屋に言われて部屋の中を整理し、壁に掛けてあった額絵のすべても片づけたのだ。あの、美穂と長女の『母子』像も壁から下ろして箱に入れた。あれは、外してはいけない絵だった。

その年のクリスマスも一緒に過ごし、美穂の命日は独りで過ごした。考えた。

着物を着た彼女と初詣に出かけたのは、三ガ日を過ぎてからだ。二人でおみくじを引き、破魔矢《はまや》を買ってやった。一緒に過ごしているとやはり暖かい。浅草の甘味屋で汁粉を食べた後、彼女がふと言った。

「煙草、おやめになってくださらない？　あなたと会った後、髪が臭うんです」

「いや、もう会わない。電話もしない」

心に決めていたことを口に出していた。彼女は少し蒼褪めて、類を見返した。

「今さら、なぜ?」

「今ならまだ間に合うんだよ」

花束の代わりに破魔矢を持っても華やかな彼女を、駅のホームで見送った。

六月に入って、玄が久しぶりに見合い話を持ってきた。

相手は五十半ばで勤めを持っており、九州は大分の出身だ。クリスチャンの家庭で幼い頃に洗礼を受けたという。母も晩年は聖書に親しんだ。大分の女学校を卒業後は服飾の専門学校も修めている。今の勤め先は薬問屋であるらしく、池袋のデパートの食堂で初めて会った時、地味な印象を受けた。

あんたの再婚相手はね、夫と離別したか死に別れた人、苦労したことがある人でなきゃ駄目なのよ。

茉莉に言われた言葉を思い出した。

茉莉のアパートは定期的に覗くようにしている。この三月には肺水腫のため緊急入院したので、体調が気になる。肺水腫の因は心不全ということだった。訪問の間が少し空けば、向こうから電話がかかってくる。アパートの鍵を失くして入れない、玄関の電球が切れた、テレヴィの具合が悪い、エトセトラだ。茉莉は一日じゅうベッドに腰かけてテレヴィを観ているのだ。その感想を随筆の中に織り込んで、例によって話がどんどん逸れてしまうのは相変わらずの癖だが、随筆は世の若い女性たちにも人気があるらしい。

——贅沢というのは高価なものを持っていることではなくて、贅沢な精神を持っていることである。

茉莉の文章を目にするたび、類はうんとうなずく。

たとえ襤褸を纏う身になろうとも、お茉莉は上等だ。

食堂のライスカレーを食べながら、相手の控えめな様子を好もしいと思った。苦労人という感じは受けないが、素朴で真率な人に見える。デートは銀座にも行ったが、やがて下町が主になった。類は菫の花束を持って、やはり下町の彼女のアパートに迎えに行き、江戸川の堤《つつみ》を散歩した。隅田川のポンポン蒸気にも乗った。

小さな船はよく揺れて油臭いうえに、汚れた川の水が撥ねて顔や手にかかったりする。彼女は綺麗にアイロンをかけたハンカチーフを、慎ましいバッグから取り出して拭く。楽しげに、明るい声で笑いながら。

その昔、母と杏奴と三人で、こんなポンポン蒸気に乗って墓参りに出かけたことがあった。三鷹に改葬する前のことだ。ドブ臭い臭いが情けなくて、思い詰めたような母の顔は陰鬱だった。父が亡くなった途端、誰も彼もが鷗外夫人から遠ざかり、陰口を叩き放題に叩いた頃だ。

お母さん、僕はこの人となら死ぬまで一緒にいられる。

船の上で、遠くの空を見つめた。

結婚式は十月二十三日、日本基督《キリスト》教会で行なった。招いたのは近親者だけだ。玄夫妻はもちろん、茉莉は自身の長男と共に出席してくれた。思いも寄らなかったのは、杏奴だ。伏し目がちに教会の長椅子の端に坐し、茉莉の耳に顔を寄せて時々、話をしている。類に対しては決して目を合わせてこない。

何さ、あんたなんか。一生、許さないんだから。

硬い頬をして、つんと澄ましている。それでも嬉しかった。天にも昇るほどに。

子供たちは一人として出席しなかった。思い余って次女に電話をした。長女と息子も、類の新しい妻を嫌っているわけではないのは様子からして察せられた。ただ、母親への想いがあって割り切れないのだ。次女はその間で、緩衝材のような役割を果たす。

「頼むよ。来てくれないか」

意を汲んでか、駈けつけてくれた。

類の再婚を、「週刊新潮」が報じた。

新婚旅行は巴里だ。三女と共に、三人で街を歩いた。キャフェに入って類は仏蘭西語で注文し、それを三女がギャルソンに対して言い直す。中年の肥った男で、赤ら顔だ。珈琲や紅茶、バターユの皿を並べながら類が「懐かしいよ」とギャルソンに話しかけた。

「僕はこの子の父親でね。昔、この子よりもっと若い頃、この街に住んでいたんだ。絵を描いていた」

それを三女がまた伝えようとすると、男はナフキンをかけた腕を少し動かして掌を立てた。

「お嬢さん、あなたの通訳がなくともムッシュウの仏蘭西語はよく通じます。私はお父様と話がしたい」

そして類に向かって、ウインクをした。

硝子越しに見えるのは、リュクサンブール公園の木立だ。冬空に透けた梢が美しく映えている。

昭和六十二年六月六日、茉莉が心不全で亡くなった。

五年前に玄が死去し、類は心臓発作に見舞われた。ニトログリセリンが手放せず、酒と煙草をやめた矢先に茉莉が死んだ。

終《つい》の棲家《すみか》となった経堂《きょうどう》のフミハウスというアパートを、類はしばしば訪問した。気持ちとしてはご機嫌伺いではなく見舞いでもなく、姉さん、生きてるかなあと、生存確認を兼ねていた。自室の前には古新聞が山積みにされ、扉を開くのもひと苦労だ。茉莉は扉から目だけを覗かせ、「来たね」と少しおどけたような色を見せる。奥へ進む時はひどく緩慢で、頭の重みで前に屈んでいる。ところが驚くべき素早さでベッドの上に上がり、テレヴィに釘付けだ。

類が再婚した年からだったか、テレヴィ好きの茉莉を見込んでか、「週刊新潮」から依頼があって『ドッキリチャンネル』という随筆を連載している。新聞のテレビ欄にその日観るべき番組をマーキングして、早朝から深夜まで観続けるのだ。

弟よ、そこに控えおれ。私のテレヴィ鑑賞は歴《れっき》とした仕事であるのだから、これが済むまでは黙っていらっしゃい。

命運を懸けた戦《いくさ》の報告を聴く女王のごとき態度で、喰い入るように画面を見つめている。血はつながっていても、こなたは何の手柄も挙げていない、勲章もない歩兵だ。黙って坐しているしかない。やがて番組が終わって、少しボリュウムが落とされる。話をしても良しと、お許しが出た合図だ。妻が用意した惣菜を差し出すと、いつもの話を繰り出す。この世で最も好きな長男が電球を取り替えてくれたことをさも嬉しそうに語るのだが、もう何度も聞かされた話だ。

しかも耳が遠く、つまり会話はほとんど成立しない。ベッドごと大きな水槽の中に棲んでいるかのごとくで、こなたから何を話しかけても悠々と泳いでいる。類は水族館にぽつねんと立っている小学生のような心地になる。

あの『甘い蜜の部屋』の冒頭が、心に残っているからかもしれない。主人公の女には不思議な心の中の部屋があり、それは曇り硝子のような鈍い、厚みのあるものでできており、外の感情はその硝子を通して入ってくるという始まり方だった。

外の感情は硝子の中を通り抜けるとどことなく薄くなり、暈《ぼんや》りとしたものになる。主人公は他人がはっきりと認識している現実の世界を、どこか薄暈りとしたものとして眺めているのだ。目の前の花も、テエブルごしに投げかけられる微笑も、紅茶茶碗もビスケットも、そしてこの愛憎半ばした弟も、すべての現実は本当にそこにあるのか、ないのか。

むしろ死んだ後の方が明瞭な、完全に透明な世界ではないのか。

そんな思索を試みた作家、森茉莉は、今、まさに朦朧《もうろう》として小首を傾げ、類が紙に書いた用件をのろのろと拡大鏡を取り出して読む。そして何か一方的に、拍子の外れた答えをのたまい、ベッドの脇からぬいぐるみを引っ張り出した。黄土色の頭でっかちな犬だ。

「類ちゃん、これあげるからね」

私が死んだら。

大きな目は最期まで光を湛《たた》えていた。善良な光を宿す窓だった。

だが森茉莉は誰にも書けない、誰にも似ていない世界を己の手で切り拓いた。そして、長いお散歩に出た。

16　春の海

元号が平成になった年に類は日在の家を建て替え、荻窪の家を引き払って移り住んだ。

木造の二階建てで、欧羅巴の田舎風だ。壁はシックなグレーのペンキ塗りで、石段を上がれば玄関扉がある。中に入ればなかなかに広いホオルで、頭上は吹き抜けになっており、階段、そして二階の廊下へと手摺が続いているのもホオルから見え、そのさまは巴里の小さな劇場に似ている。

居間への扉脇の壁には、『母子』像を掲げた。

扉を開くと居間も食堂も太平洋に面しており、季節ごとに幾通りもの色を見せる。水縹《みずはなだ》から彼方は瑠璃色《るりいろ》に輝いて、二階の書斎も海が見える。机は団子坂の千朶書房の頃から使ってきたもので、さんざん執筆の苦悩を吸ってきたはずなのに今も無垢な色白を保っている。

書斎の壁には茉莉の写真を飾り、茉莉の好みそうな花瓶を選んで花を差している。水仙や芍薬、山百合、そして冬にはサフランを。その脇にはあの犬のぬいぐるみだ。侍童《じどう》のように茉莉のそばにいる。

日中は妻と共に庭の手入れをして過ごし、犬の散歩もする。

庭といえども敷地は海に向かって切り立ち、夷隅川《いすみがわ》の河口に向けて下る丘には松林が鬱蒼と広がるばかりであった。この周辺の松はすべて、明治の頃に盛んに植えられたものらしい。ところがある年、松喰い虫にやられたので植木屋を呼び、木々を植え直すことにした。木蔭が大きくなる楠《くす》に潮風に耐える椨《たぶ》、樹形の美しい水楢《みずなら》、花木は桜を選び、息子に手伝わせて薄桃色の侘助《わびすけ》も植える。

「侘助には、太郎冠者《たろうかじゃ》という異名もあるらしい」

「太郎冠者。なぜ？」と、息子は傾斜した土の上に足を踏みしめて幹を持ち上げた。

「他に先駆けて出るからだよ」

「何がさ」「花さ」

ふうんと大して感心もせずに、根鉢を植穴に置く。父親似の細長い躰つきだが身ごなしは精悍で、木の扱いも丁寧だ。植木屋の親爺と目が合い、類はわけもなく照れ笑いをした。

珈琲を淹れて茶碗を持ち、愛読している「愛犬の友」も小脇に抱えてバルコニーに出た。犬はブルドッグにビーグルも飼ったが、躾はいまだに苦手だ。

白い木椅子に腰を下ろして脚を組み、珈琲を飲みながら午下がりの海を見る。この日在の海は波が荒く高く、夜、ベッドの中にいても、ドオン、ドオンと海音が躰に響くほどだ。

幼い頃、一家でここを訪れたのもこんな夏であったけれども、胸の中には静謐さが残っている。陽射しも砂浜もしんと白く、夕暮れには松籟《しょうらい》と蜩《ひぐらし》と海の音だけになる。夷隅川の水際には柳がそよぎ、所々にできた中洲には葦《あし》や蒲《がま》が揺れている。その川を渡れば、浜昼顔の咲く砂浜だ。

昔は木橋が架かっておらず、別荘番の爺やが出す小舟に乗って砂浜に渡った。波の勢いが強いので海水浴場ではなく、葦簀張《よしずば》りの小屋も人気《ひとけ》もなかった。むろん幼い子供が泳いだりできぬ海で、杏奴と共に浮袋を持って波打ち際に寝転び、足をバタバタさせるだけだ。それが二人の海水浴だった。付き添いの女中はそれでも、「お危のうございます」といつも心配そうな声で呼んだ。

この海は、杏奴との想い出が多い。爺やの家に行って魚を捌くのを息を凝らして見物したり、類が庭の石に躓いて血だらけになって泣いた時も杏奴が一緒だった。その想い出は尽きることがない。波の音のように。

母は一緒に砂浜に出たりしない。自然が嫌いであったのだ。海の見える書斎で父とお茶を飲んだり、本を繰る音に耳を澄ませながら団扇で扇いでいたのだろう。

父は『妄想』という作品の中で、この鷗荘で得た感興を記していた。

——波の音が、天地の脈搏《みやくはく》のやうに聞えてゐる。

庭には明治の頃の井戸がまだ残っていて、上から覗くとまだ涸《か》れておらず、水底は青く丸い空を映す。今朝も犬の散歩の後、覗いてみた。

ふと、少年の姿が過った。

花ざかりの庭を彷徨《ほうこう》する、蒼白い顔の少年だ。濃淡さまざまの緑の中で射干《ひおうぎ》や待宵草《まつよいぐさ》がうなずき、真青の矢車草や深紅の仙翁《せんのう》、白い石竹《せきちく》も揺れている。紅葉葵に銭葵、向日葵、クリイム色のダアリアの群れが海のごとくそよぐ中で、小さな頭が見え隠れする。

鷗外の末子だと、類は思った。胸を張り裂けんばかりにして、懸命に父の姿を追っている。目瞬きをすれば花々が散り、舞い上がり、薄荷《はつか》や蓬《よもぎ》の緑も綺麗な弧を描きながら飛んでいく。いつものように青く丸い水が戻った。

父が亡くなったのは大正十一年、数え六十一だった。類は七十代も後半だ。父の年齢をこうも超えたことに、さほど深く感じ入ることはない。己でも意外なほどだ。慣れてしまったのかもしれないと思う。あまりにも違う人生に。異なる生き方に。

パッパと、類は遥かなる井戸に呼びかけた。

僕はこの日在の家で、暮らしているよ。

何も望まず、何も達しようとせず、質素に、ひっそりと暮らしている。

ペンは手放していない。波音を聞きながら本を読み、時には随筆を、そして娘たちに手紙を書いている。電話は電話代を心配しながら話さなければならないし、相手の都合などお構いなしだ。こちらが親密な話をしたくとも、受話器の向こうで子供の声が聞こえれば遠慮が立つ。それで、話すように書く。

今日の海も波が高い。白い飛沫を上げてドオンと崩れ、また寄せては返す。夷隅川の水面はしんと動じず、漣《さざなみ》も立てない。

父が爺やに命じて、あの川に小舟を出させたことがあった。

月の光が流れるような夜で、中洲の向こうで海音が響いていた。舟の舳先《へさき》には提灯《ちようちん》を一つ置いてあるばかりで、それでも爺やは上手に棹《さお》を繰り、葦の繁みや竹竿の間を縫うようにして進めた。

月明かりの下で、類は父と母の横顔を見上げていた。

朧《おぼろ》にけぶる月の夜、金と銀の駱駝に乗った王子様とお姫様が砂漠を行く。

昭和になってまもない頃、美しい旋律の童謡がラヂオから流れた。それを耳にするたび、あの夏の夜の両親を思い出した。流れのほとんどない川面が、月の砂漠のように銀色に光っていたせいかもしれない。

脚を組み直し、冷めた珈琲を飲み干す。

父はこの景色を他の者に継がせなかった。ここだけは母に遺《のこ》した。

今になって、その真意に触れている。

そういえば、パッパはあの歌を知らない。


長女の運転で、買物に出た。

「お父さん、似合ってるわね、そのセーター。もう古いのに」

助手席の類は「これかい」と、胸の下を摘まんだ。妻が編んでくれたレモン・イエロウで、中は水色と白のギンガムチェックのシャツ、下はジーンズだ。どうやら昔、次女が編んだものと勘違いしているようだと気づいたが黙っていた。

「あの子も黄色いコートを着ていたでしょう。お勤めしている時」

「そうだったかな」

「お父さん、私に手紙をよこしたじゃないの」

「いつの手紙」

「昭和四十六年頃だったと思うわ。ああ、そうね。やだ、もう二十年も前になるの？　ついこの間のような気がする」

長女は「もう歳ね」と自嘲ぎみに笑いながらも、まだ記憶を手繰《たぐ》っている顔つきだ。

「たしか、あの子が会社のお仲間と旅行に行く日だったかしら。駅までお父さんが見送った時のことよ」

——勤め帰りの群衆で真つ黒になつた、真直ぐなエスカレーターに乗つて、元気に笑ひながら手を振つて、登つて行きました。あんな綺麗な、無邪気なゑがほをする大人つてゐるでせうか。お父さんには、黄色い無地の外套を着た神様が笑つてゐるやうに見えました。

思い出した。

「書いた書いた」

「後で皆でその手紙を回し読みしたのよ。それで、顔を見合わせて笑ったわ。お父さんこそ、って」

妹たちと弟の名を出した。よくわからず、ハンドルを握る長女の横顔を見る。

「こうも綺麗で無邪気な笑顔をする大人っているかしらって、私たちは思うの。で、それを着ているのを見るたび、肘を突き合うのよ。黄色のセーターの神様だ、って」

返す言葉が見つからぬまま、車は駐車場に入った。

「今日はお父さんの好きなものをたくさん拵えるわ。お祝いですから」

後で次女や息子一家もやってきて、妻と共に台所に立つと言う。張り切ってスーパーの入口に向かう娘の小柄な後ろ姿を見ながら、ますます母親に似てきたなあと思う。

茉莉の没後に「新潮」に書いた『硝子の水槽の中の茉莉』という随筆が、八九年版「ベスト・エッセイ集」に選ばれた。妻と子供、孫たちがその祝いをしてくれるというのだが、主賓がこうして買物に駆り出されている。

何が黄色のセーターの神様だよ。

「僕の好きなものは難しいぞ。薄いビーフカツレツに新鮮な魚のサラド、それからオニオンスウプだ。巴里のビストロみたいな濃厚なのをね。そして今日は禁酒を解いて、旨い赤ワインをいただく」

長女は少し振り返って、おやおやとばかりに肩をすくめる。頬も少し笑って、駐車場の木立越しに彼方を見た。

菜花《なばな》畑の向こうで、春の海がたゆたっている。

今夜は月も綺麗だろう。

主要参考文献

『鷗外の子供たち　あとに残されたものの記録』森類　光文社
『鷗外の子供たち　あとに残されたものの記録』森類　ちくま文庫
『森家の人びと　鷗外の末子の眼から』森類　三一書房
『鷗外全集　第三十五巻』森鷗外　岩波書店
『森鷗外全集13　独逸日記／小倉日記』森鷗外　ちくま文庫
『森志げ小説全集（上・下）』山崎一穎監修／森鷗外記念館編集　森鷗外記念館
『父親としての森鷗外』森於菟　ちくま文庫
『甘い蜜の部屋』森茉莉　ちくま文庫
『記憶の繪』森茉莉　ちくま文庫
『贅沢貧乏』森茉莉　講談社文芸文庫
『父の帽子』森茉莉　講談社文芸文庫
『森茉莉全集1　父の帽子／濃灰色の魚』森茉莉　筑摩書房
『森茉莉全集4　甘い蜜の部屋』森茉莉　筑摩書房

『父』小堀杏奴　宝文館
『鷗外の遺産　第一巻　林太郎と杏奴』小堀鷗一郎、横光桃子編／小尾俊人編註　幻戯書房
『鷗外の遺産　第二巻　母と子』小堀鷗一郎、横光桃子編／小尾俊人編註　幻戯書房
『鷗外の遺産　第三巻　社会へ』小堀鷗一郎、横光桃子編／小尾俊人編註　幻戯書房
『鷗外の坂』森まゆみ　新潮社
『鷗外の花暦』青木宏一郎　養賢堂
『鷗外百花譜　鷗外の愛した四季の花』森鷗外記念館
『鷗外の「庭」に咲く草花　牧野富太郎の植物図とともに』文京区立森鷗外記念館
『私がわたしであること　森家の女性たち　喜美子、志げ、茉莉、杏奴』文京区立森鷗外記念館
『回想　小林勇』谷川徹三、井上靖編　筑摩書房
『鬼手佛心　すべては患者のために』中田友也　本の泉社
『鷗外の三男坊　森類の生涯』山﨑國紀　三一書房
『評伝　森鷗外』山﨑國紀　大修館書店

謝辞

森類氏を小説に描くことをお許しくださり、本作の出版に際してご理解をくださった森哲太郎氏をはじめとするご家族の皆様に、心よりの感謝を記します。

花園大学名誉教授で森鷗外研究者である山﨑國紀先生には、本作の執筆に際して多大なるご助力と貴重な示唆の数々を賜りました。とくに森類氏の晩年についての稿は、先生のご研究・ご著書があってこそ成ったものです。ここに、深い感謝を表します。

初出「小説すばる」
二〇一七年十二月号
二〇一八年二月・四月・六月・八月・十月・十二月号
二〇一九年二月・四月・六月・八月・十月・十二月号
二〇二〇年二月号
単行本化にあたり、加筆・修正を行いました。なお、
本作品はフィクションであり、人物、事象、団体等を事実として描写・表現したものではありません。

装画　森類
装丁　大久保伸子

朝井まかて　Asai Macate

一九五九年大阪府生まれ。二〇〇八年小説現代長編新人賞奨励賞を受賞して作家デビュー。二〇一三年に発表した『恋歌』で本屋が選ぶ時代小説大賞を、二〇一四年に直木賞を受賞。ほか、同年『阿蘭陀西鶴』で織田作之助賞、二〇一五年『すかたん』で大阪ほんま本大賞、二〇一六年『眩』で中山義秀文学賞、二〇一七年『福袋』で舟橋聖一文学賞、二〇一八年『雲上雲下』で中央公論文芸賞、『悪玉伝』で司馬遼太郎賞、二〇一九年に大阪文化賞を受賞。近著に『落花狼藉』『グッドバイ』『輪舞曲』などがある。

類《るい》

二〇二〇年 八 月三〇日 第一刷発行
二〇二三年 二 月二一日 第四刷発行

著 者 朝井《あさい》まかて
発行者 徳永 真
発行所 株式会社集英社
〒一〇一-八〇五〇
東京都千代田区一ツ橋二-五-一〇
電話 【編集部】〇三-三二三〇-六一〇〇
【読者係】〇三-三二三〇-六〇八〇
【販売部】〇三-三二三〇-六三九三(書店専用)

印刷所 凸版印刷株式会社
製本所 加藤製本株式会社

ISBN978-4-08-771721-1 C0093

集英社文庫　朝井まかての本

最悪の将軍

生類憐みの令によって「犬公方」の悪名が
今に語り継がれる五代将軍・徳川綱吉。
その真の人間像、将軍夫妻の覚悟と煩悶に迫る。
民を「政の本」とし、泰平の世を実現せんと改革を断行。
抵抗勢力を一掃、生きとし生けるものの命を
尊重せよと天下に号令するも、
諸藩の紛争に赤穂浪士の討ち入り、
大地震と困難が押し寄せ、そして富士山が噴火——。
歴史上の人物を鮮烈に描いた、瞠目の歴史長編小説。
（解説　中嶋 隆）